시적 언어의 기하학

국학자료원

책머리에

첫 비평집을 묶는다. 내 안의 필요가 아니라 내 밖의 요구에 의한 글들이 대부분이지만, 최소한의 일관성을 유지하려고 애를 썼다. 시를 쓰고 읽는, 두 영역을 왕복하는 일은 힘겹지만 재미있는 일이었다. 시를 쓰면서도 비평적 안목을 갖추고 싶었고, 비평을 쓰면서도 시적 직관을 유지하고 싶었다. 솜씨가 욕심을 따르지 못해서 힘겨웠지만, 욕심이 나를 끌어온 힘이었던 것만은 사실이다. 내게 있어서, 창작과 비평은 한배에서 나온 쌍둥이다. 내 안에서 먼저 나온 놈은 창작이었는데, 밖에서 먼저 불러낸 놈은 비평이다. 누가 먼저이든 무슨 상관이겠는가. 둘이 사이좋게 지내기만을 바랄 뿐이다.

기하학이라는 생소한 이름으로 제목을 지은 것은, 평소에 관심을 둔 분야가 일종의 유형학이었기 때문이다. 우리 시 연구에서 부족한 것은 언어 기술(記述)의 층위에 대한 해명이다. 이 해명이 결락되면, 비평은 시를 통해 드러난 시인을 보지 못하고 시인을 통해 드러난 시를 보게 된다. 의도가 성과를 앞설 수는 없다. "진정성"이란 말이 비평 용어로 사용되는 것은 이상한 일이다. 굳이 말하자면, 표현 속에 진정성이 숨은 것이 아니라 표현의 겉에 진정성이 드러나 있는 것이다. "의도"란 "표현" 안쪽에 따로 있는 것이 아니다. 그것은 표현을 선택하고 분류하고 배치하는 원리 자체를 이르는 말이다. 안팎을 구별해선 안 된다. 안은 바깥에 기입되어 있고, 바깥은 안으로 접혀 있다. 기하학은 수리적(數理的) 존재론이다. 삼차원 좌표는 다른 좌표와의 관계 아래서만 제 영역과 위계를 갖는다. 그걸 말하고 싶었다.

그러므로 유형학은 방법론이 아니다. 유형학은 안팎의 구분에 무능하다. 다만 앞뒤좌우를 구분할 따름이다. 추후에 연구를 진행하여, 시간의 선후까지 이 좌표에 포함하고 싶다. 욕심이 꼴을 갖춘다면, 그것은 새로운 문학사 기술이 될 것이다. 물론 그것은 요원한 일이고, 아직은 넘어야 할 산과 건너야 할 강이 많다. 이 책은 지난 몇 년간 우리 문학의 위아래를 헤매 다닌 기록에 지나지 않으나, 나는 그 편력을 통해 내가 가보지 못한 곳이 어디에 있는지, 가야 할 그곳이 얼마나 넓은지를 조금은 짐작할 수 있었다. 이리 오너라, 부를 때마다 문 열어 주는 텍스트가 있다는 것은 또 얼마나 고마운 일인지.

1부에서는 총론적인 성격의 글들을 모았다. 시적 언어의 유형에 대한 글, 서정시의 새로운 정의를 모색한 글, 시 비평과 여성 문학에 대해 검토한 글, 대중문학에 대한 글을 실었다. 2부는 본격적인 작품론들이다. 몇몇 시인의 세계를 살폈다. 3부는 현장 비평문들이다. 서평에서 시작된 글들이지만, 독자적인 작품론이 될 수 있도록 다듬었다. 문학사적으로 자리잡은 시(완료형인 시)와 아직 그렇지 않은 시(진행형인 시)를 구별하는 일에 찬성하지 않는다. 비평 앞에서 완성된 텍스트는 없다. 다르게 말해서, 비평은 늘 새로운 해석을 시도해야 한다. 반복은 시적인 기교 가운데 하나지만, 비평의 기교는 아니다. 글을 쓰면서, 중언부언을 경계하고 경계했다. 4부는 소설과 인접 분야를 연관지어 논의한 글들이다.

이렇게 모으고 보니, 겨우 몇 년 동안의 글들인데도 생긴 게 들쭉날쭉하다. 책을 준비하면서 많은 글을 버렸는데도, 여전히 못난 놈이 자꾸 눈에 뜨여 불만이다. 다음에 책을 낼 때에는 좀 덜 무안했으면 좋겠다. 문학의 길에 들면서, 감사를 표해야 할 분들이 너무 많다. 이 책의 갈피에는 그 분들의 숨결이 배어 있다. 보잘 것 없는 책이어서, 이름을 밝히는 게 그 분들에게 누가 될지도 모른다는 생각이 들었다. 혹 그분들께서 이 책을 들추어보신다면, 당신의 흔적을 발견하고 빙그레 웃으시리라. 깔끔하게 책을 만들어 주신 새미 여러분들께도 감사의 뜻을 전한다.

2001년 8월
권혁웅

시적 언어의 기하학
(목차)

5

1부

시적 언어의 기하학

1

기하학적 도식의 도움을 받아, 우리 시를 조감하는 몇 가지 밑그림을 그려보려 한다. 시적 언어의 기하학적 모델을 정식화하고, 이 모델링 체계를 통해 우리 시의 유형을 확립하는 것이 이 글의 할 일이다. 먼저 기하학적 도형의 중심을 주체라 부르자. 다음으로 기하학적 도형이 갖는 점·선·면을 시적 언어라 부르자. 그 다음으로 그렇게 해서 이루어진 기하학적 도형의 입체상을 세계상(世界像)이라 부르자.

도형에 따라, 단일한 중심이 있고 복수화(複數化)된 중심이 있으며 이동하는 중심이 있다. 첫째는 주체의 자기 동일성을, 둘째는 주체의 이타성(異他性)을, 셋째는 주체의 전변(轉變)을 설명한다. 자기 동일적인 주체는 구심적(求心的)이다. 구심적인 주체는 언어적 표현(도형의 경계)과 등거리에 위치한다. 다르게 말해서 이 주체에게서 언어는 균질화된다. 율격(규칙적으로 배열된 음운들), 비유(의미적으로 연계된 대상들), 어조(구문적으로 통합된 문장들)의 통일이 균질화된 언어의 특징이다. 이 주체는 일종의 복화술사와 같다. 타자의 목소리는 제 목소리의 변성(變聲)이어서, 세계는 주체의 내면에 촘촘하게 기록된다. 결국 구심적인 주체의 자기 투사가 균질화된 언어를 낳았다고 하겠다. 구심적인 주체에게, 언어는 정합적이며 그렇게 나타난 세계상은 합목적적이다.

반면 이타적(異他的)인 주체는 원심적(遠心的)이다. 제 안에 여러 개의 중심을 노정하고 있으므로, 이 주체는 분산되어 있다. 하나의 중심에서 볼 때, 다른 중심은 타자(他者)이다. 중심은 별자리처럼 흩어져 있으며, 이 흩어짐이 이질적인 도형의 모습을 결정한다. 원심적인 주체와 언어적 표현(도형의 경계)의 거리는 일정하지 않다. 다르게 말해서 이 주체에게서 언어는 정합적이지 않다. 이 언어는 시가 가진 음악적 특질을 무시하여 산문에 가까워지며, 비유적인 비교를 거부하여 시적 대상을 독립시킨다. 이 주체는 일종의 사서와 같아서, 이질적인 발언들을 모으고 수집하고 분류하는 주체이다.[1] 세계는 이 주체에게 문서고(文書庫)와 같다.

전변하는 주체는 순환적(循環的)이다. 이 주체는 여러 개의 중심을 이동하며, 그로써 이루어진 세계 편력의 경험을 기록한다. 이 주체는 여행자에 비유될 수 있다. 여행자가 옮아가면서 여행지가 변화한다고 할 수도 있고, 여행지의 변화가 여행자의 자리를 바꾼다고 할 수도 있다. 중요한 것은 여행자의 이동 경로, 곧 여로이다. 여로에 따른 주체의 옮아감이 언어적인 결절 지점을 표시하며, 언어적 표면의 변화가 주체의 자리를 획정한다. 언어적 표현(도형의 경계)은 주체의 이동에 따라 배치된다. 전변하는 주체의 언어는 음악적, 비유적 요소를 무시한다는 점에서는 비균질적이지만, 구문의 통일을 배려한다는 점에서는 균질적이다. 구문의 일관성은 순환적인 주체가 세계와 자신을 매개하는 유일한 방식이다.

다음으로 점·선·면이 배치되는 좌표를 설정하자. 점을 음절에, 선을 문장(혹은 시행)에, 면을 단락(혹은 시련)에 빗대면 시적 언어의 표면이 모습을 드러낸다. 두 개의 축에 따라, 시적 언어를 수평적 언어와 수직적 언어로 대별할 수 있을 것이다. 수평적인 언어의 특징은 병행성이다. 이 언어는 동일한 평면에 펼쳐져 있어서, 이로써 드러나는 각각의 부분은 자립적인 성격을 갖는다. 수평적인 언어의 각 부면은 다른 부면에 대해, 우위를 주장할 수 없다. 반면 수직적인 언어의 특징은 체계성이다. 이 언어는 상이한 위계를 차지하고 있어서, 각각의 부분은 다른 부분에 대해 포괄적이거나 종속적이다. 수직적인 언어의 각 부면은 다른 부면에 속해 있거나, 다른 부면을 포함하고 있다. 물론 좌표는 본질적인 것이다. 다르게 말해서 추상적이다. 전적으로 수평적인 언어가 있을 수 없으며, 전적으로 수직적인 언어가 있을 수 없다. 시적 언어에서 이 둘은 어느 정도 결합되

---

[1] 구심적 주체와 원심적 주체, 정합적 언어와 비정합적 언어에 대한 논의는 다음 장인 「서정시의 새로운 논의를 위하여」 참조.

어 나타난다. 따라서 어느 쪽이 더 주도적으로 나타나는가에 따라, 이 둘을 도형의 횡단면, 종단면으로 갈라 말하는 것이 좋겠다. 이들을 각각 평면적, 입체적 도형이라 부르기로 하자. 평면적 도형에서는 수평적인 언어, 곧 병행적인 언어가 주도적이며, 입체적 도형에서는 수직적인 언어, 곧 체계적인 언어가 주도적이다.

2

이제 여섯 가지 도형(세계상)을 얻게 되었다. 첫째, 구심적 중심을 가진 평면적인 도형. 둘째, 구심적 중심을 가진 입체적인 도형. 셋째, 원심적 중심을 가진 평면적인 도형. 넷째, 원심적 중심을 가진 입체적인 도형. 다섯 째, 이동하는 중심을 가진 평면적인 도형. 여섯 째, 이동하는 중심을 가진 입체적인 도형. 각각의 모델링 체계를 설명해보자.

2-1. 구심적인 주체와 평면적인 언어

첫 번째와 두 번째 모델에서는 구심적인 주체가 도형의 표면(시적 언어 표현)과 등거리에 있어서, 시적 언어가 균질화된다. 주체는 시적 언어의 세부에까지 스며들어 있으며, 그로써 드러나는 표면은 주체의 자리로 정향(定向)되어 있다. 구심적인 주체는 단일한 중심을 가지므로 기본적으로 일인칭 단수 화자이며, 시적 언어는 독백에 가깝다. 단일한 중심에서 퍼져나간 세계상은 이 화자의 내면을 충실히 반영한다.

첫 번째 모델을 원뿔(cone)로 설명할 수 있을 것이다. 원뿔의 바닥면이 이 모델의 언어적 표면을 보여준다. 개별 시행은 자립적, 균질적으로 다른 시행과 병렬되어 있으며, 이렇게 늘어서 있는 시행들을 통일하는 주체는 표현된(표면의) 언어의 외부에 위치해 있다. 이 주체를 원뿔의 꼭지점으로 간주하자. 구심적인 주체는 병렬된 언어적 표면을 통할하는 보이지 않는 중심이다.

나무가 자라는 집에서는 작고 애매한 파동이
아침 내내 일어 새들이 무리로 몰어내어도
멈추지 않았습니다 집안은 잡목숲을 따라오는
파동 때문에 금세라도 지붕이 무너져 내릴 듯
했습니다 그 집의 역사가 유지되는 것은
순전히 숭숭 구멍을 뚫어대는 동박새라든가
딱따구리 새앙쥐의 역할인 듯 했습니다
한낮이 되어 늙수그레한 남자가 나타나 비음이
심한 목소리로 무어라곤지 중얼거렸지만 파동은
조금치도 변동이 없었습니다 나무가 자라는
집을 구성하고 있는 지붕과 유리창 마루
거실들은 파동에 떨고 반항하며 근원 같은
곳으로 사라지는 듯 했습니다 오후가 되자
대문 두드리는 소리가 한동안 울렸건만
아무도 뒤란을 돌아 문을 따주러 가는
사람은 없었습니다 나무가 자라는 집은
더욱 깊은 파동 속으로 들어가 옴쭉도
않았습니다 해질 무렵 예의 남자가 잠시
나타나 뒷걸음치듯 주춤거렸지만 그것도
잠시 남자는 잡목숲으로 사라지고, 시간이
열렸다가 닫히고 나무가 자라는 집은
깊은 적막으로 빠져 들어갔습니다

— 최하림, 「나무가 자라는 집」 전문

이 집은 파동이거나 적막의 한가운데 있다. 나뭇잎들이 만들어내는 "작고 애매한 파동" 이 시행들을 진동하게 만든다. 진동의 증거는 두 가지이다. 하나는 개별적인 시행에서 완결되지 않고 다음 시행으로 이어지는 문장의 연쇄이며, 다른 하나는 고르게 정렬된 서술어들을 통해 이루어지는 문장의 통일이다. 행을 분할하거나(행을 넘어서 문장이 이어지므로) 접속하는(행의 중간에서 문장이 끝나고 다시 시작되므로) 문장의 연쇄가 파동의 지속을, 동일한 문형을 가진 문장의 통일이 파동의 모양을 보여준다. 파동은 집 전체를 파문에 싸이게 만들었다. 지붕과 마루, 거실까지 "파동에 떨고 반항하며 근원 같은/ 곳으로 사라지는 듯" 했다. 끊임없이 진동하고 반향하는 사물은 진동의 처음에 있으면서 동시에 진동의 나중에 있다. 반향이 진동의 결과이므로, 이러한 피드백이 파문의 처음과 나중을 동시적으로 드러내는 것이다. 그래서 이 집은 파동 속에 있으면서, 파동의 맨 끝자리—적막의 한 가운데로 밀려난다. 시를 구성하는 여덟 개의 문장은 제 안에 여러 개의 절을 품고 있어서, 하위 문장으로 분할되어 간다. 이 역시 파문의 상형(象形)이다. 집은 이런 이랑에 의해 너울거리며 아침에서 저녁으로, 파동에서 적막으로 옮겨간다. 그러나 각각의 문장은 시간의 순서에 따라 배열되어 있을 뿐이어서, 핵심 문장과 부가 문장으로 구별될 수 있는 것이 아니다.

이 평면적인 문장을 통합하는 주체는 시의 바깥에 있다. 다시 말해서, 관찰자의 자리에 있다. 하지만 구심적 주체는 자신과 무관한 객관 사물로 세계를 구성하는 것이 아니다. 이 시의 주체 역시 무심히 대상을 묘사하는 듯 하지만, 대상에 자신의 속내를 스며들게 만들었다. 아니 이 대상들을 자신의 내면 풍경이라 말하는 것이 적절할 것이다. "나무가 자라는 집은/ 더욱 깊은 파동 속으로 들어가 움쭉도/ 하지 않았습니다". 실은 움쭉도 할 수 없었던 것은 주체 자신이다. 파동 가운데 놓인 집이 사실은 적막한 집임을 말하고 싶었던 것이다. 그러니까 이 시의 언어는 여전히 독백적이다. 제 자신을 "늙수그레한 남자"로 대상화하는 주체의 쓸쓸함이 그렇다. 이 남자는 적막한 풍경의 일부이며, 파동과 적막을 오가는 쓸쓸한 주체의 초상이다.

주체는 이 시의 풍경을 통일하고 있으나, 여전히 풍경의 바깥에 있다. 곧 이 풍경의 근원은 주체 자신이다. 주체는 제 자신을 노출할 때에도 풍경의 일부로, 잠깐 모습을 드러냈을 뿐이다. 근원은 본래 해명되지 않는 중심이다. 근원에서 풍경이 비롯되었으나, 이루어진 풍경 앞에서 근원은 제 모습을 감춘다.

2-2. 구심적인 주체와 입체적인 언어

두 번째 모델은 구체(球體; sphere)로 설명된다. 구체의 표면이 이 모델의 언어적 성격을 일러준다. 개별 시행들은 다른 시행들과 체계를 이루고 있으며, 이렇게 구조화된 시행들을 통일하는 주체는 표현된(표면의) 언어의 내부에 위치해 있다. 이 주체를 구체의 중심점으로 간주하자. 구심적인 주체는 입체화된 언어적 표면을 통할하는 내적인 중심이다.

> 초록은 두렵다
> 어린 날 녹색 칠판보다도
> 그런데 자꾸만 저요, 저요, 저 저요, 손 흔들고
> 사방천지에서 쳐들어온다
> 이 봄은 무엇을 나를 실토하라는 봄이다
> 물이 너무 맑아 또 하나의 나를 들여다보고
> 비명을 지르듯이
> 초록의 움트는 연둣빛 눈들을 들여다보는 일은 무섭다
> 초록에도 감옥이 있고 拷問이 있다니!
> 이 감옥 속에 나는 그동안 너무 많은 말을
> 숨기고 살아왔다.
>
> ─ 송수권, 「초록의 감옥」 전문

　"어린 날 녹색 칠판"과 비교되는 "초록"은 이미 추억의 내성화된 회로를 거쳐온 초록이다. 선생의 질문에 앞다투어 손을 드는 아이들처럼, 봄은 "사방천지에서 쳐들어온다". "나"는 봄날의 청신함에 몸과 마음을 다 내주었다. 그러자 역전이 일어났다. 어느덧 나이든 나는 사라지고 어린 시절의 내가 남았다. 초록의 정경에 물든다는 것, 초록으로 옷을 삼고 초록으로 성정(性情)을 삼았는데도, 초록은 여전히 내 밖에 있는 무엇이다. 그는 초록의 감옥에 갇혀버렸다. "이 봄은 무엇을 나를 실토하라는 봄이다". 초록 칠판 앞에서 무엇인가를 말해야 한다. 그 "무엇"은 동격의 길을 따라와서 내 자신이 된다. 이제 사방 봄 풍경이 내게는 선생이다. 그렇다. 대답하는 일은 두렵다. 더구나 제 자신에 관해 말해야 하는 일일 때는 더욱 그렇다. 초록의 심문관들 앞에서 어린 시절의 자신과, 그 시절에서 멀리 떠나온 자신을 비교해야 하는 일은 무섭다. 맑은 물 앞에서 제 자신을 들여다보는 일도 그렇다. 제 자신을 비추어보면서 동시에 물의 심연을 들여다보는 일, 그 되비침과 깊어짐의 이중성은 어린 시절의 나를 억누르며

살아온 자신의 이중성이기도 하다. 심연 앞에서 나는 비명을 지르는데, 그 비명의 내용이 한 행 건너에 쓰여 있다. "초록에도 감옥이 있고 拷問이 있다니!' 이 봄의 감탄이 공포라니! 내가 그토록 먼 세월을 흘러왔다니!

이 영탄이 또 한 번의 역전을 가져온다. 이제 감옥에 갇힌 것은 내가 아니라 나의 말이다. "이 감옥 속에 나는 그 동안 너무 많은 말을/ 숨기고 살아왔다." 나는 초록의 시선으로, 그 "연둣빛 눈"으로 세상을 말해오지 못했다. 그래서 우리는 시를 재구성하여 읽어야 한다. 초록의 감옥은, 청신함의 원천이 되는 시의 창고이기도 하다(너무 많은 말이 거기에 숨어 있다). 나를 심문하는 연둣빛 눈은, 나를 격려하는 손짓이기도 하다(저요 저요 외치는 아이들의 눈빛이 연둣빛이다). 심연 앞에서 내지른 내 비명은 내 안에 잠기는 짜릿함이기도 하다(물이 너무 맑다!). 봄이 나를 고문하는 일은 좋은 글을 쓰라는 격려이기도 하다(봄은, 죄가 아니라 나를 실토하라고 말한다).

이 시를 이루는 개별 문장들은 계층화되어 있다. 시행들은 "초록은 두렵다"라는 모두 진술을 부가적으로 설명하기 위해 순서에 따라 배열되어 있으며, "초록은 경탄스럽다"라는 주체의 전언을 반어적으로 설명하기 위해 역순으로 배열되어 있다. 구조의 중심에 나, 곧 드러난 주체가 있다. 나는 어린 시절과 지금을 왕복하며, 초록의 감옥을 건축했다. 주체인 나는 "초록 칠판"에 앉은 어린 학생이기도 하고, 열심히 손드는 어린 학생들 앞에 선 선생이기도 하다. 나는 너무 많은 말을 숨겨 왔으며, 그 말을(무엇인가를, 혹은 내 자신을) 실토해야 한다. 그러니까 이 시의 언어 역시 독백에 해당한다.

주체는 이 시의 풍경을 통일하고 있으며, 풍경의 내부에서 자신을 드러내고 있다. 이 풍경의 핵심에는 주체 자신이 자리하고 있으며, 그것도 여전히 구문을 통일하고 조직하는 생성적인 힘으로써 있다.

2-3. 원심적인 주체와 평면적인 언어

세 번째와 네 번째 모델에서, 주체는 복수적(複數的)이다. 도형의 표면(시적 언어 표현)은 이 주체들 간의 거리로 측정된다. 복수적인 주체이므로, 그로써 드러나는 표면은 개별적인 주체의 자리에 의해 견인된다. 원심적인 주체는 여러 개의 중심을 가지므로 일인칭, 이인칭, 삼인칭을 포괄하는 복수 화자이며, 시적 언어는 대화적이다. 하나의 중심에서 다른 중심은 타자이므로, 또 다른 표면을 이룬다. 복수적 주체에 의해 구축된 언어의 표면은 다른 주체에 의해서도 설정되므로, 이질적이며 혼성적(混成的)이다. 구심적인 주체의 내면이 세계상을 결정한 첫 번째, 두 번째 모델과 달리, 세 번째, 네 번째 모델에서는 세계상이 원심적인 주체들의 자리를 결정한다. 하나의 중심에서 표면을 결정할 수 없기 때문에, 획정된 표면이 개별적인 중심과 관련된다고 보아야 한다.

세 번째 모델의 단순화된 예는 타원(ellipse)이다. 두 지점에서 거리의 합이 일정한 점을 이루는 자취가 타원이므로, 타원은 이중적인 주체에 의한 언어 표현을 모델화한다. 개별 시행들은 자립적이고 비균질적인 형식으로 다른 시행들과 병렬되어 있으며, 이 시행들을 견인하는 주체는 복수적이다.

1 그들은 결혼한 지 7년이 되며, 아들 제 771104-1562282호와 딸 제 790916-244137호가 있다.
2 얘들아, 지금까지 어디 있었니? 나는 너희들을 사방에서 찾았단다.
3 먹이와 敎養을 찾아, 해골 표시가 있는 벼랑까지 갔다왔어요. 학교 가기 싫어요.
4 서울대학교 政治科 졸업생들은 동창회를 미국에서 한대.
5 부디 몸조심하여라.
6 나는 그가 남을 헐뜯는 것을 단 한 번도 들어 본 적이 없다. 이것만은 자신 있게 말할 수 있다.
7 그녀는 日本에 가 본 적이 없지만, 마치 모국어인 양 거의 완벽하게 日語를 말한다.
8 나는 UHF방송을 즐겨 청취한다. 특히 '自然의 神秘'와 같은 프로에서 나는 알바트로스 새가 어떻게 암컷 수컷을 찾고 교미하고, 새끼 낳고, 겨울을 나고, 봄에는 마젤란 海峽으로 돌아오는가를 유심히 보았다.
9 일주일 전 그 집 대문 앞에 '朝鮮日報 사절'이 붙여져 있었는데, 오늘 아침 그 집 대문 앞에는 '조선일보 절대사절'이라 붙여져 있었다.

10 가령 know, see, hear, love, hate 등과 같은 동사는 진행형을 사
　용할 수 없습니다. 주부여러분, 이건 다만 관습일 뿐이죠.
11 지난주부터 눈이 내리고 있다. 우리 나라에는 대개 요즘 눈이 많이
　내린다.
12 나는 검열을 두려워한다.
　　　　　　　　　　　　　　—황지우, 「그들은 결혼한 지 7년이 되며」 앞부분
　　　　　　　　　　　　　　　　　　(행 앞의 일련번호는 편의상 붙였음)

　각각의 시행을 통합하는 주체를 하나로 말하기 어렵다. 이 시 전체 텍스트
는 이질적인 하위 텍스트들의 집합이다. 하위 텍스트들은 텍스트의 긴 연쇄
를 이루는데, 이 연쇄를 가능하게 하는 힘은 복수적인 주체의 연쇄에 있다.
　첫 행은 이 시의 출발지점이다. 첫 번째 주체는 도시에 사는 평범한 중
산층 부부를 시적 무대에 올린다. 시는 이들의 내면 풍경을 외부 기호의
꼴라쥬적인 조합으로 보여준다. 아들, 딸의 이름이 주민등록번호(딸의 번
호에는 약간의 착오가 있다)로 대체된 것은 이들의 삶이 거대 사회의 기
호에 불과하기 때문이다. 이름은 그 이름으로 불리는 사람의 대리표상이
다. 이름, 곧 그 사람을 잃어 버렸으므로 부모는 그들을 애타게 찾는다(2
행). 다음에 아이들이 대답한다. 우리는 학교에 다녀왔어요. 학교 다니는
목적은 생계(먹고사는 일)와 교양(먹고사는 데 필요한 지식)을 얻는 데 있
다. 하지만 그것은 생존경쟁의 벼랑으로 아이들을 내모는 일이다(3행). 학
교 교육을 잘 받으면, 사회적으로 우월한 자리를 차지할 수 있을 것이다.
"서울대 정치학과"는 사회 피라미드 구조의 정점을 지시한다. 그들은 "동
창회를 미국에서" 한다(4행). 다시 부모의 목소리, "부디 몸조심하여라."
(5행) 속물적인 우월의식에 상하지 않게 조심하라는 말일까? 아니면 그때
까지 긴장을 늦추지 말고 살라는 말일까? 미국은 좋은 곳이지만, 거기에
가기 위해선 조심조심 살아야 한다. 정치판은 더욱 무서운 곳이다. 몸조
심하는 가장 좋은 방법은 남을 헐뜯지 않는 것이다(6행). 이걸 자신 있게
말하는 "나"는 부모도, 자식도 아니므로, 새로운 주체이다. 처세를 잘 하
기 위해서는 외국어를 잘 해야 한다. "말할 수 있다"라는 표현은 외국어
운용능력을 표현하는 데 흔히 쓰인다. 그녀 역시 신분 상승의 기회를 잡

았다(7행). 유창한 외국어 구사는 "UHF 방송을 즐겨 청취"한 덕분이다. 동물 다큐멘터리를 즐겨보는 것은, 사람살이가 동물의 생태와 다를 바 없기 때문이다(8행). 우리의 삶 역시 동물의 삶처럼, 그저 반복되는 관습일 뿐이다. 일주일 전에 신문을 보지 않겠다고 말했는데, 여전히 신문이 들어오고 있듯이(9행). "사절"에서 "절대 사절"로, 우리네 삶은 그렇게 팍팍해져 간다. 이를 "조선일보"라는 보수 신문에 대한 암시적 비판이라 보아도 좋다. "know, see, hear, love, hate"와 같은 지각동사는 진행형을 쓸 수 없다(10행). 다시 말해서 알고 보고 듣고 사랑하고 미워하는 일을 현재에 지속하기 어렵다. 그럴 수 있는 사람이 있다면, 그 사람의 일은 단지 관습이다. "주부 여러분"을 말하는 주체 역시 새로운 주체이다. 그런 무차별이, 모든 풍경을 억압하고 획일화하는 눈으로 상징되고(11행), 그 눈의 의미가 "검열"이라 명명된다(12행)……. 이 연쇄는 무한히 계속될 수 있다. 실제로 이 시는 주체를 바꾸어가며, 이 뒤에도 30행이나 계속된다(중간에 도표까지 삽입된 데다가, 뒤로 갈수록 행이 길어진다).

각각의 시행들은 이질적이며(그래서 주체가 여럿이다), 병렬적이다(계층화되어 있지 않으므로, 연쇄가 가능하다). 주체는 관찰자에서 참여자로 들고남을 반복한다. 각각의 시행들을 잇는 것은 연상인데, 이로써 시행들이 혼성된다. 각각의 시행은 어느 한 시행에 종속되지 않는다. 다른 언어 형식으로 쓰였으므로, 각각의 시행은 다른 시행과 대화적인 관계에 놓인다. 주체를 바꾸며 시를 적어나가는 방식은, 비교적 최근에 알려진 방식이다. 주체의 발언을 언어 표현에 고루 습합시켰던 구심적 주체의 방식과 달리, 이 방식은 세계의 물질성을 언어의 물질성으로 직접 환치시킨다.

2-4. 원심적인 주체와 입체적인 언어

네 번째 모델의 단순화된 예는 쌍곡선(hyperbola)이다. 두 지점에서 거리의 차이가 일정한 점을 이루는 자취가 쌍곡선이므로, 쌍곡선 역시 이중적인 주체에 의한 언어 표현을 모델화한다. 개별 시행들은 비균질적인 방식으로 다른 시행과 연계되어 있으나, 특정한 좌표에 따라 위치 지워져 있다. 이 시행들을 견인하는 주체 역시 복수적이다.

어느 백제왕의 혁대는
비단벌레 껍질로 장식돼 있다고 한다
그 앞에 머리 조아린 문무백관과
궁녀들과 백성들이 있었을 것이나
사라져 버렸고
백제왕도 사라져버렸다

모래인간은 일찍이 없었고 앞으로도 존재하지 않을 것이다. 모래가 된 인간은 많지만 모래로 된 인간은 없다. 모래는 잘 뭉쳐지지 않는다. 모래는 흩어진다. 모래는 흘러 다닌다. 모래들이 물어뜯은 것 같은 움푹한 미라는 있지만 모래로 빚은 태아는 없다. 사막에 사는 모래쥐도 그렇다. 모래가 되는 모래쥐는 많지만 모래로 빚은 모래쥐는 없다. 모래에서 끝나는 육체, 모래에서 다시 시작하지 못하고 모래로 흘러 다니는 육체, 더 쪼갤 수 없이 잘게 쪼개져서 사막을 흘러 다니고 바람에 불려 다니는, 더 이상 육체라고 부를 수 없는 육체, 방황하는 모래들, 표류하는 모래들, 폭풍에 들려 빈 하늘에서 빈 하늘로 떼지어 날아가는 모래들, 누구의 것도 아닌, 그 누구의 뼈도, 그 누구의 살도 아닌,

남은 것은 혁대와
비단벌레 껍질에 흐르는 은하수,
4월의 황사는
고비사막에서 날아와
비단벌레 껍질과 속삭인다.

— 최승호, 「모래인간」 전문

모래인간(sandman)은 본래 아이들 눈에 모래를 넣어 잠이 오게 한다는 동화 속 잠귀신이다. 졸릴 때 아이들은 눈을 비빈다. 그러니 어휘만으로 보자면 모래인간은 분명히 존재한다. 주체의 연상이 출발하는 지점이 바로 여기다. "모래가 된 인간은 많지만 모래로 된 인간은 없다". 육체는 모래에서 끝나고, 이후에는 "잘 뭉쳐지지 않는" 모래만이 흘러 다닐 뿐이다. 모래는 육신을 헐어 버렸으므로, 다른 육체와 구별되지 않는다. 그러므로 모래인간은 육체가 아니며, 나아가 주체도 아니다. 그것은 "더 이상 육체라고 부를 수 없는 육체"인데도, 이상하게 방황하고 표류하고 빈 하

늘로 떼지어 날아간다. 주체가 없는 자리에 주체의 역할이 남아 있는 셈이다. 이 유물론적인 몸은 기실 인간 너머의, 아니 인간 이후의 인간이 처한 운명을 보여준다. 2연의 네모반듯한 산문 형식 역시 모래의 모습을 닮았다. "사막에서 글쓰기의 어려움이란 모래들이 해일처럼 밀려오는 데 있을 것이다"(「펜」) 글자들은 모래알처럼, 자음과 모음으로 분해되어, 바람에 날려간다. 사막에서, 펜으로 더는 말하기가 어렵다. 행을 나누어 서술한 1, 3연은 인간에 관한 얘기다. 왕도 신하도 백성들도 사라지고, 비단벌레 껍질로 만든 혁대만이 남았다. 그들은 죽어 "모래가 된 인간"이 되었다. "4월의 황사"가 날아와 비단벌레 껍질과 속삭인다, 말하자면 육신을 벗은 모래인간들이 예전의 영화(榮華) 앞에서 붐비고 있다. 과거의 영화는 사라져버렸고(1연), 모래만이 떠돌아다니며(2연), 지금은 모래가 된 것들만이 날아와 속삭인다(3연). 삶은 잠깐이지만, 죽음은 돌이 깨져 부스러기가 될 만큼 나이를 먹었다.

1, 3연과 2연의 언어 형식은 같지 않다. 1, 3연의 언어는, 인간의 삶이 그렇듯 분절적이며, 2연의 언어는 모래의 삶이 그렇듯 연속적이다. 전자의 주체는 인용하고("있다고 한다") 단정하고("사라져버렸다") 묘사하며("황사는 …속삭인다"), 후자의 주체는 설명하고("모래는 잘 뭉쳐지지 않는다") 추측하고("없을 것이다") 서술한다("그 누구의 살도 아닌,"). 두 개의 주체가 다른 영역의 언어 표현을 가능하게 했으나, 그럼에도 불구하고 시는 모래가 될 수밖에 없는 인간의 운명과 모래 이후의 인간의 모습에 대한 긴 주석으로 기능하고 있다. 다시 말해 입체화되어 있다.

2-5. 이동하는 주체와 평면적인 언어

다섯 번째와 여섯 번째 모델에서, 주체는 이동한다. 도형의 표면(시적 언어 표현)은 이 주체의 이동에 따라 설정된다. 이동하는 주체는 단일한 중심을 가졌으되, 고정적인 주체가 아니다. 중심의 이동을 설명하는 것은 좌표의 변화, 곧 시공간의 이동이다. 시적 대상들의 전면적인 교체가 주체의 자리를 보여준다고 할 수도 있고, 주체의 이동이 대상의 변화를 가져왔다고 할 수도 있다. 중요한 것은 그 이동의 경로, 곧 여정이다. 관찰

혹은 체험의 주체로서, 이 주체는 일인칭이거나 전지적 시점을 가진 단일 화자이며, 시적 언어는 극적이다.

　다섯 번째 모델을 고리(ring) 혹은 도넛(doughnut) 형태로 설명할 수 있을 것이다. 도넛의 바깥면이 이 모델의 언어적 표면이다. 개별 시행은 이 표면을 따라 자립적으로 배치된다. 주체는 도넛의 내부에서 이 배치된 표면을 이동한다.

> 아버지, 아버지가 여기 계실 줄 몰랐어요
> 그해 가을 소꿉장난은 國産映畵보다 시들했으며 길게
> 하품하는 입은 더 깊고 울창했다 깃발을 올리거나 내릴
> 때마다 말뚝처럼 사람들은 든든하게 박혔지만 햄머
> 휘두르는 소리, 들리지 않았다 그해 가을 모래내 앞
> 샛강에 젊은 뱀장어가 떠오를 때 파헤쳐진 샛강도 둥둥
> 떠올랐고 高架道路 공사장의 한 사내는 새 깃털과 같은
> 速度로 떨어져 내렸다 그해 가을 개들이 털갈이 할 때
> 지난여름 번데기 사 먹고 죽은 아이들의 어머니는 후미진
> 골목길을 서성이고 실성한 늙은이와 天賦의 白痴는
> 서울역이나 창경원에 버려졌다 (……)
>
> 　　　　　　　　　　　　—이성복, 「그해 가을」 부분

　"그해 가을"은 시간의 절개지(切開地)다. 주체는 이 단면을 미끄러져 가는데, 이 미끄러짐은 편력의 성격을 가진 것이다. 인용한 부분만 살펴보자. 아버지가 짐작도 못한 곳에 있었다. 아버지는 존경이나 두려움의 대상이어야 하는데, 이런 곳에 웅크리고 있으니 소꿉장난 같다. 하지만 재미없는, 그래서 "국산영화보다 시들"한 장난이다. 재미가 없으니 하품이 나오고, 크게 벌린 입은 깊이 박힌 말뚝을 연상시킨다. 말뚝이 있으니 말뚝을 박은 해머도 있었을 텐데, 정작 해머는 보이지 않는다. 우리를 옴짝달싹 못하게 만든 보이지 않는 힘이 그럴 것이다. 해머 휘두르는 행위가 파헤쳐진 샛강을 불러온다. 샛강에선 뱀장어가 떠오르고(아래에서), 하늘에선 사내가 떨어져 내린다(위에서). 새 깃털의 무게는 이 죽음이 얼마나 허무한 것인가를 알게 해준다. 새 깃털과 함께 개털이 날리고, 아이들은 개처럼

죽어간다. 여전히 어머니는 죽은 아이를 기다리며 골목길에 나와 서 있고, 그렇게 실성한 늙은이와 백치들은 광장에, 동물원에 버려졌다……

이 목록 역시 주체의 여정이 계속되는 한 무한히 계속될 수 있다. 실제로 36행에 이르는 시행들은 이 시가 편력의 기록임을 보여준다. "그해 가을"을 횡단하는 주체는 고정된 자리를 갖고 있지 않다. 주체는 언어의 표면을 미끄러지면서, 제 안팎의 모습을 속기로 적는다. 엇걸친 행들은 시행에 담긴 풍경 하나하나가 분절적인 것이 아니라, 연속된 여로의 부분들임을 보여준다. 중간중간 돌출하는 직접 화법이 이 시의 극적 성격을 보여준다("아버지, 아버지가 여기 계실 줄 몰랐어요" "아버지,/ 여기 묻혀 있을 줄이야" "아버지! 내가 네 아버지냐" "아버지, 아버지…… 씹새끼, 너는 입이 열이라도 말못해") 그것들은 평면적인 대상 위에 돌출한 이정표 같은 것이다.

2-6. 이동하는 주체와 입체적인 언어

여섯 번째 모델을 나선(screw)으로 설명할 수 있을 것이다. 나선의 각 면이 이 모델의 언어적 표면이다. 개별 시행은 이 표면을 따라 입체화된다. 주체는 이 회전을 통할하는, 전변하는 중심이다.

> 입암은 상천 건너라 하였으나, 雨中이라면
> 시골 정거장도 수월치 않아 속살에 파고드는 건
> 흠집뿐이라고, 취중에도 네 진담이 쓰렸던가
> 이구근동 근처에는 우묵배미로 논들 꺼져 있고
> 그 논둑길 벗어나자 막 그쳐 가는 비,
> 한 해 막바질 힘겹게 끌고
> 몇 량 되지 않는 객차가 저기 지나간다
> 나는, 강물이 이렇게 추운 줄 몰랐다, 얼지도 않은
> 차가운 빗금들 그어질 때마다
> 그 수면 위로 수만 물고기들 뻐끔 주둥이를 내밀고
> 간신히 받아먹는, 이제는 잔잔해지는 공기,
> 파문들이 연신 꼬리치며
> 애기지느러미 티를 낸다, 저런 소요들은 입암의 것이며

다른 모든 고요들도 지금은 이 강의 것이다
내가 세상에서 가장 외진 강변을 걷고 있듯이
누군가 그렇게 이 강을 건너가리라, 그러니 이제
우리가 다 함께 강물로 쓸쓸해진다 한들 강물은
정작 쓸쓸하겠느냐,
내가 정자 한 채를 품고 싶었으나
강물은 그 정자의 추녀를 헐어 몇 굽이
이미 아득하게 굽어졌다
나를 흔드는 방식이 이 숙취 말고 수면 위
주름 잡히는 바람뿐이라면,
아아, 바람뿐이라면!
저기 파란만장을 헤쳐 가는 종이배 한 척,
물 가운데로 다시 한 번 소용돌이치는 너의 문장들,
떠나기 전에 새겨 넣은
두어 줄 물살들, 새겼다가 지우며 경계마저 허무는
잠시도 머뭇거리지 않는 저 물살들!

　　　　　　　　　　　　　　　—김명인 「종이배」 전문

　여로의 주체는 풍경의 변화에 자신의 마음을 싣는다. "雨中"이라, "속
살에 파고드는" 물기와 한기를 상처로 받아들이는 일이 그렇다. 그러나
"수만 물고기들"의 입질로 표현되는 파문과 소요는 입암의 것이다. 나는
"이구근동"을 지나 입암에 왔다. 이곳은 "세상에서 가장 외진 강변"이다.
추위 속을 지나온 나는 이제, 파문과 소요로 세상과 단절된 한 지역에 섰
다. 나는 쓸쓸해졌으나, 정작 강물은 저렇게 시끄럽다. 강물은 내가 세우
고 싶었던 세상의 정자를 헐어 물살 위에 흘려보내고, 나는 다만 흐르는
물살이 만드는 "너의 문장들"을 읽고 섰을 뿐이다.
　이 시의 주체는 제의적인 문턱을 넘었다. "입암은 상천 건너"에 있는데,
그곳에 가려면 빗속을 지나쳐야 한다. 그렇게 들어선 입암은 새로운 소요
와 고요로 들끓는다. 게다가 그곳의 강물은 내 소망을 헐어 "아득하게 굽
어졌다". 마침내 나는 그곳을 떠나려 하는데, "두어 줄 물살"이 몇 개의
문장을 이룬다. "새겼다가 지우며 경계마저 허무는 물살"은, 결국 입암의
강물이 세상으로 흘러올 것이며, 입암의 소요와 고요가 격절과 소외의 자

리에 있는 주체에게는 어디서나 들릴 것임을 일러준다. 시간의 변화("한 해 막바질" 끌고 가는 기차)와 공간의 이동(상천에서 입암으로, 다시 세상으로)에 따라 주체는 풍경과 갈마든다. 주체의 변화에 따라 비가 들이치고, 잦아들고, 강물이 흐른다. 이 변화의 중심에 놓인, 힘없는 "종이배"는, "파란만장"의 세상을 흘러가야 하는 내 자신의 상징이다. 구체적인 자리를 갖지 못한 채, 다만 청자의 자리에 설정된 "너"가 이 시의 극적인 성격을 보여준다. "너"는 사실 "우리"의 일부이며, "우리"는 사실 나의 집단화이다. 그러니까, 이 시의 "너"가 특정한 주체라 말할 수 없다. 주체는 스스로 말하고 듣기 위해, 화자와 청자를 갈라 말했던 것이다.

3

여섯 가지 모델로 우리 시의 유형을 살폈다. 주체를 분류한 것은, 서술의 원리를 획정하기 위한 것이다. 세 가지 주체는 시적 언어의 성격과 발화의 양상에 따른 유형이다. 각각의 주체는 독백적인 언어, 대화적인 언어, 극적인 언어의 모델을 보여준다. 수평과 수직의 좌표를 설정한 것은, 서술의 방식을 획정하기 위한 것이다. 두 가지 축은 각각 병렬적인 서술의 방식과 구조화된 서술의 방식을 보여준다. 이로써 드러나는 세계상을 간단히 살펴보자.

첫 번째 모델은 평면적인 공간에 시적 대상을 나열하고 배치하는 단일한 주체를 갖는다. 세계는 주체의 내면을 충실히 복사하는 단일한 지평이다. 두 번째 모델은 체계적인 공간에 시적 대상을 배치한다. 대상들의 구조적인 중심에는 대상들의 위계를 결정짓는 단일한 주체가 있다. 세계는 이 주체의 내면에 따라 구조화된다. 세 번째 모델은 평면적인 공간에 놓인 몇몇 주체를 따라 만들어진다. 세계는 이 주체들의 자장(磁場)이 만들어내는 영역 내에 배치된다. 네 번째 모델은 체계적인 공간에 놓인 주체들의 역학 관계를 설명한다. 이 주체들의 차이에 의해, 세계가 입체화된다. 다섯 째 모델은 평면적인 공간을 이동하는 주체를 보여준다. 주체는 시적 대상들의 표면을 미끄러지며, 대상들을 평면에 배열한다. 여섯 째 모델은 체계적인 공간을 편력하는 주체에 의해 만들어진다. 주체의 이동 경로에 따라 대상들이 설정되고, 배치된다.

전통적인 시의 영역은 대개 구심적인 주체를 갖고 있었다. 소월에서 만해, 미당을 관통하는 시사의 문맥이 그렇다. 이동하는 주체는 백석과 김수영에게서 발원하여, 80년대 많은 시들의 언어적 맥락 가운데 자리잡았다. 원심적인 주체는 비교적 최근의 현상이지만, 멀리는 이상에게 그 연원을 두고 있다. 입체적인 언어에서 평면적인 언어로의 이행도 최근의 현상이다. 비유와 율격은 체계의 소산이다. 이를 파기하고 매개 이미지를 독립시키거나 언어적 결을 파기하는 것은 시적 영역을 넓히기 위한 주체의 의식에서 비롯된 것이다. 예술이 그 무엇의 언어적 반영이 아니라는 것, 차라리 그 무엇이 언어의 반영이라는 것—이런 주장이 단일한 주체를 고집하지 않는 이유이다. 각각의 모델링 체계는 우리 시의 영역을 조망하기 위한 시론적(試論的)인 성격을 가질 뿐이다. 특정한 시인이 반드시 단일한 모델을 갖는다고 말할 수는 없다. 그러므로 여섯 가지 유형은 배타적인 경계를 갖는 것이 아니다. 하지만 여섯 유형이 경계 설정의 지표는 아니라고 해도, 좌표의 기준점은 될 수 있으리라.(2001)

서정시의 새로운 논의를 위하여

1. 시적 서정의 존재방식

시에 있어서 서정의 존재방식을 어떻게 말해야 할까? 먼저 "서정"의 범위를 명확히 하지 않으면 안 된다. 우리가 이름 붙여온 서정은 단일한 맥락에서 쓰이지 않는다. 서정이란 이름은 동음이의어들의 군집인 셈이다. 이 용어는 다음과 같은 층위로 분할될 수 있다. 첫째, 장르론으로서의 서정. 둘째, 존재론으로서의 서정. 셋째, 비평적 계열체로서의 서정. 넷째, 관습화된 비평용어로서의 서정. 각각의 층위를 비판적으로 검토해보자.

첫 번째 의미로서의 서정은 문학의 오랜 갈래를 이른다. 그 갈래가 셋이든 넷이든, 또 하위 갈래가 어떻게 분기해가든, 본래적 의미에서의 장르는 언술의 형태를 나누고 가르는 형식화된 체계 가운데 하나이다. 체계는 차이와 배제를 그 속성으로 삼는다. 장르로서의 서정은, 서사와 극(과 교술)이라는 장르 형식의 잉여이거나 분할이다. 게다가 장르로서의 서정은 현대시의 실정과 부합하지 않는다. 이 형식을 지탱하는 것은 서정적 언술에 부가된 음악성(곧 서정이 운문으로 쓰여졌다는 것)인데, 재래의 정형화된 리듬감(강세, 장단, 고저, 어절의 통합)으로는 현대시의 방식을 설명할 수 없다. 이른바 회감(回感; Erinnerung)을 가능하게 하는 정조 (情調)는 규칙적인 음의 배열을 통해 생성되는 것이다. 재래의 장르론적 입장에서, 서정시는 다음과 같은 경로를 통해 제 모습을 갖춘다: 먼저 규칙적으로 배열된 리듬이 있고, 다음으로 거기에 얹힌 문자표(文字表)가 있다. 악보 위에 그려진 가사를 연상하면 될 것이다. 이 둘의 출현은 동시적이지만, 그것의 효과는 동시적이지 않다. 다시 말해 개별 문자가 야기하는 음악적 요소와 의미적 요소가 늘 일치하는 것은 아니다. 이 둘의 이

합(離合)과 집산(集散)을 도표화하여 그것의 굴곡과 거리를 측정하면, 개별 작품의 운문이 정식화된다. 그러나 현대시의 음악성은 고정된 형식의 틀 안에서는 관찰되지 않는다. 그것은 정교한 의미화 과정에서 산출되는 것이지, 형식적 틀 안에 선험적으로 주어진 것이 아니다. 특히 우리 시에서, 음악성을 담보하던 특질은 말토막의 규칙성에서 개별적인 음가들의 성질로 이관되었다. 더욱이 행을 나누지 않은 줄글과 행을 나누었으되 줄글의 분할에 불과한 시들이 압도적으로 증가했다. 그러므로 이제 장르를 지배적인 언술을 형식화하는 원리로 간주해선 안 된다. 장르는 문학적 의사소통의 유형이며, 내재화된 세계 인식의 원리여야 한다. 이제 서정 장르는 매우 느슨하게 연계되어 있는 속성들을 천천히, 가로지른다. 서정 장르의 특징을 다음과 같이 기술할 수 있겠다.

1) 세계의 물질성을 언어 자체의 물질성으로 변환하는 것
2) 그로써 세계의 질서를 주체의 질서와 연계시키는 것
3) 비유적 직관으로 의식과 사물을 통합하는 것
4) 시간의 흐름과 의식의 흐름을 운율 속에서 대위적(代位的)으로 통일하는 것

1)은 서정 장르가 생성하고 변화하는 유로(流路)의 언어적 결절 지점임을 보여준다. 서정은 세계 자체가 아니라, 세계의 언어적 등가물이다. 2)는 서정의 존재론적 특질과 연계된다. 서정의 세계에서는 수신(修身)의 원리가 곧 치국(治國)의 원리가 된다. 3)은 서정의 공시적 특징이다. 의미소들을 공유하면서, 서정은 내면과 외면을 동시적으로 구현해낸다. 3)이 대상의 안팎을 왕복하는 서정의 운동을 설명한다면, 4)는 시간의 앞뒤를 왕복하는 서정의 운동을 보여준다. 이것이 서정의 통시적 특징이다. 형태소와 개별 음운을 통합하는 서정의 움직임은 형식과 내용, 청각 영상과 의미라는 전통적 분할을 하나로 꿰뚫는다.

두 번째 의미로서의 서정은 존재론적인 것이다. 이 경우, 서정은 주체의 세계 투사를 정식화한 말이다. 기투(企投)는 두 가지 방식으로 일어난다. 하나는 세계를 단일하게 정식화하는 주체의 환원적 운동이요, 다른

하나는 그럼에도 불구하고 파열되어 나가는 세계의 분산적 운동이다. 세계와 주체의 통일 혹은 분리가 주체의 존재론적 위상을 결정짓는다. 이 거리, 간격, 틈새가 결정적인 것이 되면 서사가 되고, 메꾸어지면 교술이 되며, 주체가 복수화되어 주체끼리의 거리, 간격, 틈새가 세계상을 이루면 극이 된다. 그러니 존재론적 위상에서는, 서정적인 것, 서사적인 것, 극적인 것, 교술적인 것이 있는 것이지, 서정, 서사, 교술, 극이라는 단일한 언술의 영역이 있는 것이 아니다. 각각은 영토 분할의 표지가 아니라 좌표상의 기준점이다. 그러므로 첫 번째 서정의 층위와 마찬가지로, 두 번째 기준으로 서정시의 존재론을 얘기하는 것 역시 쉽지 않다. 서정은 어떻게든 세계를 주체의 표상으로 만드는 방식이므로, 그것이 통합적이든 분열적이든 세계는 표상된 주체이며 주체는 표상된 세계이다. 다시 말해 주체와 세계의 거리로 서정의 하위 갈래를 유형화할 수 없다. 표상된 것과 표상하는 것은 이면과 표면을 보여줄 뿐, 거리와 간격과 틈새를 보여주지 않는다. 표상의 이면과 표면이라는 점에서, 서정은 분리와 통합의 이중화된 언술로 기록될 수 있을 뿐이다. 통합되어 있다거나 분열되어 있다고 말할 수 있는 경계가 없으므로, 이 기준으로 서정시의 영역을 한정할 수 없다. 분열은 주체 내에서도 일어나고, 통합은 세계 밖에서도 이루어진다.

앞의 두 가지가 서정의 갈래에 대한 논의라면 뒤의 두 가지는 시적 서정의 비평적 쓰임에 관한 것이다. 세 번째 의미로서의 서정은 특정한 시적 계열체에 붙인 이름이다. 서정시와 실험시라는 구분이 그것이다. 대체로 우리는 여러 가지 이항(二項)을 세워 시를 나누어 왔다. 전통과 실험, 사실성과 현대성, 언어의 사회성과 예술성, 내용과 형식 따위의 갈래가 그것이다. 이런 대립항 자체가 비평적 실용성은 있었다 하더라도 꼭 그만한 폐해를 낳은 것도 사실이다. 그래서 두 가지 구분을 최초의 상태로 되돌리려는 시도가 선언적 발언으로 정식화되곤 했다: 전통은 위반을 통해 계승된다, 가장 실험적인 것이 전통의 계승 방식이다; 가장 사실적인 문학이 당대의 현대적 성격을 담보하는 문학이었다, 문학의 현대적 성격은 사실적 인식을 통해 완성된다; 사회성과 예술성은 문학에 내재한 두 가지 기능이다; 내용은 내재화된 형식이며, 형식은 언표된 내용이다 운운. 이 구분을 끈질기게 고집하는 가장 완강한 의식이, 서정을 제 자신과 구분하는 실험적 의식이다. "전위적인, 모더니즘적인, 자의식적인, 자율적인" 따위의 말이 실험이라는 말을 수식해 왔다. 그러나 사실 이렇게 계열체를 구분하는 일은 올바른 구분이 아니다. 서정을 주체의 자기동일성을 이르는 용어로 제한하고, 실험을 거기서 탈출하는 주체의 모험을 이르는 말로 설명하는 것은 범주의 오류에 가깝다. 하나는 발화의 주체이고 하나는 발화의 형식인데, 어느 쪽을 강조하느냐는 문제가 반드시 선택의 가짓수를 이루는 것은 아니기 때문이다. 서정적이면서도 실험적인 문학이 얼마든지 있을 수 있으며, 서정적이지도 실험적이지도 못한 문학이 또한 얼마든지 있을 수 있다. 이런 비평적 구분의 폐해는 적은 것이 아니다. 이상의 시가 그런 비평의 폐해를 가장 많이 입은 예가 될 것이다. 「오감도 1호」와 「오감도 4호」, 「선에 관한 각서」와 같은 태작이, 그 실험적 의도를 앞세워 「아침」, 「행로」, 「지비」, 「척각」과 같은 수준작을 밀어내는 현상을 다음 방식 외에는 달리 설명할 길이 없다: 적어도 한쪽 계열체에서 실험은 다른 무엇보다도 선행하는 비평적인 고려의 대상이다.

네 번째 의미로서의 서정은 가장 좁은 쓰임새를 갖고 있다. 곧 이른바 전통 서정시라고 불러 왔던 소계열체 속의 서정을 이른다. 이것은 관습적인 비평용어로서, 그 효용 가치가 거의 없거나 전혀 없다. 이때의 "전통"이라는 말은 관습화된 기교와 수사, 정형화된 화자와 어조를 이르는 상투어에 가깝다. 정점에 이른 문학 양식은, 내적으로 파열되면서(다시 말해 그 내면의 찬란한 빛을 발휘하면서) 동시에 상투화되고 정형화되게 마련이다. 서정의 귀환이나 복원을 말하기 위해서, 우리는 이런 종류의 서정시가 아직 상투형, 모방형을 양산할 만큼 절정에는 이르지 않았다고 말해야 한다. 전통 서정시의 유행은 그 시적 역량의 크기와 넓이와 깊이를 말해주는 현상이 아니다. 오히려 그것은 서정시가 대중화된 코드로 편입되어간다는 것을 말해주는 불길한 징조일 수도 있다. 오딧세이적 여정이 있어야 귀환이 빛난다. 세계편력의 경험 없이 늘 제 안에만 안주해 있는 주체, 그것도 일정한 시적 언어의 조합과 배열만으로 자신을 완성하는 서정은 이미 타락한 서정일 수밖에 없다.

2. 서정시에 대한 새로운 접근을 위하여

논의를 진행하기 위해서 앞의 둘은 공소하고 뒤의 둘은 협소하다. 앞의 둘로는 범박한 말밖에 할 수 없고, 뒤의 둘로는 무의미한 말밖에 할 수 없다. 시적 서정을 말하기 위해서는, 서정을 발생시키는 원리를 규명하고 그 범위를 획정해야 한다. 앞의 네 가지 층위에서 이를 도출해보자. 첫째, 서정시는 형식화된 운문 전체를 이르는 말이 아니다. 시는 세계의 객관성을 언어의 객관성 안에 반영한다. 시 속의 세계상은 언어화된 세계상이다. 나아가 그 세계상은 언어의 운용법칙에 의해 지배를 받으므로 언어적 주체에 의해 구조화된다. 비유와 율격이 그 운용법칙의 하위항을 이룬다. 다시 말해 서정시는 주체의 특정한 언어적 운용에 따라 물적 토대를 획득한다. 서정시에서는 객관화된 언어가 아니라, 언어의 운용방식과 그 언어를 운용하는 주체가 중요하다. 둘째, 서정시에서 주체와 세계의 분열과 통합은 서술의 정도에 반영되긴 하지만, 서술의 특질을 이루지는 않는다. 서정시에서 중요한 것은 그 분열(불일치)과 통합(일치)이 야기하는 효과, 곧 만족과 불만족의 정도이다. 셋째, 서정시는 실험시의 반대항이 아니다. 어떤 시가 실험적이라거나 아니라거나 하는 것은 서정의 발생지와 유통 경로와는 상관이 없다. 서정의 발생지는 서정적 주체의 욕망 곧 행불행, 만족과 불만족, 일체감과 소외감 따위이며, 서정의 유통 경로는 특정한 언어적 운용 곧 비유와 율격의 활용에 있다. 불행한 서정시가 있고 행복한 서정시가 있으며, 전통적인 서정시가 있고 실험적인 서정시가 있다. 넷째, 이른바 전통 서정시는 정형화된 서정시의 한 갈래일 뿐, 서정시 전반의 넓이와 깊이를 일러주는 용어가 아니다. 이와 같은 정의에 의해서 다음과 같은 시가 서정시에서 제외된다.

1) 언어 자체의 물적 특질을 강조한 시(서정시에서 언어의 운용은 주체의 욕망에 종속된다)
2) 세계의 객관적 반영을 목표로 하는 시(서정시에서 중요한 것은 세계와의 관계—곧 접면과 소격—에서 야기된 정서적 효과이다)
3) 주체의 즉자적 토로에 불과한 시(서정시에서 특정한 언어적 운용은 주체가 파악한 세계상을 반영한다)

또한 다음과 같은 주장이 서정시 논의에서 제외된다.

1) 세계와의 일치 혹은 세계의 주체화가 서정시라고 하는 주장(주체와 세계의 거리는 멀든 가깝든 정서적 효과를 야기한다)
2) 실험적인 시도의 반대편에 있는 시가 서정시라고 하는 주장(서정적 주체는 그것이 실험적이든 아니든, 자신이 선택한 특정한 언어적 운용에 의해 정서적 효과를 야기한다)
3) 전통적인 정서를 노래한 시가 서정시라고 하는 주장(서정적 주체는 관습화된 정서이든 아니든, 자신에게 가장 적절한 언어적 운용방식을 찾아낸다)

3. 서정시의 범위와 유형에 관하여

다시 말하지만, 서정시에서 중요한 것은 주체와 세계의 거리나 언어 자체의 운용 방식이 아니라, 그것이 야기하는 정서이다. 로고스적 주체와 로고스적 언어 운용은 서정시 논의에서 제외된다. 백석과 김수영, 이상과 박재삼을 동일한 서정의 지평에서 논의할 수 있는 까닭이 여기에 있다. 행복한 서정시와 불행한 서정시가, 전통적인 서정시와 실험적인 서정시가 있을 수 있다고 말했는데, 각각의 경우를 살펴봄으로써 서정시의 실상에 관해 말할 수 있을 것이라 생각한다.

1) 행복한 서정시 : 안으로 접힌 주체[1]

주체의 운동이 자신에게 정향(正向)되어 있을 때, 다시 말해 주체의 구심(求心)적 운동이 지배적일 때, 서정시의 주체는 통일적이다. 그 주체는 제 안의 질서와 결에 따라 이동하는 주체여서, 세계와 불화를 겪지 않는

---

1) 윤채근이 서정의 존재론을 〈안으로 접힌 주체〉라 명명하였다. 서사가 〈밖으로 펼쳐지는 주체〉인 것과 다르게, 서정의 주체는 전변적 주체의 고정화 운동으로 설명된다.(윤채근, 『차이와 체계』, 월인, 2000) 이 논의는 주체의 존재론적 위상과 관련한 장르이론이어서, 이 글의 체계와는 같지 않다. 이 글에서는 내적이든 외적이든, 그것이 주체의 정서 유발 효과와 관련되는 한, 서정시의 지평에 포괄된다고 보았다. 다시 말해 이 글의 주체는 처음부터, 서정적 주체이다.

다. 안으로 접힌 주체에게 있어, 세계는 주체의 내면에 촘촘하게 기입된다. 서정시의 세계는 물론 언어화된 세계이다. 안으로 접힌 주체에게는 세계가 언어화되는 게 아니라, 언어가 세계화된다. 주체와 맞대면하고 있는 세계는, 저 냉혹한 객관성의 세계가 아니다. 그것은 주체의 구심적 운동에 따라 질서화된 언어적 등가물일 따름이다. 언어 운용은 주체의 운동에 의해 정식화된다. 그래서 이 주체에게 있어서, 세계는 매개된 주체의 표상이라고 말해야 한다.

> 가난한 내가
> 아름다운 나타샤를 사랑해서
> 오늘밤은 푹푹 눈이 나린다
>
> 나타샤를 사랑은 하고
> 눈은 푹푹 날리고
> 나는 혼자 쓸쓸히 앉어 燒酒를 마신다
> 燒酒를 마시며 생각한다
> 나타샤와 나는
> 눈이 푹푹 쌓이는 밤 흰당나귀 타고
> 산골로 가자 출출이 우는 깊은 산골로 가 마가리에 살자
>
> 눈은 푹푹 나리고
> 나는 나타샤를 생각하고
> 나타샤가 아니 올 리 없다
> 언제 벌써 내 속에 고조곤히 와 이야기한다
> 산골로 가는 것은 세상한테 지는 것이 아니다
> 세상 같은 건 더러워 버리는 것이다
>
> 눈은 푹푹 나리고
> 아름다운 나타샤는 나를 사랑하고
> 어데서 흰당나귀도 오늘밤이 좋아서 응앙응앙 울을 것이다
> ─백석, 「나와 나타샤와 흰당나귀」

내가 있고 대상이 있고 눈오는 세상이 있다고 말해선 안 된다. 다르게 말해서 이 셋을 주체와 객체와 세계로 간주할 수 없다. "나는 혼자 쓸쓸히 앉어 소주를" 마실 뿐인데, 이 곰곰한 생각만으로도 나는 나타샤를 사랑하고 나타샤는 내게 오고 눈은 내린다. 제목에서 보이는 /나와/, /나타/, /나귀/라는 음운적 상동성은 이 시가 주체의 구심적 운동에 의해 정교하게 배열되어 있음을 지시하는 지표 가운데 하나이다. 제목은 두 음절씩 나뉘어 다섯 토막을 이루는데, 이로써 서정적 주체가 대상의 성격에 고루 스며들게 되는 것이다. 내리는 "눈" 역시 그렇다. 눈은 조사와 결합하여 /누니/, /누는/ 등으로 발음되는데, 이로써 나와 나타샤와 당나귀와 눈이 동일 음운을 통해 결속되는 셈이다. /ㄴ/ 음운의 반복적 출현은 1-2연을 결속하는 주체의 언어 운용 원리 가운데 하나이다.

1연을 구성하는 시행들의 인과적 관계 역시 그렇다. "내가-나타샤를 사랑해서-눈이 나린다"로 간추려질 1연의 문장은 "나타샤"와 "눈"이 내 사랑의 상상적 결과임을 보여준다. 관형어들도 나와 나타샤와 눈이라는 개별적 시어들의 병행성에 복무한다. "가난한" 나와 "아름다운" 나타샤와 "오늘밤은"(부사어이나 관형어의 기능을 하는 시어) 내리는 눈이 그렇다. 병행성은 2연의 시어들도 닮은꼴로 만든다. 나타샤를 "사랑은" 하고, "눈은" 날리고, "나는" 소주를 마신다. 3연에서는 오지 않는 나타샤가 이미 내 속에 와 있음이 이야기된다. "나타샤가 아니 올 리 없다/ 언제 벌써 내속에 고조곤히 와 이야기한다". 내가 나타샤를 생각하는 것만으로 사랑의 상상적 두께를 말해주는 눈이 쌓였는데, 이로써 나타샤는 이미 내 속에 와 있었다. "언제"와 "벌써", 미래와 과거 시제를 지시하는 이 두 개의 부사는 (현실로서는) 아직 오지 않은 나타샤와 (상상으로서는) 이미 와 있는 나타샤를 동시에 보여준다. 그러므로 이 이중화된 발언은, 세계와의 분리와 통합이라는 이중적 과정에서 파생된 것이다.

안으로 접힌 주체에게 있어서, 분리는 정서적 효과를 유발하지 않는다. 세계와의 불화(不和)는 세계와의 상상적 화해를 통해 부정된다. 이미 세계는 서정적 주체와 언어적으로 매개되어 있다. "산골로 가는 것은 세상한테 지는 것이 아니다/ 세상 같은 건 더러워 버리는 것이다". 분열된 세상은 처음부터, 안으로 접힌 주체에게는 부정된 상태라 할 수 있다. "응앙 응앙"이라는 행복한 울음으로 결구를 삼을 수 있었던 소이가 첫행에서 이미 마련되어 있었던 셈이다.

2) 불행한 서정시 : 밖으로 열린 주체

주체의 운동이 밖으로 정향되어 있을 때, 다시 말해 주체의 원심적(遠心的) 운동이 지배적일 때, 서정시의 주체는 분산적이다. 이 주체는 세계의 질서와 결에 노출된 주체이므로, 세계와 불화를 겪을 수밖에 없다. 서정시의 세계가 언어화된 세계임은 이미 말한 바 있다. 밖으로 접힌 주체에게는 언어가 세계화되는 게 아니라, 세계가 언어화된다. 주체와 맞대면하는 세계는, 제 안의 이질성을 품은 채로 주체의 언어적 질서에 편입된다. 주체의 원심적 운동은 그 세계에 견인된 결과이다. 언어 운용은 이처럼 떠도는 주체에 의해 정식화된다. 그래서 이 주체에게 있어서, 언어는 매개된 세계의 표상이라고 말해야 한다.

> 남에게 犧牲을 당할만한
> 충분한 각오를 가진 사람만이
> 殺人을 한다
>
> 그러나 우산대로
> 여편네를 때려눕혔을 때
> 우리들의 옆에서는
> 어린놈이 울었고
> 비오는 거리에는
> 四十명 가량의 醉客들이
> 모여들었고
> 집에 돌아와서
> 제일 마음에 꺼리는 것이
> 아는 사람이
> 이 캄캄한 犯行의 現場을
> 보았는가 하는 일이었다

———아니 그보다도 먼저
아까운 것이
지우산을 現場에 버리고 온 일이었다.

— 김수영, 「罪와 罰」

　첫 번째 연을 이루는 경구는 두 번째 연의 사건과 길항하면서("그러나")
조응한다. "남에게 희생을 당할만한/ 충분한 각오를 가진 사람만이/ 살인
을 한다". 각오를 하고 무도한 짓을 저지른 이는 자신인데, 정작 희생을
당한 것은 "여편네"였다. 주체는 여전히 희생을 당할 각오가 자신에 속한
것임을 강변한다(많은 이들이 현장을 보았고, 나는 아까운 지우산을 버려
두고 왔다). 이 괴리 혹은 불일치는 세계의 질서가 주체의 질서와 같지 않
음을 보여준다. 사실 경구(警句)로 주체의 말을 이를 수는 없는 법이다.
경구는 세속의 지혜를 명제화한 말이어서, 서정적 주체의 발언이라 말할
수 없다. 이 외적인 말이 기입된 곳이, 자신의 무도한 행동과 변명의 허두
부분이다. 나는 "우산대로/ 여편네를 때려눕"힌 일이 그럴만한 이유가 있
어서 한 일이라고 주장하고, 그래서 다른 이의 손가락질을 받아도 거리낄
것이 없다고 말한다. 그러나 막상 일을 저지른 후에 화자의 마음은 불안
과 두려움으로 가득 찬다. 화자가 여편네를 때려눕혔을 때, 죄없는 "어린
놈"이 울었고, "취객들"이 모여들었다. 그는 집에 돌아와서 "이 캄캄한 범
행의 현장을" 누가 보았을까봐, 말하자면 취객들 가운데 누군가 자신을
알아 보았을까봐 끙끙댄다. 조바심 속에서도 아까 저지른 그 일은 도리
없는 일이라고 생각했을 것이다. 그는 다시 마음을 고쳐먹는다. 어차피
그렇게 두들겨 팰 일이었다면, 아까운 "지우산"이나 가져올 걸, 하는 말투
다. 이 극단적인 자기 풍자 안에는 소심함, 잔인함, 죄책감, 두려움, 인색
함 같은 항목이 적혀 있다. 제목을 이루는 죄와 벌은, 표면적으로는 아내
를 때려눕힌 일과 그 결과로 지우산을 잃은 일을 말할 테지만, 이면적으
로는 그런 행동을 벌인 자신의 잔인함과 무도함에 대한 스스로의 자책과
형벌을 의미할 것이다.
　이 기록이 야기하는 서정적 효과는 주체와 세계와의 불화에서 비롯되었
다. 불화는 여러 번 거듭 일어난다. 이런 불일치를 지시하는 용어가 반어

다. 먼저 자신은 떳떳하다고 주장했는데 읽는 이가 그렇게 생각하질 않으니 문제다. 다음으로 자신을 변명하는 경구로 서두를 삼았는데, 그 경구와 사건의 전말이 일치하지 않으니 문제다. 그 다음으로 자신이 제목으로 삼은 "죄와 벌"이 실제의 "죄와 벌"과 일치하지 않으니 문제다. 이야기는 전개되어 가지만, 개별 시행들은 이상하게도 화자의 태도와 어조에 의해 통일된다. 완강한 사실성의 세계와 그 이질성을 통일하는 주체의 언어 운용 방식이 일치하지 않는 셈인데, 이런 불일치는 근본적으로는 주체와 세계의 불일치에서 비롯된 것이다. 사건이 벌어졌고 그 뒷얘기가 적혔으니 이 시에 어떤 이야기가 있는 것은 분명하지만, 이야기를 이루는 개별 부분들은 주체의 통일적인 언어 운용 법칙의 지배를 받는다. 반어적 효과는 결국, 통일된 언어가 분열된 세계상을 제시하는 데서 비롯된 정서적 효과인 셈이다.

밖으로 열린 주체에게 있어서, 통합 자체가 정서적 효과를 유발하는 것은 아니다. 언어 운용을 통한 세계와의 상상적 화해는 세계와의 불화(不和)에 의해 부정된다. 세계는 서정적 주체와 언어적으로 매개되어 있는 듯 하지만, 그 매개는 모순과 부조리를 내부에 숨기고 있다. "그러나", "아니 그보다도 먼저"와 같은 거듭된 부정이, 반어의 유출 지점이다. 통합된 세상은 그 결말에 이르러, 밖으로 열린 주체에게 부정된다. 지우산을 아까워하는 화자는 세계와의 격절에 의해 극도로 위축된 화자가 되는 것이다.

3) 전통적인 서정시 : 정합적인 언어 운용

서정적인 주체가 세계를 합목적적인 것으로 간주할 경우, 세계를 매개하는 언어의 운용 역시 정합적(整合的)인 것이 된다. 정합적인 언어는 구심적인 주체의 기술(記述) 원리이다. 이 원리는 궁극적으로 회귀적(回歸的)인 것이다. 주체에서 스며 나왔다가 다시 주체로 흘러 들어가는 언어이므로, 정합적으로 서술된 언어는 늘 그 최초의 주체를 주어로 삼는다. 우리 시에 특이한 구성방법 가운데 하나가 수미상관(首尾相關)인데, 이 역시 정합적인 언어 운용의 실례이다. 수미상관은 대표적인 회귀성 언어이다. 그러나 이러한 서정시의 경우, 중요한 것은 주체가 아니라 언어의 정합성 자체이다. 주체는 자신을 풀어 언어화하지만, 주체의 자리가 전변(轉變)하는 적이 없다. 고정된 주체는 언어의 가변적 운용을 통해 자신을 드러내고자 한다. 이 경우 언어가 아무리 다양한 모습을 보여준다고 해도 주체의 자리가 고정되어 있으므로, 정합성을 띠게 되는 것이다.

정합적인 언어 운용의 몇 가지 원칙은 다음과 같다. 첫째, 시어, 시행, 시련에 이르는 모든 차원의 반복: 반복은 회귀적인 언어의 대표적 특질이다. 반복을 통해, 서정시의 언어는 그 최초의 주체로 돌아온다. 둘째, 언어의 질감(음색, 음가의 교체, 음운의 통합과 변화)에 대한 배려: 이것은 고정된 주체가 언어의 세부에까지 침투하는 방식이다. 셋째, 주체와 연계된 서경적 진술: 이로써 시적 풍경이 주체의 내면 풍경이 된다. 넷째, 회귀적인 시공간의 창출. 고정된 주체는 늘 폐쇄적이다. 유년(다른 기억을 허용하지 않는 닫힌 시간), 사랑의 상태(나와 대상 외에는 다른 선택의 가짓수를 허용하지 않는 닫힌 시간), 가족(소수의 구성원만을 거느린 닫힌 공간), 소규모 공동체(농촌이나 산촌과 같이, 사회 역사적 지평과는 절연된 공간) 등이 폐쇄적인 주체의 주변에 배치된다.

> 마음도 한자리 못 앉아 있는 마음일 때,
> 친구의 서러운 사랑이야기를
> 가을햇볕으로나 동무삼아 따라가면,
> 어느새 등성이에 이르러 눈물나고나.
>
> 제삿날 큰집에 모이는 불빛도 불빛이지만
> 해질녘 울음이 타는 가을江을 보겠네.
>
> 저것 봐, 저것 봐,
> 네보담도 내 보담도
> 그 기쁜 첫사랑 산골 물소리가 사라지고
> 그 다음 사랑 끝에 미칠일 하나로 바다에 다와 가는,
> 소리죽은 가을江을 처음보겠네.
>   ─박재삼, 「울음이 타는 가을 江」

친구의 사랑 이야기와 산행의 과정과 가을 강의 흐름이 한 가지이다. 친구의 "서러운 사랑이야기"가 절정에 오를 때 나와 친구는 등성이에 오르고, 첫사랑의 기쁨을 잃고 고통스런 상태("미칠일")를 지나온 친구의 마음이 산골 물소리에서 시작하여 하류에 이른("미칠일") 가을 강의 상태와 겹친다. 이 세 이야기의 통합이 정합적인 언어 운용 방식을 보여준다. 주체의 자리로 수렴되는 풍경들이 그렇다. 이 풍경은 저녁 햇살에 빛나는 가을 강이라는 장엄함을 보여주는데, 이런 절정의 풍경은 서정적 주체의 정조가 충만한 상태에 있음을 알려주는 것이기도 하다. "울음이 타는"이라는 공감각적 수식어가 풍경을 주체의 내면 상태로 바꾸어내는 열쇠어이다. "울음이 타는 가을 강"에는 슬픔과 기쁨, 조용함과 흥성거림, 격정과 고요함, 파국과 성숙이 다 녹아들어 있다. 친구의 이야기는 서러워서 슬픈데 가을 강이 그토록 아름답게 빛나고 있으니 찬탄을 불러일으킬 만하다. 친구는 조근조근 이야기하고 가을 강은 숨죽여 흐르는데도 그 반짝임은 마치 제삿날 큰집에 모이는 사람들처럼 북적댄다. 친구의 사랑은 등성이를 오르듯 온갖 격정을 거쳐왔는데 지금은 저토록 조용히 흐른다. 친구의 사랑은 결국 파국으로 끝났는데도 그 결과로 강물은 넓고 고요하고 아름답게 흐른다.

이 세계는 주체의 내면과 합목적적으로 연계되어 있다. 친구의 서러운 사랑 이야기를 위해 산은 등성이를 보여주고 강물은 그토록 빛난다. 혹은 그 역이라 말해도 좋다. 정합적인 언어는, 이처럼 고정된 주체의 정조를 드러내는 데 유용하게 활용될 수 있다.

4) 실험적인 서정시 : 비정합적인 언어 운용

서정적인 주체가 세계를 불가지(不可知)의 영역으로 간주할 경우, 세계를 매개하는 언어의 운용 역시 비정합적인 것이 된다. 비정합적인 언어는 원심적인 주체의 기술 원리이다. 이 원리는 궁극적으로 분산적이다. 세계를 편력하는 주체는, 각각의 이질적인 경험들을 합목적적으로 통합할 수 없다. 세계의 이질성을 품은 채 주체로 흘러 들어가는 언어이므로, 비정합적으로 서술된 언어는 대개 그 세계의 분산된 상황을 술어로 삼는다.

이러한 서정시의 경우에도, 중요한 것은 주체가 아니라 언어의 비정합성 자체이다. 세계가 언어화되면서 이미 그 이질적 성격이 언어의 목록에 기입되었으므로, 비정합적인 언어는 세계의 불합리와 부조리를 드러내는 유력한 수단이 된다. 주체는 비정합적인 언어를 통해 세계 편력의 경험을 대상화하고, 거기서 비롯된 불일치의 경험을 정조로 삼는다.

비정합적인 언어 운용의 몇 가지 원칙은 다음과 같다. 첫째, 다른 시어, 시행, 시련과의 연관을 의도하지 않는, 모든 차원의 배제: 비정합적인 언어는 한가지로 수렴되지 않는, 분산을 특징으로 한다. 둘째, 언어의 질감이 아니라 통사적인 구문에 대한 배려: 구문의 통일은 전변하는 주체가 세계와 자신을 매개하는 유일한 방식이다. 셋째, 주체와 분리된 채 풍경에서 다른 풍경으로 진행하는 진술: 이러한 진술은 주체와 세계의 불일치를 드러내는 데 유력하다. 넷째, 개방된 시공간의 창출: 주체로 수렴되지 않는 세계는 그 자체로 곤혹스럽다.

> 여기는어느나라의데드마스크이다. 데드마스크는盜賊맞았다는소문도 있다. 풀이極北에서破瓜하지않던이수염은絕望을알아차리고는生殖하지않 는다. 千古로蒼天이허방빠져있는陷穽에遺言이石碑처럼은근히沈沒되어있 다. 그러면이결을生疎한손짓발짓의信號가지나가면서無事히스스로와한 다. 점잖던內容이이래저래구기기시작이다.
>
> — 이상, 「自像」

첫 행부터 시적 대상은 축소되면서 확대된다. "데드마스크"로 축소된 시인과, 그것이 특정한 "어느나라"에 속한 것임을 밝히는 시인. 그러나 그 얼굴은 자신의 것이 아닐 수도 있다. 데드 마스크란 게 얼굴을 주형한 것이면서도, 이미 그 얼굴에서는 분리된 것이기 때문이다. 데드 마스크에 달린 수염은 더 이상 자라지 않는다. "풀이極北에서破瓜하지않던"과 같은 구문은 통상의 규칙에서 일탈한 구문이다. "파과"는 파과지년(破瓜之年)의 준말로 여자로는 16세, 남자로는 64세를 말한다. 아마도 시인이 오래 시간이 지난 후, 그러니까 자신의 죽음 이후에 대해 말하기 위해 쓴 것이 아닌가 싶다. 데드 마스크는 변치 않으므로 불멸이지만, 이미 수염 한 올도 자라지 않는 얼굴이므로 불모이기도 하다. 그것은 "극북", 다시 말해 어떤 극한에 이른 얼굴이다. 풀은 극북에서 자라지 않고, 나는 파과지년 까지 살아남을 수 없으며, 그걸 깨달은 듯 수염은 얼굴에서 자라지 않는 다. 데드 마스크의 벌어진 입은 영원히 닫힐 줄 모른다. 오랜 세월 동안 하늘은 그곳에 놓인 허방에 빠져 있을 것이다. 그렇게 벌어진 입은 유언 (遺言)을 미처 발설하지 못한 입이기도 하다. 무너진 돌비석처럼, 나의 마 지막 말은 입안을 맴돌았을 뿐이다. 나는 죽어가면서 나오지 않는 말 대 신, 몸부림을 쳤을 것이다. 그 "손짓발짓의信號"는 전달되지 못해서("無 事히"), 다만 데드 마스크 아래 켠에 "生疎히" 버려져 있었을 따름이다. 이 수줍고 부끄러운 행동이 데드 마스크의 표정에 남아 있다. 격렬하게 마지막 발음을 내보내기 위해 애썼던 입과 함께 말이다. 남아 있는 말들 과 벌어진 입, 손짓 발짓을 거느린 데드 마스크의 나라는 살아서 그걸 생 각하는 내 체면을 형편없이 구겨버린다.

죽음의 세계는 그처럼, 공포와 부끄러움, 비명과 침묵, 불모와 불멸이 어우러진 세계이다. 죽음의 불가지성 때문에, 언어는 정상적인 문법에서 일탈하고("풀이…"로 시작되는 이상한 삽입구가 그렇다) 비약하고(예컨 대, 마지막 문장에서 구겨지는 것은 사실 내용이 아니라 체면이다) 매개 어 없이 고립된다("石碑"와 "生疎한信號" 같은 것들). 그럼에도 불구하고, 구문 자체는 이러한 이질성을 띠고 있으면서도, 이상하게 반듯하다. 현재 형 술어들이 그렇고, 분절을 무시한 채 나란히 붙어 있는 음절들이 그렇 다. 다시 말해 이 서정시의 언어는 세계의 이질성 때문에 주체의 운용 방 식에 대해서는 비정합적이며, 그러면서도 주체의 편력 방식을 반영하듯 가지런하다.

4. 서정시의 새로운 논의를 위하여

네 가지로 나누어 서정시의 유형과 방식을 살폈다. 이 글의 제안은, 기 존의 비평적 준거와 다르게, 서정시의 핵심을 정서 유발 효과에서 찾자는 것이었다. 안으로 접힌 주체와 밖으로 열린 주체, 정합적인 언어 운용과 비정합적인 언어 운용의 네 가지 유형은 서정적 주체의 성격과 정서 표출 방식에 의한 분류 유형이다. 시적 주체가 세계와 화해하는가, 불화하는가 혹은 시의 언어가 주체와 정합적인가, 아닌가 하는 문제로 시의 하위 유형과 갈래를 따질 수는 있으나, 이런 문제는 기본적으로 시가 파토스에 복무한다는 전제 아래서만 유형화될 수 있는 것이다. 로고스적 주체와 로고스적 언어 운용을 보여주는 시들이 의외로 많다. 이런 시들의 자리는 처음부터 서정시의 자리와는 아주 다른 것이다. 이런 분류를 세분화하면, 서정시와 비서정시에 대한 논의가 새로운 활력을 찾을 수 있을 것이라 생각한다. 서정시에 대한 새로운 논의가 필요한 시점이다.(2001)

너희가 시를 믿느냐?

— 90년대 시 비평에 대하여

1. 서언 : 시의 위기?

90년대 들어 문학 비평은 근본적으로는 동일한 두 힘에 의해 견인되고 있다. 후기 산업사회의 특성에 관한 논의가 그 표층을 이루고 있다면, 문학성에 관한 논의가 그 심층을 이루고 있다. 인접장르의 팽창에 끼인 문학의 종언을 이야기하는 비평담론에는 세기말이라는 묵시록적인 우울함이 깊이 스며들어 있다. 게다가 문학의 문학성, 논의를 좁혀 시에서의 시적인 것에 대한 근본적인 회의가 비평담론을 갈라놓고 흩어지게 만든다. 이러한 논의는 결국 90년대 비평의 입지를 과도기적인 어떤 것으로 만든다. 그러나 정말 그런 것일까? 우리는 단지 세기말에서 세기초로 넘어가는, 문학성의 종언과 새로운 문화적 힘의 생성 사이에 끼인 이행기를 살고 있는가? 논의를 계속하기 위해서는 먼저 문학의 위기라는 담론부터 검토해 보아야 한다.

문학의 위기를 논하는 논자들은 새로운 문화적 현상들, 예컨대 대중문화의 확산에 따른 문학성의 변화, 영상 세대의 출현, 인터넷으로 대표되는 양방향 커뮤니케이션이 야기하는 문학 유통구조의 변화 등에 주목한다. 후기 산업사회의 재편에 따른 새로운 문화의 힘 앞에 문학은, 더욱이 시는 생명력을 소진했다는 주장이다. 문학은 대중문학의 번성에 대해 고답적이고 유폐적인 방식으로 응답했으며, 순수혈통을 주장하며 대중문학을 논의의 영역에서 추방해 버렸다. 시의 경우에 상황은 더욱 비극적인데, 대중을 문학적 생명력의 지반으로 삼을 때 시의 수용자층은 더욱 보잘 것 없기 때문이다. 우리는 영화를 즐기듯 시를 보지는 않으며, 가요를 흥얼거리듯 시를 읊지는 않는다.

대중문학은 무엇인가? 그것은 대중을 위한, 대중에 의한, 대중의 문학이
어야 하며, 대중이 함께 참여하고 소통할 때만 그 본래의 의미를 되찾을 수
있다. …이제 대중문학은 미학적 특징이 아니라 실제 대중들과 어떠한 방식
으로 그들의 문학적 기호를 어떻게 받아들이고 있는가에 주목해야 한다.[1]

　문학적인 유통의 구조가 미학의 구조에 편입되어야 한다는 주장이다.
하지만 나로서는 이 주장을 원래의 자리로 되돌려, 문학이 유통 구조에
"대해서도" 주목해야 한다는 주장으로 한정하여 읽고 싶다. 문학이 대중
문학의 지반인 상업성을 포섭하기는 어렵다. 상품으로서의 문학, 다시 말
해 교환가치로서의 문학은 오랫동안 존속해 왔고 존속할 것인데, 그 기준
으로 문학의 장래를 잴 수는 없다. 대중문학이 "대중을 위한, 대중에 의
한, 대중의 문학이어야" 한다는 주장은 그 매력적인 구호로서 여전히 남
을 것이지만, 실제로 실현될 수는 없다. 대중문학은 대중을 위한 것이 아
니라 생산자의 이윤을 위한 것이며, 대중에 의한 것이 아니라 시장의 원
리에 의한 것이며, 대중의 것이 아니라 자본의 것이다. 다만 새로운 유통
구조의 변화가 문학지형의 변화를 초래할 것이라는 예측은 정당한 것인
데, 그렇다고 해도, 대중사회의 전면적인 부상이 문학의, 특히 시의 입지
를 붕괴시키는 결과를 초래할 것이라는 예단이 가능한 것은 아니다. 인류
역사에서 미학의 변화가 시 장르의 소멸을 가져온 적은 한 번도 없었다.
시 혹은 시적인 것의 종말을 이야기하는 것은 장르를 고정된 형식의 감옥
으로 여길 때에만 가능한 일이다. 장르는 세계 인식의 원리와 같은 것이
다. 인간이 세계와 대립하고 투쟁하고 화해하는 과정에서, 서정이나 서사
와 같은 세계 대응의 형식이 파생된다. 그러므로 시 혹은 시적인 것은 여
전히 지속되고 확산될 것이다. 시의 힘은 상품의 영역에서 얼마나 많이
소비되는가의 척도로 잴 수 있는 것이 아니다. 시 자체의 담화력은 여전
히 생성적이며, 그것도 최상급의 수식어를 붙여도 좋을 만큼 대단히 생성
적이다.

---

1) 이성욱, 「새로운 문학적 기호와 그 수용에 따른 경계 해체」, 『문학사상』, 1997. 4, p.72

2. 시 비평의 위기

문제는 오히려 여전히 번성한 시의 입지를 좁아들었다고 말하는 비평에, 다시 말해 시의 정당한 자리를 뭉그러뜨리는 현실적인 비평에 있다고 말하는 것이 옳다. 90년대 들어 시는 더 많이 쓰여졌고, 더욱 다양해졌으며, 더 생산적인 결과물을 산출했다. 그런데도 시의 시대가 지나갔다는 우울한 진단은 더 늘어나는 형편이다. 왜 이런 괴리가 생겨났을까?

> 지난 일 년 동안의 계간지에 실린 시 비평 목록은, 이 시대의 중요한 시 텍스트가 여전히 등단한 지 20년 이상인 중견 이상 시인의 시임을 알려준다. …지난 시대의 탁월한 현장 비평가 김현은 유작 평론집에서 최승호, 최승자, 김정란, 김혜순, 곽재구, 박남철, 유하, 황인숙, 송찬호, 기형도까지를 축복하고 다른 세상으로 갔다. 그들 시인들의 텍스트에 대해 각각 독립된 비평을 남긴 것이다. 그후 10년이 흘렀으나, 우리 시의 현장은 1989년 이전에 김현이 정표한 영토에서 별로 더 나아간 바가 없다. 김현이 축복한 시인들을 덩달아 축복하는 동어반복에서 1999년 한국의 시 비평은 크게 벗어나 있지 않다. 이와 같은 시의 빈곤은 비평의 빈곤과 무관하지 않다. 좋은 시 비평이 없으면 시의 시대는 다시 오지 않는다.[2]

놀라운 지적이다. 지난 시대의 한 평론가에게 우리가 진 빚이 이토록 큰 것이었을까. 뛰어난 시는 여전히 지어지고 있다. 그러나 그것을 제대로 보아줄 비평이, 비평가가 나오지 않았다는 것이다. 상황이 이렇게 된 데에는 여러 가지 원인이 있을 텐데, 이를 90년대에 도드라졌던 몇몇 비생산적인 논쟁이 실례로 보여준다. 중요하지만 한편으로는 진부한 얘기이므로 간단히 요약해 보기로 하자. ① 비평가의 섹트화 혹은 문단의 권력화: 비평 담론의 자리에 비평 권력이 들어설 때, 비평은 타락한다. 시의 가치평가 대신, 비평의 권력에 따른 서열화가 문제되는 것. 이른바 패거리 비평이란 비난은 이 말에 적용된다. ② 출판사와 상업자본의 결탁: 소위 주례사 비평이 양산되는 것은 비평가가 출판사의 이해관계를 대변하는 인물이 될 수밖에 없었던 데 원인이 있다. ③ 여전히 유행하는 담론을

---

2) 이희중, 「시 비평의 빈곤」, 『현대시』, 1999. 2, pp.24-25

따르는 몰주체성: 이론의 적용을 돌보지 않고 이론의 정교함만을 따지는, 그래서 문화적 맥락과 유리된 유령적인 담론들. 김현이 오래 전에, 새것 콤플렉스라 불렀던, 그런 강박에 사로잡힌 비평이다. 나는 이에 덧붙여, 이런 비평에는 상업적인 고려도 깔려있다고 생각한다. 새 책과 새 이론은 비판하기 위해서라도 읽어야 하니까 말이다.

더 진부한 얘기지만, 이런 문제의 아래에는 비평적인 안목의 결여, 역사의식의 부재라는 좀더 본질적인 문제가 놓여 있다. 시 비평을 읽을 때, 가장 고통스러운 것은 비평가가 힘써 옹호하는 가치가 착종되어 있거나, 해당 시인의 미학적인 자리가 (그것에 내가 찬성하든 반대하든) 보이지 않을 때이다. 시를 바르게 읽어내지 못하는 비평, 시를 산문으로 풀어낸 것을 비평이라고 생각하는 비평, 자의적인 왜곡과 억설로 일관하는 비평, 시의 자리에 비평의 주장만 들어있는 비평들이 없지 않다. 각각 〈수준 미달의, 하나마나한, 폭력적인, 제멋대로의〉와 같은 말로 수식될 그런 비평 문들이 양산되는 것도 문단지형(문학지형이 아니라)의 변화와 관련되어 있다.

3. 여전히 넘쳐나는 소재비평

90년대 문학잡지들이 가장 여러 번 특집으로 다루고 있는 주제는 다음과 같은 것들이다. 〈페미니즘〉, 〈대중문화시대의 시〉, 〈사이버 문학〉, 〈근대성〉, 〈민족문학〉, 〈동아시아 담론〉, 〈탈장르〉, 〈생태주의〉, 〈세기말〉, 〈신세대문학〉, 〈정신주의〉, 〈해체시〉. 이러한 주제는 우리 시의 전망을 논의하는 데 꼭 필요한 것들일 텐데, 문제는 해당 비평이 적시하고 있는 시가 흔히 소재주의에서 벗어나지 못하고 있다는 데 있다. 비평의 일차적 목적은 작품의 미학적 구조를 밝히고, 거기에서 추출되는 동시대의 미적 양식을 기술하는 일이다. 시인의 역사의식과 미학적 감수성은 그 기술을 토대로 한 것이어야 한다. 시인이 시적 대상으로 어떤 것을 선택하든, 중요한 것은 그 대상화의 방식이지 대상의 성격이 아니다. 이런 문제는 대중문화를 다룬 시와 비평이 흔히 빠지기 쉬운 함정이다.

영화를 비롯하여 TV, 라디오, 신문, 비디오, 컴퓨터, 음반 등 대중매체
와 이 대중매체에 의해 전달되는 대중예술 작품들에 대한 시인들의 반응
은 다양하고 이 반응 자체가 시의 의미구조를 지탱한다. 대중매체의 위력
은 가장 보편화된 시적 반응의 한 목록이다. 여기서 자아가 도무지 감당할
수 없는 막강한 대중매체와 왜소하고 나약한 자아 사이의 엄청난 불균형
이 시적 구조의 관습을 형성한다.[3]

"막강한 대중매체"/ "왜소하고 나약한 자아"라는 이항대립은 시인이 대
중매체의 전방위적인 위력 앞에 속수무책으로 노출되어 있음을 암시하는
말이다. 대중매체는 시적 인식의 통로를 장악할 만큼 위력적이어서, 이
경우에 시인의 반성적 사유가 개입할 틈이 없다. 시인은 다만 대중매체의
영상과 소음을 받아 쓸 수 있을 뿐이다. 문제는 이런 "불균형이 시적 구조
의 관습을 형성한다"고 할 때, 동일한 방식으로, 비평가의 비평적 사유가
개입할 틈도 없어진다는 데 있다. 비평가는 다만 시인이 작성한 대중문화
의 목록을 받아 적을 수 있을 뿐이다. 나는 이런 사정이, 비평가의 성실함
과 겸손함이 너무 많은 문맥을 시인에게 양보한 결과 생겨났다고 생각한
다. 대중문화를 다루는 시가 "관습"에 함몰되어 시인의 의도와 시적인 결
과 사이에 괴리가 일어날 때, 그 간격을 지적하는 것 역시 비평의 임무일
것이다. 한 시인의 시론과 시는 인과적인 관계나 표리 관계를 이루지 않
는다. 시론은 비평의 목록에 포함될 뿐이며, 시에 대한 시인 자신의 각주
로만 간주될 수 있을 뿐이다. 시 비평은 당연히 시를 먼저 다루어야 한다.
각주의 발언을 여과 없이 받아들이는 비평은 시에 대한 비평이라기보다
는 시론에 대한 비평에 가깝다. 명민한 시인은 자주 그런 시론을 자신의
시에 몰래 섞어 넣는다. 시인이 "나는 TV에 중독되었다"고 말한다고 해
서, 비평가가 시인이 중독되었다고 말하는 것은 잘못이다. 그가 정말 중
독되었는지를, 그리고 그 중독의 결과가 시에서 성공적으로 드러났는지
를 검증할 수 있는 곳은 시의 문맥뿐이다. 〈대중문화와 시〉를 특집으로
한 많은 비평문들은, 직접적으로 대중문화의 목록을 나열하는 시들을 선
호하는 경향이 있다. 그래서 해당 시인과 시집이 중복되고 논의가 평균화

3) 김준오, 「대중문화와 탈승화」, 『현대시』, 1996. 10, p.20

된다. 이런 논의는 어떤 시가 미학적 성취도를 보여주는지, 어떤 경향이 새로운 미학의 가능성과 연계되어 있는지에 관해 아무 말도 하지 않는다.

4. 문맥과 유리된 주제비평

시 비평에서 주제비평은 폭넓은 자리를 차지하고 있다. 해체시에 대한 논의도 시에 대한 방법적 탐구라기보다는 주제비평에 가까운데, 그것은 해체시가 시 자체에 대한 문제의식을 담고 있기 때문이다. 해체시학이 데리다를 비롯한 서구 철학의 시적 번안인 것만은 아니다. 가깝게는 김춘수에서 멀게는 이상에 이르기까지, 이 땅의 많은 시인들은 언어가 세계를 담을 수 있는가, 시적 화자는 시인의 분신일 수 있는가, 의미하는 것과 의미되는 것 사이에는 빈틈이 없는가를 고민하였다. 해체시학은 그 문제의식을 공유하고 있다.

> 1) A의 시가 B의 시와 비슷하다는 것은 A의 시와 B의 시가 교환관계에 있음을 의미하고 따라서 A의 시는 B의 시로 대체되어도 무방하다. 그런 점에서 A의 시는 시로서의 동일성, 정체성을 상실한다. 말하자면 시가 사라진다. 자본주의 사회를 지배하는 교환가치가 이제는 시의 영역, 정신의 영역까지 침투한 것인가? …사유한다는 것은 부정한다는 뜻이다. 내가 나를 생각할 때 사유 주체로서의 '나'는 부정되고 내가 '하늘'을 생각할 때도 '나'는 부정된다. 하늘은? '하늘'이라는 객체 역시 부정된다. 이유는 주체와 객체 사이에 언어, 언어라는 고통이 개입하기 때문이며, 이 언어는 '하늘'이라는 객체를 부정한다.
> 2) 이제까지 우리가 믿어온 그럴싸한 시론, 특히 본질주의자들의 시론은 비판되어야 하며 얻어맞아야 한다. 시를 찾는다는 것은 시를 포기하는 행위와 통한다. 시라는 실체가 있는 것이 아니라 차이가 있고 반복이 있다. 시의 정체성, 기원, 목적은 없다. 기원이 비기원이다.[4]

예술이 무엇을 대상화한다는 오랜 관념을 벗어나, 대상 자체로서의 자의식을 갖게 된 것은 오래된 일이 아니다. 해체시는 오브제로서의 시, 어

---

4) 이승훈 『해체시론』, 새미, 1998, pp.21-32

떤 실체나 대상에서 미끄러져 나와 주체와 주체, 대상과 대상 사이에서 차연으로 존재하는 시를 주장한다. 1)에서, 언어가 주체와 대상을 갈라놓고 흩뿌리게 만든다는 생각을 엿볼 수 있는데, 실상 언어 밖의 세계로 나갈 수 있는 방도란 없다. 순수한 기원은 관념론적 허구에 지나지 않는다. 이승훈은 진리 혹은 이데아에 대한 허망한 집착이 낳은 "진정성, 정체성" 따위의 말을 버려야 한다고 주장한다. 김춘수의 언어에 대한 자의식을 계승한 논의인 셈이다. 나는 해체시학에서 주장하는 시 혹은 시적인 것에 대한 부정이, 재래의 형식화된 시학에 대한 문제제기로서 의미가 있다고 생각한다. 미메시스로서의 예술은 세계에 대한 추상적인 믿음을 전제로 한 것이다. 데리다의 유명한 명제인 "텍스트 밖에는 아무것도 없다"는 말은 작품 밖에 존재하는 실체로서의 세계라는 가정이 허구임을 강력히 주장한다. 그 바깥은 결국 텍스트 안에 흔적으로 기입되어 있을 뿐이다. 그러니 2)에서 말하듯 시의 기원이나 본질, 정체성에 대한 논의는 존재하는 (살아있는) 텍스트를, 부재하는(죽은) 작품에 기대어 논의하는 방식이다.

그러나 기존의 미학적 전통에 충실한 시를 자본주의적 교환가치로서의 시와 동일시하기는 어렵다. 교환가치로서의 시, 상품화된 시는 소비가 목적이지, 생성이 목적이 아니다. 그것은 새로운 미학적 가치를 생산해낼 수도 없을뿐더러, 그 자체로서도 존립을 보장받지 못한다. 서로가 어슷비슷한 시를 생산하는 것은 시인의 안목과 솜씨가 부족하다는 증거일 뿐이지, 해체시학에서 주장하듯 자본주의 사회에서 시가 처한 운명을 말하는 증거가 아니다. 자본의 원리에 포섭된 시는 키치의 범주에 드는 시들이다. 시중에 나와있는 감상적인 긴 제목의 시집들이나 속류 명상시집들이 그 예에 속한다. 사랑에 관한 싸구려 감상과 하나마나한 잠언, 깊이를 얻지 못한 일상적 고백을 진언(眞言)으로 간주하는 무모함이 그렇다. 모든 미학적 전통이 자본에 복무하는 것은 아니다. 신경림과 황동규, 이성복과 황지우, 김용택, 박노해와 백무산의 시들은 그 텍스트의 뛰어남으로 수많은 시집들에 영향을 끼쳤다. 이들에게서 영향받은 시들을 균질적인 것으로 묶을 수도 없거니와 이런 시들이 동일한 자본의 논리를 따르지도 않는다.

해체론에서 문제되는 것은 해체의 과정이지, 그것의 목적이 아니다. 해체, 즉 탈구성(deconstruction)은 정교한 맥락 아래서 수행되어야 한다. 구조의 빈틈을 찾아내어 구조를 허물고 그 자리에 없는 있음, 곧 흔적과 차연의 구조를 세워나가는 것이다. 그것은 합리적 구조를 세우고, 그 합리성이 최대로 발휘되는 곳에서 스스로 파열되게 만드는 방식이다. 해체시 역시 언어에 대한 자의식을 세밀한 미적 구조로 형상화하는 일이다. 기존의 미학은 얼마든지 해체의 대상이 될 수 있다. 그러나 그것을 위해서는 기존의 미학을 해체하는 방법적 원리 다시 말해 해체의 미학이 존재해야 한다. 대상이 없는 해체는 기존의 미학을 극복하는 대안이 될 수 없다. 무차별적이고 무반성적인 해체는 폭력에 불과하다. 데리다가 "파르마콘", "에쁘롱", "이멘"과 같은 비유적 언어로 자신의 체계를 진술해나가는 것은, 개념적 언어와 비유적 언어를 구별하고 전자만을 합리적 이성의 도구로 여겨왔던 형이상학 체계를 극복하기 위한 것이다. 해체시 역시 그렇다. 해체의 작업을 통해, 미학적 합리성이 전면적으로 부정되는 것은 아니다. 차라리 우리는 해체시의 작업이 미학적 합리성의 내부에 보충대리의 논리로 기입되어 있는 미학적 비합리성을 긍정하는 일이라고 해야 한다. 미학적 합리성이 비합리성에 의존하고 있다는 것, 내부에 이미 배제하였던 타자의 흔적을 포함하고 있다는 것. 그러므로 그것은 미학의 부정이 아니라, 미학의 확장이다.

나는 아직은 우리 해체시학이 원론적인 주장에서 많이 나아가지는 못했다고 생각한다. 해체시학에 입각한 시 비평의 경우, 대상으로 적시된 시에 대한 해명이 결락된 경우를 자주 본다. 시와 비평이 겉도는 것이다. 예를 들어 나는, 어떤 시에 대해 "이 시는 메타시이며, 그 중에서도 시론시에 속한다"와 같은 말은 자주 들었으나, 그것이 메타시로서 다른 메타시와 어떤 우열관계에 놓여있는지, 일반적인 의미의 시론시(윤동주, 서정주에서 이성복, 최승호에 이르는)와는 어떻게 다른지에 관해서는 들어보지 못했다. 가치평가에 관해 말하지 못하는 비평은 해설비평에 지나지 않는다. 해체시학이 기존의 시학과 자신을 구별하는 것 역시 가치평가이다. 그렇다면 해체시의 계보에 드는 시 안에서도, 나아가 한 시인의 여러 작품 사이에서도 좋고 나쁨은 있어야 한다. 시간적인 선후관계(누가 먼저 썼느냐)만 있고, 질적인 우열관계(어떤 해체시가 더 좋은가)가 없는 시학은 제 자신의 방법론에 투철하지 못한 시학이다.

5. 다변과 오설에 대한 찬동

90년대 시 비평의 또 하나의 특색은 이른바 환유적 상상력에 대한 강조이다. 야콥슨이 은유와 환유를 문장 구성의 두 유형으로 간주한 이래, 환유를 중심으로 한 연구가 문학 연구에서 주요한 주제로 자리잡았다. 야콥슨은 시적 비유에 대한 연구가 주로 은유에 의해서 이루어졌다고 말하고, 환유에 대한 연구는 미진하다고 지적한 바 있다. 역사적으로 볼 때 은유가 낭만주의나 상징주의 문학에서 압도적인 데 반해, 환유는 사실주의 문학에서 두드러진다. 장르론으로 보아도 은유는 유사성을 주요한 원리로 갖는 운문에서, 환유는 인접성을 주요한 원리로 갖는 산문에서 지배적이다. 재래의 시적 전통을 지양하고 새로운 미학을 지향하는 시인들이 은유에서 환유의 축으로 넘어가려는 현상은 이 때문에 자연스럽게 보인다. 인접성의 길을 따라 공간에서 공간으로, 문장에서 문장으로, 이미지에서 이미지로 연상을 전개하는 방법은 환유적인 것이다. 그러나 은유에서 환유로 진행하면서, 시는 점차적으로 산문의 형식을 띠게 되었다. 야콥슨 이래의 구조주의적 시각을 받아들인 비평이 그 경향을 옹호하였음은 물론이다. 우리 시의 새로움으로 평가받는 많은 시들이 줄글의 형식을 하고 있음은 우연이 아니다.

하지만 나는 우리 시에서 환유적 상상력에 관한 논의가 정치하지는 못했다고 생각한다. 등가성을 축으로 하는 시적 언술에서 등가의 관계에 놓인 것은 은유이지 환유가 아니다. 비록 야콥슨이 그렇게 말하고 있다고 해도, 그가 말하는 환유는 실상은 비유로서의 환유가 아니다. 야콥슨은 은유와 환유를 비유의 차원에서가 아니라 문장 구성의 차원에서 논했다. 그는 선택의 축과 대비되는 결합의 축으로 환유를 이야기함으로써 다음과 같은 의미를 환유라는 이름에 엮어 넣었다. ① 문장 내의 통사적 관계;

② 발신자와 수신자 사이에서 일어나는 접촉; ③ 공간적으로 이웃하고 있는 것; ④ 시간적으로 이어지는 것. 이처럼 인접성에 관련된 다양한 목록을 환유라는 이름으로 포괄하기란 거의 불가능에 가깝다. 우리 시 비평에서 환유를 이야기할 때 생기는 혼란은 여기에서 비롯된다. 곧 원론에서는 ①의 인접성을 말하지만, 실제로 시에 환유를 적용할 때는 ③의 인접성만을 이야기하고 있는 것이다. 해당 시의 텍스트를 읽어보면, 이때의 공간적인 변화는 대개 화자의 시선이나 움직임에 따른 변화에 지나지 않는다. 그러므로 90년대 시 비평에서 이야기하는, 비유적인 의미의 환유는 거의 혹은 전혀 쓰이지 않았으며, 산문화의 경향이 이론적인 지지를 받을만한 토양도 아직은 마련되지 않았다.[5]

산문화 경향은 시인들로 하여금 다변과 요설을 시에 내재된 어떤 정념의 표출로 오해하게끔 인도했다. 시에서 음악성이나 구성의 통일성, 풍경의 질서를 파기하고 정리되지 않은 상념이나 흐름이 이어지지 않는 자유연상을 따라 시를 써나가는 일이 다변이라면, 이질적인 어조와 상충되는 이미지, 모순되는 의미를 한 편의 시에서 늘어놓는 일이 요설이다. 다변과 요설 자체가 문제는 아니다. 잘 계산된 장광설이나 열정을 숨기고 있는 냉소, 의미체를 내장하고 있는 말장난은 시의 미학을 이루는 요소들이다. 문제는 요설과 다변으로서의 시가 존재 가치를 가지고 있는가 그렇지 못한가에 있는 것이 아니라, 그 시의 기획이나 의미화 방식이 시인 자신에게도 명료하지 않다는 데 있다. 그런 시는 대개 선언적인 시론의 의장을 빌리거나 명민한 암호 해독가의 도움을 필요로 하는데, 우리 시 비평계에서 전자를 시인 자신이, 후자를 비평가가 떠맡고 나섰다. 주장이 작품보다 중요시되고, 해석이 작품에 선행하는 기이한 풍토가 그래서 생겼다.

나는 말이 많은 시가 말을 낭비하는 시라고만 생각하지는 않는다. 또한 말이 적다고 해서, 그 말에 압축적인 의미가 담겨 있다고 생각하지도 않는다. 시에도 수다쟁이가 있고 새침떼기가 있는 법이다. 하지만 나는 다변과 요설이 우리 시의 새로운 미래라고는 생각할 수가 없다. 낭만주의적

---

5) 야콥슨의 은유, 환유론에 대한 비판은 졸저, 『한국 현대시의 시작방법 연구』, 깊은샘, 2001, pp. 21~25 참조.

파토스가 운문이 아닌 산문의 형식을 띠고 나타난다는 것, 상징주의적 환상이 서술적 이미지로 표출된다는 것은 야콥슨이 살아있었더라도 의아해했을, 이상한 현상이다.

> 우리가 아는 서정시는 대체로 소재의 밀도 있는 압축적 처리를 지향하여 짤막한 것이 특징이다. …얘기나 산문에 비해서 시가 반복적인 향수를 감당할 수 있는 것은 시 언어에 고유한 형태적 특징 때문이다. 우리는 줄거리를 기억하여 익히 알고 있는 얘기를 다시 들으려 하지 않는다. 그런데 우리가 기억하는 것은 기의(시니피에)이며, 기표(시니피앙)가 아니다. 시나 운문은 기의보다도 기표에의 의존도가 높은 언어형식이다. 시가 반복적 향수를 감당할 수 있는 힘은 여기서 온다. 시의 산문적인 부연이나 대체가 시의 소멸이나 증발로 끝나는 것은 기표 의존 체계에서 기의 의존 체계로 옮아갔기 때문이다. …즉시적 소비를 특징으로 가지고 있는 시들이 산문을 닮아 가는 것은 주목할 만한 일이다. 강렬한 직접성과 압축을 특징으로 하는 시를 대량 생산하기는 여러 가지로 어려운 일이다. 그러므로 적당한 행갈이 이외에 산문과 별 차이점이 없어 보이는 산문적인 글이 짤막하다는 표면적 유사성을 근거로 해서 시로 분류되고 수용된다. 그나마 산문과의 차이점을 부각시키려는 기도 속에서 모호하고 불명확하고 비약이 심한 반(半) 독백, 반 주문 같은 시들이 횡행하고 있다.[6]

시의 산문성이 자본의 논리를 닮았다는 지적은 해체시학의 지적과는 사뭇 다른 것이다. 해체시학은 운문성 자체가 시적인 것이라는 논리에 반대한다. 해체시학은 오히려 운문성을 기반으로 한 시들이 자본의 범위에 포섭되어 있다고 본다. 본질로서의 시나 시적인 것이 존재하지 않는다고 보기 때문이다. 그러나 유종호에 따르면 시에서의 운문성은 시의 형식적 특질일 뿐만 아니라, 시 자체가 존립하기 위한 의미적 근거이기도 하다. 비유적으로 말하자면, 시 장르의 전통적 미덕으로 여겨져 온 운문성은 경제성의 원칙(시는 다의적인 전언을 압축적으로 전달한다), 열역학의 원칙(하나의 작품이 가지고 있는 파토스는 작품 안에서 보존되는데, 시는 강렬한 인상을 낭비하지 않고 적절한 문맥에서 집약적으로 표출한다), 음악

---

6) 유종호, 「20세기의 막바지에서——회고와 소감」, 『문학과사회』, 1997. 여름, pp.481~482

성의 원칙(기표 즉, 청각영상에 대해 주의함으로써 시는 음악이 되며, 그 가락에 담긴 의미요소의 설득력을 높인다), 실용주의적 원칙(실제 언어생활에서 우리가 활용하는 것은 소설의 줄거리가 아니라, 시의 구절이다)에 따른 것이다. 시의 새로운 미학은 산문성으로 나아감으로써 획득되는 것이 아니라, 새로운 차원의 운문성을 미학의 범위 안에서 정립함으로써 획득되는 것이다.

나는 우리시가 음악적 차원에서 열성인자를 가지고 있다는 외국문학 전공자들의 말을 전적으로 수긍하지 않는다. 시에서 음악적인 차원은 말토막의 규칙성(음보율)이나 음절의 등가성(음수율), 음의 높낮이(음위율)만으로 설명되지 않는다. 더 중요한 것은 시를 읽으며, 흐름을 떠올리게 만드는 소리의 결이다. 우리 시에 두운, 요운, 각운이 없다는 말은 맞는 말이지만, 그 단정이 대개 우리 시가 갖는 소리결의 세심한 배치를 외면하거나 무시하는 말로 쓰이고 있음은 유감스러운 일이다. 야콥슨은 운율이 문법적이거나 반문법적이지, 무문법적은 아니라고 말했다. 의미단락과 호응하는 소리단락의 배열을 우리 시에서 얼마든지 찾아볼 수 있다. 이 점에서도 산문시(단순히 행갈이를 하지 않은 시가 아니라, 산문 정신을 구현한 시)의 존재 근거는 박약하다.

6. 결언 : 현실적 실천과 미학적 실천

비평이 단순화되는 가장 큰 원인 가운데 하나는 현실적 실천과 미학적 실천을 혼동하는 것이다. 시는 감각의 논리화이자, 논리의 감각화이다. 시에서의 논리는 감각화된 질서이며, 감각은 정교한 의미체를 내장하고 있다. 시인은 그가 정교하게 구축한 시의 논리 위에서만 발언할 수 있고, 실천할 수 있다. 미학을 돌보지 않은 실천이 시인에게는 있을 수 없다. 비평가는 가끔 자연인으로서의 한 인물과 시인으로서의 인물이 동일인이 아니라는 것을 망각하는데, 이 망각의 폐해는 생각보다 심각한 것이다. 그리 오래지 않은 과거에, 우리는 시인에게 선지자와 투사와 정치가의 임무를 요구한 적이 있었다. 그 요구는 현실적 실천에 대한 요구였을 터인데, 우리의 잘못은 그 실천으로 미학적 실천의 공과를 논했다는 점에 있다. 표현과 문맥을 돌보지 않은 잡문의 남발을 시적 열정이 낳은 다산성(多産性)으로 오해하였고, 의식의 과잉으로 일그러진 시를 짓는 일을 시적 실천이라고 불렀으며, 상식적인 깨달음과 상투어를 계몽이라는 이름 아래 장려했다.

현실적 실천과 미학적 실천을 동일시하면 시인과 시적 화자를, 전언과 수사를, 시적 언술과 일상적 언술을 혼동하게 된다. 나는 이런 혼동을 의도의 오류라고 부르고 싶다. 오류는 이중적인 의미에서 일어나는데, 시인이 의도한 것을 시적 성취와 동일시하거나 시의 전언을 시인 자신의 발언으로 환원하는 데에서 오류가 생겨난다. 선언적인 발언을 주제의식의 뚜렷함으로 여기는 일, 시적 화자에 시인의 이름을 붙이는 일, 반어와 역설과 알레고리의 영역을 혼동하거나 무시하는 일, 시보다는 시를 둘러싼 상황과 배경을 우선하는 일이 그래서 생겼다.

90년대 후반, 우리 시의 중요한 화두로 생태시와 여성시에 관한 논의를 들 수 있다. 두 테마는 몸에 관한 사유, 공동체에 관한 사유를 그 하위항으로 공유하고 있는데, 후기 산업사회의 모순을 안에서 돌파하려는 대중시, 해체시와 달리 그 질병을 밖에서 치유하고자 한다. 대중시와 해체시가 문학성의 변화나 언어에 대한 탐구를 통해 세기말 시의 정체성을 개신(改新)하려는 시도라면, 생태시와 여성시는 서구문명의 위기와 독선을 극복하려는 정신을 통해 시의 위상을 회복하려는 시도라 할 수 있다. 나는 90년대 우리 시 비평이 발견한 이 소중한 영역에서, 동일한 의도의 오류가 생겨나지 않기를 바란다. 당연한 말이지만 시인이 〈무엇〉을 말하고 있는가에 못지 않게 중요한 것은 그것을 〈어떻게〉 말하고 있는가이다. 예컨대 어떤 시인이 새싹이 돋는 모습을 그렸다고 해서, 그것을 생명의식의 발로라고 비평하는 것은 올바르지 못하다. 그것은 1920년대 시에도, 초등학생의 시에도 관찰되는 현상이기 때문이다.

90년대 시 비평을 비판적으로 검토했다. 논의가 성글고 말이 거칠었다는 혐의에서 이 글은 자유로울 수 없을 것이다. 자기 반성이 결여된 비평은 독설과 독선의 사이를 왕복하는 비평이다. 치밀한 논리와 깊이 있는 인식을 보여주는 우리 비평의 모습을 누락하거나 외면한 점이 적지 않을 것이다. 비판적인 검토의 대상이 일차적으로 자기 자신이어야 함은 구태여 말할 필요가 없다. 제자신의 심연을 들여다보는 일, 제자신의 빈틈을 정시(正視)는 일이 무엇보다 긴급한 일이다. 이 글의 비판이 자신의 허물어진 점을 세워가려는 각오가 되었으면 한다. 그리고 새로운 천년이 시작되는 시대에 더욱 제 모습을 찾아가는 우리 시와 비평의 아름다운 동거를 소망한다.(1999)

지금, 이곳의 여자들

— 90년대 여성 문학의 몇 가지 모습

1. 성녀와 창녀 혹은 마녀

성경에는 여러 명의 마리아가 나오지만, 그 중에서 가장 유명한 인물은 성모 마리아와 막달라 마리아이다. 성모 마리아는 처녀의 몸으로 신의 아이를 잉태했다. 그것은 신성함의 극단적인 드러남[에피파니]이면서, 죄악과 한 몸이 된 육체성과의 단절을 의미하는 것이기도 했다. 예수는 이로써 육체성(인간의 살과 피와 성정을 가진)과 비육체성(죄성과 단절된 신성성)을 동시에 구현하는 존재로 태어난다. 예수의 어머니가 되면서, 마리아는 자연인 요셉의 아내라는 여성의 자리에서 신의 어머니라는 모성의 자리로 건너뛴다. 성모 마리아의 이미지에서 우리는, "신성함에는 육체성이 개입할 여지가 없다"는 것을 배운다.

반면 막달라 마리아는 일곱 귀신이 들려 고통을 받던 여인이다. "귀신 들린다"는 말이 "부도덕함"을 의미하던 관용적 용법 덕택에 많은 이들은 그녀가 창녀였으며, 자신의 죄를 참회하여 예수의 발 아래 향유를 부은 바로 그 여자라고 생각했다. 귀신에서 놓여난 후에 그녀는 헌신적으로 예수를 섬겼으며, 예수 부활 후 처음으로 예수를 만난 인물이 되었다. 막달라 마리아의 이미지에서 우리는, "극단적인 육체성은 신성함으로 나아가기 위한 전제가 된다"는 것을 배운다.

두 명의 마리아는 남성 중심의 사회가 만들어낸 양극적인 여성의 이미지이다. 오랜 동안 남성은 성모 마리아를 육체성을 부정한 모성의 아이콘으로, 막달라 마리아를 육체성 자체가 된 여성의 아이콘으로 삼아왔다. 육체성을 부정하면 여성은 신비화된다. 여러 아이의 어머니였던 성모 마리아가 죽을 때까지 동정녀였다는 중세 교회의 교리나 그녀 자신이 원죄 없는 신성성을 가지고 있었다는 추정은 이 신비화의 결과였다. 육체성을 인정하면 여성은 사물화된다. 많은 여성이 신에 대한 열망에서 공공연히 쾌락에 몸을 맡겼다는 중세의 일화는 이 사물화의 결과였다. 육체에 관한 한, 남성의 눈에 비친 여성은 성녀 아니면 창녀였다. 우리는 이 이미지들의 연장선상에서 말할 수밖에 없지만, 이 이미지들의 지도를 바꾸기를 소망한다. 이 지도의 거주자는 남성들뿐이었기 때문이다. 남성들은 오랫동안 이 이미지들 사이를 돌아다니며(여러 여자를 섭렵하며), 이미지들 사이의 거리를 측정하고(여러 여자를 비교하고), 바꾸고(여자를 갈아치우고), 평가해 왔다. 여자가 남자들을 지나쳤다고 말할 수는 없다. 다만 많은 남자가 그녀 곁을 지나쳤을 뿐이다. 그녀는 다만 "닳고 닳은… 관문"이었다. 이러한 오염된 언어가 세상을 그런 모습의 지도로 축약했다.

물론 또 하나의 길이 있다. 여성의 자리를 버리고, 남성의 역할을 떠맡는 것. 15세기에 잔다르크는 갑옷을 입고 군대를 지휘하여 조국 프랑스를 구했다. 사소한 연애사건에 연루되지 않은 것은 아니었으나, 잔다르크는 성적인 역할을 포기함으로써 억압된 여성의 신분에서 벗어날 수 있었다. 그러나 그녀의 일생은 화형대 위에서 끝났고 말았는데, 그녀가 마녀로 몰린 이유는 어처구니없게도 여자 옷을 입지 않았다는 데 있었다. 남성이 이해하지 못하는 여자, 여성의 자리가 아닌 데에 처하려는 여자는 이상한 여자이고 그런 여자는 세상의 질서에서 벗어나 있고 그래서 악마와 결탁한 여자이다. 잔다르크의 이미지에서 우리는, "남성이 이해하지 못하는 여성성은 부조리한 것이다"라는 것을 배운다. 설혹 그게 우리를 구원해줄 유일한 빛이라 해도 말이다.

이 글은 여성에 의해 생산된 90년대 문학의 모습을 조감하는 것을 목표로 삼는다. 여성성이 드러난 작품을 대상으로 하면 범위가 너무 넓고, 페미니즘적인 인식이 반영된 작품만 다루면 범위가 너무 좁다. 이 글에서는 여성 주체에 의해 생산된 텍스트를 유형화하고, 그것의 미학적 효과와 여성주의 내에서의 위치에 관해 이야기하고자 한다. 설혹 그렇게 해서 드러난 여성문학의 모습이 성녀와 창녀, 마녀의 어느 사이에서 놓여 있는 것

으로 보인다해도, 거기에 담긴 남성의 관음증적 시선만큼은 씻겨졌으면
하는 바램이다.

2. 막달라 마리아, 구멍이고 빈틈이고 상처인……

찬미의 대상이든 저주의 대상이든, 여성은 남성의 대자로 존재해왔다.
말하자면 여성은 언제나 "창 밖의 여자"였다. 90년대에도 여전히, 아니
오히려 새롭게 "창 밖의 여자"임을 자인하는 목소리가 있다. 바깥의 자리
에서 소외의 운명을 자신의 것으로 말하는 목소리 말이다.

> 당신 저를, 용서하세요.
> 이 말을 하지 않으면, 제 말이 모두 당신에게 오리무중일 것만 같으니,
> 점촌 아주머니를 혼자 살게 한 점촌 아저씨의 그 여자, 그 중년 여인으로
> 하여금 울면서 에어로빅을 하게 만든 그 여자…… 언젠가, 우리집……
> 그래요, 우리집이죠…… 거기로 들어와 한때를 살다 간 아버지의 그 여
> 자…… 용서하십시오…… 제가…… 바로, 그 여자들 아닌가요?
> ― 신경숙, 「풍금이 있던 자리」(『풍금이 있던 자리』, 문학과지성사), 23면

화자의 독백은 온문장을 이루지 못할 만큼 토막토막 끊어져 있다. 화자
가 이처럼 극단적인 내성(內省)의 슬픔을 자기화 할 수밖에 없었던 것은
그녀의 운명을 결정하는 요인이 자신의 밖에 있었기 때문이다. 유부남을
사랑하게 되었다는 것, 그래서 "당신과의 관계가 불륜이었음을"(31면) 인
정할 수밖에 없다는 것, 이 사실은 화자의 의지로 결정할 수 있는 것이 아
니다. 이 소설에서 화자는 행위의 주체가 아니다. 주체의 자리는 화자가
"당신"이라 부르는, 이 소설의 밖에서 해명되지 않은 힘으로 존재하는 그
남자에게 있다. 그녀는 단지 상황의 변방에서, 그 아픔을 앓고 있을 뿐이
다. 더욱이 그 슬픔은 오래 전부터 이 땅을 살아오는 많은 여성들에게 공
통된, 그러니까 수없이 반복되는 일이었다. 화자의 "어머니", "점촌 아주
머니", "에어로빅 수강을 받던 중년여인"의 아픔은 동형(同型)의 아픔이
었던 것이다. 화자는 어린 시절 아버지의 후실로 들어온 한 여자를 회상

하면서, "……그 여자처럼 되고 싶다…… 이것이 제 희망이었습니다"란 말을 여러 곳에서 반복한다. 그것은 그녀가 고통을 앓는 일만이 자신에게 허락되어 있음을 자인하는 일이다.

신경숙의 미덕은 그 아픔을 일상의 목록으로 그려내는 섬세함에 있다고 할 만하다. 우리는 90년대 들면서, 황폐하고 쓸쓸했던 세속도시에서 나지막히 속삭이던 신경숙의 목소리가 얼마나 큰 위안이 되었던가를 기억한다. "그 여자는 아버지가 술 드시고 온 다음날은 밤새 읍에 나갔다가 온 것인지, 싱싱한 소피를 삶아 뚝뚝 잘라 넣은 선지국을 끓여 내놓았습니다. 그 국물 위에는 어슷어슷 썰어 넣은 생파가 듬뿍 얹혀져 있었지요" (26-27면) 슬픔의 결을 따라 일상의 삶이 고운 무늬를 그려낸다. 그러나 그렇다고 해서 그 슬픔을 수락하는 일 자체가 미덕이 되지는 않는다. 남성의 주체됨을 인정하고, 그 의지의 바깥에서 부유하는 감성은 체념을 자기의 파토스로 삼는다. 이 감성과 운명론의 저 속화된 가르침 사이는 그리 멀지 않다. 예컨대 이런 가르침, 바람피운 남편에 대해: "이럴 때일수록 아내가 더 편안하게 해주어야 한다. 그것만이 남편이 가정으로 돌아오게 만드는 비결일 것이다. 어린 자식들에게 깨어진 가정의 슬픔을 넘겨주지 않으려면 더욱 침착하고 슬기롭게 이 위기를 넘겨야 한다."(엄앵란, 『뜨거운 가슴에 좌절이란 없다』) 남성의 분탕질에 그저 흔들리며 가슴앓이 할뿐인 여성. 인고와 헌신만을 삶의 원리로 삼은 여성. 사랑이 증발한 자리에서도 누추한 가족의 틀을 유지하고자 안간힘을 쓰는 여성. 우리 주변에 지금도 흔한, 이 지긋지긋한 슬픔을 자식처럼 데리고 사는 여성.

상대의 시선이 행복의 조건이 될 때, 사람은 사랑에 빠진 존재가 되지도 못한다. 사랑의 그 들끓음이 주체의 내부에서 솟아나는 어떤 것이 될 수 없기 때문이다. 남성=주체/ 여성=객체라는 오래된 도식을 허락할 때, 삶은 급속히 속화되고 평균화된다. 그것을 실제 삶의 반영이라고 보아선 안 된다. 삶은 그 안에서 혹은 바깥에서 이루어지는 일이어서, 상투화된 도식의 그물을 빠져나간다. 다르게 표현하자면, 이런 구도가 자주 신경숙의 작품을 통속화하고 그것의 미학적 구도를 일그러뜨린다. 이때 여성은 다만 남근을 감싸는 빈틈이고 구멍일 따름이다. 여성이 결여를 그 본질로 삼는다는 것, 남성이 없을 때 여성은 상처일 뿐이라는 것. 신경숙의 소설집 제목이 되기도 한, "깊은 슬픔"은 때로 그 결여태의 다른 이름이기도 하다. 가령 다음과 같은 남근 중심적 소설과 신경숙의 어떤 소설은 화자의 위치만 다를 뿐, 동일한 어떤 상황의 소산이다.

> 나의 성기가 이제 막 처녀의 성기에 닿으려는 순간이었다. 그리고 나는 부릅뜬 눈으로 분명히 보았다. 나의 시야에는 난데없는 밤짐승의 입이, 저 어린 시절 미친년에게서 보았던 털투성이의 거대한 입이 나를 향해 덮쳐 오는 것이었다. 나는 또다시 어떤 공포에 사로잡혀 헉, 하고 숨이 막히면서 까무룩히 정신을 잃는 기분이었다. 그렇게 까묵룩한 정신 속에서도 나는 언제인지 모르게 사정을 하고 있었다. …그것이 나의 맨처음의 성교였다. […] 어느 순간에 나의 두 눈에서 주르륵 눈물이 흘러내리는 것이었다. 눈물은 방울져 흘러 처녀의 얼굴에 떨어졌다. […] 아직도 처녀의 몸 위에 누워있는 나의 등을 언제부터인지 모르게 처녀가 두 손으로 조심스럽게 어루만지고 있었다.
> — 송기원, 『여자에 대한 명상』(문학동네), 23-24면

이 소설의 화자는 여자의 몸을 통해 입사의식을 치른다. 위악과 냉소로 무장한 화자에게 주변의 모든 여자는 몸을 허락하고, 화자는 그 여자들의 몸을 밟고 지나가면서 성숙의 길을 걸어간다. 화자의 삶을 집약하는 두 극은 여자의 "구멍"(?)으로 상징화된다. 어린 시절 소꿉놀이 하던 영순이의 "불그스름하게 빛나는 보랏빛 자운영꽃"과, 미친년의 "털투성이 밤짐승의 거대한 입"(17-18면). 말을 바꾸면, 이 소설의 모든 여자는 "구멍"으로 자기 존재를 보장받는다. 인용한 장면의 도착된 섬세함은 무섭다. 강간하는 남자는 자기만의 고통에 못 이겨 눈물과 정액을 쏟고, 강간당하는 여자는 그 눈물을 이해하면서 남자의 등을 어루만진다! 남자에게는 욕정마저 고뇌와 성장(成長)의 결과일 수 있지만, 여자에게는 육체마저 남자의 욕정에 그때그때 호응하는 데서 생겨나는 결과다!

최영미의 시에서도 사정은 다르지 않다.

한 때 너를 위해
또 너를 위해
너희들을 위해
씻고 닦고 문지르던 몸
이제 거울처럼 단단하게 늙어가는구나
투명하게 두꺼워져
세탁하지 않아도 제 힘으로 빛나는 추억에 밀려
떨어져 앉은 쭈그렁 가슴아——
살 떨리게 화장하던 열망은 어디 가고
까칠한 껍질만 벗겨지는구나
헤프게 기억을 빗질하는 저녁
삶아먹어도 좋을 질긴 시간이여
　　　　— 최영미, 「목욕」(『서른, 잔치는 끝났다』, 창작과비평사), 전문

　화장하고 몸을 씻는, 그러니까 옷 입고 옷 벗는 일이 모두 "너를 위해/
또 너를 위해/ 너희들을 위해" 하던 일이었다. 하나의 사랑이 가고, 또 다
른 사랑도 왔다 갔다. 뒤에 남겨진 것은 "세탁하지 않아도 제 힘으로 빛나
는 추억"뿐이다. 최영미 시의 화자 역시 제 것이 아닌 어떤 시선에 사로잡
힐 때에만 행복을 느낀다. 그녀를 향한 시선이 사라지고 그녀 자신이 더
이상 주목의 대상이 되기를 멈추었을 때, 화자는 극단적인 시간의 분열을
경험한다. 행복했던 과거와 불행한 현재라는 도식은 새로운 것이 아니지
만, 그 분열로 인한 아픔을 직설적이고 고통스럽게 토해내는 목소리만큼
은 새로운 것이다. 이 시에서도 시행 군데군데 자리잡고 있는 일상적 표
현들은 순화나 검열을 거치지 않은 날 것 그대로의 아픔을 보여준다(이런
표현 때문에 이 시인의 시적 숙련도를 의심하는 것은 온당한 처사가 아니
다. 최영미 시의 감동은 역설적으로 이런 소리지름에서 온다. 도대체 순
화나 검열이란, 얼마나 무서운 말인지. 표현의 정도를 조절하다 자기 느
낌마저 온순해지는 자들은 또 얼마나 많은지).
　문제는 이 아픔이 화자 자신의 몫마저 되지 못한다는 점에 있다. 당시
에는 사랑일 테지만 지나고 나면 환멸인 어떤 감정에 사로잡힌 화자, 그
모든 아픔의 원인을 "너희들"의 부재에 돌리고 있는 화자, 그래서 제 자신

의 몸을 빈틈과 결여의 대상으로 보는 화자에게서 반성이니 전망이니 하는 말은 차라리 사치스럽다. 주체성이 박탈된 자리에 "입안 가득 고여오는/ 마지막 섹스의 추억"(「마지막 섹스의 추억」)만이, 버려진 육체성만이 남은 셈이다. 어떤 위로도 위안도 제 자신의 것으로 삼지 못하는 육체성 말이다.

바르트의 말대로 사랑하는 이는 이별의 고통을 버려짐의 시련으로 여기게 마련이다. 그래서 타자의 시선에 자신의 행, 불행을 묶어두는 방식을 꼭 여성문학 특유의 폐단이라 보기는 어렵다. 하지만 주체성의 문제만큼은 꼭 짚고 넘어가야 한다. 제 존재를 타자의 그림자로 여기는 사유에서는, 그 타자마저 그림자가 된다. 여러 이유에서 그러하다. 첫째, 타자는 내 아픔의 원인이지만, 내 아픔을 드러낼 때에야 언급되므로, 내 아픔의 결과로서만 모습을 나타낸다. 그러니 타자는 그림자이다. 둘째, 텍스트의 공간을 가득 채우는 것은 공허한 채로 밀폐된 자아, 과잉된 자기의식뿐이다. 타자는 텍스트의 밖에서 부유하는 존재로, 비정형화된다. 그러니 타자는 그림자이다. 셋째, 타자는 자아가 요동하는 그 희로애락의 굴곡 너머에 존재한다. 자아의 감정적 파장만이 넘치고 있을 뿐, 타자는 자아를 그렇게 만드는 어떤 신비화된 힘으로만 그려질 뿐이다. 그러니 타자는 그림자이다. 넷째, 그림자로서의 자아는 수면에 비친 물그림처럼, 거울에 비친 반영처럼 자신을 그려보이는데, 그 결과 자아는 도착된 모습을 자아상으로 확립한다. 결국 자아는 자기 중심으로 세상을 재편하는데, 이 경우 타자는 그 세상의 가장 변방에 놓이게 된다. 그러니 타자는 그림자이다. 주체의 자리가 바르지 않으면, 상관적인 모든 객체가 제 있을 자리를 잃는다.

빈틈이고 결여로서의 여자는 그 빈틈과 결여를 자기 존재의 역설적 기호로 삼는데, 결국 그 역설의 결과는 의외로 빈약했던 것이다. 우리는 수동성, 감상성, 결핍성 따위를 〈여성성〉이란 이름 아래 묶어 지칭해왔다. 이 시대의 막달라 마리아들은 남성중심적인 이 말의 용법이 여전히 유효성을 지니고 있음을 보여주고 있다.

3. 성모 마리아, 세상을 감싸안는……

자궁은 요람이자 무덤이다. 그곳은 모든 이가 태어난 곳이어서 고향이며, 모든 이가 돌아가기를 꿈꾸는 곳이어서 이상향이며, 모든 이가 죽어 묻히는 곳이어서 묘지이다. 자궁은 탄생과 죽음과 재생을 한 데 모아 가진 단 하나의 장소이다. 그곳에서 시간은 순환적이거나 반복적이다. 자궁이 나고 죽는 모든 것을 아우르기 때문이다. 말하자면 모성은 제가 낳은 인물의 전생(全生)을 감싸안고 있는데, 그래서 거기 살고 있는 이들은 자주 딸이 어머니이고, 아버지가 아들이다. 세상을 가족주의의 범주로 포괄해내는 시선이 거기에 있다.

> 앙상한 갈비뼈를 드러내고 서 있던 남자는 바로 아버지였다. 벌써 몇 번째인가. 그녀는 눈을 질끈 감아버린다. 대체 왜 이런 꿈이 몇 차례나 반복해서 잠 속으로 끼어 드는지 알 수 없다. 다른 누구도 아닌 아버지와 교접(交接)하는 그 불결한 꿈은 잊을 만하면 다시 잠 속으로 잠행해오곤 한다.
> "아주머니, 나 좀 데려다주소. 우리 어무이를 만나야 하는데 이것들이 도대체 나를 놔주지 않구만. 아주머니 제발 나 좀……." 아버지는 그녀의 팔을 붙들고 애원을 한다. 짓무른 눈가에 물기가 내비치고 있다.
> "아버지 더우시죠? 조금만 참으세요. 기차 타시면 아주 시원할 거예요." 그녀는 아버지를 돌아본다. "압니다 어무이. 우리 지금 여수로 가는 거잖소." 아버지가 그녀를 쳐다보며 대꾸한다. 가슴이 덜컥 내려앉는다. 비교적 말짱해 보이는 표정이다.
> — 조경란, 「내 사랑 클레멘타인」(『불란서 안경원』, 문학동네), 7, 38, 67면

치매에 걸린 아버지에게 딸은 때로는 애인이고 때로는 타인이고 때로는 어머니이다. 그녀는 그의 모든 것이다. 그녀가 살고 있는 집—가족은 가부장적인 권위와 제도의 상징이지만 그래서 그녀는 그곳에서 나오고 싶어 애를 쓰지만, 무너져가는 그 집을 안쓰럽게 지탱하는 사람은 정작 그녀 자신이다. "그렇게 허술하게 집을 지을 아버지가 아니다. 그런데도 물이 샌다. […] 대체 어디서 비가 새는 것일까. 아버지를 깨워 묻고 싶다. 그걸 짐작할 사람은 아버지밖에 없을 것이다. […] 단 몇 초라도 시커멓게

구멍이 뚫린 천장을 보고 싶지 않다."(43면) 조경란 소설의 인물들에게도 타자의 영역은 늘 억압과 낯섦의 공간이다. 타자들이 자아의 자리에 틈입해 들어온다. 조경란 소설의 매력은 그 불투명한 타자성에 의해 침식되어 가는 자아의 모습을 투명하게 그려낸다는 데에 있다. 그래서 그녀의 세계는 일인칭의 세계이지만, 한편으로는 이미 수많은 타자들이 스며든 "오염된" 일인칭의 세계이다.

이것은 그녀가 그 타자들을 제 집의 동거인으로 인정했기 때문이다. 그녀는 자아의 벽을 쌓고, 타자를 그 벽 너머로 추방해버리지 않는다. 그러니까 아픔은 내 밖에 있는 타자들에게서 오는 것이 아니라, 내 안의 타자들—내가 나의 일부로 받아들인 타자들에게서 온다. "내가 맏딸이기 때문에 아버지와 이 집을 떠날 수 없는 건 아니다. 그렇게 생각해본 적은 단한 번도 없다. 단지 석준은 먼 곳에 있고 해연도 떠날 준비를 하고 있기 때문이다. 그들을 붙잡아놓을 만한 정당한 구실이 없을 뿐이다. 나를 붙잡고 있는 건 아무것도 없다."(55면) 이 말이 좀 이상한 말이라는 것은 금방 눈치챌 수 있을 것이다. 동생인 석준, 해연처럼 "나" 역시, 그렇게 떠나면 그 뿐인 것이다. 그들이 없다고 해서 내가 있어야 할 이유는 어디에도 없다. 내가 떠나지 못하는 이유는 내가 없으면 아무도 남지 않는다는 사실 때문이다. 저 돌볼 이 없는 타자, "아버지"가 나의 부양식구라는 것, 그는 나의 애인이고 타인이고 아들이고 그리고 나는 그의 딸이라는 것, 그 변치 않는 사실이 그녀를 이곳에 남게 만들었다.

가족주의의 범주로 포괄된 세상에서 이해하지 못할 것은 아무것도 없다. 예컨대, 그녀는 결별을 선언하는, "청년 같은 그의 등을 가만가만 쓰다듬어주고 싶"었다.(55면) 가족주의 내에서 모성은 모든 이를 받아들인다. 다르게 말해서 모성은 일종의 사해동포주의이다. 모성은 비판 이전에 이해를, 투쟁 이전에 화해를 꿈꾼다. 그래서 이런 이해가 이해 받을 수 없는 것이며, 이런 화해가 화해롭지 못한 것이라는 비판이 제기될 수도 있다. 그러나 어떤 분별은 확실히 분열을 낳는다. 이해하려들지 않는 비판은, 화해를 꿈꾸지 않는 투쟁은 얼마나 무서운 것인가?

나희덕은 확실히 이를 의식하고 있는 시인이다.

덩굴을 거두어낸 수박밭에
남은 수박들이 몇 개 뒹굴고 있다

거두어가지 않은 게 있다는 것
보잘것없기에 남겨진다는 것

수박의 형상으로
더이상 수박이 아닐 때까지
밭의 고요와 싸우며
흐르는 진물은 하늘에 대고 닦는다

용서는 가장 혹독한 형벌,
기억 속에서는 수박들이 물씬 썩어간다
　　　　— 나희덕, 「용서」(『그 말이 잎을 물들였다』, 창작과비평사), 전문

주체는 타자와 시선을 공평하게 나누고 있다. 이를테면 1연에서 "덩굴을 거두어낸" 자들은 "인간"이지만 그렇게 해서 뒤에 남겨진 것들은 "수박"이며, 2연에서도 "거두어가지 않은" 자들은 "인간"이지만 그렇게 해서 남겨진 것들은 "수박"이다. 하나는 버리고 하나는 버림받았는데, 버린 자들의 "기억 속에서는 수박들이 물씬 썩어"가고 있으니 버림받은 것들은 두 번 버림받은 셈이다.

이 버림받은 풍경에 나희덕은 용서라는 이름을 붙였다. 형상을 잃고 물크러져 가는 수박, 그렇게 자기를 버린 자들을 "용서"한다. 아무 말 없이 그냥 썩어감으로써 말이다. 그러나, 아니 그렇기 때문에, "용서는 가장 혹독한 형벌"이다. 용서받은 자들에게 어떤 뉘우침도 없을 것이기 때문에 용서는 용서하는 이에게 형벌이며, 용서함으로써 자기의 버림받음이 정당화되기에 용서는 형벌이며, 무엇보다도 용서함이 썩어가는 일이므로 용서는 그 자체로 형벌이다. 나희덕은 용서라는 것이 상대의 호응을 요구하는 것이 아님을, 자신의 처지를 내면화하는 것임을, 무엇보다도 자신의 고통을 수락하고 견디는 일임을 말하고 있다.

노혜경의 모성에는 신화적인 육체가 있다.

어느 날 산그림자가 달을 다 잡아먹은 새벽에 할아버지는 완전히 닳아서 할머니의 앞치마 속으로 들어가버리고 말았다. 할머니의 배가 남산만해졌다.

그 뒤로 우리 마을에선 신랑이 각시의 뱃속으로 들어가는 것이 전통이되었다. 할머니의 앞치마는 단 하나뿐이었기에, 우리 엄마는 앞개울에서건져낸 실로 커다란 레이스를 떠서 밥상 위에 펴고는 아빠를 그 보에 싸서먹었다. 아빠는 엄마의 뱃속에서 행복했지만, 엄마는 늘 배가 무거워 언제나 입에서 실을 게워내고 계신다. 사실 진짜 전설은 우리 엄마 아빠의 얘기가 아닐까 한다. 왜냐하면 나는 할머니의 앞치마를 본 적은 없지만 우리마을의 모든 이모들이 짜고 있는 밥상보는 매일같이 보기 때문이다.
　　　　　── 노혜경, 「할머니의 앞치마」(『뜯어먹기 좋은 빵』, 세계사), 부분

자궁은 생명을 받아들이고 산출하는 제의적 장소이다. 여자들은 자궁에 남자를 받아들임으로써 신생(新生)의 아이들을 낳는데, 기실 이 아이들은 자신이 자신의 아버지이다. 자궁을 들락거리면서 인간은 단 하나의인간, 태초의 아담의 변체가 된다. 노혜경은 이를 우화적인 어법을 빌어묘사하고 있다. 할머니의 앞치마 속으로 들어가 버린 할아버지, 밥상보에담겨 엄마에게 먹히는 아빠는 결국 상징적 죽음을 치름으로써, 새롭게 태어나는 제의적 인물들이 된다. 더구나 이들에게는 육체가 가진 쾌락과 관능이 없다. 그러니까 남자들을 받아들여 새로운 생명을 낳는 여자들은 일종의 동정녀인 것이다.

레이스가 달린 앞치마와 밥상보는 여자들의 오래된 노동의 상징물이다. 노혜경은 이 노동이 인류 역사를 지탱해 온 긴 과정임을 말하고 있다.남성 중심의 역사 대신, 여성 중심의 새로운 역사를 서술하고자 하는 시인의 시선은 새롭다. 그것은 유년시절을 말할 때, 대개 모계 중심의 기억만을 보존하는 남성들을 하위 텍스트로 포괄할 수도 있다. 우리는 모두"자궁"의 자식들이지, "구멍"의 자식들이 아니다. 여성은 남성을 다만 받아들이는 것이 아니라, 감싸안는 것이다. "앞치마"와 "밥상보"가 그 사실을 증명한다.

감싸안음의 방식은 스스로를 비워내는 결여의 방식과는 다르다. 모성이 타자를 감싸안을 때, 타자는 그 이타성(異他性)을 보존한 채로 모성의

영역에 포괄된다. 모성으로서의 주체는 타자의 자리를 인정하고, 제 몸 안에서 타자를 자유롭게 풀어주는 주체이다. 관용과 화해는 이 주체가 가진 아주 소중한 미덕이다. 하지만 모성은 매개되지 않은 주관성이다. 타자는 모성 안에서 제 자리를 부여받지만, 여전히 이질적이어서 주체와 서로 스며들지 못한 채로 존재한다. 어머니는 자식 걱정에 밤을 새우는데, 자식은 제 짝 생각에 밤을 새운다. 모성적 주체와 타자는 화해하지 않았다. 주체가 타자를 용납했을 뿐이다.

4. 잔 다르크, 새로운 주체인……

우리는 모두 우리가 얽어 짠 관계에 속박되어 있다. 우리는 그 관계를 통해서만 세상을 보고 느끼고 판단한다. 그 정형화된 시선과 느낌과 생각은 내 자신과 세상을 어떤 동일성의 관계에서 파악하게 만든다. 주지하듯이 동일성은 동일자(同一者)의 모습을 한 것도 아니요, 평등함이라는 성격을 지닌 것도 아니다. 우리는 하나가 아닌데다가, 그 여럿이 균등한 자리를 차지하고 있지도 못하다. 우리는 위아래, 좌우, 앞뒤로 갈래갈래 찢겨 있다. 분열과 불평등이 고착된 상태, 정형화된 시선과 느낌과 생각으로 그 고착을 정당화하는 상태가 바로 동일성의 상태이다. 그래서 이 시선과 느낌과 생각의 상투형을 깨뜨리고, 동일성의 허위를 폭로하는 일은 중요하다. 이를 위해서는 어떤, 존재의 뒤틀림을 감수해야 한다.

"말해봐. 그럼 지금 애인은 박영세겠고, 새 애인은 또 누구지?"
막상 말을 꺼내고 보니 궁금해서 견딜 수가 없었다. 아니 그 정도가 아니었다. 그냥 알아보기나 할 셈이었는데 입 밖에 말을 뱉아놓고 나자 제풀에 불쾌해지는가 하면 왠지 화까지 조금 나려고 했다. 그녀를 안고 난 지금 당연히 그것은 내게 중요한 문제일 수밖에 없었다. 나는 윗몸을 일으켜 침대에 기대 앉았다. 내 말투 속에는 여자를 소유한 뒤 남자가 가지게 마련인 여유로움도 없지 않았다. 그녀가 이제 내게만은 모든 것을 흔쾌하게 털어놓고, 어쩌면 약간의 후회를 표시하며 나에 대한 사랑을 맹세해야 할 순간이 아닌가도 싶었다. 그러나 선희는 화장실에 가는 게 아니었던지 침

대말에서 옷을 입고 있었다. 내 말을 들었는지 못 들었는지 아무 대꾸도
없다. 스타킹까지 다 신고 가방을 드는 선희의 뒷모습을 보고 나는 황급히
몸을 일으켰다.
　"가는 거야?"
　선희가 핸드백의 지퍼를 열어 손지갑을 꺼낼 때까지 나는 아무 눈치도
채지 못하고 있었다. 묵묵히 지갑에서 돈을 꺼내 내게 내미는 그녀를 어리
둥절하게 쳐다볼 뿐이었다. 그녀가 왜 내게 돈을 주는 것인가.
　"매춘으로 하자."
　"그게 무슨 소리야?"
　"돈 받기 싫으면, 성폭행으로 치든지."
　선희의 말에는 아무 감정도 들어 있지 않았다.
　— 은희경, 「먼지 속의 나비」(『타인에게 말 걸기』, 문학동네), 275-276면

　최선희는 그녀를 둘러싼 모든 관계에서 소외되어 있다. "걸레"라는 모멸
적인 언사로 그녀의 품행을 비웃는 남성들은 말할 것도 없지만, 같은 여자
이면서 대학 동창인 방혜원마저 그녀를 멸시한다. "최선희 말야, 걸레는
걸레야. 순진하게 대할 필요 없어."(256면) 방혜원의 멸시는 화자(박주원)
에 대한 관심의 다른 표현이다. 방혜원은 "나"의 호의가 선희를 향해 있다
는 것을 눈치채고 있었다. 그녀는 남성들의 관음증적인 시선과, 여성들의
질투어린 시선에 갇혀 있다. 더구나 그녀를 감싸안고자 하는 "나"마저, 그
런 관계의 틀을 강요한다. 호기심에서 불쾌함으로, 다시 분노로 전환되는
화자의 심성을 정당화할 어떤 것도 그들에게는 주어져 있지 않았다. "나"
의 느낌은 사회적인 혹은 선험적인 관계에서 파생된 것이다. 어떤 반성도
개입하지 못하게 하는 상투화된 관계가 여자들은 정조를 지켜야 한다(사
랑하는 남자와만 잠자리를 가져야 한다)는 관념을 낳았다. 만일 이 관념이
그릇된 것이라면 동일한 당위가 남성들에게도 적용되어야 한다. 남성들
역시 정조를 지켜야 한다. 최선희는 뒤의 명제가 돌이킬 수 없는 것임을
인정했지만, 대신에 앞의 관념을 파기하고자 했다. "창녀랑 자는 것은 남
자로서 얼마든지 있을 수 있는 일이니 논외로 하고, 자기는 좋아하는 사람
하고만 자니까 아무하고나 자는 건 아니라는 거야? 난 그런 구별은 안 해.
[…] 난 다만 익명의 성기와는 자지 않는다는 뜻이야. 그리고 난 섹스를 하

는 것이 아니라 섹스를 안 하는 것으로부터 자유롭기 위해 그러는 거야.
섹스를 안 하기 위해 겪는 실랑이처럼 의미 없이 나를 지치게 하는 것은
없어."(264-265면) 남성들의 욕망은 해결될 통로가 주어져 있으나, 여성
들의 욕망은 그렇지 못하다. 최선희는 여성의 욕망이 불온한 것이고, 그래
서 억압받아 마땅한 것이라는 통념을 깨고자 했다. 물론 그녀의 행동은 이
해 받을 수 없는 것이었는데, 그 몰이해의 결과가 멸시에 찬 타자들의 시
선인 것이다. 그녀는 그렇게 뭇 시선들에 의해 뒤틀리고 찢겨졌다. 나의
분노에 그녀는 남자들이 할 법한 행동으로 대응하는데, 기실 그것은 그녀
의 조그만 항변 같은 것에 불과하다. 화자가 보았던 먼지 속의 나비가 그
것을 보여준다. "그것은 애처로운 안간힘으로 악착같이 반대방향으로 되
돌아오려고 하고 있었다. 자세히 보니 조그만 나비였다."(261면)

자기에게 주어진 불합리한 관계를 받아들이는 것은 억압을 내면화하는
것이다. 역설적으로 우리는 내면화된 억압 속에서 편안함을 느낀다. 우리
자신이 거기에 붙박혀 있기 때문이다. 우리는 사회와 구조적 동형이다.
그래서 우리의 편안함은 거짓된 편안함이고 환상이다. 은희경의 소설은
그 환상의 이면을 드러내 보여준다. 환멸의 경험은 말로 하기 어려울 정
도로 구토를 유발한다.

김정란은 주체의 새로운 관계를 상정한 자리에서 작업을 시작하고자 한
다. 그러나 그것을 말하는 시인의 목소리는 자주, 막달라 마리아의 것이다.

　　강의를 하다가, 툭, 분필이 부러질 때

　　분필의 우울한 단면, 그 아무 필연성도 없는
　　단면의 우툴두툴함에 나는 갑자기 무섭게
　　민감해진다 그리곤 내면이 피를 뚝뚝 흘리며
　　비명을 질러대는 것이다 아 미치겠어[…]
　　나는 임박한 예감에 몸을 떤다

　　그럴 때, 강의실 문이 슬며시 열리고

지독히 차갑고 지독히 섬뜩한 그림자 하나
스르르 미끄러져 들어온다 그리곤 영락없이

분필이 또 한 번, 툭, 부러진다

잠깐 푸피피 날아오르는 분필가루 먼지
글자를 에워싸는 글자의 귀신들

나는 가만히 고개를 숙인다 그리곤
칠판에 쓰인글자 앞에서 고즈넉이 발음해보는 것이다

당신?
— 김정란, 「이를테면」(『그 여자, 입구에서 가만히 뒤돌아보네』, 세계
   사), 부분

　김정란의 목소리는 그냥 거기에 있다. 원개념과 보조개념이, 상징과 실
체가, 구체와 추상이 동거하는 이 기묘한 시의 세계는 또한 이성의 전유
물도 아니어서, 저 자동기술법이 잡아내고자 했던 무의식의 아래에까지
내려가 있다. "분필이 부러지"는 구체적 상황은 "아무 필연성도 없"이,
"내면"의 어떤 상황을 섬광처럼 드러내준다. 그러나 그 다음, "섬뜩한 그
림자"가 강의실 문을 열고 들어오는데, 이 그림자는 내면의 예감이 앞으
로 이루어질 것을 미리 구현해 놓은 이미지이다. 시인은 이 그림자에게
"당신"이냐고 묻는다. 그렇다면 "당신"은 시인의 저 안쪽에 사는 어떤 존
재일 것이다. 과연 시인은 「무시무시한 공허」라는 시에서, "그/그녀는, 내
영혼이 망설이며, 내 것이라고 인지하기를 머뭇거려 온, 어떤 억압되어온
기질의 경사를 따라 무작정 내 안으로 들어왔다"라고 썼다. 당신은 이인
칭이 가진 절대성으로 내 앞에 있는데, 이 절대자는 시인의 안에 있으면
서 시인 자신이기도 하다. 그/그녀는 남녀양성을 구유한 존재이기도 하
다. 대타개념으로 우리가 알고 있던 "여성"은 그 변증법의 시원에서부터
그냥 인간이었던 것이다. 게다가 시인은 "칠판에 쓰인 글자 앞에 서서",
"글자의 귀신들"에 둘러싸여 있다. 육신의 세계가 문자의 세계에 접면하

고 있는 셈인데, 이로써 시인의 현존이 과거의 모든 전미래적 시간의 예감이자 결과임이, 시인의 말이 시인의 시쓰기로 보증되는 것임이 드러난다.

　김정란의 시는, 우리가 미학이라고 부르는 것이 기실 사회적 관계를 반영하고 있다는 문제의식에서 출발한다(대표적인 남성 언어로 은유가 있다. 거의 모든 언어에서 "먹는다"와 관련된 어휘는 "(남자가 여자를) 취한다"는 의미를 내포하고 있다고 한다. "존재"의 의미를 탐색한 대가시인 김춘수의 시에서도 이런 내포는 여전하다. 유명한 구절, "나는 시방 위험한 짐승이다./나의 손이 닿으면 너는/未知의 까마득한 어둠이 된다."에서, 우리는 "꽃을 꺾다"라는 관용적 용법이 "나"와 "너"의 관계를 규정하고 있음을 본다). 오염된 언어로 새로운 주체를 드러낼 수는 없는 노릇이다. 김정란이 재래의 시작 방법을 파기한 것은 이런 측면에서 이해할만한 일이다. 그럼에도 불구하고, 여전히 그녀의 목소리에서, 빈틈을 읽는다는 것은 안타까운 일이다. 예컨대 이 시의 화자는 무엇인가를 기다리고, 그 기다림의 끝에서 당신을 발견하는데, 이 당신은 그녀 안의 존재이기도 하고, 그녀 바깥의 존재이기도 하다(최근작이 아니긴 하지만, 김정란의 아름다운 시, 「건너편의 여자」는 내 간절함의 대상인 "당신"이 어쩌면 여전히, 우리가 알고 있는, 오래된 익숙함의 결과일 수도 있음을 보여준다).

　동일성의 신화를 깨뜨리는 지점에서 새로운 신화가 탄생할 것이다. 이 주체가 제 힘으로 지상에 발을 디딜수록 더 많은 비판을 감당해야 한다. 비판이 가혹할수록, 그녀들의 시도가 가치 있음이 역설적으로 증명된다. 이 주체는 남성/여성으로서의 주체가 아니라 인간 자신으로서의 주체이다. 새로운 세기에는 일상의 영역에서, 이런 여성의 모습을 더 자주 접하게 되리라 생각한다.

5. 부기(附記)

　셋으로 유별하여 90년대 여성문학의 성과를 살폈다. 분열의 문제: 분열의 아픔을 말하는 작업과 분열을 끌어안는 작업, 그리고 분열을 직시하고 새로운 관계를 정립하려는 작업. 혹은 주체의 문제: 대상화된 주체와 대상화하는 주체, 그리고 새로운 주체(어떤 것이든 이 각각은 가치개념이 아니다. 설혹 그렇게 읽혔다면, 구별한 자의 어리석음이거나 무능 때문일 것이다). 이 글의 대상이 매우 제한적임을 고백해야겠다. 다른 많은 그녀들을 이 자리에 초대한다고 해도, 90년대 여성문학의 온 모습을 말하기는 어려울 것이다. 그만큼 여성문학은 그 둘레와 내포를 넓혀가고 있다. 변명의 말이 지나치게 길어졌다, 망언다사(妄言多謝). (1999)

대중문학 시대의 논리

1. 대중문학과 문학

　대중문학과 순수문학의 경계가 해체되었는가? 먼저 이 질문의 안팎을 살펴보자. 대중문학/순수문학은 어떻게 나뉘어지는가? 아니, 처음부터 그것의 경계가 있었는가?

　먼저 대중문학은 대중의 기호와 소망을 반영하는 문학이 되지 못한다. 대중문학은 대중에 의해 자생적으로 출현한 것, 자발적으로 표현된 것이 아니다. 우리는 대중문학의 제작자들에게서 "읽히지 않는 작품이 무슨 소용이 있는가"라는 항변을 자주 듣는다. 대중을 제 편으로 하지 않은 모든 문학은 버림받고 저주받은 문학이며, 따라서 대중의 취향과 기호를 존중하는 것은 다수의 이익을 위한 공리적인 발상이라는 주장이다. 그러나 과연 그러한가? 문학에 있어서 대중은 누구나 손쉽게 자기편으로 삼을 수 있는 무력한 우군(友軍)이자, 누구나 그에게서 버림받을 수 있는 잠재적인 적군이다. 연속적인 기대와 좌절의 잠재태로서 대중은 여전히 해명되지 않은 근거를 이룬다. 대중은 여전히 문학의 저 찬란한 성채를 빛낼 거주자이며 저자에게 환희의 꽃다발을 안겨줄 열광적인 지지자들이다. 그러나 반면에 대중은 조작되고 통제되는 문화산업의 전략적 착취 대상이며, 저자에게 끊임없이 표준화된 사고와 정식화된 감정을 요구하는 폭력적 요구자들이기도 하다. 그러니 모든 문화적 생산의 근거를 대중에게 두는 태도는 낭만적 순진함이거나 상업적 교묘함의 어느 한 가지에 해당한다. 테제 하나. 대중을 대중문학의 근거로 이야기할 수 없다.

　다음으로 문학은 고급문학 혹은 순수문학으로 이야기될 수 없다. 오늘날의 문학은 예술의 지상권(地上權)을 요구하지도, 배타적 소수의 향유로 제한되지도 않는다. 이제 고급문학은 특정한 신분의 사람(재력가, 권력자, 엘리트 계층)들만 누릴 수 있는 것이 아니다. 『퇴마록』과 『태백산맥』이 소설 분야의 베스트셀러 목록의 윗자리를 다투고 있으며, 중고생을 대상으로 한(긴 제목을 가진) 감상적 고백으로 가득 찬 책들이 일반 시집과 동일한 판형과 가격으로 서점의 시집 코너에 올라 있다. 고급문학의 목록을 이루던 것들은 이미 대중문학의 목록을 이루고 있다. 그러니 대중문학의 대척점에 놓임으로써 존립의 근거를 보장받을 만한 고급문학은 사라졌다고 보는 것이 옳다. 또한 문학에 "순수한 문학"이 있는 것도 아니다. 문학은 이질적인 사회적 층위를 받아들이며, 그것들을 특수하게 담론화함으로써 성립한다. 문학이라 불리는 것 속에는 이미 사회와 경제와 역사와 심리와 종교가 녹아들어 있다. 더욱이 독서대중을 상대하지 않는 문학이 존재할 수 없음은 자명하다. 그러므로 이제는 대중문학과 고급문학 혹은 순수문학이 있는 것이 아니라, 대중문학과 문학이 있을 뿐이다. 순수문학 혹은 고급문학이라 불릴만한 것이 사라졌기 때문이다. 테제 둘. 문학을 본격문학이라 부를 수 없다.

다음으로 대중문학의 본질에는 이미 유통의 방식이 내적으로 구조화되어 있다. 대중이 무의지적이고 무주체적인 문화산업의 대상으로 간주될 때, 대중문학은 지배 질서를 고착화한다. 문학이 지배 질서의 억압과 질서를 의문시하고 세계의 횡포함에 찢긴 자아의 곤혹스러움을 표상한다면, 대중문학은 지배 질서의 억압과 질서를 내면화하고 세계의 횡포함이 삶의 조건이라 가르친다. 자아의 곤혹스러움은 타기시 되어 마땅한 찌꺼기 감정에 지나지 않는다. 성공과 성취의 신화에 자아의 반성적 사유가 개입할 여지는 애초부터 없다. 예술에서 신성함이 박탈되면서 문학이 세계의 비밀을 깨우친다는 믿음으로 스스로를 신비화하였다면, 대중문학은 세계의 불가지성 자체를 신비화한다. 문학의 저자는 세계의 신비화에 맞서 자신을 신비화함으로써 낭만적 환상을 유지할 수 있었다. 하지만 대중문학의 저자는 신비화된 세계를 받아들이면서, 자율성을 상실하였다. 대중문학의 저자는 수많은 세상의 기호들이 섞여드는 공통주소일 따름이다. 세계를 신비화하여 대중문학이라는 환상적 텍스트로 만들고 나서, 그에게 남는 것은 스스로의 이름을 결코 내세울 수 없다는 환멸의 경험이었다. 테제 셋. 대중문학에 대한 논의는 여전히 바깥에서(안쪽이 아니라) 이루어져야 한다.

문학에는 어느 정도 환상성이 내재해 있다. 문학을 죽음에 저항하는 환상적 존재 형식이라 불러서 크게 잘못은 없을 것이다. 『천일야화』에서의 세헤라자드처럼, 저자는 이야기들을 만들고 배열하고 영속화함으로써, 저 죽음과 망각과 소멸의 힘에 저항한다. 문학에 있어서의 환상은 현실을 살아나가는 방식이다. 그것은 환상의 힘을 현실의 힘에 맞대어, 삶의 누추함과 고통을 문제화한다. 문학에서 현실은 적어도 그 물신적 신비화의 힘을 잃고 대상화된다. 그러나 대중문학은 이 환상의 힘을 잃어버렸다. 그것은 현실을 복제함으로써 현실의 경험을 문학 자체에 내면화시키고, 현실의 기율과 원칙을 수락함으로써 죽음과 망각과 소멸의 모습을 닮아간다. 대중문학에 있어서 지속적으로 생산되는 것은 구별되지 않은 채 서로가 서로의 닮은꼴을 한, 그래서 오염된 타자성으로 가득한 지루한 담론들이다. 대중문학의 담론은 동어반복의 원리로 구성되어 있다.

어쩌면 대중문학은 환멸의 시대에 문학이 살아남은 방식일지도 모른다. 문학은 세계의 물신성에 반대하고 자율성을 자신의 존재 근거로 삼았다. 문학에서 제의적 성격이 탈색되면서 문학이 가진 신비화하는 힘은 고스란히 노출될 수밖에 없었다. 문학의 언어가 이미 오염되어 있다는 것이 밝혀지면서 문학의 특수성은 담론의 양식과 미학적 구조로서만 주장되었고("문학은 특수한 언어의 집이다"), 문학이 재생해낸 현실의 모습에 문학이 기생할 수 없다는 것이 밝혀지면서 현실의 물신적 성격에 문학이 포섭되었다.("이런 시대에 꽃을, 영혼을, 영원성을 노래한다고 해서 누가 밥먹여 주는가?") 대중문학은 문학이 스스로의 근거로 삼아왔던 자율성의 체계를, 문학이 현실에 대한 환상적 대안임을 포기하거나 방기함으로써 물신적 세계의 일부가 되었다. 그러나 대중문학은 그렇게 살아남음으로써 문학 자체의 존재를 부정하였고, 지배적 담론을 복제함으로써 문학성을 희생하였으며, 교환가치를 내세움으로써 자체의 생명력을 잃어버렸다.

대중문학은 늘 있어 왔다. 문학의 본질이 이미 수용을 전제로 하고 있기 때문이다. 문학에서, 서사와 서정, 극과 교술은 읽거나 듣는 이의 세속적, 감각적 욕망을 중심으로 분기해 나왔다. 자아의 욕망이 세계를 편력하는 유형이 서사라면, 자아의 욕망이 그 분출된 곳(우리가 내면의 자리라고 일컫는)으로 수렴하는 유형이 서정이다. 그 분출구가 여럿일 때 극이 되고, 욕망의 발생지와 분출구가 동일할 때 교술이 된다. 대중문학에서는 서사이든, 극이든, 교술이든 거의 모두가 서정 장르를 닮는다. 그러나 이 서정은 문학의 서정이 운문이라는 자율적 형식을 통해 작품을 세계와 맞대면시키는 것과는 다르다. 대중문학의 서정은 욕망과 세계를 일치시키고자 한다. 그래서 운문이 가진 자율적 형식은 파괴되고, 정형화된 타율적 형식이 자리한다. 다르게 말해서 대중문학에서 장르가 생겨나는 핵심은 장르 자체의 성격에 있는 것이 아니라, 여전히 장르의 유통 방식에 있다. 테제 넷, 대중문학은 운문화 되지 않는 서정이다.

2. 대중문학의 작가

테제를 정리하자. 대중은 대중문학의 근거가 아니다(대중은 여전히 괄호 속에 묶여 있다). 본격문학이라는 개념은 폐기되어야 한다(대중문학의 대타개념이 아니기 때문이다, 그냥 문학이 있을 뿐이다). 대중문학의 개념은 안에서 규정되지 않고, 밖에서 규정된다(대중을 주체로 간주할 수 없기 때문이다). 대중문학의 동인은 여전히 욕망이다(단 생산자로서의 욕망이 아닌 소비자로서의 욕망). 다시 정리하자. 대중문화의 본질은 관계의 체계 속에서 파악되어야 한다.

대중문학에 있어서 생산의 성격과 단위를 이루는 것은 생산자(작가)나 향유자(대중)가 아니라, 생산관계이다. 상품 유통의 원리에 따라 작품이 생산되고 유통된다. 여러 해 전 대학가의 낙서들을 모아 시집 형식으로 펴낸 책, 『우리 기쁜 젊은 날』의 저자는 수많은 익명의 대학생들이 아니라, 그것을 취택하는 기록자였다. 이것은 문학 텍스트의 내적 특질이 아니라, 텍스트 바깥의 생산관계가 문학성을 결정한다는 것을 뜻한다.

대중문학의 특징으로 이야기되는 통속성을 예로 들어보자. 대중문학은 작가의 개별의식의 독창성보다는 대중의 기호와 취미에 맞는 것을 작가에게 요구한다. 그러나 대중의 기호와 취향이라는 것도 실은 조작된 이데올로기의 하위항을 형성하는 것일 따름이다. 그것은 끊임없이 스스로를 복제하는 조작된 정서와 생각에 지나지 않는다. 대중은 그 조작된 정서와 생각의 틀에 짜맞추어진다. 대중은 통속성의 발생지가 아니라, 통속성의 피해지인 셈이다. 통속성은 작가에게도 문학 바깥의 것을 문학 안의 것으로 간주하도록 요구한다. 그것은 문학 바깥에 있으면서 작가 안으로 부단히 틈입하는 것이어서, 작가의 "안에 있는 바깥"이다. 이 불편함은 생산력을 생산관계가 요구하는 데에서 나온다. 그것은 바깥의 사유와 바깥의 감성을 안의 사유와 안의 감성으로 바꿀 것을 요구한다.

대중문학에 있어서 작가는 일종의 기능이다. 대중문학의 생산자인 작가에게도 고유의 이름이 있을 터인데, 이때 이름은 생산관계에 의해 규정되는 생산력의 심급을 이르는 말과 다르지 않다. 문학에 있어서 저자는 문학 텍스트의 지배자이자 텍스트의 성격을 규정하는 텍스트 동일성의 보증인이었다. 그러나 대중문학에서 저자는 여러 텍스트를 모으거나 분류하는 자가 아니라, 텍스트의 지배를 받는 피지배자이자 텍스트의 성격에 따라 구별되는 텍스트 이질성의 꼬리표일 따름이다. 수많은 대중적 작품들에 따르는 수많은 저자가 있는 것이 아니라, 대중성의 성격에 의해 규정되는 한 저자의 여러 모습이 있는 것이다. 이는 마치 대중문학 작품의 주인공이 선/악, 감성/이성, 세심함/거칠음, 내면성/외면성, 능동성/수동성, 남성성/여성성 등의 이항대립적 자질에 따라 분류, 유형화되는 것과 같다. 인물들의 개성화가 실제로는 인물들의 유형화에 불과했듯이, 대중문학 저자의 개별성은 저자의 집단성에 불과하다. 문학작품을 만들어낸 작가를 집단화하는 것은 어려운 일이다. 작가는 분류될 수 있을 뿐, 집단화될 수 없다. 그들을 아무리 적실하게 묶어놓아도 그들은 "개별자들의" 집단일 뿐이다. 대신 작가에 의해 생산된 문학작품을 집단화하는 일은 가능하다. 문학작품은 현실에 대한 대응력에 따라, 작품의 구조화 원리에 따라, 작품의 양식적 특질에 따라 집단화될 수 있다. 반면에 대중문학의 작가를 집단화하는 것은 어렵지 않다. 그들을 구별하게 해주는 것은 그들의 이름일 뿐이다. 시중에 깔린 수많은 무협지, 유머집, 하이틴 소설, 감상적인 연시집에서 작가의 이름을 지우고 읽어 보라. 그 작품들에서 특정 작가의 작품을 구별하는 일은 바닷가에서 원하는 모래알 찾기만큼이나 어려울 것이다. 오히려 대중문학 작품을 집단화하는 일이 어렵다. 대중문학 작품은 한 작품의 세목들을 나누어 갖는 부분이자 전체이기 때문이다. 대중문학 작품은 생산관계에 의해 파생된 거대담론의 변체들이다.

3. 대중문학에서의 출판 형태

대중문학 시대에 나타난 출판의 형태는 전통적인 저자의 소멸을 야기하는 것으로 보인다. 이 불길함은 작가들을 억압하여 납작못처럼 눌러 붙인 자리에서도 여전히 번창하는 대중문학의 불길함이다. 이 시대를 작품만 남고 작가가 소멸된 시대로 정의하는 것은 완전치 않다. 작가가 소멸되면 전통적인 작품마저 소멸될 것이기 때문이며, 이에 따라 비판적 독자마저 소멸될 것이기 때문이다. 작품에 여러 평가를 내림으로써 문학의 전언을 자기화하는 독자의 자리에 이제는 무반성적 독서대중이 들어서게 된다. 대중문학에 있어서의 출판의 특징을 작가를 중심으로 다음과 같이 나누어볼 수 있겠다.

주문제작의 경우. 작가는 하청업자 내지 개별 노동자에 대응한다. 작품 생산은 신체적으로도 가혹한 노동이다. 지금은 개인용 컴퓨터의 도입으로 작업이 한결 수월해졌지만 이전의 작가는 일종의 직업병으로 견비통, 테니스 엘보, 근시, 디스크, 치질 등을 얻었다. 그러나 문제는 작가의 작업이 노동이라는 점이 아니라, 작가 역시 작품 곧 노동의 산물에서 소외된다는 데에 있다. 주문제작의 경우, 작가의 이름은 작품의 상품성을 증명하는 품질공인마크에 불과하다. 거기에는 작가도 문학대중도 고려되어 있지 않다. 『김대중 죽이기』, 『나의 문화유산 답사기』, 『아버지』 등의 출판물이 상업적 성공을 거둔 이후, 수많은 유사 제목의 저작들이 쏟아져 나왔다. 이런 저작이 기대어 있는 것은 선행 작품의 후광(後光)이 아니라, 차라리 선행 작품의 이름이 보장하는 상품 가치이다. 이런 유사 저작들은 그 존재 자체가 일종의 스캔들에 가깝다.

출판사와 작가가 공동제작하는 경우. 작가는 출판사의 지위에 맞먹는 일종의 생산자에 대응된다. 그러나 이 경우에도 작가의 주체성이 존중되는 것은 아니다. 생산자는 생산, 유통, 소비의 회로에 들어있다. 작품이 교환가치로 전화하는 것처럼 작가 역시 소비될 만한 산물을 만들어야 한다는 상업적 강박에 시달리게 된다. 이 경우 작품의 수준을 결정하는 것은 작품을 이루는 담론의 체계도, 작품이 다른 작품과 변별되는 미학적 완결성도, 삶에 내재한 균열을 엿보고 새로운 삶의 징후를 포착하는 작품의 미래적 전망도 아니다. 작품의 수준을 결정하는 것은 대중의 소비욕망을 자극하고 유인하고 이용하는 상업적 고려일 뿐이다. 이미 서구에서 유력한 출판형태로 자리잡은 공동제작의 형태(작가가 출판물의 원본을 작성한 다음에는 출판사의 편집자와 긴밀한 상의 하에 작품을 완성하는 방식)는 이를 잘 보여준다. 이 경우 대중은 소비자일 뿐이지, 생산의 어떤 면에도 참여하지 않는다. 집필과 검열과 비평, 나아가 예정된 수용까지 이미 생산의 단계에서 이루어지기 때문이다.

기획출판의 경우. 이를 둘로 나누어 볼 수 있겠다. 첫째, 작가가 기획된 일련의 저작에 참여하여 부분적으로 집필을 맡는 경우. 이 경우 작가는 긴 연쇄목록의 일부를 담당한다. 분업의 원리는 작가를 직접적으로 작품에 종속시킬 것이다. 작가는 사라지고 작품은 이질적 담론들이 체계적으로 배열, 결합된 산물이 된다. 둘째, 작가가 유명 인사의 자서전이나 수기 따위를 대리 집필하는 경우. 이 경우 작가는 유명인사의 경험과 사유를 대리 체험하는 유사 저자(pseudo-author)가 된다. 저자는 자기가 느끼지 않았던 것을 느끼고, 생각하지 않았던 방식으로 생각하며, 행동하지 않았던 것을 추체험해야 한다. 이 느낌과 생각과 행동의 근거는 유명인사의 느낌·생각·행동이 아니라, 그의 세속적인 성공이다.

4. 대중문학과 대중문화적 코드

대중문학은 늘 있어 왔으며, 앞으로도 늘 있을 것이다. 대중문학이 문학의 영역을 잠식하거나 대체할 것이라는 우려(혹은 희망)는 췌언에 가깝다. 대중문학을 주체의 역학으로 체계화할 수 없다. 대중문학은 주체가 소멸한 자리에서 성립한다. 생산자로서의 작가나 소비자로서의 대중이 주체가 되지 못함은 이미 말했다. 촘촘한 유통의 회로들이 이미 있으며, 그 회로의 결절지점에서 대중문학 텍스트가 생겨난다. 영웅소설의 서사가 민담과 결합한 자리에서 환타지가 나오고, 비록(秘錄)과 결합한 자리에서 무협이 나온다. 가정소설의 서사가 동화와 결합한 자리에서 순정이 나오고, 욕망이론과 결합한 자리에서 치정이 나온다. 또 서정의 주체가 욕동(慾動)의 언어로 세계의 언어를 대체할 때 수많은 고백체 운문들이 나온다.

이제 하나의 역전이 가능해졌다. 대중문학을 중심화된 체계로 부를 수 없다는 것은 문학의 축복이기도 하다. 그것이 탈중심화된 체계라는 것은, 곧 그것이 배경이거나 상황에 불과하다는 것을 의미한다. 그렇다면 대중문학은 관념의 세계상(世界像)으로서, 욕망의 미메시스로서 문학에서 활용될 수 있을 것이다. 대중문학의 문법과 어법이 세계 표현의 질료로 간주될 수 있다는 뜻이다. 물론 대중문학이 질료인 한, 그것을 활용하는 방식은 근본적으로 패러디이거나 인유의 성격을 가진 것이다. 대중문학은 그 자체의 물적 토대를 온존한 채로 문학에 편입되는 것이다. 시의 경우, 1980년대 이래 우리는 오규원, 황지우, 유하, 박정대 등 대중문화적 코드를 시적 의장으로 활용한 많은 시 텍스트를 갖게 되었다. 소설의 경우에도 대중문화적 코드는 새로운 소설적 어법에 활용되었다. 자아의 상처를 세계상에 투사한 신경숙의 독백적 소설, 가벼움이라는 의미소를 일상적 차원에서 확인하는 은희경의 세태적 소설, 여로(旅路)를 깨달음의 과정으로 곧잘 활용하는 윤대녕의 환상적 소설, 삼류의 삶을 대상으로 삼는 성석제의 이야기 소설 등이 그러하다. 이런 문학 텍스트들에서 대중문화적 코드는 서정이나 서사의 배면(背面)을 이룬다. 문학 담론은 고정된 것이 아니다. 대중문학의 담론이 새로운 문학 담론의 층위를 이룰 수 있을 것이라는 가정은 진행형에 불과하지만, 충분히 예상 가능한 가정인 것이다. (1997)

2부

이상 시의 비유적 구조

1. 이상 시의 비유적 성격

시인 이상은 그 현대성으로, 말하자면 한국시에 과학적 사유와 모더니즘적 특성을 최초로, 나아가 거의 극단적이라 할만큼 최대한으로 도입한 인물로 평가되어 왔다. 이상은 자아 의식의 분열과 혼란을 시화하기 위해 기존의 문학적 언술을 거의 고의적으로 무시했으며, 유희에 가까울 만큼 무모하게 착종된 언어를 시에서 실험했다. 이상의 실험적 의식은 그 자신의 절박한 시적 의식의 소산이었으며, 그 절박함이 당대 우리시가 처한 절박함과 맥락을 같이 하고 있다는 점에서 그의 시는 그 진실성을 보장받았다. 이상의 시를 두고 이루어진 여러 독법은 이상의 시가 가진 풍요로움을 반증하는 것이다.[1]

---

1) 다음과 같은 논의가 주목할 만 하다.
  ① 시대적 상황을 고려하여 이상의 문학을 살핀 글: 김윤식, 「이상 연구」, 문학사상사, 1987; 황현산, 「오감도 평범하게 읽기」, 「창작과 비평」, 1998. 가을.
  ② 주체와 욕망의 문제를 중심으로 검토한 글: 정귀영, 「이상문학의 초의식 심리학」, 「현대문학」, 1973. 7-9; 신범순, 「이상 문학에 있어서의 분열증적 욕망과 우화」, 「국어국문학」, 1990. 5; 김승희, 「이상시 연구: 말하는 주체와 기호성의 의미작용을 중심으로」, 서강대 박사논문, 1991; 문흥술, 「이상 문학에 나타난 주체분열과 반담론에 관한 연구」, 서울대 석사논문, 1991.
  ③ 시간, 공간의식을 중심으로 이상의 문학을 검토한 글: 김준오, 「자아와 시간의식에 관한 시고」, 「어문학 33집」, 한국어문학회, 1975. 5; 이재선, 「이상 문학의 시간의식」, 「한국현대소설사」, 홍성사, 1979; 정덕준 「한국 근대소설의 시간구조에 관한 연구」, 고려대 박사논문 1984; 김은자, 「한국 현대시의 공간의식에 관한 연구: 김소월, 이상, 서정주를 중심으로」, 서울대 박사논문, 1986; 황도경, 「이상의 소설 공간 연구」, 이대 박사논문 1993; 오동규, 「이상 시의 공간의식」, 중앙대 석사논문, 1994; 염철, 「이상 시에 나타난 시간의식 연구」, 중앙대 석사논문, 1995.

그 동안 이상의 시는 상대적으로 일탈과 파격을 추구한 시를 위주로 시적 평가가 집중된 감이 있다. 문장의 반복과 변형을 위주로 제작한「오감도 제1호」나, 숫자들의 조합으로 이루어진「오감도 제4호」, 도표가 삽입된「오감도 제5호」, 수식과 한자어들을 과도하게 사용하여 시적 독해에 어려움을 주는「오감도 제8호」와 같은 시들이 그러하다. 하지만 이상 시의 시작 방법이 다른 시들과 공유지점을 전혀 갖고 있지 않는 것은 아니다. 이상 시의 비유적 특질을 밝히는 작업은 이상 시 연구의 축적된 성과에 비해 소략한 감이 있다.

이승훈은 시의 구조를 거시구조와 미시구조로 유별한 후에, 이를 토대로 이상의 시가 가진 구조를 ① 대립 구조; ② 유추 구조; ③ 대칭과 병렬; ④ 혼합 구조로 나누어 검토했다.[2] 번다한 도표로 인해 읽는 데 어려움이 있고, 느슨하게 배열된 도표가 이상 시의 특질과 정확하게 부합하느냐에 의문의 여지가 없는 것은 아니지만, 처음으로 이상의 시 전체를 구조분석의 대상으로 삼았다는 점에 의의가 있다.

이영지는 연작「오감도」의 기본 구조가 ① 반복 구조; ② 분리 구조; ③ 통일 구조이며, 이런 구조적 틀이 대립적, 통합적 관계를 맺으며「오감도」를 구성하고 있다고 보았다.[3] 그러나 이 연구는 시어와 시행의 기계적인 배치를 위주로 분류된 것이어서, 구조 분석의 성과가 많지 않은 편이다.

시작 방법에 대한 연구가 방법론에 그쳐서는 그 효용은 매우 적을 것이

---

④ 모더니즘, 근대성과의 관련 아래 이상의 문학을 검토한 글: 김윤식,「근대와 반근대」,「한국 근대문학사상 비판」, 일지사, 1978; 권영민,「이상문학, 근대적인 것으로부터의 탈출」,「문학사상」, 1986, 10; 박인기,「한국 현대시의 모더니즘 수용 연구」, 서울대 박사논문, 1987; 최학출,「1930년대 한국 모더니즘 시의 근대성과 주체의 욕망 체계에 관한 연구」, 서강대 박사논문, 1994; 조영복,「1930년대 문학에 나타난 근대성의 담론 연구: 김기림과 이상을 중심으로」, 서울대 박사논문, 1995; 김인환,「이상 시의 계보」,「현대비평과 이론」, 1997. 가을 · 겨울; 조해옥,「이상 시의 근대성 연구」, 고려대 박사논문, 1999.

⑤ 이상 시의 구조와 형식적 특질에 대한 연구: 김정은,「오감도의 시적 구조」, 서강대 석사논문, 1981; 이승훈,「이상시 연구」, 고려원, 1987; 이영지,「이상시 연구」, 양문각, 1989; 이상 시의 비유적 특질에 관한 연구: 유원춘,「이상 시의 은유 연구」, 서울대 석사논문, 1991.

2) 이승훈, 앞의 책, 제2부.
3) 이영지, 앞의 책, 1부 2장.

다. 시인이 특정한 방식을 선택하여 시를 썼다는 것은, 그 방식이 자신의 전언을 드러내는 데 가장 효과적이었다는 것을 뜻한다. 다시 말해, 시인에 의해 선택된 시작의 방식에는 그로써 말하고자 하는 전언의 성격이 내재되어 있다. 이 글에서는 위와 같은 문제의식에 비추어 이상의 시가 가진 비유적 특질을 은유적 비교, 우의적 대상화, 환유적 연쇄의 세 항목으로 나누어 검토하고, 이로써 드러나는 이상 시의 성격을 살펴보고자 한다.

2. 이상 시의 비유적인 특질

2-1. 은유적 비교의 방식

이상의 시는 자주 은유적인 소여(所與)를 갖는다. 이상은 얼핏 보아 이해하기 어려운 시어나 문장이 어떤 부분과 은유적 성격을 공유하는지를 시에서 자주 암시하곤 했다. 이상은 특히 자신의 육체를 대상으로 삼는 경우, 몸에 은유적인 성격을 부여하곤 했다. 이를 통해 육체는 아주 낯선 것으로 대상화된다.

> 찢어진壁紙에죽어가는나비를본다. 그것은幽界에絡繹되는秘密한通話口다. 어느날거울가운데의鬚髥에죽어가는나비를본다. 날개축처어진나비는입김에어리는가난한이슬을먹는다. 通話口를손바닥으로꼭막으면서내가죽으면앉았다일어서드키나비도날라가리라. 이런말이決코밖으로새어나가지는않게한다.
>
> —「오감도 제10호 나비」

첫 문장부터 은유적이다. "죽어가는나비"는 "찢어진벽지"를 대신하는 은유적 대상이다. 이상은 늘어진 벽지에서 날개가 처진 나비의 모습을 읽어낸다. 이 죽어 가는 나비는 다시 "거울가운데의수염(鬚髥)"과 은유적 관련을 맺는다. "통화구(通話口)"는 말을 주고받는 통로일 테니, 입을 다르게 명명한 것이다. 이상은 이런 은유적 얽힘을 통해 삶과 죽음, 안과 밖 등의 시적 의미를 도출해낸다. 각각의 대상이 양극적인 공간의 경계를 이룬다.

내 부	은유적 대상	외 부
실내	찢어진 벽지, 통화구(구멍)	실외
이승(현실세계)	죽어가는 나비, 통화구(입구)	저승(幽界)
몸 안	거울 가운데의 수염, 통화구(입)	입 밖

제 몸을 안과 밖의, 삶과 죽음의 접경지역으로 삼는 의식은 두 세계의 어디에도 처하지 못한 극단적인 의식임에 분명하다. 이 의식이 벽지와 수염과 나비라는 대상들과 중첩되면서, 안팎과 생사의 갈림을 형상화하고 있는 셈이다. 나비가 "입김에어리는가난한이슬을먹는다"는 것은, 화자의 몸이 삶의 통제에서 벗어나 "죽어가는나비"처럼 죽어 가고 있음을 암시한다. 그 몸은 "가난한이슬" 곧 수염에 맺힌 침을 닦지 못하는 노구(老軀)이기 때문이다. 화자는 이 아슬아슬한 삶을 지탱하면서 "내가죽으면" "나비도날라가리라"라고 중얼거린다. 내가 죽으면 이 통화구도 닫힐 것이고, 죽어 가는 나비는 그 은유적 대상을 잃고 벽지나 수염으로 굳어버릴 것이다. 장자와 나비는 꿈과 현실을 교환하면서 의식과 주체를 뒤섞었다. 그처럼 나와 나비도 경계의 삶을 버리고, 삶에서 죽음으로 아주 넘어가 버리게 된다. 이 일은 사실 "앉았다일어서"는 것처럼 쉬운 일이다. 이런 말이 "결(決)코밖으로새어나가지는않게 " 해야 한다. 죽음을 누설하면 삶이 나비처럼, 쉽게 자신을 떠날지도 모르는 일이다.[4]

기침이난다. 空氣속에空氣를힘들여배앝아놓는다. 답답하게걸어가는길이내스토오리요기침해서찍는句讀를심심한空氣가주물러서삭여버린다. 나는한章이나걸어서鐵路를건너지를적에그때누가내經路를디디는이가있다. 아픈것이匕首에베어지면서鐵路와열十字로어울린다. 나는무너지느라고기침을떨어트린다. 웃음소리가요란하게나더니白嘲하는靑淸위에毒한잉크가끼얹힌다. 기침은思念위에그냥주저앉아서떠든다. 기가탁막힌다.
                                                                            ―「行路」

4) 오생근은 이 시와 「오감도 제12호」, 「街外街傳」, 「오감도 제15호」 등의 시를 든 후에, 이 시 편들에 등장하는 새의 이미지는 불길한 예감으로 얼어붙어 있다"고 말했다. 이 새들은 "꿈틀거리고 퍼덕이며 죽어가는 동작들이다"(오생근, 「동물의 이미지를 통한 이상의 상상적 세계」, 「이상」, 서강대 출판부, 1997, p.183)

객혈(喀血)의 경험을 시화한 이상의 시편들은 체험적인 절실함을 보여준다. 이상은 「아침」에서, "캄캄한공기(空氣)를마시면폐(肺)에해롭다.폐벽(肺壁)에끌음이앉는다."라는 구절에서 보듯, 어둠을 그을음으로 감각화한 바 있다. 「행로」에서도 숨을 쉬는 일은 매우 힘겨운 노동이다. 무형(無形)의 공기를 "힘들여배앝아놓는다"고 말하는 데서 숨쉬는 일의 지난함이 느껴진다.

이상은 이 시에서 결핵의 고통과 독서의 경험을 중첩하였다. 여기에 인생의 길이라는 은유가 다시 결합된다. "답답하게걸어가는길이내스토오리"이다. 어렵게 지탱하는 삶을 힘든 여정으로 표현하는 것은 낯익은 비유지만, 이상은 여기에 자신의 병력(病歷)을 겹쳐 읽게 했다. 객혈로 인해 자주 멈추어야 하는 여로는 구두점이 많은 줄글의 형태를 닮았다. 구두점의 모양(,)은 기침하면서 뱉은 객혈의 상형이다. 잦은 기침에 고통받는 화자와, 화자의 고통에 무심한 상황이 "심심한공기(空氣)가주물러서삭여버린다"는 말속에 녹아들어 있다. 화자는 그렇게 어렵게, 자기 삶의 "한장(章)"을 건너간다. 이 길에 "철로(鐵路)"가 등장하는 것은 두 가지 이유에서인 듯 하다. 철로에 가로놓인 침목들이 삶의 길을 단속적으로 끊어 놓는 기침과 유사하기 때문이요, 기차가 내는 소리가 또한 기침과 유사하기 때문이다. "내경로(經路)를디디는이"는 타인이 아니라, 숨결을 가로막는 기침이다. 한편 기침은 또 다른 길이어서, "아픈것이비수(匕首)에베어지면서열십자(十字)로어울린다". 요란한 웃음소리 역시 시끄러운 기침소리를 은유한 것이다. "웃음소리"는 두 어절 뒤에 "자조(自嘲)"라고 그 성격이 구체화된다. 객혈하는 것을 "독(毒)한잉크가끼얹힌다"라고 표현한 것은, 객혈이 독서로 은유된 삶의 길을 가로막는 것인 까닭이다. 엎질러진 잉크처럼, 객혈은 삶을 엉망으로 망가뜨린다. "기침은사념(思念)위에그냥주저앉아서떠든다". 화자가 기침에 주체의 자리를 내준 것은 기침에 사로잡혀 아무 생각도 할 수 없었기 때문이다.

이상의 시가 가진 은유적 성격은 하나의 대상과 은유적으로 설정된 다른 대상을 비교할 때에 드러난다. 은유한 대상에 대한 술어적(述語的) 진술이 은유된 대상에 대한 함축적 진술로 전환되는 것이다. 「나비」에서는 "찢어진 벽지"가 "죽어가는 나비"와 "수염"으로 은유되고, 그 자리(벽지가 찢어진 부분, 수염이 자라는 입)가 다시 이승과 저승의 "비밀한 통화구"로 전환되는 것이 은유적 비교의 예가 된다. 「행로」에서는 길과 삶과 책이 비교되고, 길을 가로막는 것들(경로를 디디는 이, "열십자"라 표현된 교차로)과 삶을 가로막는 것들(기침, 객혈)과 책읽기를 가로막는 것들(구두점, 독한 잉크)이 비교된다. 이런 은유적 비교의 방식은 이중적인 독해를 가능하게 한다. 우리는 비교하는 대상을 지시하는 표면적인 문맥을 따라가며 시를 읽고, 다시 비교된 대상을 암시하는 이면적인 문맥을 따라가며 시를 읽을 수 있다. 이런 독해의 결과, 화자 자신의 몸이 아주 낯선 것으로 드러난다. 자신의 얼굴을 일러, "여기는어느나라의데드마스크다"(「自像」)라고 규정하는 것, 사기컵을 자신의 해골에 빗대는 것(「오감도 제11호」), 결핵으로 인해 아무것도 할 수 없게 된 상태를 "생각하는무력(無力)"이라 지칭하는 것(「內部」)도 그러한 예가 된다. 제 몸을 편안하게 받아들이지 못하고, 고통 속에서만 인식해야 하는 이상의 체험적인 절실함이 여기에 깃들여 있다.[5]

2-2. 우의적 대상화의 방식

이상의 시가 가진 우의적 성격은 특히 아내와의 관계를 제시하는 시편들에서 두드러진다. 이 지점은 앞서 검토한 시에서 결핵의 체험이 화자의 직접적 토로로 나타나는 것과는 다른 지점이다. 객혈을 견뎌내는 화자는 그 상황에 사로잡혀 있으나, 아내가 등장하는 시편들에서 화자는 그 상황을 개관(槪觀)하는 자리에 있다.

> 내키는커서다리는길고왼다리아프고안해키는작아서다리는짧고바른다리가아프니내바른다리와안해왼다리와성한다리끼리한사람처럼걸어가면아아이夫婦는부축할수없는절름발이가되어버린다無事한世上이病院이고꼭治療를기다리는無病이끝끝내있다.
>
> —「紙碑」

---

5) 조해옥이 〈육체〉를 이상 시 해석의 주요한 지표로 설정하여 검토하였다. 조해옥, 『이상 시의 근대성 연구』, 고려대 박사논문, 1999.

이상은 「紙碑」라는 제목을 가진 시를 두 편 발표했는데, 이 시는 먼저 발표된 시이다. 이인삼각의 길을 걷는 나와 아내는 조화될 수 없는 同行이다. 함께 길을 가는 나와 아내는 천천히, 혹은 재게 놀려야 하는 발걸음 때문에 서로 다른 다리가 아프다. 이 상반된 고통과 불일치는 거울을 모티프로 한 몇몇 시를 연상시킨다. 「오감도 제15호」나 「거울」 같은 작품에서, 거울을 대칭으로 상반된 두 자아가 등장한다. 거울 속의 나는 타자(他者)이면서, 내 자신의 대자화(對自化)된 존재이기도 하다. 이 시의 아내 역시 타자지만, 같은 방식으로 대자화된 자아를 우의적으로 보여준다고 할 수 있겠다. 이 부부는 "성한다리끼리한사람처럼걸어"가도, 실상은 "부축할수없는절름발이가되어버린다". 성치 않은 다리가 여전히 아플 것이기 때문이다. 이상은 이로써 우의적으로 표상된 자아의 분열, 혹은 타자와의 불일치를 보여주었다. 부부는 (형식적 관계로서는) 이미 한 몸이지만, (실질적 관계로서는) 끝끝내 한 몸이 될 수가 없다. 세상은 이런 맞짝들로 가득하므로 "무사(無事)한세상(世上)"이 사실은 거대한 병원인 셈이다. 따라서 "무병(無病)"도 병 없는 상태가 아니므로 "치료를 기다"려야 한다. 이 역설은 성한 것과 성치 못한 것이 사실은 하나임을, 결국 성한 것이 성치 못한 것의 표면이거나 이면임을 보여준다.[6]

시에 지비라는 제목을 붙인 것은, 이 기록 다음에 호전된 상황을 적을 만한 다음 기록이 없다는 의미일 것이다. 다음 시의 상황은 이 시의 구도 아래서 파생된 것이다.

> 목발의길이도歲月과더불어漸漸길어져갔다.
> 신어보지도못한채山積해가는외짝구두의數爻를보면슬프게살아온距離가짐작되었다.

---

6) 이어령은 이 시를 인용한 후에 다음과 같이 말했다. "그의 세계는 이러한 「지비」의 시에 나타난 〈무병의 병자〉로서 〈절름발이의 생〉이 되어버리고 마는 것이다. 물론 이 시에서 부부라고 한 것은 그의 의식 내부의 자기와—paraphronique—의식 외부의 것—täglichkeit— 등의 두 가지 존재를 의미한다."(이어령, 「'순수 의식'의 완성과 그 파벽」, 『이상』, 앞의 책, 1997, 42면) 아내를 화해할 수 없는 자기 자신의 표상으로 간주한 것은 이 글의 견해와 일치한다.

始終제自身은地上의樹木의다음가는것이라고생각하였다.
　　　　　　　　　　　　　　　　　　　　　　　　　　—「雙脚」

　　화자는 앞 시에서 아내와 함께 하는 삶이 절름발이 삶임을 이야기하였
다. 목발과 외짝구두는 그렇게 불일치의 길을 걸어온 화자의 삶을 우의적
으로 보여준다. 화자는 자라면서 제 키에 맞추어 "목발의길이"를 늘여 왔
는데, 그렇게 해서 자라나는 목발은 회복할 수 없이 굳어져가는 내 불구
의 증거가 된다. 쌓여만 가는 "외짝구두" 역시 "슬프게살아온거리"를 짐
작하게 만든다. 목발은 자라고 외짝구두는 성한 채로 수효를 늘려가는데,
이런 성장(成長)과 증가(增加)는 "척각" 곧 외다리인 나의 불구성에서 파
생된 것이다. 성치 못한 내 다리가 목발을 키우고 신발을 더했던 셈이다.
화자는 그런 자신을 "지상의수목"에 빗대었다. 목발이 아무것도 할 수 없
으면서도 제 키를 키워가듯, 나는 자유로이 움직일 수 없으면서도 자라왔
기 때문이다.

　　　역사를하노라고 땅을파다가 커다란돌을하나 끄집어 내오놓고보니 도
　무 지어디서인가 본듯한생각이들게 모양이생겼는데 목도들이 그것을매고
　나가더니 어디다갖다버리고온모양이길래 쫓아나가보니 危險하기짝이없
　는 큰길가더라.
　　　그날밤에 한소나기하였으니 必是그돌이깨끗이씻겼을터인데 그이튿날
　가보니까 變恠로다 간데온데없더라. 어떤돌이와서 그돌을업어갔을까 나
　는참이런凄량한생각에서아래와같은作文을지었다.
　　　「내가 그다지 사랑하던 그대여 내한平生에 차마 그대를 잊을수없소이
　다. 내차례에 못올사랑인줄은 알면서도 나혼자는 꾸준히생각하리라. 자그
　러면 내내어여쁘소서」
　　　어떤돌이 내얼굴을 물끄러미 치어다보는것만같아서 이런詩는그만찢어
　버리고싶더라.
　　　　　　　　　　　　　　　　　　　　　　　　　　—「이런詩」

　　시는 일상적인 이야기로 시작된다. 공사 중에 큰돌이 나와 인부들이 가
져다 버렸는데, 다음 날 가보니 돌이 없어졌다. 이 얘기에서 이상한 것은
아무것도 없다. 하지만 화자는 이 돌을 다른 돌이 업어갔다고 여기고, 돌

을 생각하며 연정이 가득 담긴 글을 쓴다. 이로써 "그돌"이 화자가 사랑하는 대상이며, "어떤돌"이 화자에게서 사랑하는 이를 앗아간 다른 사람임이 암시된다. 돌은 이 덕분에 우의적인 대상으로서의 성격을 부여받는다. 이상이 굳이 사랑하는 사람을 돌과 연관지은 것은, 화자가 놓쳤거나 화자를 저버린 그 사람, 곧 "그돌"의 어리석음을 빗대기 위해서인 듯 하다. 세상에 널린 게 돌이라는 화자의 다짐이 이 우의적 대상에 녹아들어 있다. 화자가 그 돌을 보았을 때 돌은 "어디서인가 본듯" 했고, 위험한 큰길가에 버려졌고, 소나기에 씻겼고, 그리고는 사라졌다. 이 과정은 화자와 한 사람이 만나고 헤어지는 과정을 우의적으로 보여준다. 화자는 사랑하는 이를 발견했으나, 그 사람은 버려졌고, 어떤 시련을 겪었고, 그리고는 화자의 곁을 떠나갔다. 떠나간 이에 대한 화자의 축원은 절실하지만, 화자는 그 축원이 비웃음을 살까 두려워 찢어버리고 싶어한다. 시인 이상의 특징은 동시대의 다른 시인들이 그 축원만으로 시를 쓴 데 반해, 그 축원을 비웃고 조롱하는 자신의 모습을 포함하여 시를 지었다는 점에 있다. 이를 드러내기 위해서도 우의적인 대상화는 필요했을 것이다.

　이상이 우의적인 대상을 시에서 구현한 것은 자신을 포함한 시적 정황을 풍자적 거리에서 드러내는 데 효과적인 방법이었다. 이상은 타자와 일치할 수도, 타자와 격절될 수도 없었던 자신을 의식한 듯 하다. 「지비(紙碑)」에서 드러나는 역설("무사(無事)한세상(世上)이병원(病院)이고꼭치료(治療)를기다리는무병(無病)이엄대꾸내있다")이나 「척각(隻脚)」에서 드러나는 역설(성치 못한 내 발과 성한 목발, 닳아가는 구두와 신어보지도못한 채산적(山積)해가는외짝구두'의 병치)은 이런 화자의 곤혹스러움을 잘 보여준다. 「추구(追求)」, 「지비(紙碑)」(두 번째 작품)에서의 아내 역시 이러한 의미에서의 불편한 동거인이다.

2-3. 환유적 연쇄의 방식

　이상의 시 가운데에는 중언부언하듯 긴 이야기를 늘어놓는 시들이 있다. 이런 연쇄는 특정한 이미지를 압축하거나 정형적인 율조를 활용하여

시적 전언을 제시하는 동시대의 다른 시들과는 사뭇 다른 시작(詩作)의
방식이다. 이런 시들의 경우, 시적 전언의 핵심은 연쇄의 결과로 드러나
는 전언에 있는 것이 아니라, 연쇄 자체에 있다. 자신과 아내를 제외한 다
른 식구가 등장하는 시편들이 이런 연쇄의 성격을 잘 보여준다.

> 門을암만잡아다녀도안열리는것은안에生活이모자라는까닭이다. 밤이
> 사나운꾸지람으로나를졸른다. 나는우리집내門牌앞에서여간성가신게아니
> 다. 나는밤속에들어서서제웅처럼자꾸만減해져간다. 食口야封한窓戶어데
> 라도한구석터놓아다고내가收入되어들어가야하지않나. 지붕에서리가내리
> 고뾰족한데는鍼처럼月光이묻었다. 우리집이앓나보다. 그러고누가힘에겨
> 운도장을찍나보다. 壽命을헐어서典當잡히나보다. 나는그냥門고리에쇠사
> 슬늘어지듯매어달렸다. 門을열고안열리는門을열려고.
>
> ──「家庭」

시의 마지막에 가서 도출되는 전언은 사실, 시의 첫 부분에서 이미 제
시되어 있다. 화자는 "안열리는문을열려고" 노력하는데, 이 노력은 긴 연
쇄의 끝에 가서도 결실을 맺지 못한다. 밤이 되어 제 집을 찾아온 화자에
게 식구들은 문을 열어주지 않았다. 그것은 "안에생활(生活)이모자라는까
닭이다". 생계를 책임지지 못하는 화자에게 식구들은 "사나운꾸지람"을
할 뿐이다. 식구들의 꾸지람을 밤의 꾸지람으로 환치하는 방식은 환유적
이다. 받아들여지지 않는 문 앞에서 화자는 받아주지 않는 식구들이 그를
둘러싼 밤처럼 절망적이라고 여긴다. 다른 시에서 아내로 대표된 바 있는
식구는 기실 화자의 내면에 있는 이타적(異他的)인 존재이다. "우리집내
문패(門牌)"가 그것을 암시한다. 제 이름을 걸고 서 있는 집이 제 자신을
받아들여주지 않는 상황 역시 환유적이다. 식구(화자와 한 가정을 이루면
서 화자를 배척하는 존재)들이 인접성의 길을 따라 집으로, 밤으로 변환
되면서 화자의 소외는 계속된다. 그래서 화자는 "제웅처럼자꾸만감(減)해
간다". 제웅은 식구들의 액을 대신하여 버려진 화자의 처지를 보여준다.
자신을 들여달라고 청원하는 화자가 굳이 "수입(收入)"이라는 어사를 택
한 것 역시 "생활(生活)"과 관련이 있을 것이다. 그러나 여전히 화자는 제
집 밖에서 "서리"를 맞고, "침"처럼 따가운 달빛을 받으며 서 있을 뿐이

다. 서리와 달빛은 자기 모멸감의 다른 표현일 것이다. 그 모멸로 인해, 자기 "수명(壽命)을 헐어서 전당(典當)" 잡힐 만큼 화자는 고통을 겪는다. 그러니 "힘에겨운도장을찍는" 이는 결국 자기 자신이다. 어찌어찌 하면 집의 문은 열 수 있겠으나, 식구들의 마음에 있는 "안열리는문(門)"은 결국 열리지 않을 것이다.

이 시의 연쇄적 진술은 가정에 들어가기 위한 화자의 노력과 그럼에도 불구하고 끝내 받아들여지지 않는 화자를, 나아가 그 과정에서 겪는 모멸감을 효과적으로 드러내 보여준다. 기실 띄어쓰기를 무시한 이상의 시 쓰기는 어느 정도 시적 서술의 연쇄를 의도하고 있다고 말할 수도 있다. 띄어쓰기는 일종의 분절(分節)이어서, 이를 무시한다는 것은 시행의 흐름에 인위적인 제약을 가하지 않겠다는 의지인 것이다.

> 나의아버지가나의곁에서조을적에나는나의아버지가되고또나는나의아
> 버지의아버지가되고그런데도나의아버지는나의아버지대로나의아버지인
> 데어쩌자고나는자꾸나의아버지의아버지의아버지의……아버지가되느냐
> 나는왜나의아버지를껑충뛰어넘어야하는지나는왜드디어나와나의아버지
> 와나의아버지의아버지와나의아버지의아버지의아버지노릇을한꺼번에하
> 면서살아야하는것이냐
>
> ―「오감도 시 제2호」

무한히 가계를 거슬러 오르며 진행되는 이 연쇄는 결국 그렇게 거슬러 가는 화자의 자리로 정확히 돌아오면서 끝이 난다. 아버지가 내 곁에서 졸 때에 내가 아버지가 된다는 말은, 내가 늙은 아버지를 돌봐야 한다는 말이다. 내가 아버지 노릇을 하니 나는 내 자신의 아버지("나의아버지")가 되고 또 "나의아버지"의 아버지 노릇을 하니 나는 "나의아버지의아버지"가 된다. 이 연쇄는 무한히 계속될 수 있으나, 어째서 그렇게 "나의아버지를껑충뛰어넘어야하는지" 나는 알 수가 없다. 나는 아버지만 돌볼 뿐인데, 어째서 "아버지"와 "아버지의아버지"(할아버지)와 "아버지의아버지의아버지"(증조부)들이 내 가계에 들어와 있는가. 아버지를 봉양하는 것은 사실 모든 선조들을 거두고 봉양하는 일의 집적이다. 아버지는 아버지의

아버지에게 그렇게 해왔을 것이고, 이 연쇄는 끝없이 계속되었을 것이기 때문이다. 그 무게가 아버지와 내 사이에 들어와 있는 셈이다.

내가 나의 아버지가 된다는 것은 내가 나와 인접한 타자가 된다는 말이다. 이와 같은 기호의 환유적 연쇄가 의도하는 것은, 그 오랜 과정의 집적으로 나와 아버지가 여기에 있다는 것이다. 그래서 나와 아버지의 관계는 모든 상징적 관계의 반복과 연쇄를 가능하게 하는 매듭이다.

환유적 연쇄를 통해 이상이 의도했던 것은 그 연쇄의 결과가 아니라, 연쇄 자체의 성격이었다. 「가정」에서 보여주는 헛된 시도나, 「오감도 시 제2호」가 보여주는 무의미한 반복이 그러하다. 「오감도 제3호」에서의 "싸움하는사람"과 "싸움하지아니하는사람"의 반복, 「운동(運動)」에서의 무의미한 오르내림도 그렇다. 이러한 연쇄는 반복되면서, 결국 최초의 상태로 환원되고 만다. 변한 것은 아무것도 없어서, 나는 그 최초의 연쇄가 시작되는 지점에 여전히 묶여 있다.

3. 이상 시의 성격과 세계

한 시인이 가진 비유적 성격은 그 시인의 세계 이해와 긴밀한 관련을 맺는다. 비유적인 형상화의 방식에는 이미 그로써 드러내고자 한 전언의 성격이 내재되어 있다. 이상의 시가 가진 비유적 특질은 소통 불가능한 현대인의 비극적 상황을 효과적으로 드러내 보여준다. 이상은 자신 안에서도, 아내와의 관계에서도, 나아가 가족들과의 관계에서도 화해할 수 없었다. 자신의 육체와 아내와 가족은 이상의 시세계를 압축해서 보여주는 상징적 지표로 간주될 수 있다. 이 지표들이 시작의 방식과 관련하여, 다른 시편들로 확장된다.

첫째, 이상 시의 은유적 성격은 화자 자신의 고통을 은유적 대상에 빗대어 제시할 때에 두드러지게 관찰된다. 이상은 대상을 은유로 얽어서, 자신의 육체를 사물화하였다. 은유적 비교를 통해 "자신"의 육체가 무너져가는 모습이 낯설고 고통스럽게 시화된다. 객혈의 경험을 시화한 작품들은 망가진 몸과 그것을 치환한 은유적인 대상을 동시적으로 보여준다. 이로써 훼손된 육체와 분열된 세계가 동일한 모습으로 드러난다.

둘째, 이상 시의 우의적 성격은 자의식의 분열 상황을 드러내는 데 활용되었다. 이상은 우의적인 대상화의 방식을 통해 자신과 한 몸(동일자)이면서도 남(타자)인 "아내"의 모습을 개괄하였다. 이로써 분열되었으되, 끝내 화해할 수 없는 상황이 시에서 그려진다. 우의적인 대상은 자신을 포함한 시적 정황을 풍자적으로 드러내는 데 효과적이다. 일치할 수도 분리될 수도 없는, 분열된 자신은 곧 타자이다. 이러한 불편함이 자신을 향할 때, 우의적인 대상이 떠올라온다고 하겠다.

셋째, 이상 시의 환유적 성격은 문장을 고리처럼 길게 잇는 작품들에서 흔히 관찰된다. 이런 연쇄는 이상 시에서 "가족"을 형상화할 때 대표적으로 드러난다. 이상은 환유적인 연쇄의 방식을 통해 끊을 수도 이어질 수도 없는 "가족"의 모습을 보여주었다. 환유적 연쇄에서 중요한 것은 연쇄의 결과가 아니라, 연쇄 자체의 성격이다. 이상의 시에서 이러한 연쇄는 무의미하게 반복되면서 결국 처음의 상황으로 환원되는데, 이로써 모든 관계가 이미 격절과 소외를 처음부터 내장하고 있었음이 폭로된다. (2000)

박목월 초기시의 의미

1. 들어가며

　박목월의 초기시에 관한 기존의 견해는 다음의 몇 갈래로 요약될 수 있다. 첫째, 그의 시에 수용된 자연은 현실적이고 인간적인 풍경을 구성하기보다는 상징적인 이상향의 모습을 띠고 있다. 둘째, 그의 시는 외재적(外在的)인 율격 특히 7·5조를 수용하여 민요적인 가락을 이루어낸다. 셋째, 그의 시는 극단적인 압축과 생략을 통한 여백의 미를 중시한다.[1] 이런 견해는 박목월 시를 자리매김하는 데에, 나아가 청록파 시인 세 사람을 묶어 그들의 시에 자연(自然)의 발견이라는 의의를 부여하는 데에 유용한 논거로 활용되었다. 그러나 한편으로 이러한 견해가 박목월 시에 대한 비판의 입지를 제공하는 것도 사실이다. 박목월 시의 율격이 민요 율격의 자유로운 활용을 몰각한 것이라는 견해나, 그의 시에 구현된 자연이 인

---

1) 김현·김윤식, 「한국문학사」, 민음사, 1973; 정한숙, 「현대한국문학사」, 고려대출판부, 1982; 김용직, 「동정성과 향토정조--박목월론」, 「한국현대시사」, 한국문연, 1996 참조. 특별히 자연의 의미는 김동리, 「자연의 발견」(「문학과 인간」, 청춘사, 1952) 이래 많은 논자들이 이야기한 바 있다. 오세영, 「박목월론」, 「현대시와 실천비평」, 1983; 정한모, 「청록파의 시사적 의의」, 「청록집 기타」, 현암사, 1986; 김우창, 「시인의 보석」, 김우창 전집3, 민음사, 1993 참조. 김종길도 「청록파」 시기 목월의 시가 자연에 대한 향수를 주로 드러낼 뿐, 인간화되지는 않았다고 보았다.(김종길, 「향수의 미학」, 「시에 대하여」, 민음사, 1986) 이희중은 박목월의 초기시에서 자연, 인간, 자아(화자인 '나'가 노출된 것)가 나타난 시를 세밀히 구별하여 분석하였다.(이희중, 「박목월 시 연구」, 고대 석사논문, 1985) 이러한 일반적인 견해와는 궤를 달리하는 견해가 이따금 제출된다. 김재홍은 박목월의 초기시를 달과 흐름의 이미지로 분석하면서, 그의 시가 전원심상을 중심으로 식민지 시대를 살아가는 시인의 비관적인 현실인식과 그리움의 세계를 형상화하고 있다고 추론했다.(김재홍, 「목월 김영종」, 「한국현대시인연구」, 일지사, 1986) 이승훈은 박목월의 「청록집」 시기의 시가 대상(임)과의 불화에서 비롯되는 슬픔의 정서를 시화하고 있다는 견해를 제출하였다.(이승훈, 「박목월론」, 박철희·김시태 편, 「작가 작품론-시」, 한국문학연구총서 15, 문학과지성사, 1990)

간을 배제하고 있어서 현실 도피적인 성격을 띤다는 주장, 또한 시에서 보이는 압축과 생략이 극단적인 밀폐감을 야기한다는 지적, 나아가 이러한 밀폐감이 폐쇄적이고 위축된 시의식의 발로라는 추측 따위가 그것이다.

초기시의 공과(功過)를 논하는 상반된 견해는 맞짝을 이루는 지적이다. 초기시의 의의를 인정하는 일과 그것이 갖는 약점을 지적하는 일이 동시적인 것이기 때문이다. 따라서 박목월의 초기시를 새롭게 해석해내는 일은 그의 시에서 지적되어 온 약점들을 극복하는 일이 될 수 있을 것이다. 이 글은 『청록집』에 실린 초기시를 검토하여, 기존의 견해와 다른 새로운 시적 의의를 도출해내는 데 목적을 둔다. 이 글의 출발점은 다음과 같다. 첫째, 박목월의 시에 나타나는 자연은 사람살이의 여러 모습을 수용해내고 있다. 그의 시에서 인간이 배제된 자연만 발견되는 것은 아니다. 둘째, 외재적인 율격은 그의 시 가운데 일부를 이루고 있을 뿐이다. 따라서 민요적인 율격을 보인다는 통상의 지적은 지나치게 과장된 것이다. 그의 시는 오히려 섬세한 내재율을 바탕으로 하고 있다. 셋째, 그의 시는 시행을 극단적으로 압축하고 생략하는 방식을 취하고 있지 않다. 그의 시에 이른바 여백(餘白)의 미학(美學)이 있는 것은 사실이지만 이 여백이 압축과 생략의 결과로 산출되었다고 보기는 어렵다. 구체적인 시의 분석을 통해 이 점을 확인해 보고자 한다. 『청록집』에 실린 박목월의 초기시에서 드러나는 구조적 특징을 추출하고, 이를 통해 박목월 초기시가 갖는 새로운 시적 의의를 확인하는 것이 이 글의 목적이다.

2. 박목월 초기시의 구조와 의미

2-1. 이미지의 병치: 자연과 인간의 상호 조응

『청록집』에 실린 박목월의 초기시가 인간이 배제된 자연을 형상화하는 것은 아니다. 오히려 자연과 인간이 서로를 비추는 모습이 그의 시에서 자주 확인된다.

슬픔의 씨를 뿌려놓고 가버린 가시내는 영영 오지를 않고…… 한해 한
해 해가 저물어 質고운 나무에는 가느른 가느른 피빛 年輪이 감기었다
    (가시내사 가시내사 가시내사)
    목이 가는 少年은 늘 말이 없이 새까아만 눈만 초롱 초롱 크고…… 귀
에 쟁쟁쟁 울리듯 차마 못잊는 애달픈 애달픈 웃녘 사투리 年輪은 더욱 새
빨개졌다
    (가시내사 가시내사 가시내사)

    이제 少年은 자랐다 구비구비 흐르는 은하수에 꿈도 슬픔도 세월도 흘
렀건만…… 먼 수풀 質고운 나무에는 상기 가느른 가느른 피빛 年輪이 감
긴다
    (가시내사 가시내사 가시내사)
                                               ─「年輪」 전문

　〈연륜(年輪)〉이 갖는 두 가지 내포가 이 시에 모두 수용되었음을 확인할
수 있다. 박목월은 나무의 나이테가 늘어가는 과정을 소년이 성숙해가는
과정과 동일시함으로써 인사(人事)를 자연사(自然事)에 빗대어 이야기하
였다. 따라서 이 시에서는 자연이 인간화되었다고 말할 수 있다. 화자를
검토해보면 이 점이 좀더 분명하게 드러난다.

　1) 3인칭 서술[서사] : 소년의 이야기를 하는 화자(관찰자)의 진술
　2) 3인칭 서술[묘사] : 나무의 나이테를 묘사하는 화자(관찰자)의 진술
　3) 1인칭 진술[독백] : 소년의 슬픔을 자기화하는 화자의 진술

　이 시의 첫 번째 층위는 아픔을 거쳐 성숙해가는 소년의 이야기로 구성
된다. 1, 2연의 과거 진술과 3연의 현재 진술은 소년의 아픔이 짧지 않은
세월을 거쳐 현재에도 계속되는 것임을 보여준다. 시의 두 번째 층위는
"質고운 나무"에 감기는 "나이테"에 대한 묘사인데, 이를 통해 소년과 나
무는 은유적인 관계로 맺어진다. "質고운 나무"는 "새까아만 눈만 초롱
초롱" 뜨고 있는 소년의 모습을 하고 있다. "나이테"가 "피빛"을 하고 있
는 것은 이 때문이다. 나무가 세월의 흔적을 고통스럽게 제 몸에 새겨 넣
듯, 소년도 세월이 지나면서 슬픔을 마음에 새겨 넣는다. "구비구비 흐르

는 은하수"가 시간의 흐름을 암시하고 있다는 점도 이러한 추론의 증거로 추가할 수 있을 것이다. 은하수는 자연물이면서, 사람살이의 과정을 보여주는 상징이다. 각 연의 마지막에 덧붙은 말이 세 번째 층위를 이룬다. 화자는 이 두 층위를 "가시내사"라는 혼잣말로 풀어 설명함으로써 소년의 슬픔을 자신의 것으로 내면화한다. "가시내사"라는 말을 묶고 있는 괄호는 이 말이 내면의 말임을 증거하고 있다.[2]

박목월은 타자서술과 독백을 혼용함으로써 〈자아──인사(人事)──자연〉을 통합하는 상관적인 풍경을 그려내었다. 「나그네」에서도 자연과 인간은 서로 조응하고 있다.

> 江나루 건너서
> 밀밭 길을
>
> 구름에 달 가듯이
> 가는 나그네
>
> 길은 외줄기
> 南道 三百里
>
> 술 익는 마을마다
> 타는 저녁 놀
>
> ─「나그네」 1~4연

1연의 "밀밭 길"을 "나그네"가 처한 공간적 배경으로 간주할 수 있지만, 시의 은유 체계는 좀더 깊은 내포를 숨기고 있다. 2연에서 밀밭 길을 가는 나그네는 구름에 달이 가듯 자연스럽게 길을 간다. 3연에서 "길은 외줄

---

2) 청록파 시인 세 사람이 서정주와 함께 간행한 『현대시집』(정음사, 1950)에서는 이 부분의 괄호가 벗겨진 대신, 말줄임표로 앞의 행과 곧장 연결된다. 따라서 시는 단행으로 이루어진 3연시가 된다. 고쳐진 시의 1연에서는 "가시내사"라는 말이 한 번, 2연에서는 두 번, 3연에서는 세 번 쓰이는데 이러한 개작은 시인의 섬세한 배려를 보여준다. 개작된 시에서는 자기 서술과 타자서술을 직접적으로, 자연스럽게 통합하려는 시인의 의도가 두드러진다. 나아가 세월이 흐름에 따라 중첩되고 증폭되는 소녀에 대한 그리움과 점차로 성숙해 가는 과정을 짐작할 수 있다.

기"라 말한 것은 아마도 이 자연스러움과 관련될 것이다. 나그네는 어떤 작위나 계획이 없이도, 구름에 달이 가듯 자연스럽게 제 길을 간다. 따라서 나그네 앞에 놓인 길은 실제로 여러 갈래로 나 있다 하더라도 외길인 셈이다. 어느 곳을 택하든 마음의 자연스러움이 뻗어나간 길일 것이기 때문이다. 1, 2연을 섞어서 재배열하면 다음과 같은 비유 체계가 도출될 것이다.

	〈배경〉	〈주체〉
〈자연〉	구름 ──	달
	│	│
〈인간〉	밀밭길 ──	나그네

4연에서도 자연과 인간의 조응이 엿보인다. 이 행이 조지훈의 싯구, "술 익는 강마을의/ 저녁 노을이여"(「玩花衫」)를 수용한 문장임은 부제에서 이미 밝혔지만, 시인은 이를 섬세하게 변용하였다. 논리에 맞춘다면, "저녁 놀 탈 때마다/ 술 익는 마을"이라 해야 옳았을 것이다. 이렇게 쓰면, 거센소리("탈")와 된소리("때"), 설측음("놀", "탈")의 거듭된 사용을 피할 수 없게 된다. 이 구문을 도치함으로써, 박목월은 잇닿아 발음되는 양성모음의 부드러움("마을마다")을 활용할 수 있었다. 의미상으로도 이러한 도치는 나그네에게 준비된 흥겨움과 안락을 두드러지게 보여준다. 나그네의 휴식("타는 저녁놀": 저녁이 되면 나그네는 마을을 찾아 숙식을 부탁해야 한다)이 편안하고 아름다운 것은 따스한 인정과 환대("술 익는 마을")가 그를 기다리고 있기 때문이다. 이를 보여주는 것이 마을에 술이 익는 것과 노을이 타는 것 사이에 맺어진 은유적인 관계이다.[3] 〈술/놀〉, 〈익는/타는〉의 음운적인 유사성이 이런 추론의 증거이다. 저녁 노을의 아름다움은 술이 익는 모습의 형용이다. 자연의 아름다움과 인정(人情)의 아름다움이 은유적인 관계로 묶이면서 서로를 비추어내고 있는 것이다.

---

3) 구문의 병치에 의해 두 사물들 사이에 은유적인 관계가 맺어지는 것을 병치은유diaphor라고 부른다.(P. Wheelight, Metaphor & Reality, Indiana Univ, 1973, chap.4) 이 시의 4연을 병치된 구문의 변용으로 간주할 수 있을 것이다. 〈술이 익다〉는 진술과 〈노을이 타다〉는 진술을 은유적인관계로 묶을 수 있는 것이다.

인사(人事)와 자연사(自然事)를 한 데 묶는 이런 은유적 방법은 이 시기 박목월의 다른 시에서도 자주 보인다. 다음 항에서도 그 예를 보일 것이다. 박목월은 이미지의 병치를 통해 인간화된 자연을 그려보이고 있다. 박목월 시의 은유적인 구조는 자연이 사람살이의 여러 모습을 은유하고 있다는 것을 분명하게 보여준다. 따라서 박목월 시의 자연은 극도로 축소된 비인간화의 결과도 아니며, 삶의 세부적인 측면을 배제한 추상화의 결과도 아니다.

2-2. 반복의 효과 : 개방된 율격과 세밀한 이미지의 구축

박목월의 초기시가 7·5조 정형률을 수용하고 있다는 지적은 부분적으로만 타당하다. 실제로 『청록집』에 실린 초기시 15편 가운데 7·5조가 문면(文面)에 노출된 작품은 「나그네」, 「삼월(三月)」, 「갑사댕기」, 「윤사월(閏四月)」 4편뿐이다.[4] 박목월 초기시에서는 숱한 반복을 확인할 수 있는데, 이처럼 반복을 활용하는 일을 정형률로는 설명하기 어렵다.[5] 따라서 7·5조 율격을 산술적으로 확인하는 일보다는, 반복이 그의 시에서 어떤 기능과 역할을 하고 있는지를 추적하는 일이 박목월의 초기시를 해명하는 데 더 유효성이 있다고 생각된다.

박목월의 시에서 반복은 여러 형태로 나타난다. 동일한 시어를 반복하는 일, 동일한 싯구를 반복하는 일, 같은 구문을 반복하는 일 등이 그러하다. 앞서 분석한 「연륜」, 「나그네」에서도 반복이 보이는데, 두 경우에는 산문에 율격을 부여하거나(「연륜」) 현재적인 상황을 제시하기 위해(「나그네」) 반복이 활용된 것으로 짐작된다.[6]

---

4) 부분적으로 7·5조나 그 변용(8·5, 6·5조)을 확인할 수 있는 작품으로는 「청노루」(1회), 「춘일(春日)」(2회), 「달무리」(2회), 「길처럼」(1회)이 있다. 그러나 이 시들에서 7·5조의 활용은 극히 제한적이어서 운율 구성의 일반적인 원리로 간주하기 어렵다.

5) 반복이 활용되지 않은 시는 15편 중에서 「閏四月」, 「春日」, 「靑노루」, 「三月」 네 편뿐이다.

6) 「연륜」에서 "한해 한해" "가느른 가느른" "쟁쟁쟁" "애달픈 애달픈" 등이, 「나그네」에서 첫연과 마지막 연의 반복이 그 예이다. 이 두 유형은 우리 시에서 흔히 발견되는 유형이다. 전자의 경우에는 산문시들이, 후자의 경우에는 이른바 수미상관(首尾相關)의 구조를 갖는 시들이 이 범주에 포함될 것이다.

머언산 구비구비 돌아갔기로
山 구비마다 구비마다
절로 슬픔은 일어……

뵈일듯 말듯한 산길

산울림 멀리 울려 나가다
산울림 홀로돌아 나가다
……어쩐지 어쩐지 우름이 돌고

생각처럼 그리움처럼……

길은 실낱 같다

—「길처럼」전문

　먼 산까지 구비구비 이어지는 산길과 그 길을 보고 있는 화자의 상념을
얽어 만든 소품이다. 여러 차례 반복이 활용되는데, 그 반복의 효과는 각
기 다르다. 1연 1행의 "구비구비"는 첩어일 뿐이어서 딱히 반복이라 말하
기 어렵지만, 2행의 "구비마다 구비마다"는 시인의 의도적인 중첩이라 할
만하다. 이때의 반복은 산굽이가 여러 번 휘어서 굽어 있음을 시각화하고
있기 때문이다. 3연 1, 2행의 "산울림"은 당연히 산울림의 반향하는 성질
때문에 반복되었을 것이다. 이 두 행은 구문의 구조에서 음운적 특질까지
닮아 있다. "멀리"와 "홀로"의 설측음[l], "돌아[도라]"와 "울려"의 설전음
[r]이 동일한 음운적 자질을 이룬다. "울려 나가다"와 "돌아 나가다"에서
보이는 비슷한 음운의 반복은 산울림이 멀리 뻗어나가는 특징을 시각화
한 것이다. 3연 1행과 2행 전체를 놓고 보면, 넷으로 끊어지는 각각의 음
보는 안에서 울리는 소리("림")에서 입을 가장 크게 벌리고 내쉬는 소리
("아")로 전환되면서 산울림의 성질을 전사(轉寫)해내고 있다. 3연 3행의
"어쩐지"의 반복은 화자의 머뭇댐이나 망설임, 추측 따위의 심리적 특질
에서 비롯된 것이다. 머뭇대거나 반신반의하는 이에게서 단정적인 진술
을 기대할 수는 없는 노릇이다. 2연의 시행("뵈일 듯 말 듯") 역시 의도적

인 반복은 아니지만, 비슷한 심리적 효과를 유발하는 것으로 간주할 수 있다. 4, 5연에서 자연과 인간의 조응이 다시 확인된다. 길이 "실낱" 같이 느껴지듯 나의 생각이나 그리움도 실낱같다. 길이 산굽이를 돌아 보일 듯 말 듯 사라져 가는 것처럼 나의 상념이나 그리움도 사라져간다. 4연에서 사용된 말줄임표는 생각이나 그리움의 여운을 시각화한 것이다. 1, 3연에서 이미 말줄임표가 사용된 바 있으므로 4연의 말줄임표 역시 반복으로 볼 수 있을 것이다. 이 시에 사용된 반복의 기능을 정리하면 다음과 같다.

> 1연 2행/ 산굽이의 모양 [시각적인 효과]
> 3연 1, 2행/ 산울림 소리 [청각적인 효과]
> 3연 3행/ 화자의 추측 [심리적인 효과]
> 4연, 5연/ 화자의 여운과 길의 사라짐 [시각적이고 심리적인 효과]

다음 작품은 가시적인 구문과 비가시적인 음운적 자질을 반복하여 섬세한 이미지를 구축해내는 데 성공한 시이다.

> 사늘한 그늘 한나절
> 저물을 무렵에
> 머언산 오리木 산ㅅ길로
> 살살살 날리는 늦가을 어스름
>
> 숱한 콩밭머리 마다
> 가을 바람은 타고
> 靑石 돌담 가로
> 구구구 저녁 비둘기
>
> 김장을 뽑는 날은
> 저녁 밥이 늦었다
> 가느른 가느른 들길에
> 머언 흰 치마자락
> 사라질듯 질듯 다시 뵈이고
> 구구구 구구구 저녁비둘기
>
> —「가을 어스름」 전문

1연에서 가시적인 반복은 4행의 "살살살"이라는 첩어뿐이다. 하지만 수많은 설측음이 활용되면서 보이지 않게 반복의 기능을 대신하고 있다.

> 사늘한 그늘 한나절
> 저물을 무렵에
> 머언산 오리木 산ㅅ길로
> 살살살 날리는 늦가을 어스름[고딕 부분 인용자][7]

설측음의 잦은 출몰은 독자에게 계속적인 긴장을 유발한다. 발음이 자연스럽게 이어지는 것을 가로막기 때문이다. 설측음은 1, 2행의 경우엔 주로 음성모음(ㅡ, ㅓ)과 결합하여 어둡고 무거운 느낌을 자아내고, 4행 전반부의 경우 양성모음(ㅏ)과 결합하여 밝고 가벼운 느낌을 자아낸다. 전자의 경우는 이 시가 늦가을, 저물 무렵의 어스름을 그리고 있는 사정에 상응하는 것이며, 후자의 경우는 어스름이 "바람"이라는 무형(無形)의 가벼움을 이미지화하고 있는 사정에 상응하는 것이다. 1, 2행에서 "한나절"이라는 시어를 양행걸침으로 간주할 수 있다. 1행에 기대 읽으면, "한나절의 사늘한 구름"이라는 의미가 되고, 2행에 기대 읽으면 "한나절이 저물 무렵에"라는 의미가 된다. 2행에 기대어 읽는 것이 자연스러운 독법이지만, 시인이 굳이 "한나절"을 1행에 배치한 것은 1행에 기대어 읽는 방법도 용인했기 때문이라 생각된다. 이미지의 병치를 통해 1, 2행과 4행 사이에 은유적인 관계가 성립된다고 보면, 1행에 기대 읽는 것이 시적 함의를 풍부하게 하는 독법이다. 다시 말해 "한나절 그늘의 서늘함"과 "저물 무렵의 어스름"이라는 이미지를 병치하여, 〈가을 어스름〉이라는 상관적인 풍경을 그려내고 있는 것이다(만일 2행에 기대어 읽는 것만을 용인한다면, "한나절"이라는 시어는 췌언이 되고 만다. "그늘──저물 무렵──어스름"이라는 이미지 전개에 "한나절"이 아무런 기여도 하지 못하기 때문이다).

2연에서 "바람"이 타는[燒] 것은 콩밭이 가을에 누렇게 변했기 때문이다.

___

[7] "어스름"을 소리나는 대로 읽으면 설측음이 아니라 설전음이 들린다. 하지만 계속되는 설측음이 출현하여 이 부분의 소리를 견인해가지 않나 하는 생각이다. 이러한 짐작이 맞다면 "어스름"은 /어슬음/으로 읽어야 할 것이다.

3연의 "흰 치마자락"은 저녁 밥 짓는 연기를 은유한 것이다. 3연의 시각적이고("가느른 가느른") 청각적인("구구구 구구구") 반복의 효과는 「길처럼」에서 분석한 반복의 효과와 크게 다르지 않다. 3연 1, 2행에서 〈가을 어스름〉의 풍경이 인사(人事)와 연관되는 모습을 다시 한 번 확인할 수 있다. 아마도 비둘기가 제시된 것은 이러한 사정과 관련될 것이다. 비둘기는 자연에 속해 있으면서 인간과 가장 가까운 새 가운데 하나이기 때문이다. 이 시는 세밀한 풍경과 넓게 조망할 수 있는 풍경을 반복, 교차시키고 있다.

> 1연 1, 2행/ 近景 ⎫
> 1연 3, 4행/ 遠景 ⎬
> 2연 1, 2행/ 遠景 ⎫
> 2연 3, 4행/ 近景 ⎬
> 3연 1, 2행/ 人事
> 3연 3, 4행/ 遠景 ⎫
> 3연 5, 6행/ 近景 ⎬

시가 전개되어 나감에 따라, 원경과 근경은 반복되고 교차된다. 시인은 이미지의 섬세한 배치를 통해 시적 집중과 확산을 묶어내고 있는 것이다.

반복은 이미지를 제시하는 데에도 긴요하게 활용된다. 박목월 초기시에서 7·5조가 운율에만 간여한다면 반복은 운율과 이미지에 동시적으로 간여한다. 반복이 만들어낸 효과를 검토해보면, 반복이 단순히 시어의 낭비가 아님을 알 수 있다. 반복을 통해 박목월은 운율과 심상을 섬세하게 구조화하였다. 반복은 운율을 압축하는 것이 아니라 개방하는 것이며, 상황을 중언부언하는 것이 아니라 이미지를 형성하는 것이다.

2-3. 여백의 의미 : 시적 상황의 확산과 집중

박목월의 초기시에서 여백(시의 빈 공간)이 중요한 기능을 하고 있음은 부인할 수 없는 사실이다. 이러한 여백이 동양화적인 기능, 다시 말해 공간의 양적(量的)인 질감을 드러내고 있다는 지적은 이 때문에 그럴듯해

보인다. 그러나 시의 여백을 회화의 여백과 동일하게 간주할 수는 없다. 둘의 동일시는 비유적인 동일시일 뿐, 논리적인 전거를 갖는 것은 아니기 때문이다. 동양화에서의 여백은 화폭에서의 그려지지 않은 부분이 그려진 부분의 기능을 담당하는 것이다. 따라서 동양화의 여백은 그리지 않음으로써 그리는 일이다. 하지만 시에서 여백의 기능이, 쓰여지지 않은 부분으로 쓰여진 부분의 기능을 담당하는 일이라고 보기는 어렵다. 시의 여백은 쓰여진 시행의 효과를 극대화하는 장치이지, 쓰여진 시행의 효과를 최소화하는 장치가 아니다. 다시 말해 여백은(극단적인 압축과 생략의 결과로 파생된 것이 아니라) 시어의 흩어짐을 안정화(安定化)하기 위해 고안된 것이다. 따라서 박목월의 초기시에서 극단적인 압축과 생략이 밀폐감을 준다는 지적은 다음과 같이 수정되어야 한다: 박목월의 초기시는 균일하고도 강력한 이미지를 제시하기 위해 번다한 수식어를 극도로 자제하는 경향이 있다.

반복의 잦은 사용은 박목월의 시가 생략과 압축을 능사로 삼고 있지 않음을 보여주는 유력한 증거이기도 하다. 박목월의 초기시에서 극단적인 압축과 생략은 대개 시에서 서술어나 조사를 탈락시켜 일어나는데, 이런 탈락은 차라리 이미지를 균일하고도 강력하게 드러내기 위한 기술상(記述上)의 필요에서 비롯된 것이라 보는 것이 옳다.

「나그네」에서 1연과 마지막 5연의 반복을 다시 생각해보자. 만일 이 시가 압축과 생략을 보여주는 것이라면, 이 시의 반복구조는 형식의 완결을 위한 것으로 간주되어야 한다. 이 경우 "나그네"의 행동은 자기 완결적인 의미, 다시 말해 완성된 행위라는 의미를 갖는다. 그러나 "나그네"는 1연 이전과 5연 이후에도 똑같은 여정을 반복해왔고 또 반복할 것이다. "술 익는 마을마다/ 타는 저녁 놀"은 이전의 경험을 통해 알게 된 것이며, 이후에도 "남도 삼백리"가 나그네를 기다리고 있기 때문이다. 이 시에서 1연과 5연의 반복은 "나그네"의 행동이 수많은 반복의 과정을 집약하고 있음을 알려준다. "구름에 달 가듯이/ 가는 나그네"는 지속적인 과정의 한가운데에 있는 것이다. 「나그네」는 흥겨움("술 익는 마을"), 도취("타는 저녁놀")와 같은 열락의 순수지속을 보여준다. 순수하고 순간적인 감정은 여백의 도움을 받아, 계속적인 과정으로 전환된다. 따라서 이 시의 여백은 "나그네"를 시행의 일회적인 틀에 가두지 않는다. 오히려 여백은 "나그네"를 계속된 여로(旅路)의 진행 속에 위치시킨다.

박목월 시의 여백이 넓은 시적 공간을 확보하면서, 동시에 시적 구성을 안정화하고 있음을 보여주는 시가 「靑노루」이다.

　　　머언 산 靑雲寺
　　　낡은 기와집

　　　山은 紫霞山
　　　봄눈 녹으면

　　　느름나무
　　　속ㅅ잎 피어가는 열두구비를

　　　靑노루
　　　맑은 눈에

　　　도는
　　　구름

　　　　　　　　　　　　　　　　—「청노루」 전문

이 시의 풍경을 초속적인 집중의 과정으로 읽을 수도 있고, 점차적인 확산의 과정으로 읽을 수도 있다. 전자의 경우 시의 풍경은 동심원의 바깥에서 안으로 수렴될 것이다. 후자의 경우 풍경은 동심원의 안에서 바깥으로 분산될 것이다. 「청노루」의 묘미는 이 두 가지 과정이 동시적이라는 데 있다.

　　1) 바깥→안 : 머언 산에 있는 청운사 → 봄눈 녹는 풍경 → 느름나무 →
　　　청노루의 눈
　　2) 안→바깥 : 청운사 → 봄의 자하산 → 자하산의 열두 구비 → 도는구름

1)의 경우, 화자의 시각은 원경(遠景)에서 근경(近景)으로 축소된다. 청운사의 "낡은 기와집", 느릅나무의 "속눈", 청노루의 눈에 "도는 구름"이 반영되는 모습은 각 풍경의 하위 세목을 이루는 풍경이 된다. 2)의 경우, 화자의 시각은 근경에서 원경으로 확산된다. 곧 청운사에서 자하산으로 (이때 화자의 시각은 산 정상을 향해 있을 것이다), 산을 두르고 있는 열두 구비로(이때 화자의 시각은 정상에서 산의 둘레로 확장될 것이다), 그 너머 하늘의 구름으로 확산되는 것이다. 이 두 풍경은 청노루의 눈에서 교차한다. 미시적인 청노루의 눈에서, 거시적인 구름의 모습을 포착해내는 박목월의 관찰력은 뛰어나다.

1)의 과정만으로 본다면 이 시의 여백은 극단적인 좁힘의 결과로 생각될 수 있을 것이다. 그러나 2)의 과정을 포함한다면 이 시의 여백은 확산과 집중을 동시적으로 이루어내는, 이미지의 이중성을 드러내기 위한 장치로 생각될 수 있을 것이다. 3~5연에서 보이는 구문의 교묘한 얽힘은 이러한 관점을 지지해준다. 가장 편리하게 읽는 방법은 3연의 1행과 2행 사이에 도치가, 3연과 4연 사이에 생략이 있는 것으로 보아 빠진 부분을 메꿔 읽는 방법이다. 이런 방식으로 읽으면, 이 시행은 다음과 같이 산문화될 것이다.

　　　속잎을 피워내는 느릅나무(가 있는 산의) 구비구비를 (돌아내려오는/
　　올라가는) 청노루의 눈에 구름이 돌면서 (비친다)

박목월이 이러한 내용을 극도로 축약하여 시의 의미를 모호하게 만들었다고 비난하는 것은 잘못이다. 그가 시의 구문을 얽히게 한 것은 각 연의 이미지를 병치하여 새로운 은유적 효과를 낳기 위한 것으로 생각된다. 위의 구문의 얽힘에서 다음과 같은 은유적 풍경을 도출할 수 있다.

　　1) 느릅나무가 가지마다("열두구비") 속잎을 피워낸다 [3연 1행과 2행
　　　사이의 병치은유]
　　2) 느릅나무의 속잎처럼 청노루의 눈알이 맑다 [3연과 4연 사이의 병치
　　　은유]
　　3) 산굽이처럼 구름이 돈다 [3연과 5연 사이의 병치은유]

1) "열 둘"이라는 숫자는 매우 많음을 암시하는 숫자이므로, 느릅나무가 모든 가지에 봄날의 새순을 피워낸다는 의미가 도출된다. "열두구비"는 느릅나무의 속잎이 피어나는 모양을 형용한 것이다. 2) 청노루는(청색이 주는 신비함을 포함하여) 아마도 어린 노루를 의미할 것이다. 봄날 파릇한 속잎의 이미지와 청노루의 이미지 사이에 유사성의 관계가 맺어진다. 3연과 4연의 병치는 느릅나무의 속잎과 청노루의 눈이 공유하는 순수하고 맑은 색감을 드러내기 위해 의도된 것으로 보인다. 3) "열두구비"와 "도는 구름"의 이미지 역시 병치되어 있다. 〈굽이〉는 〈휘어서 굽은 것〉을 의미하므로 구름이 〈도는 것〉과 같은 계열의 이미지이다. "열두구비"를 목적어로 다루어 대상화한 것도 "도는 구름"이라는 명사형 결구와 조응을 이루는 데 적합한 장치이다. 이 시에서 구문을 얽어 여백의 자리를 넓힌 것은 시의 의미를 확장하기 위해서였던 셈이다. 박목월은 구문의 매듭을 통해, 시어의 함축적 의미를 높이고 시적 상황의 확산을 의도하였다.

박목월 초기시의 여백이 극단적인 압축과 생략의 소산은 아니다. 시에서 그려보이는 상황이 시의 빈 공간을 포섭해 들이는 모습을 관찰할 수 있다. 시에서 구현된 의미의 자장(磁場)이 여백의 자리에까지 미치고 있음이 확인된다. 여백은 시의 자리에 일정한 좌표를 부여하면서 시를 안정화한다. 여백을 적극적으로 활용하면서 박목월은 몇 개의 시행을 함축적으로 활용하여 시적 상황을 수렴하고 확산하는 방법을 모색하였다.

3. 박목월 초기시의 의의

『청록집』에 실린 시를 중심으로 박목월의 초기시에서 드러나는 구조적 특질을 분석하였다. 여기에서 도출된 시적 의의를 간략히 짚어본다.

박목월의 시는 이미지의 병치를 적극적으로 활용하였다. 시의 제재가 자연물이었으므로(이것은 비단 청록파만의 특성이라 하기 어렵다. 실제로 모더니즘을 표방한 시를 제외하면 시적 제재를 자연에서 구하는 것이 특이한 방식은 아니었기 때문이다), 박목월이 자연의 모습을 시에 적극적으로 담아낸 것은 자연스러운 일이다. 문제는 그것이 인간사를 배제한 것이냐는 점인데, 초기시를 분석한 결과 오히려 박목월 시의 자연이 인간의 시각에 포함되어 있음을 확인할 수 있었다. 시에서 화자의 시선은 자연물의 곳곳에 골고루 스며들어 있었다. 따라서 인간적인 삶의 모습이 그려지지 않은 자연을 박목월이 시화하였다는 주장은 수용하기 어렵다. 오히려 박목월이 자연과 인간이 상호 조응하는 평화로운 모습을 시에서 구현하였다고 보는 것이 타당할 것이다. 그것은 이상향의 모습이면서 동시에 현실적이고 인간적인 모습을 하고 있다.

그의 시에서는 반복이 숱하게 활용된다. 7 · 5조의 정형률은 부분적으로 활용되고 있을 뿐이다. 반복의 기법을 통해, 박목월은 자연스럽게 흘러가는 율격의 개방성(開放性)과 이미지의 섬세한 배치를 의도하였다. 따라서 박목월 시의 율격은 민요조가 아니라 의미의 결을 거스르지 않도록 세심하게 구축된 내재율이다.

박목월 시의 여백은 시행을 축소하고 압축하는 과정에서 파생된 부산물이 아니다. 박목월의 시는 문면에 떠올라오지 않은 시적 상황을 여백의 자리에 두는데, 이것은 드러난 시행으로 드러나지 않은 의미의 자리를 열어보이기 위한 것이다. 여백은 외부로 개방된 시적 상황에 좌표를 부여함으로써 시행을 안정화하는 장치라 할 수 있다. 따라서 여백은 의미가 부여되지 않은 부분이 아니다. 구문을 매듭짓고 반복을 활용하면서, 박목월은 시에서 여백을 의미의 장(場)에 포괄하였다.(1998)

삶과 죽음의 변증법
― 황동규, 「풍장(風葬)」의 진화(進化)

1.「풍장」의 변증법적 구성

　황동규의 『풍장』은 죽음에 대한 깊고 넓은 시적 탐구의 결과이다. 황동규는 『풍장』에서, 개체를 전체에 통합하고 자아를 세계에 확장하는 길을 모색했다. 그는 죽음이 시간과 삶에서 분리된 절대적 경지라 간주하지 않았다. 죽음은 삶의 중단이 아니라 삶의 완성이며, 시간의 정지가 아니라 시간의 초월이다. 죽음과 대면함으로써 더욱 풍요롭고 절실한 삶을 마주한다는 황동규의 생각은, "모든 죽어가는 것"을 노래함으로써 생명있는 것에 대한 애정을 노래했던 윤동주의 시적 전통과도 멀리 있지 않다.

　이 글은 그 동안의 『풍장』론이 시간적 계기성을 고려하지 않았다는 문제의식에서 출발한다.[1] 14년에 걸쳐 씌어진 『풍장』 연작이 단일하고 집중적인 의식의 결과로 산출된 것이라 보기는 어렵다. 황동규는 『풍장』의 서문에서 "(가까운 이들의 죽음이) 모두 어느샌가 죽음 편에서 보기 때문에 더욱 절실해진 삶의 황홀 쪽으로 방향을 틀고 있던 「풍장」의 흐름을 다시

1) 『풍장』에 대한 논의로 다음과 같은 글이 제출되었다.
　유종호, 「낭만적 우울의 변모와 성숙」, 『악어를 조심하라고?(해설)』, 문학과지성사, 1986; 이남호, 「길 위의 시, 그 가벼운 행로」, 『문학의 위족 1』, 민음사, 1990; 김주연, 「역동성과 달관」, 『몰운대행(해설)』, 문학과지성사, 1991; 성민엽, 「난해한 사랑과 그 기법」, 『작가세계』, 1992. 여름; 김해홍, 「황동규, 자유로의 귀환」, 『한국현대시인비판』, 시와시학사, 1994; 남진우, 「한 삶의 끝, 한 우주의 시작」, 『풍장(해설)』, 문학과지성사, 1995; 이숭원, 「삶의 풍광 속에 죽음 길들이기」, 『한국문학』, 1995. 겨울; 최하림, 「시를 찾아서, 시를 위하여」, 『창작과 비평』, 1995. 겨울; 권오만, 「삶과 죽음의 깍지끼기」, 『현대문학』, 1996. 2.; 황치복, 「죽음과 시간의 형이상학」, 『현대비평과 이론』, 1996. 봄·여름.

죽음 쪽으로 되돌려놓곤 했다"[2]고 말했는데, 이는 『풍장』 연작에 어떤 의식의 흐름이 있음을 암시하는 것이다. 황동규는 『풍장』을 4부로 구성했는데, 1부~3부의 시들은 각각 『악어를 조심하라고?』(1986), 『몰운대행』(1991), 『미시령 큰바람』(1993)에 실렸으며, 4부의 시들은 1995년 연작시집이 간행될 때 새로 실린 것이다. 시집을 묶을 때마다 자기 갱신의 모습을 보여왔던 것을 감안한다면, 이 연작에도 어떤 단층이 있음을 짐작할수 있을 것이다.

나는 『풍장』 전편이 죽음과 삶의 화해를 보여준다는 생각에는 동의하지 않는다. 『풍장』에 실린 시들은 그런 화해에 이르는 변증법적 각성의 과정을 보여준다. 따라서 진정한 화해는 『풍장』의 마지막 부분에서야 비로소 성취되는 것이다. 이 연작에서 첫 시(「풍장 1」)는 서시에, 마지막 시(「풍장 70」)는 종시에 해당한다. 1부에서 4부를 이루는 시편이 각각 16, 18, 18, 18편인데, 이런 체계의 안정성 역시 『풍장』 연작에 구성적 틀이 있음을 증거하는 것이다.

많은 논자들이 얘기했듯이 죽음과의 화해는 쉽게 이루어질 수 있는 것이 아니다. 이 화해가 초월이나 달관을 넘어서기 위해서는 삶에의 친화를 이룰 수 있는 계기적 토대가 시 안에 마련되어야 한다. 온갖 부정적 양태가 극복되지 않은 채 죽음과 화해하는 것은 거짓 화해에 불과하다. 실상 『풍장』 연작에는 죽음에 대한 공포, 무의미, 일상성의 권태 등 죽음과의 화해에 이르기 위해 지양되어야 할 무수한 부정성이 함축되어 있다.

이 글에서는 죽음과의 화해에 이르는 이 과정을 변증법적 틀 안에서 살피고자 한다. 『풍장』의 1부~4부가 시의식의 각 단계에 대응하는 것으로 간주하여, 각 단계의 변화를 화자의 모습과 관련지어 검토하기로 한다. 「풍장」 1부(1항)에서는 가상적 공간을 상정함으로써, 죽음의 세계와 친화

---

2) 황동규, 「풍장을 위하여」, 『풍장』, 문학과지성사, 1995, 5면. 다음과 같은 말 또한 증거로 추가할 수 있을 것이다. "초월은 결국 초월을 하지 않는 곳에 있다는 것을 깨닫기 위해 14년이 걸렸다."(같은 책, 3면) 황동규는 이 연작시집을 간행하면서 기존 시집에 실렸던 『풍장』 시들(1-3부의 시들)을 세밀하게 교정하였다. 이 교정은 호흡에 대한 배려여서, 전면적인 개작(改作)이라 부를만한 것은 아니다. 따라서 이 연작 시집을 이 글의 텍스트로 삼아도 크게 문제는 없을 것이다.

하고자 하는 화자의 모습을 살핀다. 그러나 이 단계에서 삶과 죽음은 개별항으로 나뉘어 있다. 2부(2항)에서는 삶과 죽음이 둘이 아니라는 인식이 두드러진다. 화자는 죽음의 세계에서 개체가 소멸하는 것이 아니라 전체에 통합된다는 것을 깨닫는다. 그럼에도 불구하고 이 때의 화해는 여전히 추상적이다. 감각적 수용보다는 성급한 영탄이 앞서는 것은 이 때문이다. 3부(3항)에서 삶이 해체되면서, 참다운 죽음에 이르는 과정이 드러난다. 분열된 제 몸을 관찰하는 화자가 이 시기의 주인이다. 이 화자는 자아의 정체성을 전체에 흩어놓기 위한 전략으로 제시되었다. 4부(4항)에서 죽음을 내적인 계기로 수용한 화자가 등장한다. 이제 화자는 변증법적 순환을 따라 죽음의 세계에서 삶의 세계로 돌아온다. 이제 일상적 삶에 이미 죽음이 미만해 있다. 죽음은 삶의 이면이거나 측면이다. 비로소 진정한 화목제(和睦祭)의 시간이 온다. 황동규는 4부를 쓴 후에야 비로소, 풍장의 완결을 이야기할 수 있었다.

2-1. 가상(假想)의 화자—삶과 죽음의 대립(對立)

풍장은 시신을 한데 두어, 비바람에 천천히, 자연스럽게 소멸하게 만드는 장례의 방법이다. 대기 중에 흩어짐으로써 망자는 세계에 자기 육신을 나누어준다. 자신은 사라지지만, 사라짐으로써 우주라는 더 큰 존재에 안기는 것이다. 시신이 점진적으로 해체되므로, 풍장은 삶의 흔적을 오래 간직하고 죽음의 일상적 성격을 부각시킨다.[3] 불로 태우는 화장은 시신을 단번에 지워버리고, 땅에 묻는 매장은 시신을 망자의 세계에 가두어버리며, 물에 떠나보내는 수장은 시신을 급격히 훼손시킨다. 이런 방법들은 시신에 인위적인 조작을 가하는 방법이어서, 죽음의 폭력성을 부각시킨다. 죽음을 삶의 계기로 수용하기 위해 선택한 방식이 풍장인 셈이다.

『풍장』의 1부를 이루는 시들에서 황동규는 가상의 공간을 상정했다. 이

---

3) 황동규는 풍장에 관해 다음과 같은 설명을 덧붙였다. "풍장은 황해나 남해의 섬에서 아들이 보름이고 스무날이고 고기잡이 나갔을 때 부모가 세상을 뜨면 매장하지 않고 그가 돌아와 얼굴이라도 볼 수 있게 하기 위한 장치라고 할 수 있다."(황동규, 「나의 시의 빛과 그늘」, 중앙일보사, 1994, p. 213)

공간은 죽은 자만이 갈 수 있는 공간이다. 황동규는 망자의 시선을 빌어 죽음의 세계를 상상적으로 구축하였다. 이렇게 구축된 공간은 역설적이게도 삶의 아름다움으로 가득 찬 공간이 된다.

> 아 색깔들의 장마비!
> 바람 속에 판자 휘듯
> 목이 뒤틀려 쿵하니 바라보는
> 저 옷 벗는 색깔들
>
> ―「풍장 2」 부분

화자는 죽어 목이 뒤틀렸다. 죽은 자는 뒤틀린 채, 쿵한 눈으로 삶의 아름다움을 목도한다. 빛들이 장마비처럼 세상을 총천연색으로 가득 채우고 있었다. "아" "저"와 같은 감탄은 이 놀라움이 직정적이라는 것을 보여준다. 「풍장」의 1부에서 시인은 이처럼 죽은 자의 육신을 빌어, 삶의 천변만화하는 아름다움을 노래했다. 하지만 1부를 이루는 시편들에서 화자는 이중적이다. 죽음의 세계를 상상하고, 거기에서 현실의 아름다움을 느끼는 화자가 가상의 화자이기 때문이다. 그렇다면 가상의 화자를 가상하는 화자, 이 목소리 속에 숨은 화자는 어디에 있는가. 그는 삶의 영역에 있다. 죽음의 아름다움이 거듭 예찬되지만, 그것은 결국 삶의 아름다움이었지 죽음의 아름다움은 아니었다.

> 그대와 나 숨을 곳은
> 숨죽이고 헤매다 광도(光度) 낮은 저녁 도착한
> 명왕성(冥王星) 밖 폭포소리 그치고
> 싸락눈 조심히 뿌리는 곳.
> 옷 벗은 버드나무들이
> 무릎까지 머리칼 늘어뜨리고
> 신비하고 쓸쓸하게 눈을 맞는 곳
>
> 누군가 전보를 치고
> DDD 전화를 걸어오고
> 밤하늘 별자리 통해 메시지를 보내오지만

"모두 용서한다 돌아오라 돌아오라."

[중략]
차라리 태양을 향해 분별없이 달려가
겁나는 꼬리를 하나씩 달고
이른 저녁 하늘에 나타나
생채기처럼, 낙인처럼, 아물다 말다 사라질 것인가?

겁없이 하늘에 뛰어든 우리
아 하늘 귀신 못 면하리라.

—「풍장 6」 부분

명왕성은 태양계 가장 바깥에 있는 별이면서, 명부(冥府)가 있는 별이다. 죽음의 시간이 겨울("옷벗은 버드나무")이고 "저녁"인 것은 자연스럽다. 명왕성은 모든 "소리"가 그친 곳, 신비하고 쓸쓸한 곳이다. 지구에서 누군가가 그곳으로 그리움의 신호를 보낸다. 그들은 전보를 치고, 장거리 전화를 걸고, 별점을 치며, 신문에 심인광고를 낸다. 살아있는 이들은 망자를 망자의 세계에 놓아두려 하지 않는다. 그들은 그리움이라는 형식으로 끊임없이 그들을 불러낸다. 죽은 자들이 빛의 세계로 오는 길은 별똥이 되어 순간적으로 타오르는 길뿐이다. 그때 산 자들은 느낄 것이다. '아, 저것은 그의 별이야. 그가 죽었군.' 그들은 별에 망자들의 운명을 걸어둔 것이다. 그것은 결국 산 자들의 상처요, 낙인이다. 마지막 연의 탄식은 다시 살아날 수 없는 망자들의 탄식이다. 죽음의 세계는 삶의 세계와 화해하지 못하는 것이다.

가상의 화자를 상정할 수밖에 없었던 것은 삶과 죽음이 여전히 분리되어 있기 때문이다. 이런 이항대립을 직접적으로 화해시킬 수는 없다.[4] 가상의 화자는 죽음 편에서 삶의 아름다움을 노래하지만, 가상하는 화자 곧

---

4) 이항대립을 가장 분명히 보여주는 시 가운데 하나가 「풍장 16」이다. 이 시에서 다음과 같은 대비가 보인다.

1연	어제	밤	천상('하늘')	(겨울?)	별똥	시작되다 사라짐	불('타오름')	죽음의 세계
2연	오늘	낮('오후')	지상('포구')	봄	나무토막	죽었다가 살아남	물	삶의 세계

숨은 화자는 삶 편에서 죽음의 쓸쓸함을 노래한다. 그것은 동전의 앞뒷면과 같은 것이어서 삶의 황홀함에 대한 노래는 죽음의 쓸쓸함에 대한 노래와 맞짝을 이룬다.

> 아 안 보이던 것이 보인다.
> 콘크리트 터진 틈새로
> 노란 꽃대를 단 푸른 싹이
> 간질간질 비집고 나온다.
> 공중에선
> 조그만 동작을 하면서
> 기쁨에 떠는 새들.
> 호랑나비 바람이 달려와
> 마음의 바탕에
> 호랑무늬를 찍는다.
> 찍어라, 삶의 무늬를,
> 어느 날 누워 깊은 잠 들 때
> 머릿속을 꽉 채울 숨결 무늬를,
> 그 무늬 밖에서 숨죽인 가을비 내릴 때.
>
> ─「풍장 12」 부분

봄날에 작고 약한 것들이 화자에게 삶의 황홀함을 전해준다. "간질간질 비집고" "조그만 동작을 하면서" "기쁨에 떠는" 일은 화자의 내면에 비친 기쁨을 형용한 것이기도 하다. 이 화자는 "이 세상 가볍게 떠도"는 화자(1연)이자, "어느 날 누워 깊은 잠" 곧 죽음에 든 화자이다. 그는 풍장을 통해 육신을 세상에 흩음으로써 가벼움을 획득한 가상의 화자이다. 모든 것이 아름다운 "삶의 무늬"를 이룬다는 것에 그는 감탄을 금하지 못한다. 그런데 그 삶의 무늬 밖에서 "숨죽인 가을비"가 내린다. 가을은 소멸과 조락의 계절이며, 비는 사물을 적셔 사물에게서 가벼움을 박탈해간다. 아름다운 삶의 무늬를 찍던 호랑나비 역시 가을비에 젖어 사라질 것이다. 삶("봄")의 바깥에 죽음("가을")이 자리하고 있다.

화자가 죽음의 영역에 들었을 때, 아니 정확히는 그것을 상상할 때 다음과 같은 가상의 화자가 등장한다.

오늘 낮에 새들한테 당했다.
섬 밖 사방에서 날아와
떼지어 맴돌다
한꺼번에 나에게 달려든
저 갈매기표(標) 칼새표 심장들
두둥 두둥둥

바싹 마른 다리로 벌떡 일어나
뒤를 보며 달리다
바닷가에 널어논 그물에 걸려
벌렁 나자빠져 춤추듯 누웠다.

온통 맥박투성이 하늘.

— 「풍장 14」 전문

이 시의 어조에는 해학보다는 공포가 스며있다. 새들이 파먹는 육신은
자연스럽게 허공에 흩어지는 육신이 아니다. 그것은 난폭하게 해체되는
육신이다. 새들이 "섬 밖 사방에서" 날아온다는 것도 무서운 일이다. 섬
밖은 산 자들이 거하는 장소여서, 망자가 평안히 흩어지는 풍장의 공간이
아니다.[5] 강한 어감을 가진 "갈매기" "칼새" 등이 선택된 것도 우연이 아
닐 것이다. 화자의 공포가 3연에 극명하게 드러난다. "맥박"은 새의 심장
소리에서 화자의 심장 소리로 전이된다. 화자가 바라본 하늘은 공포로 가
득 차 있다.

『풍장』의 1부를 이루는 시들에서 황동규는 죽음 이후의 세계를 그리기
위해 망자의 시선을 빌었다. 이 가상적인 화자의 눈을 통해 현실의 아름
다움이 역설적으로 묘파된다. 하지만 가상의 화자를 가상하는 화자, 곧
숨은 화자를 통해 죽음의 쓸쓸함이 드러나는 것도 지적해야 한다. 문면

---

5) 「풍장 1」에서 화자는 죽어 육지에서 무인도로 옮겨진다. 무인도가 풍장의 공간이 되는 것이
다. 그러므로 "섬 밖"은 현실의 공간을 이룬다. 풍장의 과정에 있는 이 화자는 현실에서는
한갓 시체에 불과하다.

(文面)의 화자는 죽음 편에서 본 삶의 아름다움을 노래하지만, 배면(背面)의 화자는 삶 편에서 본 죽음의 쓸쓸함을 노래하는 것이다.

2-2. 영탄하는 화자―생사불이(生死不二)의 세계

죽음과 삶은 대립적인 것이 아니다. 죽음은 한시적인 삶을 완성하여 자아를 영속적인 것으로 만들고, 개체를 전체에 통합하여 보편적인 것으로 만든다. 자아는 죽으면서 더 큰 자아에 포함된다. 풍장을 통해 자연 속에 흩어진 망자의 몸은 이제 자연의 몸을 이룬다. 2부를 이루는 시들에서 황동규는 생사가 둘이 아니라는 생각을 적극적으로 보여준다.

> 베란다에 함박꽃 필 때
> 멀리 있는 친구에게
> 친구 하나 죽었다는 편지 쓰고
> 편지 속에 죽은 친구 욕 좀 쓰려다
> 대신 함박꽃 피었다는 얘기를 자세히 적었다.
>
> 밤세수하고 머리 새로 씻으니
> 달이 막 지고 지구가 떠오른다.
>
> ―「풍장 24」 전문

친구가 죽었다. 화자는 그 허망함을 견딜 수 없어 밤에도 잠을 이루지 못한다. 삶과 죽음의 대립은 화자로 하여금 죽은 친구를 욕하게 만든다. '무심한 친구, 우리를 놓아두고 훌쩍 떠나버리다니' 하는 생각을 했을 것이다. 그러다 화자는 문득 활짝 핀 함박꽃에 생각이 미친다. 친구가 죽었다. 하지만 죽고 사는 것이야 모든 생명 있는 것들의 이치가 아닌가. 친구는 죽었지만, 친구 대신 이 아름다운 꽃이 피지 않았는가. 삶과 죽음은 이처럼 서로 자리를 바꾸며 오늘도 계속되고 있다. 2연의 선적(禪的) 이미지는 이런 화자의 깨달음과 관련이 있을 것이다. "달이 지고 지구가 떠오른다"는 것은 밤이 지나고 아침이 된다는 의미일 것이다. 지구가 태양 빛을 받는 때가 아침이기 때문이다. 밤이 지나면 아침이 오듯, 죽음을 겪고 나서 또 다른 삶이 시작된다.

> 입도 항문도 뭉개진
> 어느 봄날,
> 돈암동 골짜기 정현기네 집
> 입과 항문 사이를 온통 황홀케 하는 술
> 계속 익을까?
>
> ─「풍장 33」부분

어느 날 "아내가 내 몸에서 냄새가 난다고" 야단이다. 화자는 "드디어 나도 썩기 시작"하는구나 하고 탄식한다. 노화 탓에 노인 특유의 냄새가 나기 시작한 모양이다. 하지만 탄식은 금세 찬탄으로 바뀐다. 냄새는 육신의 무너짐이지만 한편으로는 육신의 성숙이기도 하다. 열매가 익으면 향기를 내며 떨어지듯, 육신도 그럴 것이다. 화자는 몸이 무너지는 것을 술이 익어가는 것에 비유한다. 친구의 집에서 먹었던 술은 입에서 항문까지를 온통 녹여버릴 정도로 황홀했다. 썩어 온몸이 무너져 내리면, 거기에 그 술의 황홀함이 있지 않겠는가. 죽음은 황홀경에 빠지는 일이다.

다음 시는 삶의 쾌감이 죽음의 쾌감과 한몸을 이루고 있음을 보여준다.

> 함박꽃 가지에서
> 사마귀가 성교 도중 암컷에게 먹히기 시작한다,
> 머리부터.
> 머리가 세상에서 사라지는 이 쾌감!
> 하늘과 땅 사이에 기댈 마른 풀 한 가닥 없이
> 몸뚱어리 몽땅 꺼내놓고
> 우주 공간 전부와 한 번 몸 부비는
> 저 경련!
>
> ─「풍장 30」전문

사마귀 수컷은 정자를 내놓으면서 자기 몸까지 먹이로 내놓는다. 암컷은 식욕과 색욕을 동시에 채우지만, 그것은 수컷의 만족에 비할 바가 못된다. 수컷은 삶의 황홀과 죽음의 황홀을, 에로스와 타나토스를 동시에 채우는 것이다. 암컷은 수컷을 먹으면서 제 소화기관과 알주머니만 배불리할 뿐이지만, 수컷은 머리를 잃으면서 온몸으로 우주와 한몸이 되는 쾌감을 느낀다. 삶의 극한, 삶의 절정은 죽음의 극한, 죽음의 절정이기도 하다. 죽음으로써 삶의 극치에 이르는 경지가 이 수컷에게 있다.

하지만 이 시는 우리가 쉽게 이를 수 없는 황홀을 보여준다. "무아경(無我境)"(「풍장 17」)의 황홀은 결국 황홀을 느끼는 자아마저 없애는 황홀이어서, 시로 언표되기는 어렵다. 시는 불립문자가 아니므로, 말하지 않은 것으로 말한 것을 대신할 수는 없다. 2부를 이루는 시들에서 화자는 자주 극단적인 영탄에 기대는데, 이는 그 황홀 앞에서 감탄문으로 대응할 수밖에 없었던 시인의 즉자적인 감정을 보여준다.

> 땅에 떨어지는/ 아무렇지도 않은 물방울/ 사진으로 잡으면 얼마나 황홀한가?
>
> —「풍장 17」 부분

> 피곤한 날 네 다리와 몸통을/ 지구 중심으로 잡아 다니는 손/ 슬며시 잡고 놓아주지 않는 것./ (아 빠듯하다.)
>
> —「풍장 18」 부분

> 생각을 줄줄이 끄집어내/ 매듭진 줄들도 꺼내/ 그 위에 얹어/ 그냥 태워!
>
> —「풍장 19」 부분

> 원래의 편안한 모습으로 되돌아가려는,/ 저 본능!
>
> —「풍장 21」 부분

> 지구의 하늘이 그리워 돌아온/ 저 색!
>
> —「풍장 25」 부분[6]

---

6) 황동규는 「풍장 17」에서 「풍장 25」까지의 작품에 대해, "주위의 사물이 존재하는 양상과 황홀감을 노래하려고" 했으며, 이 때가 정신적으로 육체적으로 "가장 좋은 시절이었다"고 회고했다.(황동규, 「나의 시의 빛과 그늘」, 앞의 책, 228-229면 참조) 이 시기에 영탄이 집중적으로 나타나는 점은 이러한 회고로도 설명될 수 있을 것이다. 물론 시인의 내적 평온과 시적 성취가 같은 것은 아니다.

영탄하는 화자는 이미지의 함축에도, 시적 여운에도, 율격의 자연스러움에도 기대지 않는다. 그는 다만 자신의 순간적인 감흥을 터뜨릴 뿐이다. 독자는 영탄하는 바로 그 자리에서 자신의 소감을 함께 터뜨려야 한다. 여기에는 어떤 방기(放棄), 혹은 감정의 방전 같은 것이 있다. 영탄의 어조는 초월이나 달관의 어조이기도 하다. 득도의 상태를 지향하지 않겠다는 시인의 의사표명에도 불구하고,[7] 거듭된 영탄이 선적인 깨달음을 실어 나르는 것이 아닌가 하는 혐의가 완전히 지워지는 것은 아니다. 선시의 깨달음은 감각적이지도 논리적이지도 않다. 그것은 대답할 수 없는 질문이며 질문하지 않은 대답이다. 충격적으로 제시된, 해명되지 않은 명제만이 거기에 있을 뿐이다. 영탄은 전언의 놀라움만을 보여줄 뿐이어서, 선적인 깨달음을 전하는 데 유효한 방법론이다. 황동규의 지향이 이곳에 있다고 말할 수는 없다.[8] 그러므로 이러한 영탄이 풍장의 최종적인 단계일 수 없다. 『풍장』의 진화는 계속되어야 한다.

2부를 이루는 시들에서 황동규는 생사가 둘이 아니라는 인식에 이르렀다. 하지만 이 깨달음을 진술하는 화자는 아직 제 목소리를 온전히 찾지 못했다. 지나친 영탄은 이 깨달음이 논리적으로도, 감각적으로도 충분히 숙고되지 못했다는 것을 뜻한다. 삶과 죽음이 둘이 아니라는 인식은 삶의 영역에서도, 죽음의 영역에서도 깊이 천착되지 않으면 안 된다.

---

7) 이문재, 「시인을 찾아서—득도의 상태는 유지하지 않겠다」, 『작가세계』, 1992년 여름호 참조.
8) 「풍장 3」, 「풍장 26」과 같은 시는 『풍장』이 초월이나 달관을 목표로 하지 않음을 분명히 보여준다. "인왕산알까 남산쯤 혹은 낙산 그 너머일까/ 낙산 밑 밀주 팔던 그 술집일까/ 안방에 담요 뒤집어쓰고 화끈 달아 있던/ 술항아리들일까/ 혹은 우리들보다 더 뜨거운 우리의 좁은 골목일까?/ 그런 골목, 우리는 코트 버리고/ 옷옷 벗어 머리에 쓰고 허리 낮추고/ 불붙는 마루를 빠져나와 마당을 빠져나와/ 대문턱에 걸려 넘어져 엎어진 채로/ 세상이 마르고, 세상을 태우고, 세상에 물 뿌리는 소리를 듣는다."(「풍장 3」 부분) 우리의 죽음은 출세간의 죽음이 아니다. 우리의 죽음은 말하자면 "문턱"의 죽음이다. 그것이 풍장이건("세상이 마르고"), 화장이건("세상을 태우고"), 수장이건("세상에 물 뿌리는").

2-3. 분열된 화자──삶에서 죽음으로

죽음의 의미를 삶에 통합하기 위해서는, 먼저 죽음의 세계가 기술되어야 한다. 황동규는 『풍장』의 1부에서 그것을 환상의 세계로 그려 보인 바 있으며, 2부에서는 영탄의 어조에 실어 표현한 바 있다. 삶과 죽음의 이러한 화해는 자아의 주관이 재구성한 화해일 뿐이어서 진정한 화해라 하기 어렵다. 매개되지 않은 화해는 현실성을 포기하는 대신 환상이나 감탄의 형식으로 분식된다. 죽음을 통합하는 진정한 길은 삶의 부정성을 지양하는 데 있다. 3부에서 시인은 삶의 해체를 통해 죽음을 그려 보인다. 3부를 이루는 시편들의 세계에서도 여전히 화자는 의식의 주체이지만, 이때의 의식은 작은 의식들로 갈라진 의식이다. 시적 자아는 작은 자아로 나누어짐으로써 죽음에 포섭되는 한편, 죽음으로써 더 큰 자아에 포섭된다. 엄밀히 말하자면 이 때 나누어지는 것은 화자의 의식이 아니라 화자의 몸이다.

> 아침에 커피끓여 마실 때
> 내 입은 위와 통화한다,
> "지금 커피 한잔 발송한다."
> 조금 있다가 위는 창자와 통화할 것이다.
> "점막질에 약간 유해한 액체 바로 통과했음."
> 저녁쯤 항문은 입에게 팩스를 보낼 것이다.
> "숙주(宿主)에 불면증 있음."
>
> ──「풍장 38」 전문

이 시의 구성 원리는 희극적이다. 황동규는 몸을 이루는 각 기관에 희극적인 주체성을 부여함으로써, 몸이 우주적인 조화와 질서를 얼마나 잘 구현하고 있는가를 보여주고자 했다. 입에서 항문으로 가는 길은 삶에서 죽음으로 가는 길이다. 그러나 항문은 다시 입과 연결된다. 이로써 죽음이 삶과 어울려 하나의 사이클을 형성한다. 커피를 마시고 버리는 일은, 살고 죽는 일에 대한 은유가 된다. 몸의 각 기관은 화자를 "숙주"라 부를 뿐이다. 몸은 화자의 의식에 종속되어 있으나, 꼭 그만큼 화자에게서 독

립적이기도 하다. 의식의 주체는 이제 몸의 흩어짐을 바라본다. 그 흩어
짐의 세계가 곧 풍장의 세계이다.

> 친구 사진 앞에서 두 번 절을 한다.
> 친구 사진이 웃는다,
> 달라진 게 없다고.
> 몸 속 원자들 서로 자리 좀 바꿨을 뿐,
> [중략]
> 다 그대로 있다고.
>
> ― 「풍장 35」 부분

죽은 친구에게 문상을 하자, 죽은 친구가 웃는다. '세상에, 친구한테 절
을 하다니. 그것도 두 번씩이나. 웃기는 친구로군' 하고 말하는 것 같다.
아무것도 달라진 게 없는데, 왜 그리 호들갑이냐. 너는 살아 있고 나는 죽
었다는 것, 그건 다만 "몸속 원자들"의 배열을 다르게 하는 것뿐이다. 조
삼모사 하는 원숭이들처럼 찧고 까불 게 무에 있느냐. 아침에 셋, 저녁에
넷이건, 그 반대이건 그건 다만 배열의 문제일 따름인데. 화자는 사진 속
의 웃는 친구를 보며 이를 깨닫는다.

3부를 이루는 시들에서는 유독 신체 기관을 지칭하는 시어들이 빈번하
다. 이는 화자가 몸의 분리와 분열을 예리하게 인식하고 있음을 보여주는
것이다. "몸"(「풍장 35」) "눈"(「풍장 36」) "발목뼈" "고막"(「풍장 37」)
"입" "위" "창자" "항문"(「풍장 38」) "내장" "귀"(「풍장 39」) "가슴" "피
부" "배"(「풍장 40」) "식도"(「풍장 41」) "어깨" "손가락"(「풍장 45」) "손
길" "피"(「풍장 48」) "숱 적은 머리" "발톱"(「풍장 51」) "팔"(「풍장 52」) 등
은, 개별 시들에서 자주 독자적인 것으로 제시된다. 다르게 말해서 풍장
의 과정을 겪는다. 화자는 몸의 분열을 의식하고 이를 인정한다. 삶에서
죽음으로의 자연스러운 이행이 이렇게 이루어진다.

> 문밖을 나서니 시야의 초점 계속 녹이는 가을 햇빛.
> 간판들이 선명해라
> 지나치는 사람들도 선명해라

책을 들고 걷는 저 여자의 긴 손,
차도(車道)에 바싹 나와 아슬아슬
저 흙덩이의 어깨까지 선명해라,
그 어깨를 쓰다듬는 시간의 손가락도.

—「풍장 45」 부분

화자는 "며칠 병 없이 앓았다."(1연) 앓고 나니 삶이 달라 보였다. 길을
나선 그의 눈에, 사람들은 선명하다 못해 투명하게 보인다. 그는 한 여자
를 본다. 아니 그 여자의 "흰 손"과 "흙덩이의 어깨"를 본다. 사람을 몸의
일부로, 정확히는 곧 무너질 흙덩이로 인식하는 이 충격적인 진술에서 우
리는 삶에서 죽음으로 이행해 가는 풍장 의식을 만날 수 있다. 화자의 인
식은 여자의 "어깨를 쓰다듬는 시간의 손가락"을 의식함으로써 이루어졌
다. 무너져 가는 몸과 미구에 다가올 죽음! 삶을 지배하는 죽음은 이렇게
구체화된다.

황동규는 3부의 시편들에서, 몸을 이루는 신체 기관들을 주체를 가진
독립적인 것으로 다루었다. 몸의 각 기관이 제나름의 목소리를 낼 때, 화
자는 몸의 분열을 통해 풍장의 과정을 현실에서 선취(先取)한다. 이로써
삶의 세계는 죽음의 세계로 이행하며, 화자는 현실에서 죽음의 여러 모습
을 본다.

2-4. 일상의 화자──죽음에서 삶으로

황동규는 3부에서 생명 있는 몸을 여럿으로 분할함으로써, 삶에서 죽음
의 세계로 이행했다. 이때 화자는 살아 있으면서도 풍장의 삶을 산다. 여
기에서 변증법적 순환이 일어난다. 풍장의 삶을 사는 화자는 여전히 살아
있는 화자이다. 생명 있는 것은 천천히 대기 중에 몸을 흩어놓지만, 그 산
재(散在)에도 불구하고 화자는 여전히 자신을 유지하고 있다. 고요와 평정
이 이 화자의 미덕이다. 이제 죽음은 외면성의 세계에서 내면성의 세계로
변모한다. 화자는 죽음을 내적 계기로 수용하면서 죽음의 세계에서 삶의
세계로 돌아온다.

평생 잠에 발 들여논 적 없는 하루살이들
떠오르다 멈춘 큰 풍선처럼 들판에 떠 있다.
[중략]
자세히 보면
잠에 빠졌는지
같이 내려오지 못하고
두세 점 겉떠도는 놈도 있다.

그 잠,
어린 날 물가에서 수제비 뜨던 돌 외발뛰기하던 돌들을
눈 껌벅이며 빨아들이던
그 수면(水面) 같은 잠.

—「풍장 62」부분

　하루살이의 잠은 하루살이의 죽음이다. 하루를 마치고 쉬는 휴식이 하
루살이에겐 일생의 끝이다. 하루살이 떼를 자세히 보니 내려오지 못하고
겉떠도는 놈들이 있었다. 죽음이 개체를 살아있는 전체에서 떼어놓는 셈
이다. 황동규는 동음이의의 말장난으로 이를 유년의 세계와 연결시킨다.
하루살이의 잠, 수면(睡眠)은 어린 시절 물위를 통통거리며 뛰어가는 돌
을 삼키던 "그 수면(水面)"을 연상시킨다. 어린 시절의 기억 속에도 죽음
의 이미지가 숨어 있었던 셈이다. 죽음의 일상성은 이 이미지들이 교차하
는 지점에서 도드라진다. 하루살이의 경우는 떠서 내려오지 못하는 게 죽
음이며, 돌의 경우는 떠있지 못하고 내려가는 게 죽음이다. 삶과 죽음은
서로 오르고 내리며 뒤섞인다. 삶 속에서 죽음이 발견되는 것은 이 뒤섞
임 때문이다.

　　1) 영문과 홍선생의 망막 지평선 위론
　　　모기 두 마리가 날기 시작했다
　　　눈뜨면 바로 눈앞에 모기 두 마리.
　　　내 홍선생에게 말했다,
　　　모기 날음[飛蚊]이 아니라 모기 춤이라 하자.

눈속에서 물것이 춤추면
세상이 온통 춤밭 되리.

—「풍장 55」 부분

2) 월악산 중턱 온통 수놓은 눈꽃
온 나뭇가지들이 수정(水晶) 피워내
찬란히 깎아 빛나는
[중략]

마음 온통 찬란해
오르페우스처럼 앞만 보고 내려오다
송계계곡에 닿기 직전 홀쩍 뒤돌아본다
아 사라졌다

—「풍장 69」 부분

1) 비문증(飛蚊症)은 시야에 희미하고 불규칙한 것이 보여, 마치가 모기가 나는 듯하다고 해서 붙여진 눈의 이상증세를 말한다. 화자는 노화 때문에 생긴 비문증을, 삶의 황홀을 보여주는 것으로 생각하자고 말한다. 늘 눈앞에서 날것들이 춤을 추니 얼마나 황홀하겠는가. 화자의 이 생각은 죽음으로 이행해 가는 삶, 풍화되어 가는 삶을 긍정하는 데서 얻어진 것이다. 삶에 미만한 죽음을 바로 대할 때, 역설적으로 삶이 황홀해진다. 2) 화자는 월악산에 갔다가 아름다운 눈꽃에 마음을 뺏겼다. 내려오는 길에 문득 뒤를 돌아보니, 눈꽃들은 햇빛에 녹아 순식간에 사라져 버렸다. 눈꽃의 사라짐(죽음) 역시 아름답다. 오르페우스처럼 앞만 보고 걸어야 했던 삶이 화자의 삶이었다. 돌아볼 수 없지만, 화자는 망자가 늘 자신의 뒤를 따라옴을 느낀다. 삶의 뒤를 늘 따라오는 죽음을 쳐다보기 위해 화자는 "홀쩍 뒤돌아본다." 뒤돌아보면 망자는 사자(死者)들의 세계로 돌아가야만 한다. 눈꽃이 순식간에 사라진 것은 죽음이면서 죽음을 감추는 일이다. 화자에겐 여전히 삶의 황홀만이 있는 것이다.

죽음을 삶의 계기로 수용하면서 시인은 삶의 아름다움과 소중함에 새삼스레 눈을 뜬다. 4부를 이루는 풍장 시들에서는 일상적 삶의 소중함이 새롭게 부각된다. 화자는 일상의 삶에서 편만한 죽음을 바라본다. 예를 들어본다.

   i) "중문과 동료"들만 세상을 뜨는 것이 아니라, 단풍 잎 위에 "한 방울
     물"도 세상을 뜬다.(「풍장 53」) 이것은 풀잎 끝의 물방울로 변주되
     기도 한다.(「풍장 58」)
   ii) 죽음은 강을 건너는 것으로 표상 된다. "그대"를 건네주기 위해서
     강가의 자갈도 힘을 보태주었다.(「풍장 54」)
   iii) 모기날음은 몸이 죽음으로 가고 있다는 증거이다. 그것은 한편으로
     황홀하다.(「풍장 55」)
   iv) 꽃이 시든다. 시든 꽃, 죽어가는 꽃이 인간의 마음을 위로해준
     다.(「풍장 57」)
   v) "스캇 라파로의 재즈 리듬" 역시 "산발(散髮)"하여 흩어진다는 점에
     서 죽음을 닮았다.(「풍장 60」, 「풍장 61」)
   vi) 화자는 하루살이에게서도 죽음을 본다.(「풍장 62」, 「풍장 63」)
   vii) "날려 가는 느티잎들"(「풍장 64」) 옷 벗은 "나무들", 그 뒤로 사라지
     는 "구겨진 길" '바람 소리'가 모두 죽음과 관련된다.(「풍장 65」,
     「풍장 68」)

    4부를 이루는 시들에서 화자는 일상의 영역에 있다. 이 화자는 죽음의
세계를 사는 가상의 화자도, 영탄의 어조에 들떠있는 화자도, 분열된 자
신을 쳐다보는 화자도 아니다. 4부의 화자가 아마도 시인 자신에 가장 가
까울 것이다. 시인은 일상적인 삶에 내재해 있는 죽음을 목도하고 동시
에, 거기에서 삶의 황홀을 발견한다. 결국 소중한 것은 죽음이 아니라 삶
이었다.

    동작 그만 하며 세상 슬몃 눈에 들어와 어두워질 때/ "세상에서 만난
사람들 하나하나 확연했어,/ 이쁜 덧니까지도!"
— 「풍장 56」 부분

    어디서나 발 멈추면/ 마르는 풀의 꺼지는 불이/ 인간의 마음을 뎁힌다.
— 「풍장 57」 부분

봉암사 찾아가다 쌍곡에서/ 차 몰고 막 천상에 오르려다 만 친구를 만나/ 천국보다는/ 희양산 저녁 하늘과 땅이 만나는 곳이 더 아름답다고/ 발목까지 빠지는 낙엽 밟기가/ 천국의 카펫보다 더 환희롭다고

—「풍장 61」 부분

언제부터인가 가까이 다가오는/ 인간의 뒷모습.

—「풍장 64」 부분

4부에 이르러 황동규는 비로소 삶과 죽음의 변증법적 화해를 성취한다. 결국 풍장의 과정은 죽음을 삶에 통합하여, 삶의 소중함과 아름다움을 깨달아가는 과정이었다. 죽음이 전제되지 않은 삶은 끝없이 죽음을 유예하는 삶, 그러면서도 무차별한 시간에 끌려가는 삶, 결국은 죽음 앞에서 모든 걸 털어야 하는 삶이 되고 만다. 4부에 이르러 죽음은 더 이상 삶의 밖에서 삶의 정체성을 위협하는 외면성의 세계가 아니다. 삶의 내적 계기로서 죽음이 수용되자 죽음은 삶의 일부, 삶의 연장이 된다.[9]

3. 『풍장』의 진화

황동규의 『풍장』이 어떤 의식의 발전 과정을 거쳐왔는지를 살폈다. 『풍장』 전편이 동일한 시적 의식에서 산출된 것이라는 가정에는 문제가 없지 않다. 14년에 걸쳐 이루어진 『풍장』의 시편들을 동일한 차원에서 논하면, 70편의 시는 의미의 편차에 관계없이 결국 중언부언의 방식이 되고 만다. 이 글에서는 개별 시의 분석을 통해, 『풍장』의 시편들이 변증법적 의식의 발전에 따라 배열되어 있다는 것을 밝혔다.

『풍장』의 1부를 이루는 시편들에서, 황동규는 가상의 공간을 상정하여 죽음의 세계를 그려 보인다. 시인은 망자(亡者)의 시선을 빌어 죽은 후의

---

9) 종시(終詩)인 「풍장 70」에 등장하는 새는 삶과 죽음의 변증법적 합일을 이루어, 지고한 고요와 평안속에 안거(安居)하는 새이다. "조으는가/ 꿈도 없이"라는 마지막 구절은 삶과 죽음을 아울러 내면화한 이 새의 상태를 말해준다. 삶과 죽음은 이 상징적인 새에게서 잠과 깨어남으로 형상화된다. 『풍장』 전체 체계에서, 「풍장 1」과 「풍장 70」은 문을 열고 닫는 입구이다. 그러나 두 편 모두 많은 논자들에 의해 세밀히 검토된 바 있어 상세한 설명을 피했다.

세계를 노래하는데, 이 때 드러나는 것은 역설적으로 삶의 아름다움이다. 하지만 1부의 시들을 자세히 읽으면, 삶과 죽음이 섞이지 않은 채 여전히 다른 층위를 이루고 있음이 드러난다. 이는 삶과 죽음의 화해가 환상의 차원에서 작동하는 것임을 보여준다. 풍장은 아직 현실적인 것이 되지 못했다.

2부의 시편들에서는, 삶과 죽음이 다른 것이 아니라는 생각이 영탄의 어조에 실려 표출된다. 그러나 삶의 부정성이 지양되지 않은 화해는 주관적이고 추상적인 화해에 불과하다. 이 시기 시들에서 달관이나 초월의 몸짓이 읽히는 것은 이 화해가 구체적인 삶의 실상과 관련을 맺고 있지 못했기 때문인 듯 하다.

개별화된 신체 기관이 자주 등장하는 것이 3부 시편들의 특성이다. 화자는 자신의 몸이 의식과 분리된 것을 느낀다. 이것은 삶에서 죽음으로 이행해 가는 화자의 풍장 의식이 낳은 것이기도 하다. 몸의 각 기관이 저마다의 목소리를 내는 데에서, 삶의 세계에서 죽음의 세계로 이행하는 모습을 엿볼 수 있다. 3부의 풍장 의식은 가상 공간에서의 죽음을 추체험하는 1부의 풍장 의식과는 구별된다.

삶과 죽음의 진정한 화해는 4부에 이르러서야 이루어진다. 이 시기의 화자는 시인 자신의 모습에 가장 가깝다. 일상적인 삶을 사는 화자는 여전히 일상의 삶에 두루 스며있는 죽음의 모습을 깨닫는다. 이를 받아들이면서, 화자는 진정 소중하고 아름다운 것은 죽음에 투신하는 것이 아니라 지금 이곳의 삶을 사는 것임을 깨닫는다. 삶을 살아가는 데에, 바로 그 안에 죽음에 대한 초월이 있었던 것이다. 황동규는 4부에 이르러서야, 비로소 『풍장』의 완성을 말할 수 있게 되었다. (1998)

언어의 로두스섬에 대한 기록

― 오규원의 언어를 통한 꿈꾸기

1. 들어가며

마음은 몸이 '있는 곳'에서 '있어야 할 곳'으로 흐른다. 마음의 물길은 있는 세계에서 있고 싶은 세계로 나 있다. 이러한 마음의 움직임, 마음의 바람을 욕망이라 부를 수 있을 것이다. 상처 입은 것, 결여되어 있는 것, 부족한 것이 욕망을 부른다. 천국은 마음이 가난한 자에게 허락되어 있는 법이다. 시는 '있어야 할 세계', '있고 싶은 세계'를 상상 속에 그려 보임으로써 이상을 현실화한다. 있어야 할 세계의 지형을 있는 세계의 지형 위에 겹쳐 읽으면, 현실의 좌표를 설정할 수 있다. 시는 있는 세계에서 있어야 할 세계로 움직여 가는 시인의 마음의 기록이다.

오규원이 시와 시 쓰기를 시작 행위의 주요 과제로 삼아왔음은 잘 알려진 사실이다. 그러나 시 자체에 대한 성찰이 현실에서 눈을 돌리게 하는 것은 아니다. 그는 시와 시 쓰기를 문제삼음으로써 그간의 시가 묵인해 온 상투적인 이상형을 교정하기 위해 힘써 왔다. 그는 시 형식 혹은 시적 사고틀의 갱신을 통해 타락하고 오염된 세계상(世界像)을 비판하고 순수한 현실의 모습을 제시하고자 하였다.

오규원은 시 쓰는 행위를 시적 대상에 포함함으로써 이중적인 전략을 수행한다. 그의 시에서 언어 구조에 대한 탐구는, 시적 언어가 그려내고 있는 언어 현실 그리고 시적 언어를 낳고 있는 실제 현실을 동시에 겨냥한 것이다. 오규원의 시적 여정은 시를 통해 현실의 새로운 이면을 보려는 탐구에서 시작하여, 오염된 언어와 오염을 낳는 속악한 현실을 비판하고, 시적 언어를 통하여 참된 현실의 모습을 회복하기 위한 편력이었다.

현실과 언어가 긴밀하게 삼투하는 오규원 시의 문맥을 따라가면서, 그의 시가 갖는 진정한 주제를 찾는 것이 이 글의 목적이다.

2. 나는 말한다, 그러므로 나는 존재한다

언어는 현실이 아니지만, 언어 바깥으로 나가면 현실은 없다. 세계가 언어를 통해 조직화되므로, 주체의 자리 역시 언어구조 안에 있다. 발화하는 주체는 발화를 통해, 끊임없이 현존하는 주체이다. 언어가 주체의 주체된 자리를 지켜주는 현존의 코기토인 셈이다, 이렇게 : 나는 말한다, 그러므로 나는 존재한다. 언어의 명증함 속에서만 나의 정체성(正體性), 만상의 만상 됨이 존재한다. 언어의 자리가 생성의 자리이다.

초기작에서부터 오규원은 관념을 구상화하는 남다른 방법을 보여주었다. 그는 가을이 되어 키 작은 꽃이 시들어 있는 들판을 "죽은 꽃들을 한 아름 안고/ 門 앞까지 와서/ 숙연해지는 들판"(「정든 땅 언덕 위」)이라 묘사하며, 운구가 집밖으로 나가는 과정을 "世上은 밖으로 나가도 길로 이어집니다/ 죽은 사내의 집 앞에 棺이 죽은 사내의 女子들을 세워 놓고 오래 世上을 밝게 합니다"(「亡靈童話」)라 그려 보인다. 전통 서정시가 자연을 서정적 지아의 정서로 채색함으로써 풍경을 서정화하는 것과 달리, 오규원은 사물이나 관념을 구문의 주체로 삼음으로써 서정을 풍경화한다.

자연물이나 관념이 사람처럼 생각하고 행동하는 오규원 시의 공간에서 우리는 불편함을 느낀다. 인간이 자연물의 일부로 끼여들어 있다는 이질감은 편안한 것이 아니다. 하지만 이 불편함을 감수해야 오규원 시의 공간에 들어갈 수 있다. 오규원의 시는 전통 서정시의 작시 기술인 유형화된 정서의 수락을 거부하기 때문이다. "종종종… 古典的으로 내리는 비"(「정든 땅 언덕 위」)라든지, "어둠은 자세히 봐도 역시 어둡다/ 라고 말하면 사람들은 말장난이라고 나를 욕한다/ 그러나 어둠은 자세히 봐도 역시 어둡다"(「어둠은 자세히 봐도 역시 어둡다」)라는 구절을 보면, 그가 상투성에 얼마나 민감하게 반응하는지 알 수 있다. 오규원은 고루하고 상투적인, '죽은 언어'를 파기하는 일이 곧 고루하고 상투적인 '죽은 생각'을 파

기하는 일임을 깨달았다. "그것은 당신의 病입니다/ 믿음 또는 고정관념
이란"(「우리집 아이의 장난」)이라고 그는 단언했다. 관용적인 사고의 틀
을 벗어난 언어의 세계는 새로운 사고를 낳는 생성의 자리가 된다.

1
나는 미국문학사를 읽은 후 지금까지 에밀리 디킨슨을 좋아하는데, 좋
아하는 그녀의 신장 머리칼의 길이 눈의 크기 그런 것은 하나도 모른다.
그녀의 몸에 까만 사마귀가 하나 있는지 없는지도 모른다. 그러나 나는 가
끔 그녀의 몸에 까만 사마귀가 하나 나 있다고 시에 적는다.

2
노래가 끝나고 난 뒤에는 노래를 따라 나온 한 자락 따스한 마음이 이
地上의 기온을 데운다. 우리의 노래는 언제나 노래로 끝나지 못하고 노래
가 끝난 다음의 무서운 침묵의 그림자가 된다. 그것이 노래의 사랑, 노래
의 죽음이다.
　　　　　　　　　　　　　　　　　　　　　　　　　—「詩」전문

시는 부재(不在)하는 것을 실재(實在)하는 것으로 바꾸는 힘이 있다. 시
인은 책을 통해 디킨슨을 만났다. 시가 실제의 그녀를 지시해 줄 수는 없
는 노릇이다. 그러나 시인은 시를 통해 "그녀의 몸에 까만 사마귀가 하나"
있는 것을 보았다. 시적 언어는 실제 있었던 현실을 복구하는 대신 새로
운 현실을 창조한다.
　시의 두 번째 부분에서 하나의 역설을 발생했다. "노래"(시의 동의어)는
노래 후의 여운(시적 감동, "따스한 마음")을 남기며, 그 여운은 노래 후의
"무서운 침묵의 그림자" 곧 침묵의 여운이 된다. 노래가 노래 후 여운의
그림자(여운)가 되다니? 그림자의 그림자라면 실체는 어디에 있으며, 여
운이 침묵의 여운이 된다면 이 여운은 언제 끝날 것인가. 이 순환논법은
실은 시적 언어의 영원성에 대한 시인의 굳은 믿음이 낳은 것이다. 시는
끝나지만 시의 여운은 계속될 것이다.

　　너를 사랑하기 위하여 오늘은 소주를
　　마시고

취하는 法을 소주에게 묻는다.
어리석은 방법이지만 그러나
취해야만 法에 통한다는 사실과
취하는 法이 技巧라는 사실과
技巧가 法이라는 사실을 나는
미안하게도 술집여자의 무릎을 베고 누워
취해서야 깨닫는다.

내가 사는 法과 내가 사랑하는 法을
낡아빠진 술상에 젓가락으로 두드리며
깨닫는다.
젓가락은 둘이라서
장단이 맞지만 그렇지만
너를 사랑하는 法은 하나뿐이라 두드려도,
두드려도 장단은 엉망이다.

　　　　　　　　　　　　—「사랑의 技巧·1」부분

　이렇게 산문으로 번역할 수 있을 것이다. 화자는 너를 사랑하기 위해서
술에 취한다. 어리석은 방법이지만 취하는 법도 법이니까. 소주를 마시면
영락없이 취한다. 그런데 사랑하는 법은 잘 안 된다. 사랑에는 사랑의 법
이 있고, 소주에는 소주의 법이 있는 모양이다. 화자는 중얼거리면서 자
신이 취하는 게 사랑의 법이 아니라는 것, 다시 말해 너를 온전히 사랑하
는 방법이 아니라는 것을 깨닫는다. 그건 힘든 상황을 짐짓 벗어나고자
하는 기교일 뿐이다. 하지만 술 취하지 않고 어떻게 취하는 법을 알 수 있
담. 화자는 다시 중얼거린다. 취하지 않고는 도무지 사랑에서, 삶에서 밀
려난 자신을 견딜 수 없으니까 그렇다. 어쩌면 취(醉)한다는 말은 너를 취
(取)한다는 말인지도 모른다. 세속의 사랑은 너를 취하는 것이 사랑이라
고 속삭인다. 기교는 사랑의 방법이 아니지만 기교 바깥에 사랑이 따로
있는 것이 아니다, 그러니 소주에 취하듯 그녀를 취하면 된다고, 화자는
세속 여자의 무릎을 베고 누워 이 점을 깨닫는 것인지도 모른다.
　사랑하기 위하여 취하는 것, 이를 방법적 사랑이라 할 수 있을 것이다.

사랑의 방법은 사랑 자체가 아니라는 의미에서 기교이면서, 사랑의 방법을 통해서만 사랑에 이를 수 있다는 의미에서 기교가 아니다. 이 지점이 오규원의 시적 여정의 출발점이다. 우리는 뒤에 가서 이 진술이 어떻게 변용되는지를 살펴볼 것이다.

3. 여기가 로두스 섬이다, 여기서 뛰어라!
— 역설과 반어의 언어

오규원의 시는 통상의 시 문법을 자주 일탈한다. 새로운 화법과 새로운 주체가 전통 서정시의 화법과 서정적 주체의 자리를 대신하는 것이다. 시적 언어의 틀을 새롭게 짜면서 감추어져 있던 현실의 새로움을 발견해내는 경이로움은 오규원 시의 재미라 할 만하다. 현실이 시를 통해 나타난다면, 시 밖에 따로 현실이 존재하는 게 아니다. 그러나 여전히 시는 현실이 아니어서, 시로써 "등기되지 않은 현실"(「하늘 가까운 곳」)을 그려낸다 해도, "등기된 현실"의 속악함은 남아 있다. 오염된 현실이 오염된 언어를 낳고, 오염된 언어가 오염된 현실을 고착화한다. 이 악순환에서 벗어나려면 어떻게 해야 할까. 두 가지 길이 있다. 첫 번째 길은 주어진 언어의 균열을 통해 실제 현실의 모습을 내비치는 것이며, 두 번째 길은 주어진 언어의 타락성을 통해 실제 현실의 모습을 되비추는 것이다. 앞의 길은 역설의 길이고 뒤의 길은 반어의 길이다. 먼저 역설의 길을 따라가 보자.

저기 저 담벽, 저기 저 라일락 저기 저 별, 그리고 저기 저 우리집 개의 똥 하나. 그래 모두 이리 와 내 언어 속에 서라. 담벽은 내 언어의 담벽이 되고, 라일락은 내 언어의 꽃이 되고, 별은 반짝이고, 개똥은 내 언어의 뜰에서 굴러라. 내가 내 언어에게 자유를 주었으니 너희들도 자유롭게 서고, 앉고, 반짝이고, 굴러라. 그래 봄이다.

봄은 자유다. 자 봐라, 꽃 피고 싶은 놈 꽃 피고, 잎 달고 싶은 놈 잎 달고, 반짝이고 싶은 놈은 반짝이고, 아지랭이고 싶은 놈은 아지랭이가 되었다. 봄이 자유가 아니라면 꽃피는 지옥이라고 하자. 그래 봄은 지옥이다.

이름이 지옥이라고 해서 필 꽃이 안 피고, 반짝일 게 안 반짝이던가. 내 말
이 옳으면 자, 자유다 마음대로 뛰어라.

— 「봄」 전문

봄의 활력을 포착하여 언어화하는 작업은 오래 전부터 있어 왔다. 오규
원 시의 독특함은 언어화하는 작업까지도 언어화한다는 것이다. 그는 담
벽, 라일락, 별, 개똥을 "내 언어" 속에 불러들인다. "저기 저"라는 지시어
는 실제 현실과 언어 현실의 거리를 좁히려는 노력의 소산이다. 실제 현
실이 언어 현실과 "저기 저"만큼의 거리에 있다는 것을 보임으로써 언어
현실의 생생함을 역설적으로 드러내는 것이다. 시 전문을 관통하는 명령
어법이 시에 주술적인 힘을 불어넣는다. 시에 봄이라는 말의 울타리를 쳐
주었더니 담벽이 서고, 라일락이 앉고, 별이 반짝이고, 개똥이 제 힘으로
구르게 되었다. 봄 전체가 언어 주술의 힘으로 들썩이고 있는 것이다. 그
러니 일차적 의미에서 봄은 자유다. 봄을 자유라 단정하는 것은 다시 봄
을 자유라는 말 속에 묶어두는 일이 아닌가? 그래서 시인은 봄을 자유가
아니라 "꽃피는 지옥"이라 부르기로 한다. 그래도 필 꽃은 피고, 반짝일
건 반짝였다. 그러니 말의 본래적인 의미에서도 봄은 자유다.

하지만 돌이켜 생각하면 봄이 봄인 것은 시인이 봄이라 이름 붙였기 때문
이고, 봄이 자유인 것은 시인이 자유라 이름 불렀기 때문이다. 봄이라 이름
붙여 현실을 만든 다음 봄이라는 이름을 부정했더니 이름은 지옥이 되었어
도 봄이라는 현실은 남았다. 이름은 명령과 가정을 통해 거듭주어지고 부정
되지만, 실제 현실은 이 틈을 통해 자신의 모습을 얼핏 드러낸다. 이 역설적
인 순환법은 봄이 자연의 순환체계 안에 있듯, 언어의 순환체계 안에 있다.

「비가 와도 젖은 자는」에서 화자는 "비가 와도/ 젖은 자는 다시 젖지 않
는다"라 말한다. 이 시구에는 '내가 한 번 젖었으니, 다시 젖지 않는다'는
말장난을 넘어서 '그대와의 추억에 젖는 일은 다시 없을 것'이라는, 화자
의 아픈 다짐이 숨어 있다. 「한 市民의 소리」에서 화자는 "나는 自由다.
내가 自由이므로 나를 구속하는 것은 自由뿐이다"라고 말한다. 시인은 어
디에도 소속되지 못하고 어떤 것도 자기 마음대로 할 수 없는 상황을 자
유라 불렀다. 이 경우 자유는 소외의 다른 이름인 셈이다.

제한된 언어로 새로운 현실을 포착하는 시적 원리 가운데 하나가 역설이다. 역설은 낡은 언어들이 서로 부딪쳐 얼크러지는 지점에서 생겨난다. 언어 지형에 균열이 생기고 그 틈으로 새로운 의미가 분출된다. 혼돈은 생성의 터전이다. 새로운 시적 지평을 열기 위해서 혼돈은 불가피한 것이다. 혼돈(chaos)이 질서(cosmos)를 낳는 것도 하나의 역설 아닌가.

이번에는 반어의 길을 따라가 본다.

> 1) 엄마 엄마 이리 와 요것 좀 보세요
>   개나리꽃밭에 오늘은 봄비가 병아리로 종종거리고
>   노랗게 종종거리는 봄비를 개나리가 데리고
>   언덕너머 대학에서 온 페퍼포그의
>   아랫도리 사이로 떠돌아요
>   —「시인 구보씨의 일일(7)」부분

> 2) 젊은 여자를 강간하고 국부를 담뱃불로
>   지지며 배 밑에 대검을 꽂아놓고
>   발가벗긴 여자에게 건강한 정신은
>   건강한 육체에 깃든다며 팔굽혀펴기를 시키며
>   즐거워한 그때처럼 손자에게 같은 말로
>   운동을 가르치고 있다 리즐로氏
>   —「그는 아직도 팔굽혀펴기를 하고 있다」부분

> 3) (…) 캔디들이
>   무방비 상태로 속옷차림으로
>   갇혀 있다 그대가 입 속의
>   바람을 빼내며 서슴없이
>   캔디 하나를 잡아챈다 속옷을
>   좌악 찢고 알몸의 캔디를
>   입 속에 집어넣으며 침을 삼키며
>   나를 보고 웃으며
>   사랑하는 그대가 아 그대가
>   롯데 목캔디를 먹는다
>   —「목캔디」부분

모질고 황폐한 현실을 시인은 집요하게 반어적 풍경에 담아낸다. 1)에서 봄을 노래하는 평화스러운 아이의 말 속에 담긴 것은 대학에서 날아온 페퍼포그이다. 실제 현실과 언어 현실의 괴리는 시적 공간을 찢으려 하고, 이 사이에서 아이의 어조는 반어적 색채로 물든다. 개나리는 병아리처럼 종종거리는 봄비 속에서도 피지만, 대학가의 자욱한 최루 가스 속에서도 핀다. 이 무차별하고 잔인한 현실에서 봄이 희망과 소생의 상징이 될 수는 없을 것이다. 2)에서 건강한 정신이 건강한 신체에 깃들인다는 말은 얼마나 건강한 긍정인가. 그러나 현실의 문맥을 구별해내지 못할 때 이 말은 또 얼마나 병들어 있는가. 손자에게 팔굽혀펴기를 시키는 인자한 할아버지의 모습과 여자를 강간하고 팔굽혀펴기를 시키는 학살자의 모습에, 이 말은 똑같이 적용된다. 현실의 추악함, 잔인성, 파괴본능, 변태성욕, 광기, 죽음의 냄새가 이 말에 가득하다. 3)에서는 주체의 전이를 통해 하나의 현실이 다른 현실의 층위를 대신한다. 시인은 "사랑하는 그대가" 목캔디를 먹는 모습을 그리지 않고, 사랑하는 "목캔디"가 그대에게 먹히는 모습을 그렸다. 캔디는 "그대"에게 잡혀, 발가벗겨지고, 강간당하고, 죽는다. 주체의 변화가 반어를 낳는다. 시인은 이 반어의 의미를 시의 말미에 다음과 같이 적어 넣었다. "그대는 나를 보며 웃고/ 기고 있는 담쟁이가 거머쥐고 있는 흐린 하늘/ 어디선가 누가 죽고 있다/ 누가 발가벗긴 채."

역설과 반어는 한정된 언어로 새로운 시적 현실을 혹은 낡고 타락한 현실을 그리기 위해 필요한 시적 원리이다. 오규원은 역설을 통해 낡은 언어를 뚫고 솟아오르는 새로운 생성의 현장을 포착하고 반어를 통해 타락한 언어의 이면을 지배하는 새로운 권력의 현장을 그려낸다. 오염된 현실이 오염된 언어를 낳았다. 그렇다면 언어를 세탁하면 현실이 깨끗해질까? 역설로 새로운 현실을 그려내고, 반어로 낡은 현실을 뒤집어 보인다고 해서 그것이 새로운 현실일까? 언어를 통해 그려진 현실은 본래의 현실이 아니다. 그것은 언어가 매개한 현실일 뿐이어서 현실 자체의 모습은 이미 거기에 없다. 그렇다고 해서 현실을 깨끗이 하기 위해 언어 밖으로 나갈 수는 없는 노릇이다. 언어 밖으로 나가는 순간, 현실이 사라지기 때문이다.

이솝 우화에서 한 허풍장이가 언젠가 자신이 로두스 섬에서 매우 크게 뜀뛰기를 할 수 있었다고 우겨대었다. 그는 다음과 같은 대답을 들었다: 이곳이 로두스 섬이다, 이곳에서 뛰어라! 마르크스는 가치의 창출은 유통의 영역에서 일어나야 하고 동시에 유통의 영역에서는 일어날 수 없다고 말하면서, 이 말을 인용하였다. 이 딜레마를 해결해야 가치 창조의 비밀을 풀 수 있다. 나도 시인의 운명을 이렇게 빗대어 이야기하고 싶다. 시인은 현실을 포착하기 위해서 언어 밖으로 나가면 안 된다. 한편으로 언어를 통해서도 현실 그 자체는 포착되지 않는다. 현실은 언어 영역 바깥에 있지 않으나, 그렇다고 언어 영역에도 있지 않다. 이곳이 로두스 섬이다, 이곳에서 뛰어라

!

4. 사랑에는 길만 있고 법은 없네
— 현실에 이르는 방법론적 기술

오규원에 의하면 말은 "욕망의 성기며 육체의/ 현실"(「말」)이다. 마음이 흘러가는 곳, 욕망이 괴는 곳에 언어가 있다. 언어가 욕망의 길을 틔워준다. '난 널 사랑해' 라고 말해야 너에 대한 사랑이 획정된다. 가슴속에 괴어, 그저 머뭇거리다 소멸하고 마는 느낌을 사랑이라 할 수는 없다. 언어가 욕망의 길과 경계를 지시해주는 것이다. 또한 언어는 살아 움직이는 육체에 현실을 부여한다. 언어가 없으면 육체성이 지워지고 만다. 육체의 흔적이 남지 않기 때문이다. 이 욕망을 사랑이라 불러도 될 것 같다.

> 사랑이여, 길인 사랑이여, 길의 끝에서
> 만나는 섬의 심장이여, 말보다 먼저 지어놓은 길이여
> 너의 따로따로 외로운 육체는…… 그렇게
> —「明洞 4」 부분

너에게 이르는 길, 그 길의 이름이 사랑이다. 너에게 가 닿고자 하는 마음이 말을 낳는다. 이 여정의 끝에 네가 있다. 그르니에는 '섬Ile' 의 어원이 '격리되다isol' 임을 들어, 섬이 인간의 실존적 외로움을 상징한다고

말했다. 사랑의 끝에서 나는 "너의 따로따로 외로운 육체", 외로이 서 있
는 너를 만난다. 시는 너에게 이르는 내 사랑의 기록, 내 사랑의 방법론이
다. 마침내 다음과 같은 시구가 씌어진다.

> 사랑에는 길만 있고
> 법은 없네
>
> —「無法」부분

대저 사랑에 길만 있는 것은 길이 사랑이기 때문이다. 사랑의 길, 너를
찾아가는 마음의 길이 사통팔달로 나 있어서, 사랑 앞에서 세상은 무법천
지다. 「사랑의 기교 1」에서, 시인은 사랑의 법이 기교이며, 기교가 곧 법
이라고 말했다. 그러나 진정한 사랑에는 법이 없다. 사랑이 길이므로, 사
랑하기 위해서 사람은 마음의 길을 따라가면 그뿐이다. "사람을 찾아오는
길 하나/ 불치의 병처럼 갈 줄 모른다"(「시인 구보씨의 일일(14)」). 사람을
찾아오는, 이 길이 곧 사랑이다.

사랑의 길을 따라가면서, 시인은 마음의 끝자리를 혹은 마음이 지나간
흔적을 시로 쓴다. 언어는 사랑의 맨 처음이자 맨 나중이다. 언어가 마음
의 길을 개척하고, 뒤에 남은 길을 기록해 둔다. 시인은 시로써 이 사랑의
길을 기록하기로 작정한다. 사랑은 법이 아니지만 사랑으로 뻗어간 길에
대한 기록은 방법적 기술이다. 나는 언어의 로도스 섬에 대한 이 기록을
언어를 통해 현실에 이르기 위한 방법론적 기술이라 부르고 싶다. 방법론
적 기술은 언어 현실과 실제 현실을 만나게 하려는 오규원의 노력을 잘
보여준다. 이를 통해 새로운 현실의 논리가 시적 언어 구조에 골고루 스
며든다. 오규원의 방법론적 기술을 네 가지로 나누어 살펴본다. 각 소항
목의 제목에 올라 있는 "현실"은 물론 언어 현실이지만, 그것이 궁극적으
로 목적을 두고 있는 것은 실제 현실이다.

A. 상이한 현실의 지형을 겹쳐 읽기

하나의 언어 구조 안에서 상이한 현실의 지형을 겹쳐 놓는다. 서로 다
른 지점을 표시한 지도를 겹쳐 읽듯 시를 구성하는 것이다. 이때 하나의

현실은 겹쳐진 다른 현실에 대한 긴 주석(註釋)이 된다.

> 사랑이란…… 줄무늬가 있고 층계가 있다. 층계 밑은 사랑이란……
> 어딘가 있다는 은유이다. 반드시 사랑이란…… 올라가야 하고 보이기는
> 하지만 유리로 막힌 안의 세계여서 들어가자면 문을 자기 힘으로 당겨서
> 열어야 한다. 자기가 열고 들어가지 않으면 사랑이란…… 없다
>
> — 「明洞」 부분(1 연)

첫 번째 층위는 사랑이란……이 카페 이름이라는 것이다. 시의 세 연은
이 카페의 입구와 앉을 자리와 앉아서 본 풍경에 대한 길고 지루한 사실
적 묘사이다. 카페 이름을 문장의 주어로 삼으면서 구문은 환상 같은(현
실이기 때문에 오히려 환각 같은) 현실로 흘러 들어간다. 두 번째 층위에
서 각 문장은 사랑에 대한 비유적 정의가 된다. 시의 세 연은 각각 사랑하
는 사람을 위한 충고와 격려, 사랑에 빠진 사람의 모습에 대한 묘사, 사랑
이 물러간 자리의 황폐함에 대한 기술이다. 삶에 무늬가 있듯 사랑에도
무늬가 있다. 사랑하려면 계단을 밟아 올라가듯 차근히 올라가야 한다.
내가 지금 사랑의 처음 단계에 있다는 것은 저 위쪽 어디에 사랑이 반드
시 있다는 증거이다. 사랑하기 위해서는 한 계단씩 차근히 올라가야 한
다. 사랑의 세계는 투명하고 아름답지만, 그대가 스스로 입장하기 전까지
는 닫혀 있는 세계다…….

사랑이란……이 카페 이름일 때, 시는 사실 기술에 충실한 것처럼 보인
다. 역설적이게도 구문의 통합은 이 사실에 환상적인 색채를 부여한다.
사랑이란…… 이러이러한 것이란 정의가 기술될 때, 사랑에 대한 긴 서
술이 시의 내용을 이룬다. 하지만 사랑이 카페 이름이라는 것이 폭로되면
서 환상적 묘사는 현대 사회에 대한 반어적 설명이 되기도 한다. 하나의
언어 현실이 다른 층위와 뒤섞이면서, 새로운 시의 공간을 여는 것이다.

「비디오 가게」에는 죽도화가 펼쳐놓은 환상의 세계와 비디오가 펼쳐놓
은 가상의 세계가 공존하고 있다. 죽도화의 햇빛은 비디오 "금지된 장난"
에 나오는 그 햇빛이다. "금지된 장난"에서 부호(「」)가 벗겨진 것은 그 햇
빛이 비디오의 현실에서 해방되었기 때문이다. 비디오 세계를 따라가다

보면 창세 신화의 비극과 마주친다. 사랑하는 이("내 인생에서 불을 밝혀준 그대")와 낙원("파라다이스")에 있다가 쫓겨나고, 최초의 살인을 저지르고("카인과 아벨"), 마침내 지옥으로 떨어진다("지옥의 초대장"). 「돈황」(「이토록 밝은 나날」)에서는 "돈황의 千佛洞"을 서울의 아파트군과 겹쳐 놓아 새로운 지형도를 작성한다. 그 지형도는 물론 욕망이 만들어낸 지형도이다. 「제라늄, 1988, 신화」에서는 공적인 광고 언어와 사적인 일기문을 병행 배치하여, 개체에 무심한 전체와 전체만큼 고귀한 개체를 다루었다. 저잣거리의 대화와 다라니 경문을 교차하여 짜 넣은 「다라니경」에서는, 무력한 권위적 담론과 혼란스러운 세속 담론의 층위가 섞여들었다. 하나의 언어구조 속에 새로이 있어야할 현실과, 오래도록 있어온 현실을 통합함으로써 오규원은 이상이 현실의 가능(可能) 형식이며, 현실이 이상의 이전(以前) 형식임을 역설한다.

B. 끊임없이 새로운 현실로 고쳐 쓰기

언어를 통해 실제 현실에 이르는 또 하나의 방법론적 기술은 언어가 지시하는 현실을 끊임없이 고쳐 쓰는 것이다. 언어가 지시 대상과 일치할 수는 없다. 기호 표현은 늘 기호 내용의 층 위를 미끄러져 떠돌 뿐이다. 오규원은 이를 인정하는 대신 기호 표현을 부단히 고쳐 써서 그것이 가진 내포를 확장하고자 했다. 지시하는 대상의 성격은 그 고쳐 쓰는 작업의 테두리 안에서 조금씩 부각된다. 현실은 여전히 시적 언어의 이면에 숨어 있지만, 적어도 현실을 둘러싸고 있는 거짓 개념들은 벗겨질 것이다. 실상 이 작업은 시적 대상이 가진 다각적인 면을 조망함으로써, 현실의 여러 층위를 밝히고자 하는 시적 전략이라 할 수 있다. 고쳐 쓰기는 주어진 대상을 여러 겹으로 누비는 일이다.

나는 지금 안락의자의 시를 쓰고 있다 안락의자는 방의 평면이 주는 균형 위에 중심을 놓고 있다 중심은 하나의 등받이와 두 개의 팔걸이와 네 개의 다리를 이어주는 이음새에 형태를 흘려보내며 형광의 빛을 밖으로 내보낸다 빛을 내보내는 곳에서 존재는 빛나는 형태를 이루며 형광의 빛

속에 섞인 시간과 방 밑의 시멘트와 철근과 철근 밑의 다른 시멘트의 수직
과 수평의 시간 속에서…… 아니 나는 지금 시를 쓰고 있지 않다 안락의
자의 시를 보고 있다

— 「안락의자의 시」 마지막 부분

시인은 안락의자를 보고 안락의자의 시를 쓰려고 결심하였다. 안락의
자에 대한 길고 상세한 묘사의 중간에 시인의 반성적 진술이 개입되어 서
술의 방향을 바꾼다. 그는 반성적 발언을 통해 안락의자의 시를 끊임없이
고쳐 쓰는데, 이 과정은 결국 안락의자의 본질에 다가가는 과정이다. 시
인의 반성적 발언을 뽑아본다.

> 1) 아니다 나는 인간적인 편견에서 벗어나 다시 쓴다
> 2) 나는 아니다 아니다라며 낭만적인 관점을 버린다
> 3) 안 되겠다 좀더 현상에 충실하자
> 4) 이것은 수천 년이나 계속되는 관념적인 세계 읽기이다 관점을 다시
>   바꾸자
> 5) 이건 어느새 낡은 의고주의적 편견이다
> 6) 나는 지금 시를 쓰고 있지 않다 안락의자의 시를 보고 있다

각각의 발언은 안락의자 그 자체에 이르기 위한 시적 징검다리이다. 각
발언에 의해 안락의자는 1) 인간의 입장에서 보았을 때의 기능적인 측면
과, 2) 낭만적 관점에서 보았을 때의 인도적 의미와, 3) 현상 너머에 있는
환상적 면모와, 4) 오랜 시 읽기 전통을 따랐을 때의 상징적 의미와, 5) 의
고투의 장려한 문맥을 획득하고, 마침내 6) 완성된 안락의자의 시가 된다.
보라, 안락의자의 본질은 그 형태에 있지 않다. 안락의자의 "중심"이 안락
의자의 형태를 부여해주는 것이다. 안락의자라는 존재가 형태를 완성하
는 것이지, 형태가 본질을 규격화하는 것이 아니었다. 시인은 나아가 안
락의자라는 존재뿐만 아니라, 그것이 주변과 맺고 있는 상관적 풍경까지
그려내었다.

이제 시는 완성되었다. 시인은 안락의자의 시를 "쓰는" 것이 아니라, 안
락의자의 시를 "보고" 있다. 끊임없이 고쳐 쓰는 과정을 통해서 시인은 대

상의 본질을 발견해 나가는 것이다. 시인의 이 긴 우회 전술을 이렇게 말할 수도 있다. 통상의 시적 언어는 함축을 통해서 시적 본질을 지시하려 한다. 하나의 진술로 여러 개의 함의를 갖게 하는 시적 진술은 다가적(多價的)인 진술이다. 하지만 이는 한편으로 모호함을 초래할 위험이 있다. 그렇다면 시의 함축적 의미를 여러 개의 시적 진술로 분할하고, 그것을 통해 대상의 명료함을 추구한다면 어떨까. 나아가 그 여러 개의 진술이 현실의 새로운 차원을 열어 젖힌다면? 「안락의자와 시」는 이러한 시적 모색의 결과이다.

「한 잎의 女子」 연작도 "내 사랑하는 여자"에 대해 부단히 설명함으로써 그녀의 모습을 구체화하고 있다. 그녀에 대한 설명이 부가될수록 그녀의 모습이 뚜렷이 떠오를 것이다. "그 방에 들어가려면" 이란 말로 시작되는 「밥그릇과 모래」에서 방은 비어 있어서, 그 텅빔으로 존재하는 상징이다. 참된 방에 들어가려면 "無用이 그린 밥그릇", "과거의 오늘과 미래의 오늘이 꽉 들어찬 달력", "벽시계", "천장", "갈대가 가득 들어찬 벽", "모자(母子)가 들어앉은 그림", 그 그림 속의 "모래" 속으로 들어가야 한다. 이 모든 것이 공간을 가진 것들이기 때문이다. 방은 이것들을 품에 안아서 무한히 확장된다. 이 덕분에 유한한 공간 속에 무한이 펼쳐진다. 무한(無限)이 존재의 내밀(內密)함 속에 숨어 있음을 시인은 방을 구성하는 사물들의 교체로 그려 보이는 것이다. 이 존재의 주름은 「대방동 조흥행과 주택은행 사이」에서는 풍경이 거느린 사물들의 숫자로 의미화된다. 사물들은 수치로 환원되면서 전혀 다른 풍경이 된다. 우리가 아는 풍경은 인간의 실용적 목적에 따라 그저 '여기서 거기에 이르는' 길의 배경일 뿐이다. 인간의 머리 속에 든 것은 실제의 거리가 아니라 약도이다. 길을 일러주면서 '이 길 따라 다섯 번째 자동판매기가 있는 곳'이라든가, '호프집을 넷 지나치면 된다'든가, '구천 오백 네 개의 보도 블럭'을 밟아 가면 목적지에 이른다고 설명하는 사람은 없을 것이다. 그러니 시인이 그려 보이는 풍경은 인간을 위한 것이 아니라, 풍경 자체를 위한 것이다. 시인은 풍경을 풍경 본래의 것으로 돌려주기 위해 끊임없이 고쳐 설명하는 것이다. 이렇게 그려진 풍경은 아름답다. "모두 햇빛에 반짝"인다.

C. 인접성의 원칙에 따라 현실을 확장하기

언어는 현실을 고정된 풍경으로 찍어낸다. 은유적 풍경은 유사성이 중첩된 풍경이어서 그 풍경의 현실적 함의를 풍부하게 할 수 있으나, 그 풍경의 외연을 확장하지는 못한다. 풍경을 공간적 인접성의 원칙에 따라 확장하면, 그만큼 인식의 공간도 확대된다. 하나의 풍경을 그 바깥의 풍경으로 감싸는 방식이 여기에 있다.

> 돌밭에서도 나무들은 구불거리며
> 가는 길을 가지 위에 얹어두었다
> 어떤 가지도 그러나 물의 길이
> 끊어진 곳에서 멈춘다
> 나무들이 멈춘 그곳에서 집을 짓고
> 새들이 날아올랐다 그때마다
> 하늘은 새의 배경이 되었다 어떤 새는
> 보이지 않는곳에까지 날아올랐지만
> 거기서부터는 새가 없는
> 하늘이 시작되었다
>
> ——「물과 길 2」 전문

길과 집 이미지가 여러 겹으로 변주되고 있다. 나무는 벌린 가지와 뿌리의 넓이를 가지고 있다는 점에서, 그 자체가 집이다. 이 집은 한편으로 뿌리에서 시작하여 가지로 뻗어가는 물의 길이다. 물은 나무를 투명한 상승의 길로 삼는다. 물의 길이 끝난 곳에 새들이 집을 지었다. 길(여행)이 끝나는 곳에 집(휴식)이 있다. 휴식은 다음 여행의 처음이다. 하늘은 새들에게 길을 내어주는 동시에, 새들이 날아오르는 배경이 되어준다. 어떤 새들은 더 날아올라, 그 공간적 한계를 넓혔다. 배경인 하늘은 그곳에서 다시 길을 이루지만 새들이 날 수 없는 진정한 배경이 되는 하늘이 그 너머에 펼쳐져 있다. 이 시에서 풍경은 인접성의 원칙에 따라 확장된다.

　1) 나무의 풍경/ 나무는 물의 길을 포괄하며, 새들의 하늘을 배경으로
　　삼는다.

2) 새들의 풍경/ 새들은 나무를(집으로 삼아) 포괄하며, 하늘을 배경으로 삼는다.
3) 하늘의 풍경/ 하늘은 새의 길을 포괄하며, 그 이상의 하늘을 배경으로 삼는다.

　그 너머에 또 하늘이 있어서 더 높이 날아오른 새들을 포괄하며, 저 자신을 배경으로 삼는다고 할 수도 있겠다. 길이 끝나는 곳에 집이 있으며, 집이 있는 곳에서 다른 길이 시작된다. 어떤 새는 "보이지 않는 곳에까지" 날아올랐다. '보인다'는 말을 하는 숨은 화자의 자리가 우리 자리이다. 우리는 길과 집과 그 배경을 포괄하는 풍경을 완성하지만, 길과 집과 배경은 그 이상 퍼져 나간다. 인접한 공간을 잇대면서 현실의 영역이 확장되는 것이다.

　「새」에서는 창을 통해 나와 세계가 관계를 맺는다. 특이한 것은 이때의 창이 통로가 아니라 공간으로 인식되고 있다는 점이다. "열린 세계의 닫힌 창이 하늘을 내 앞으로 반사한다 태양이 없는 파란 공간이다"(「새」). 세계가 아름다움을 획득하고 나의 어두움이 걷히는 때는 창이 그 공간을 확장할 때이다. 「숲 속」이란 시의 무대는 "레스토랑 숲 속"이다. 레스토랑 숲 속은 그 이름의 상징성으로 인해 한 번, 그 안에 앉은 한 여자로 인해 다시 한 번 진짜 숲이 된다. 그 숲 속으로 바람이 불고, 남산이 들어앉고, 덩굴숲이 피어나고, 태양이 쬐고, 물이 흐르고, 불이 타오른다. 레스토랑 숲 속은 안에서, 안쪽으로, 무한하게 열린다. 이 열린 공간에서, "숲 속"의 텅 빔은 오후의 무료함이고, 바람은 한 여자가 내게 주는 청량감이며, 남산은 내 안에 든 그녀의 존재감이고, 덩굴숲은 그녀가 피워 올린 내밀함이고, 태양은 전구이거나 그녀에 대한 나의 열정이며, 물은 그녀가 마시려고 집어 올린 컵 속의 바로 그 물이고, 불은 기다리다 못해 그녀가 터뜨린 울화이다. 인접성을 통해 그것들은 숲 속의 안팎을 구성하는 영원성의 인자(因子)들이 된다.

D. 상징을 통해 현실에 독립성을 부여하기

하나의 자족적 풍경은 그것이 지시하는 다른 현실이 없을 때, 그 자체가 하나의 현실이 된다. 지시대상이 없는 언어는 물질성을 박탈 당하면서그 자체가 소리의 흔적으로서, 부유하는 의미로서 물질성을 획득한다. 이언어는 반(反)물질과도 같은 것이어서, 물질(지시대상)과 닿는 순간 무(無)로 돌아가 버린다. (김춘수가 시론에서 서술적 이미지라 불렀던) 이풍경은 그러나 한순간 떠돌다 스러지는 풍경이다. 소리의 파장이 잦아들면서, 의미소가 무의미의 공간 속에 흩어지면서 이 언어는 현실의 언저리를 잠시 스칠 뿐이다. 이 언어를 현실로 비끄러매어 두기 위해서는 그것에독립적 의미를 부여해야 한다. 다르게 말해서 그것을 상징화해야 한다.

> 사내애와 계집애가 둘이 마주 보고
> 쪼그리고 앉아 오줌을 누고 있다
> 오줌 줄기가 발을 적시는 줄도 모르고
> 서로 오줌이 나오는 구멍을 보며
> 눈을 껌벅거린다 그래도 바람은 사내애와
> 계집애 사이 강물 소리를 내려놓고 간다
> 하늘 한켠에는 낮달이 버려져 있고
> 들찔레 덩굴이 강아지처럼
> 땅바닥을 헤집고 있는 강변
> 플라스틱 트럭으로 흙을 나르며 놀던
>
> ― 「들찔레와 향기」 전문

서로 마주 보고 있는 사내애와 계집아이는 상보적인 음양의 구도를 보여준다. 두 아이는 타원형의 양극을 이루고 있어서 서로가 서로의 중심이된다. 그 주변을 "바람", "강물", (낮달이 떠 있으므로) 해와 "달" 등의 설화적인 자연물이 둘러싼다. 서로 앉아 오줌을 누는 행위는 풍요를 기원하는 제의적 행위일 것이다(김유신 누이의 꿈을 떠올려도 좋다). 두 아이는서로 다른 구멍을 보며 눈을 껌벅인다. "버려지고", "헤집고", "나르고"하는 서술어들 역시 이 제의가 농경적인 것임을 암시해준다(「구지가」 노래를 부르던 그 촌장들을 떠올려도 좋다).

이 시는 끝 행이 첫 행과 이어져 순환적인 구조를 형성하고 있으며, 시의 서술어는 마지막 행을 제외하고는 현재형이다. "플라스틱 트럭으로 흙을 나르며" 노는 일은 이 시를 현실적인 문맥에서 읽게 해주는 유일한 지표인데, 오히려 과거 시제로 기록되어 있을 뿐이다. 현실적 문맥은 상징적 문맥에 자리를 내주었다. 아이들은 오줌을 누며 서로 오줌 구멍을 바라본다. 오줌줄기가 상징적인 성교를 대신하는 셈이다. 그 소리는 "강물" 소리로 구체화된다, 혹은 역사화된다.

상징을 통하여 언어적 풍경은 언어적 현실이 된다. 독자적인 의미체계가 상징체계인 까닭이다. 「길」에서 "양관(陽關)"과 "옥문관(玉門關)"이라는 상보적 언어체계의 상징, 「우주」 연작에서의 자족적 세계, 「애인을 찾아서」에 나오는 길의 상징 등을 이러한 예로 추가할 수 있을 것이다.

방법론적 기술은 시적 구성의 유형을 이루며, 반어와 역설은 시적 구성의 원리를 이룬다. 현실의 지형을 겹쳐 읽거나 나중 현실로 처음 현실을 대치하거나, 현실의 영역을 확장하거나, 현실을 상징화하는 것으로 오규원은 현실을 드러내는 유효한 수단을 삼는다. 앞에서 다룬 방법론적 특징과 성격을 다음과 같이 요약할 수 있겠다.

겹쳐 읽기(A)는 두 개의 현실이 서로 본문과 각주가 되게 하는 방법이다. 오규원은 시적 현실을 겹쳐 읽음으로써 상대적인 현실의 모습을 파악하고자 한다. 서로의 문맥에 녹아 들어간 두 개의 현실은 지금 이곳의 삶에 자리한 다른 삶의 모습을 보여준다.

고쳐 쓰기(B)는 여러 개의 진술을 병행 배치하는 방법이다. 다양한 시각으로 현실의 여러 측면을 탐색하는 것이다. 시적 대상이 가진 내포를 다각도로 찾아내기 위한 방식이다.

확장하기(C)는 인접성의 원칙에 따라 시적 대상의 외연을 넓히는 방법이다. 시적 공간이 넓어지면서, 우리 인식의 영역도 확대된다.

상징화하기(D)는 시의 공간을 상징화하여 독립성을 부여하는 것이다. 시적 대상을 독립적인 것으로 바꾸어 현실을 만들어내는 방식이라 할 수 있겠다.

5. 언어를 통해 꿈꾸기

언어 현실은 실제 현실이 아니지만 둘을 동일하게 간주하지 않으면 현실의 모습을 따로 파악할 방도가 없다. 우리는 언어를 통해서만 꿈꿀 수 있다. 오규원의 시는 언어 현실과 실제 현실의 격차를 줄임으로써 있어야 할 세계의 모습을 추동해내고자 하는 전략을 보여준다.

오규원은 역설과 반어를 시적 구성의 원리로 삼았다. 역설은 낡은 언어를 부수고 찢어냄으로써 그 틈을 통해 새로운 현실을 보이고자 하는 시적 원리이며, 반어는 낡은 언어를 모으고 짜깁기함으로써 그 언어를 지배하는 현실을 보이고자 시적 원리이다. 이를 구현하기 위한 네 가지 방법론적 기술을 살펴보았다. 이 네 가지 기술은 개별 시편에 독립적으로 적용되는 별개의 방법론이 아니다. 방법들은 서로 얽혀, 또 다른 통로를 형성한다. 방법론적 기술과 시적 원리의 순열(順列)이 시적 구성의 가짓수가된다.

유대교 비경(秘經)에 따르면, 태초에 우주가 온통 암흑으로 뒤덮여있는 반죽과 같은 덩어리였을 때, 하느님이 말씀으로 하늘과 땅을 창조하였다. 그러나 그것을 위해 하느님은 먼저 말씀을, 구체적으로는 22개의 히브리 알파벳을 만들어야만 했다. "하느님이 세상을 말씀으로 창조하려고 할 때, 이 알파벳의 22 글자가 하느님의 무시무시하고 장엄한 왕관에서 내려왔다. 글자들이 하느님을 에워싸고는 하나씩 나서서 말하기를, '나를 통해서 세상을 창조하십시오! 라고 말했다." 이 이야기는 세계 창조의 비밀만이 아니라, 글쓰기의 비밀을 보여준다. 우리는 글을 써서 실제 현실을 만들어내는 것이 아니라, 글의 현실을 만들어낸다. 글로써 만들어낸 세계는 실제 세계가 아닌 세계여서 가상의 세계, 복제된 세계, 이미지로서의 세계이다. 하지만 그 때문에 글로 만든 세계의 가치가 훼손되는 것은 아니다. 각각의 세계는 모두 원래 세계의 복사본이면서 원본이다. 말씀으로 세계가 이루어졌으므로, 말씀으로 만든 제2, 제3의 세계 역시 하나의 완성된 세계인 셈이다. 이 전설은, 우리가 사는 이 세상도 최초로 창조된 세상이 아니었다고 말한다. 하느님이 우리 세상 앞에서도 여러 세상을 만들었지만, 그 세상들이 마음에 들지 않았다. 그래서 모두 파기하고(멸망시키고), 새로운 판본을(이 세상을) 만들었던 것이다. 이렇게 만들어진 세상은 하느님이 보시기에 좋았다.(창세기 1장 4절)

합리와 이성의 주체인 인간이 언어적 인간일 수밖에 없음은 분명한 사실이다. 오규원은 언어 현실과 실제 현실을 만나게 하고자 부단히 노력해 왔다. 오규원이 가장 싫어한 일은 언어를 기교의 차원에서 다루는 일이었다. 유형화된 정서, 자기 반성이 없는 진술, 상투화된 전언은 언어를 타락시킨다. 오규원은 언어가 실존적 주체의 자기 표현이 되어야 한다고 믿었다. 나는 오규원이 열어 젖힌 이 새로운 길이 언어에 대한 그리고 현실에 대한 반성적 사유의 결과라 믿는다. 새로운 길의 새로움에 끌려, 교묘한 시적 조작에만 몰두하는 일은 오규원이 그토록 싫어하던 상투성을 용인하는 일이 되고 말 것이다.

방법론적 기술은 현실을 드러내는 다기한 길을 만든다. 어느 길이든지, 이 길을 따라가면 우리는 시인 오규원이 소망한 아름다운 집에 이른다. 방법론적 기술이 낸 길은 시인이 지금 '있는 세계'에서 '있고 싶은 세계'로 가는 길이다. 물론 이 길의 이름은 사랑이며, 도달한 곳도 사랑이다. 시인은 사랑의 길을 따라, 사랑의 집에 이른다. 사랑은 불립문자가 아니다. 사랑 역시 주어진 언어로 표현되어야 하므로, 표현된 사랑도 역설을 시적 원리로 가진다.

뱃속의 아이야 너를 뱃속에 넣고
난장의 리어카에 붙어 서서 엄마는
털옷을 고르고 있단다 털옷도 사랑만큼
다르단다 바깥 세상은 곧 겨울이란다
엄마는 털옷을 하나씩 골라
손으로 뺨으로 문질러보면서 그것 하나로
추운 세상 안으로 따뜻하게
세상 하나 감추려 한단다 뱃속의 아이야
아직도 엄마는 골라잡지 못하고

얼굴에는 땀이 배어 나오고 있단다 털옷으로
어찌 이 추운 세상을 다 막고
가릴 수 있겠느냐 있다고 엄마가
믿겠느냐 그러나 엄마는
털옷 안의 털옷 안의 집으로
오 그래 그 구멍 숭숭한 사랑의 감옥으로
너를 데리고 가려 한단다 그렇게 한동안
견뎌야 하는곳에 엄마가 산단다
언젠가는 털옷조차 벗어야 한다는 사실을
뱃속의 아이야 너도 태어나서 알게 되고
이 세상의 부드러운 바람이나 햇볕 하나로 너도
울며 세상의 것을 사랑하게 되리라 되리라만

—「사랑의 감옥」 전문

이 사랑의 집에 이르면 우리가 지나왔던 길도 추운 바깥 세상이라는 현
실도 사라진다. 사랑의 감옥은 육체, 가난, 망설임, 인내, 부드러움, 햇볕
으로 이루어져 있다. 이 감옥에는 갇혀 있어도 답답하지 않다. 이 구멍 숭
숭한 사랑의 감옥에, 나도 갇히고 싶다.(1995)

육체의 유물론

— 최승호가 사물시에 이른 길

들어가며

　최승호의 시는 80년대의 문학적, 비문학적 억압구조가 생산해 낸 가장 강력한 담론들 중 하나이다. 그는 자본주의 사회의 억압 구조를 날카로운 관찰력을 가지고 풍유적으로 드러내 보였으며, 자본주의 사회에서 왜소해지는 인간 모습을 일련의 동물군으로 집단화해 보여주었다. 우리는 그의 시를 통해 동물의 여러 속성이 물질화된 인간의 가치관에 두루 포함되어 있음을 산견할 수 있었다. 그는 구토를 불러일으킬 정도로 지저분하고 잔인하고 황폐한 것들을 시적 관찰의 대상으로 삼아 기존의 문학이 암묵적으로 요구한 시적 관찰의 틀을 파괴했으며, 이를 통해 당대 현실을 빗대어 드러내었다. 80년대에 우리는 최승호의 시가 산업화 시대의 특질을 날카롭게 보여준다는 사실에 주목하였다.

　그의 시가 열어 보이는 새로운 지평은 현실에 대한 단순한 암유가 아니다. 이 지평 속에는 "우리는 누구이며, 어디에서 와서 어디로 가는가" 하는 오래된 질문이 숨어 있다. 이 글은 최승호의 시를 분석하여 그의 세계 인식이 어떻게 변화하여 갔는가를 짚어보려 한다. 그의 시에서는 몇 가지 개념어가 대상의 도움을 받아 교체되면서 출현한다. 우리는 개념어들을 좌표로 삼아 그의 시세계를 여행할 것이다. 개념어들은 시에서 격렬한 이미지들에 둘러싸여 있다. 이 이미지들 너머에, 표면에 드러나지 않았던 최승호 시의 진정한 주제가 숨어 있다. 이 글의 최종적인 목표는 이 주제를 밝히는 일이다.

1. 텅 빈 육체를 돌아다니는 욕망─동물 이미지

삶은 연속적인 꿈꾸기, 희망하기의 과정이다. 그러나 우리가 몸을 지배
하는 것이 아니라 우리 몸이 우리를 지배한다면 사정은 달라질 것이다.
우리 육체는 세상 안에 던져져 있고, 우리는 우리 육체에 부려져 있을 뿐
이라면? 우리의 꿈이 헛꿈이었으며, 행복한 포만감이 "헛배가 부른"(「꿈
속의 여섯 사람」) 일이었다면? "상표가 화려한 桶조림,/ 국물에 잠겨 있는
桶 속의 송장덩어리,/ 웬만한 양념으로는 이미/ 이 맛은 변치 않는 삶은
송장 맛이 아닐는지."(「桶조림」) 최승호는 단숨에 그날이 그날 같은 "변치
않는 삶"을 통조림 속의 "송장 덩어리"와 연관시킨다. 권태에 절여진 이
삶은 죽은 것이나 다를 바 없다. 우리의 삶이 어째서 송장 덩어리의 삶이
되었는가.

> 이제는 쟁반에 올려진
> 삶은 돼지머리들
> [중략]
> 미주알고주알 밑두리콧두리 캐던 험한 입이
> 에잇 똥이나 퍼먹일 돼지 같은 놈들
> 그런다
> 술이나 들지
> 순댓국에 목처럼 엉겨 붙은 검붉은 핏덩어리
> 아직은 어깨에 꽉 붙어있는 모가지들을
> 서로 살펴보면서
> 술이나 한 잔 더 들지 그래
>
> ─「미주알 고주알」 부분

사람에게서 영혼을 박탈하면 남는 것은 육체뿐이다. 영혼이 물러난 자
리에 욕망만이 꿈틀거린다. 마음의 지향이 희망이라면 몸의 지향은 욕망
이다. 최승호 시는 몸의 움직임을 극단적으로 복원해낸다. 이때 인간성은
동물성으로 환원된다. 인간에게서 영혼의 영역 곧 삶에 대한 가치 판단이
존재하는 추상의 영역을 괄호 안에 묶어두면 육체의 영역 곧 삶에 대한

객관적 진술만이 존재하는 구상의 영역이 모습을 드러낸다. 순대국집에서 한 사람이 누군가를 "돼지 같은 놈들"이라 욕했다. 욕설은 욕한 사람의 가치를 반영하는 말일 뿐, 사실을 반영한 말이 아니다. 그러니 "돼지 같은 놈들"이란 욕설은 자신에게도 해당하는 말이다. 고단한 하루하루에 지쳐서 순대국집을 찾아온 이들이나, 평생을 "꿀꿀이죽과 똥오줌 속에" 살았던 돼지들이나 같은 처지이기는 매일반이다. 인생의 진창, 인생의 수렁은 돼지들의 진창, 돼지들의 수렁이다.

> 그 오징어 부부는
> 사랑한다고 말하면서
> 부둥켜안고 서로 목을 조르는 버릇이 있다
>
> ─「오징어 · 3」 부분

> 불붙은 오징어의 발들이 연기 나는 머리를 움켜잡는다
> 마치 괴로운 사람을 흉내 내듯이
>
> ─「오징어 · 4」 부분

오징어는 육체로서만 의미가 있다. 우리가 즐기는 것은 오징어의 시체이지 오징어가 아니다. "우리는 욕망의 禁慾時代에 불만의 오징어를 씹는다"(「오징어 · 1」) 그러나 우리 역시 육체만 남아있을 뿐이니, 오징어와 다를 바 없지 않겠는가. 우리의 사랑은 서로를 구속하고 괴롭히는 짓일 뿐이며, 우리의 고뇌는 오징어가 그렇듯 환경의 산물일 따름이다. "단백질이 풍부한 미이라"(「오징어 · 5」)인 오징어, 육체만이 남아 의미화된 오징어에게도 사랑이 있고 삶이 있다.

육체가 끌고가는 것은 기나긴 욕망의 흔적이다. 최승호 시의 동물 이미지는 육의 세계에서 욕망의 문제를 끌어안고 신음하는 인간의 모습을 형상화한다. 이들의 모습은 두 번의 굴절을 거친다. 먼저 동물의 생태나 습성, 서식하는 곳이 비판적인 어조로 언급된다. 이때 인간은 동물보다 우위에서 동물의 하는 짓을 내려다본다. 다음으로 인간이 동물과 동일한 생태, 습성, 서식지를 가지고 있음이 암시된다. 인간도 동물과 마찬가지로

열등한 위치에 있는 존재이다. 우리는 동물을 비웃지만, 우리 위의 어떤 존재도 우리를 비웃을 것이다.

최승호 시에서 동물은 이루 셀 수 없을 정도로 자주 등장한다. 영혼 없는 삶을 상징하는 동물들의 이미지를 접하면서 우리는 인간의 비참함과 왜소함을 극명하게 느낀다. 잉어는 겁탈 당하는 처녀의 모습을 상징한다.(「매운탕」), 해마는 인간과 육체를 맞바꾸었다. 해마의 전생(前生)은 인간이었다.(「해마」) 나는 아무 말도, 생각도 못하는 존재여서 북어를 닮았다.(「北魚」) 쥐포는 "집단적으로 발가벗겨진 아프리카 포로들"(「쥐치」)을 생각나게 한다. 통속에 갇힌 늙은 게는 희망을 잃은 인간의 모습이다.(「桶속에 죽어라」) 앵무새는 뜻도 모르고 자유를 부르짖는 "바보 혹은 멍청이이며"(「앵무새」) 초어는 닥치는 대로 먹이를 집어삼키는 자본주의의 잡식성을 상징한다.(「초어」) 굴비는 소시민적인 비굴함, 무력함의 전형이다.(「무서운 굴비」) 창자를 물고 뜯으며 싸우는 까마귀 같은 것들은 인간의 마을에도 있다.(「붉은 고깃덩어리」) 메뚜기를 껴안은 채 야금야금 파먹는 버마재비는 인간을 괴롭히는 다른 인간을 가리킨다.(「사랑하는 메뉴」) 우리들은 난세에 웅크려 몸을 사리는 고슴도치들이다….(「마을」)

동물을 형상화한 시편들을 통해 최승호는 우리가 동물 집단이며, 우리들이 사는 세상이 거대한 동물들의 서식지라고 말한다. 우리의 육체적, 사회적 조건은 동물의 습성이나 생태와 닮았다. 어쩌랴, 우리는 사는 것이 아니라 서식하는 것이다.

2. 물질세계의 거품 ──꼭두 [幻] 와의 싸움

육체만 남은 삶을 끌어가는 것은 욕망이지 희망이 아니다. 욕망은 육체의 자리를 이리저리 옮겨놓을 뿐이다. 참된 생명이 박탈된 육체는 점차 물(物)이 되어간다. 욕망은 점점 승하여, 마치 새로운 세계를 창조해내는 것처럼 보인다. 욕망이 만들어낸 세계는 실재하는 세계가 아니기 때문에 꼭두의 세계, 환(幻)의 세계이다. 이곳에서 주체는 더 이상 생명 있는 혹은 육신 있는 어떤 존재가 아니다. 육체와 욕망의 세계를 따라 가면, 육체는 물질화되고 욕망은 헛것이 된다. 마침내 물질이라는 진흙탕 위에서 장엄한 "헛꽃 만다라"(「남자용 변기를 닦는 여자」)가 피어난다.

> 골이 났는지
> 종이 가슴들을 찢어 열어 젖히고
> 두 손을 집어넣어
> 종잇조각들을 모조리 밖으로 내던지고 있다
> 어떤 종이인간은
> 제 몸에 불을 지르고 있다
> ― 「종이공장」 부분

할복, 분신이라는 극단적인 자기 표현은 우리 삶의 불모성을 드러내는 것이다. 이 세계의 황폐함은 인간에게서 육체성마저 박탈해간다. 노동자는 자본가의 책상에 쌓여있는 서류철 속에서, 종잇장으로 존재할 뿐이다. 노동자 한 명은 서류 한 장에 대응한다. 이 시는 현실을 단순화시켜 말하고 있지만, 이 단순함은 실재의 세계를 복사하고 있다는 의미에서 무서운 단순함이다.

> 그러나 치욕적인 詩 한 편 안 쓰고 깨끗이 갔다
> 세발자전거 한 번 못타고
> 피라미 한 마리 안 죽이고 갔다.
> 단 석 줄의 묘비명으로 그 핏덩어리를 기념하자
> 거기에서 떨어져
> 변기통에 울다가
> 거기에 잠들었다.
> ― 「무인칭의 죽음」 부분

모든 시의 주체는 인칭을 통해 육체성을 부여받는다. 그런데 시인은 무인칭이라는 말을 통해 주체에게서 주체성을 박탈해 버린다. 무인칭에게 통사론적인 주어는 있지만, 의미론적인 주어는 없는 것이다. 실질이 없으면서도 중심이 되는 어떤 것, 문법적인 주체이면서도 활동의 주체는 되지 못하는 것, 이를 최승호는 무인칭이라 부른다. 이 시에서 무인칭은 낳자

마자 죽임을 당해 변기통에 버려진 태아이다. 태아에 대한 애도의 말이 치하의 말이 된 것은 태아가 몸 받아 태어난 이 세상에서, 참된 가치가 전복되어 있기 때문이다. 세상에서 몸 있는 것이 죄 짓는 일이므로 몸 잃는 것은 죄에서 놓여나는 일이 된다. 화자는 세 마디의 말로 무인칭의 삶을 기념했다. "거기에서 떨어져/ 변기통에 울다가/ 거기에 잠들었다." "거기"는 자궁이자 변소이다. 생명을 낳는 곳이 주검을 묻은 곳이 되었다. 자궁과 변기 사이, 숨돌릴 짧은 틈이 세상인 셈이다. 무인칭은 육신을 내어놓으면서 생명과 주검이 뒤섞여 하나가 된 물(物)의 세계로 돌아간다.

> 발효하는 시체의 냄새 속에
> 모범 가정이 무덤 속에 여러 개의 관처럼 많을 줄이야.
> ─「무인칭 대 무인칭」 부분

무덤 안과 무덤 밖은 다른 공간이 아니다. "남편은 신문을 방바닥에 펼쳐놓고 숨은그림찾기를 하고" "아들은 국어책을 큰소리로" 읽으며, "딸애는 가계부를" 정리한다, 산수공부를 하는 것이다. 최승호는 시체 가족의 단란함을 통해 사회 전체가 거대한 공동묘지임을 보여준다. 무덤은 울타리를 부수며 그 너머로 확장해 간다. 움직이면서도 죽어있고, 활동하면서도 생명이 없는 시체의 삶이 곧 무인칭의 삶이다. 이 삶은 헛것의 삶, 꼭두의 삶이다. 가짜 사람이 가짜 세상을 즐기는 것이 물질화된 세속 도시의 삶이다.

> 일류배우가 하기엔
> 민망한 섹스신을
> 그 단역배우가 대신한다
> 은막에 통닭처럼
> 알몸으로 던져지는 여인
> 얼굴 없는 몸뚱이로 팔려 다니며
> 관능을 퍼덕거리는
>
> 하여 극장의 어둠 속엔

나, 관객이 있다
幻으로 배 불러오는 욕정과
幻이 불러일으키는 욕정이 있다
　　　　　　　　　　—「세속도시의 즐거움 1」 부분

　은막 위에 펼쳐지는 영상은 실재가 아니라 환(幻)이다. 단역배우는 얼굴 없이 몸뚱이만으로 "관능을 퍼덕거리고", 나는 욕정에 사로잡혀 그것을 본다. 관객인 나의 욕정은 가짜에 취한 욕정이다. 자신의 정체성을 잃어버리고 남의 몸뚱이를 대신하는 단역 배우나, 가짜인 줄 알면서도 욕정에 취한 관객이나 무인칭이기는 마찬가지다. 따지고 보면 최승호가 형상화했던 수많은 동물들도 환이기는 매일반이다. 주체가 아닌 것들을 주체로, 형체 없는 기능들을 형체 있는 생명으로 표현했기 때문이다. 그것들은 물질화된 주체여서 생명이 없는 주체이며, 주체의 힘을 잃어버린 껍데기여서 꼭두각시 같은 주체이다.
　자본주의적 삶의 양식은 삶의 가치체계를 물화시킨 양식이다. 물질적인 생활양식이 인간에게 삶의 가치로 내면화되면, 인간 자신이 물화된 무서운 시대가 도래한다. 최승호에 의하면 이 세상의 풍경은 "붕붕거리는 풍경"(「붕붕거리는 풍경」)이며, 이 시대는 "무인칭 시대"(「무인칭 시대」)이다. 그는 세상을 "아이쿠 사막"(「아이쿠 사막」)이라 이름 짓는다. 사막이므로 도시에는 "모래빌딩"(「모래빌딩」)들이 서 있다. 이곳에서는 "찐 옥수수보다 팝콘이 빨랐고, 꽃보다 헛꽃의 개화가 빨랐다."(「우울은 느리고 변덕은 빨라」) 물질과 환영의 세계는 서로 맞물린 세계이다. 물화된 세계의 거품이 환의 세계를 낳았으므로 환의 세계는 물화된 세계에 기초한다.

3. 물질세계의 빈틈—허(虛)와 죽음의 세계

　환상은 실재 세계가 거품이 일 듯 부풀어 넘친 것이다. 거품이 걷히고 실체가 드러나면 환의 세계는 흔적도 없이 사라진다. 환상이 스러지고 물화된 세계가 모습을 드러내는 순간, 무인칭은 물의 세계 속으로 산산이 흩어지고 만다. 그 뒤에 길고 긴 침묵만이 남는다. 환(幻)이라는 잉여태의 사라짐은 허(虛)라는 결여태를 낳는다.

존재가 사라진 곳에 비존재가 자리 잡는다. 비존재는 존재의 결여, 다시 말해 "虛구렁이"(「앵두」)이다. 최승호는 "존재라는 말이 이미/ 어둠이고/ 구멍인데"(「개의 날」)라고 말했다. 존재는 이미 부재를 내포한다. 물화된 세계는 물질로 가득차 있는 "있음"의 세계이다. 하지만 세계가 물질로써 자기 존재를 주장할 수는 없는 법이다. 그곳에 우리가 없다면, 세계는 없다. 환상은 물질을 낳지도, 변형시키지도, 소멸시키지도 못한다. 꼭두의 세계는 물질 위에서 잠시 생겨났다 사라지는 포말일 뿐이다. 최승호는 환의 거품이 사라지는 것을 "마지막 물 빠지는 소리는/ 왜 이리 크으크으/ 죽음의 트림 소리로 들리는지"(「거품座의 별에서」)라고 말한다. 거품이 사라진 자리에 남는 것은 침묵뿐이다. 드디어 길고 긴 침묵의 세계, 아무것도 남지 않는 침묵의 세계, 죽음의 세계가 온다.

> 하늘의 빗방울에 자리를 바꾸는 모래들,
> 공터는 흔적을 지우고 있다
> 아마 흔적을 남기지 않는 고요가
> 공터를 지배하는 왕일 것이다.
>
> —「공터」 부분

공터는 생성과 변화로 가득한 공간이다. 하지만 시인은 공터를 지배하는 원리가 생성과 변화가 아니라 "고요"라고 말했다. 변화한다는 것은 영원한 것이 없음을 반영하는 것이다. 공터는 끊임없이 변화하지만 정작 공터 자신은 변화에 "무심"하다. "고요"나 "무심"은 정지하고 있는 어떤 상태이며, 따라서 생의 지배를 받지 않는 상태이다. 물(物)에 마음을 두지 않으면 물이 없어진다. 고요는 물(物)의 흔적마저 지워버린다. 이제 세계는 물(物)에서 무물(無物)로 진행한다.

> 이제 말을 마칠 때가 되었다. 마네킹의 눈엔 땅도 없고 하늘도 없다. 문자도 없고 말도 없고, 시계도 없고 지도 없다. 마네킹의 눈엔 마네킹도 없다.
>
> 무일물의 시절에 아무런 시절이 없다.
>
> —「무일물의 시절」 부분

무일물(無一物)이란 말은 사전적으로는 아무것도 가진 것이 없음을 의미한다. 마네킹은 아무것도 가진 것이 없는 존재이면서, 실상 아무것도 아닌 존재이다. 우리는 이 시에 나오는 마네킹을 현대 사회의 인간형으로 여기고 싶은 충동을 받는다. 아무것도 눈여겨보지 않는 마네킹의 눈은 현대인의 불감증을, 텅 비어있는 마네킹의 뱃속은 지조 없는 현대인의 왜소함을, 마네킹의 눈에 비친 "가득 차 있으면서도 텅 빈" 거리는 의사소통이 불가능한 현대 사회의 불모성을 연상시킨다. 그런데 최승호는 마네킹과 현대인을 연관시키는 비유체계마저 무너뜨려 버린다. 마네킹은 마네킹일 뿐이다. 그는 이 말을 통해 다음과 같은 전언을 들려준다. 현대인은 마네킹처럼 물화되었다. 물화된 존재는 더 이상 인간이 아니다. 무일물은 물로서의 존재가치마저 상실했다. 주체성을 잃어버리는 순간이 물질성을 잃어버리는 그 순간이다.

우리는 앞에서 인간이 동물과의 비유를 통해서 영혼을, 물(物)과의 비유를 통해서 육체를 잃어버렸음을 보았다. 이제 인간은 무일물과의 비교를 통해서 물질성마저 잃어버렸다. 아무것도 없는 무(無) 혹은 허(虛)의 세계가 우리 앞에 펼쳐진다.

> 쥐뿔,
> 그곳이 사전의 구멍이었다
> 나는 뿔쥐들이
> 그 구멍으로 쏟아져 나왔다고 생각한다
> [중략]
> 사라진 그들이 구멍 저쪽 虛구렁에서
> 한 군거집단을 이뤘는지 모르겠다
> 내가 불어난 그만큼
> 움푹해진 또다른 마이너스의 내가
> 虛구렁 저쪽에 존재한다는 이 희미한 느낌
>
> ─「뿔쥐」부분

뿔쥐는 쥐가 아니어서 실체가 없다. 시인은 자신이 쥐뿔이란 말을 통해 뿔쥐를 유추해낸 것으로 짐작했다. "뿔쥐들이 그 구멍으로 쏟아져 나왔다"는 말은 허의 세계가 물의 세계와 접합하는 부분을 일러준다. 물질세계의 지도인 사전에 빈틈이 있었다. 지도의 빈틈으로 헛것인 쥐들이 출몰했다. 그는 뽈쥐들이 구멍 저쪽에서 헛것들끼리 집단을 이루었듯, 허의 세계에서 실제의 나와 반대되는 내가 존재한다는 것을 희미하게 느낀다.

4. 삶의 완성으로서의 죽음—회저 이미지

내가 물(物)의 세계에 살아 있다면, "허구렁 저쪽"의 세계에서 나는 죽어 있을 것이다. 물질 세계의 삶이 온전한 삶이 못 되었듯, 허구렁 저쪽 세계에서의 죽음도 온전한 죽음이 아니다. 이쪽의 내가 죽음이 있어야만 삶을 완성할 수 있듯, 저쪽의 나는 삶이 있어야만 죽음을 완성할 수 있다. 삶과 죽음의 영역이 허의 세계를 통해 접면한다.

> 죽음은 늘, 나와 같은 나이, 같은 생일
> 진흙을 뒤집어쓴 용머리가 크게 울부짖는다
> 결국 죽음인 앞을 향해서
> 온몸뚱이를 다 삼켜 버릴 앞을 향해서
>
> —「용두사미」 부분

용머리에는 늘 죽음의 꼬리가 따라다닌다. 죽음의 꼬리는 용머리와 한 날, 한 시에 태어났다. 죽음은 늘 삶과 짝을 이루어, 삶이 가는 어디든 따라간다. 언젠가 꼬리는 머리를 삼키고 말 것이다. 죽음은 삶을 끝장내지만, 한편 생각해보면 처음부터 삶은 삶의 것만이 아니었다. 삶은 죽음을 통해 완성되며, 죽음은 삶이 전제되어야 존재할 수 있다. 삶과 죽음이 한 짝을 이루어야 하나의 존재가 완성되는 것이다. "장례식에는/ 산 자들이 억누른 슬픔의 총체보다 더 큰/ 죽은 자의 고요한 슬픔이 뒤따른다."(「회전문 속에 떨어진 가방」) 산 자들의 슬픔만으로는 죽음이 충격하는 슬픔을 이루 다 말하지 못한다. 회저의 이미지는 죽음을 수용하고자 하는 시인의 욕망이 불러온 이미지이다.

1) 재 뒤의 소식을 나에게 전해 줄
   재의 혀
   재의 이빨
   재의 목구멍이 너에게 없다는 것을

   그 무소식을
   전해주는 밤의 긴 흙바람 소리
                              — 「밤」 부분

2) 텅 빈 무덤 속에서, 진물 흐르는 썩은 살을 긁어내며, 흙더미 허물어
   지는 소리를 우리가 만약 듣게 된다면……
                              — 「회저의 시간」 부분

3) 어두운 밤길 걸어가는 나의 육신 앞에, 먼저 재 된 사람은 서 있다.
   그는 나의 미래이자 거울이다.
                              — 「재 된 사람」 부분

4) 너의 재로
   나는
   빛의 탯줄을 끌고 오는 사람이 되고
                              — 「너의 재로」 부분

  회저(壞疽) 혹은 괴저란 괴사(생체 내 조직이나 세포가 국부적으로 죽는
것) 때문에 환부가 부분적으로 탈락하거나 부패하여 생리적 기능을 잃는
병을 말한다. 2)의 이미지가 본래 의미에서 회저의 예이다. 최승호는 여기
에 덧붙여 재[灰] 혹은 재 밑의 재[灰底]를 회저라 부른다. 1)에서, 먼저 죽
어 재로 돌아간 "너"는 재 뒤의 소식을 나에게 전해줄 수가 없다. 하지만
나는 "흙바람 소리"를 통해 너의 소식을 듣는다. "너"는 죽어 흙덩어리
[壞]가 되었으므로 "흙바람 소리"는 네가 흩날리는 소리이다. 없는 너, 죽
은 너는 육신을 지상에 흩뿌려 있는 너, 살아있는 '너'가 된다. 3)에서, 삶
에서 재 된 사람의 이미지를 보는 일이 이 때문에 가능해진다. 생각해보
니 삶의 도처에 재 된 사람의 이미지가 숨어있었다. 죽은 사람은 삶을 거
두어갔지만, 그로써 도처에 죽음을 뿌려놓고 갔다. 나도 조만간 죽어 재

된 사람이 될 것이다. 그러니 재 된 사람은 나의 미래이자, 거울이다. 죽음을 통해 삶에 대한 깨달음이, 성찰이, 새로운 신생(新生)이 이루어지는 것이다. 이것이 4)에서 너의 재를 통해 내가 빛의 탯줄을 끌고 온다는 인식을 가능하게 해준다. 삶이 죽음으로 완결된다면, 죽음은 신생으로 연결될 것이다. 재의 이미지를 통해 삶과 죽음을 아우르는 하나의 순환체계가 완성된다. 회저의 시를 통해 시인은 죽음을 통한 신생을 꿈꾼다.

허(虛)는 물질성을 박탈당한 세계이다. 허는 비존재의 영역이다. 존재를 비존재가 끌어안고, 삶을 죽음이 끌어안는다. 죽음을 수용한 이후에야 비로소 존재가 완성된다. 존재가 완성되고 나면, 비존재로서의 무(無)는 없어질 것이다. "무야말로 없는 것이다. 정말 틸 한 가닥 없다. 그렇다면 내가 욕심으로 키우고 뜯어먹은 무라는 것도, 내 빌어먹을 생각이 끌고다닌 말그림자였단 말인가."(「무일물의 밤·1」) "무로 돌아간다거나, 무무(無無)로 돌아간다 말들 하지만, 무엇이 있어 무슨 무로 돌아가는가. 무라는 말을, 밑씻개종이처럼 갈갈이 찢어버리자."(「무일물의 밤·2」) 삶에서 육체성과 물질성을 박탈한 이후에 남는 것은 죽음의 영역이었다. 죽음을 인정하고, 삶에서 죽음을 수용하고 나면 역설적이게도 죽음이 사라진다. 죽음의 경험을 통해 시의 갈래는 삶 쪽으로 다시 풀려 나온다.

5. 죽음 저 너머의 사랑——부활로서의 식물 이미지

영혼이 박탈된 인간에게는 욕망밖에 없다. 최승호는 이를 통해 동물적 삶의 양식이 물화된 자본주의 사회에 미만해 있음을 고발하였다. 물질 세계는 환(幻)의 세계이다. 물질 이미지들이 부풀어올라 거짓 아름다움을 피워낸다. 거품이 사라진 자리에 텅 빈, 적막한 죽음의 세계가 모습을 드러낸다. 죽음은 삶을 통합하고 완성한다. 진정한 삶의 아름다움은 육체가 아닌 영혼에서, 저 수성(獸性)으로서가 아닌, 식물의 꿈으로서 드러난다.

> 허공은 나의 나라, 거기서는 더 해 입을 것도 의무도 없으니
> 죽었다 생각하고 사라진 神木의 향기 맡으며 밤을 보내고
> 깨어나면 다시 國道邊에 서 있는 내 영혼의 북가시나무,

귀있는 바람은 들었으리라
원치 않는 깃발과 플래카드들이
내 앙상한 몸통에 매달려 나부끼는 소리,
그 뒤에 내 영혼이 소리 죽여 울고 있는 소리를.
[중략]

잎사귀 달린 詩를, 과일을 나눠주는 詩를
언젠가 나는 쓸 수도 있으리라 초록과 금빛의 향기를 뿌리는 詩를
— 「내 영혼의 북가시나무」 부분

　여기 내 영혼의 북가시나무 한 그루가 서 있다. 나는 "신목의 향기" 맡으며
밤을 보내는 꿈을 꾸었다. 나는 언젠가 "잎사귀 달린 시, 과일을 나눠주는 시,
초록과 금빛의 향기를 뿌리는 시"를 꿈꾼다. 이 무성한 식물성의 꿈은 아름답
다. 내 영혼의 북가시나무는 이 꿈속에서 스스로 신목이 된다. 식물에게는 동
물이 가진 발톱과 부리와 이빨이 없다. 식물은 약하고 상처 입기 쉬운 마음을
가졌다. "비켜서 사는 비애로 얼룩진 여린 마음씨들과도 같이/ 꽃들은 길섶을
따라 피어 있었다"(「터벅터벅 걸어갔던 길」) 북가시나무 역시 잎과 가지를 다
털어내고 "흠집투성이 몸통"으로 외롭게 서 있다. 북가시나무가 대지가 아닌
허공을 자기 나라로 삼은 이유도 이 여린 마음과 관련 있을 것이다.
　우리는 앞에서 존재가 비존재와, 삶이 죽음과 한 몸을 이루어야 비로소
존재가, 삶이 이루어진다는 시인의 생각을 보았다. 북가시나무처럼 우리
도 가진 것을 다 털어 버려야 자유로워진다. 성자들은 "당당하게 참 가난
의 길을 갔던" "독종 거지들"이며(「외로운 聖」), 눈사람은 "온몸이 눈송이
뿐"인 진짜 "銀佛"(「雪景 속」)이다. 참된 삶에 이르기 위해서는 육체와 물
과 삶에 대한 집착에서 놓여나야 한다.
　식물의 나라는 사랑과 평화와 충일한 생명의 나라이다.

　　1) 서로 아무런 해도 끼치지 않고
　　　만나면 하나가 되는 물의 나라가 멀리서
　　　반짝거린다 그리운 시냇가
　　　의심하면 사라지는 나라, 마음의 나라
— 「그리운 시냇가」 부분

2) 물오른 푸른 수양버들, 땅은 물기둥 뿜는 고래등이다.

　「중략」

　저 푸른 물기둥 가지에

　날아와 앉는 새 몇 마리, 물밑을 보면

　그림자 푸른 버들잎과 새들이

　겹쳐도 안 깨지며 섞이고 있다.

　　　　　　　　　　　　—「푸른 물기둥」 부분

3) 공터에

　무슨 막풀들이 자라 키를 넘더니

　환한 달맞이꽃 피었네.

　내것 아니어도 좋은 꽃들이

　또 제것 아닌 달빛 두르고

　피어있는 달밤,

　　　　　　　　　　　　—「공터의 꽃」 부분

　여기에 물의 나라, 마음의 나라가 있다. 1)에서 제시하는 나라는 물(物)이 지배하는 나라와는 사뭇 다르다. 물질의 나라는 몸뚱이가 자신의 전존재를 대표하는 동물의 나라, 서로가 서로를 뜯어먹는 육식의 나라였다. 그러나 마음속의 나라는 믿으면 부풀어 오르는 나라이다. "서로 아무런 해도 끼치지 않고" 다만 서로의 마음을 맞추기만 하면 풍요해지는 곳이다. 사랑이 이 나라의 양식이다. 마음의 나라는 의심하면 사라진다. 서로를 믿지 못하면 회의와 불신이 싹트고, 희망의 자리를 욕망이 대신 채운다. 아름다운 나라가 있다고 믿는 곳에 아름다운 나라가 있다. 이 아름다운 순환성의 세계는 물[水]의 세계이자, 식물의 세계. 2)에서 푸른 수양버들을 물기둥이라 부르는 데서 이 점이 확인된다. "물오른" 수양버들은 물이 키워낸 것이다. 물이 성장(盛裝)한 모습이 수양버들이라 해도 좋겠다. 이 세계에서 새와 버들잎이 하나가 되어, "겹쳐도 안 깨지며 섞"인다. 서로를 존중하면서도 훈훈함을 나눌 수 있는 평화의 진경(眞景)이 펼쳐진다. 3)에서 어둔 밤, 공터에서 막풀들이 자라더니 환한 달맞이꽃을 피워올렸다. 시인은 이 환한 세상이 서로 네 것 내 것 따지지 않는 사심 없는 세상이라 말한다. 어떤 것을 소유한다는 말은 그것에 욕망을 덧입혀 물질화한다는 말이다. 소유에 대한 욕심을 털어 버리니, 사물들이 서로 어울려 하나가 되는 세계가 완성된다. 식물성의 세계는 사랑, 평화, 조화로움 등의 덕목들이 그 가치를 보존하고 있는 세계다. 죽음을 두려워한다는 것도 따지고 보면 육체를 자연의 조화에 맡기지 못하는 욕망 때문이 아닌가. 욕망은 조화의 틀을 파괴한다.

> 베옷보다 섬세한 이끼들
> 바위 옷처럼 육신을 덮는
> 연둣빛 수의들
> 죽은 듯 하다가 다시 살아나 꽃을 피우고
> 계절을 따라 흘러가고 죽은 살 속으로 흘러드는 이끼들을
> 나는 죽은 뒤에
> 나의 새 살이라고 말할 수 있는가
> ─「이끼 푸른 욕조」부분

나는 죽은 내 육신을 채울 이끼를 두려워하지만, 이끼들은 결국 나를 채우고야 말 것이다. 육신이 죽으면 이끼들이 연둣빛 수의를 지어 입힌다. 육신은 죽지만 이끼들은 계절을 따라 순환하면서, 연속적으로 소생한다. 시인은 나 죽은 뒤에 내 몸에 사는 이끼들이 나의 것인가 아닌가를 자문해 본다. 그것들은 나의 새 살일 테지만, 그것들이 나를 대신해도 좋은 것인가. 그럴 수도, 그렇지 않을 수도 있을 것이다. 어차피 죽으면, 나는 죽음이라는 이름을 가진 다른 세상으로 넘어가기 때문이다. "육신의 회저로써/ 가벼워지는 영혼의 향기"(「담쟁이덩굴에 휩싸인 불도저」)라는 구절을 보면, 죽음은 나와 나 아닌 것들을 화해시켜 주는 힘을 가지고 있다. 그는 죽음이라는 문턱을 넘어야 새로운 곳으로 갈 수 있음을 안다, 이렇게 : "나는 어쩔 수 없이/ 완전히 허물어짐으로써/ 나의 마지막 문짝을 넘어야 할 것을 예감한다"(「마지막 문짝」). 나는 무너질 것이다. 아니 무너지지 않으면 안 된다. 무너짐으로써 넘어야 할 '마지막 문짝'이 우리에게 남아있다.

늪은 거대한 반죽통이다
수렁, 혹은 황갈색의 즙
그 즙을 마시고 물풀들을 게우고 싶다

— 「반죽」 부분

식물성의 세계는 죽음을 포함한 연속적인 삶의 순환체계 안에 있다. 늪에 수장되면, 늪의 일부가 되어 물풀로 소생할 수 있을 것이다. 화해로운 세계의 표상인 식물의 세계와, 식물의 근원이 되는 물을 통해 시인은 생성과 소멸을 하나로 융화시키는 변증법적인 힘을 발견해내었다. "웅덩이 바닥에서 힘찬 샘물이 솟구쳐야 한다"(「높다란 담장 안의 웅덩이」)라는 말은 죽음을 이야기하면서도 실은 생명력이 격동하는 모양을 형상화하는 구절이다. 죽음을 끌어안는 삶의 힘. "플라타너스에 박힌 굵은 못을/ 해마다 나이테가 천천히 삼키는 중이다."(「나무를 심는 사람」) 우리는 다음과 같은 시에서 생명력을 식물로 표상하는 아름다운 이미지들을 만난다.

1) 그러나
   있는 그대로 보는 사람은
   생각
   이전에
   빨갛게
   익은 앵두를
   빨갛게 볼 수도 있으리라

— 「앵두」 부분

2) 할머니는 고개 숙인 채
   도라지 껍질을 벗기고 있는 것이다

   길바닥에
   흙투성이 도라지들이 속살 하얗게
   가지런하게 쌓여 있다
   죽은 사람 이루의 일은 알 바 아니라는 듯이

— 「도라지」 부분

1)에서의 "생각"은 "모든 존재가 거품덩이며 비존재 또한 허구렁"이라는 생각이다. 물(物)과 무물(無物)은 거품[幻]이고 허구렁이[虛]일 뿐이다. 시인은 우리에게 잠시 생각을 거두고 있는 그대로 보자고 말한다. 생각을 그치고 있는 그대로 보자, 저 앞에 빨간 앵두나무가 서 있지 않은가. 욕망으로 아름다움을 일그러뜨리지 말고 아름다움을 아름다움 그대로 보자. 2) "흙투성이 도라지"들은 시체 같다. 늙은 할머니도 곧 흙으로 돌아갈 것이다. 할머니는 이런 사정을 개의치 않고 "뭔가를 열심히 하고 계신다." 도라지 껍질을 벗기는 것이다. 이 일이 헛된 일인가? 아니다. 할머니는 도라지 껍질을 벗겨 생생한 아름다움을 드러내고 있는 것이다. 죽음 이후의 일은 죽음 이후에 생각하자. 지금 이 생생한 생(生)은 얼마나 아름다운가. 죽음 이후의 일이 지금과 다를 것이 무에 있겠는가. 죽음은 새로운 생명에 이르기 위한 하나의 통과제의일 뿐이다.

죽음과 소생의 변증법—최승호 시의 전망

우리는 최승호의 시가 죽음에 이르기까지 어떤 사유의 과정을 거쳤는가를 추적해왔다. 그의 사유는 당대적 과제와 긴밀히 연결되어 있었다. 그는 육체와 욕망의 문제를 통해서 자본주의가 강요한 물질주의적 사고가 우리의 삶을 어떻게 틀 지웠는가를 탐색했으며, 동물 이미지를 통하여 산업화 시대의 양식이 얼마나 약육강식의 논리에 지배되어 있는가를 보여주었다. 욕망에 휘둘리는 육체는 물질로서의 육체이다. 시인은 육체적인 즉자성에 함몰된 현대 사회의 불모성을 물질과 환(幻)의 이미지로 제시하였다. 현대인의 삶은 물질 세계의 거품[幻]에 취한 무인칭의 삶이자 시체의 삶이다. 이런 상태는 살아있는 것도, 죽어있는 것도 아니다. 물질세계의 거품이 사라진 자리에 텅 빈, 결여된, "마이너스"(「뽈쥐」)로서의 존재가 남는다. "虛구렁이"는 물질세계의 이편과 죽음의 세계인 저편을 연결하는 통로이다. 물질세계에서는 소유에 대한 무제한의 욕망을 통해 살아있음을 느낀다. 허구렁 저편의 세계에서는 그 반대다. 버릴수록 부요해지고, 포기할수록 풍부해진다. 그곳은 죽음의 세계, 없음의 세계이기 때문

이다. 존재는 비존재와, 이쪽 세계의 삶은 저쪽 세계의 죽음과 통합되어
야 완전한 존재가, 완전한 삶이 된다. 죽음의 세계에 대한 탐구는 삶을 온
전하게 하기 위한 방법론적 탐구이다. 시인은 죽음을 통해 새로운 부활
을, 신생(新生)을 꿈꾼다. 신생의 삶이 식물성의 세계에서 펼쳐진다.

식물 이미지를 통해 시인은 죽음 저 너머의 어떤 것에 대해 말한다. 그
는 무너짐을 통해 낮은 곳으로 내려가고, 없음을 통해 있음의 변증을 시
도한다.

> 돌아보면 지나온 풍경에 나는 없다
> 지나온 길에도 나는 없고
> 이렇게 없는 나를 거듭 말하지만
> 사방 풍경을 거느린 지금의 내가 있는 것이다.
>
> 저물 무렵이다.
> 뜨지 않은 달을 기다리는 물가의 나무들이 숙연하다.
> 바람은 자고 있다.
> 버드나무는 묵상중이다.
> 나는 스스로 넉넉한 적이 없었다. 뿌리가 없었기 때문이다.
> [중략]
>
> 낮은 곳이 가장 그립다.
> 그 동안 나는 바닥 없는 바닥을 향해 걸어왔다.
> 비록 내가 가장 낮은 바닥과
> 한 몸을 이루지는 못했지만
>
> ― 「낮은 곳이 그리운 욕망」 부분

지난 세월동안 그는 가짜 주체들, 허깨비 '나' 들, 환상이 만들어낸 꼭두
들과 힘겨운 싸움을 벌여왔다. 영혼이 박탈된 육체의 동물성과, 물질의
세계가 만들어낸 허상들과 그만큼 치열하게 싸워온 시인은 드물다. 모든
거짓을 벗기고 났을 때, 그에게 남은 것은 죽음이 주는 텅 빈 적막감이었
다. 이제 그는 자신을 물가에 선 나무에 비유한다. 그는 묵상중이다. 그가
넉넉하지 못했던 것은 "뿌리가 없었기 때문"이었다. 그러나 물가의 나무

에 어찌 뿌리가 없겠는가. 낮은 곳을 찾아 바닥으로 걸어왔다는 말이 곧 뿌리를 뻗어왔음을 암시하는 말이 아니겠는가.

물이 있는 저 아래를 찾아가는 일은 생명의 시원을 탐색하는 작업이다. 이제 그는 분명한 어떤 것을 찾은 것처럼 보인다. 자신의 "몸"을 통해 죽음 저 너머에 있는 어떤 것을 말이다. "벌어진 몸의 상처를/ 몸이 자연스럽게 꿰매고 있다./ 금실도 금바늘도 안 보이지만/ 상처를 밤낮없이 튼튼하게 꿰매고 있는/ 이 몸의 신비,/ 혹은 사랑."(「몸의 신비, 혹은 사랑」) 이 몸은 이제 육체만 남아 욕망이나 환에 휘둘리는 몸이 아니다. 몸이 우리를 사랑하여 상처를 보듬고 치료해준다. 예전에는 우리 삶에서 떨어져 나갔던 몸이 우리에게 돌아왔다. 몸이 우리의 삶을, 우리를 사랑한다. 신비롭다! (1995)

3부

은유와 상징의 숲에서

— 이건청의 탄광 시편들

1

　문명은 인간의, 인간에 의한, 인간을 위한 것이다. 문명이라는 인위적인 질서의 그물을 촘촘히 짜나가면서, 인간은 제 자신을 세계의 중심에 둘 수 있었다. 인간이 문명을 자신의 삶으로 구체화, 주제화하자 자연은 익명화되고 사물화되었다. 빛과 조화의 상징이기를 그치면서 자연은 어두움 저 편에 있는 불길하고 음울한 세계로 상상되었으며, 풍요의 터전이기를 그치면서 자연은 정복과 개발의 식민지로 간주되었다. 이제 인간은 도시라는 제2의 자연을 삶의 터전으로 삼았다. 도시는 단순한 군생의 자리가 아니다. 도시는 자연의 무한성을 배제하고 인간에게 동서남북의 방향을 제공하는 공간적 좌표이며, 인간의 삶을 촘촘하고 꽉 짜인 것으로 만들어주는 시간적 집중이다. 산과 들판과 해변 대신 고층건물과 광장과 항구가 들어서자, 삶의 지형이 크게 변화하였다. 이제 이윤은 논밭과 목초지에서 나오는 것이 아니라, 공장과 은행에서 나온다. 그러나 인간은 세계의 참다운 중심이 아니다. 인간이 선택한 세계는 다른 모든 것을 배제한 세계일 뿐이며, 인간이 누리는 풍요로움은 많은 것들을 황폐화시킨 후에 얻어진 불모의 풍요일 뿐이다. 익명화, 사물화된 자연 앞에서 인간은 두려움과 불편함을 느낀다. 이제 문명이라는 인공낙원이 낙원 상실의 신화를 대체할 수 없다는 것이 분명해졌다. 약육강식의 논리가, 물신화된 신비가, 계량화된 욕망이 문명 세계의 운영원리이다. 그래서 문명의 불모성에 대한 비판은 자연의 회복이라는 염원과 맞짝을 이룬다.

중견시인 이건청이 전력을 다해 왔던 시의 모습에 생태시, 문명비판시라는 이름을 붙이는 것은 자연스러운 일이다. 아니, 자연스럽지 않은 일이다. 이건청 시의 묵중한 주제의식에 그 이름을 붙이는 것은 자연스럽지만, 그의 시가 그 너머에 있는 많은 것들을 끌어안고 있다는 점에서 그것은 자연스럽지 않다. 짧지 않은 시간 동안 그 주제 아래 많은 시인들이 좋은 시들을 써 왔다. 어떤 이는 조작된 문명의 질서 속에서 파괴되어 가는 인성을 날카롭게 제시하였고, 어떤 이는 망가진 자연의 모습을 사실적인 시선으로 바라보았다. 어떤 이는 자연의 질서에 참여하는 순환적인 삶의 아름다움에 감탄하였고 어떤 이는 그 질서에서 배제된 왜소한 인간의 운명을 탄식하였다. 선지자의 목소리로 자연의 회복을 부르짖은 이가 있었고, 제 내부로 파고들어가 인간의 야수성을 폭로한 이가 있었다. 이러한 시들을 다음과 같이 계열화할 수 있으리라. 파괴된 자연의 모습을 사실적으로 그려보이는 것; 황폐한 문명의 난폭한 손길을 고발하는 것; 문명을 낳은 인간의 이기심과 탐욕을 폭로하는 것; 자연과 하나 된 새로운 공동체의 모습을 소망하는 것; 그 원형의 자연 자체를 드러내는 것.

이건청의 시의 특색은 이 모든 것들을 동시적으로 추구하는, 김수영 식으로 말하자면, 온몸으로 밀고 나가는 강렬함에 있다. 이건청만큼 자연의 모습과 현실의 모습을 그 구체성 속에서 동시에 드러내고자 한 시인은 많지 않다. 그의 시는 상징화된 풍경을 노래할 때에도 시 속에 현실성의 지표를 드러내고 있으며, 냉정한 관찰자의 시선을 유지할 때에도 그것을 자기화하는 내성적인 짜임새를 유지하고 있다. 예컨대 「코뿔소를 찾아서」 연작에서, 코뿔소는 자연의 때묻지 않은 생명력을 상징하는 힘이기도 하고 현실에서 몰락해가는 비극적인 민중이기도 하다. 또 코뿔소는 역사의 주류에 함몰된 영웅들이기도 하며 나약한 지식인의 반성적 모습이기도 하다. 「인텔리겐치아」 연작에서, 그는 세상의 모든 풍경을 지식인의 내면 풍경으로 환치해 보인다. 물론 의도만으로 시의 모든 성취를 가늠할 수는 없다. 이러한 시인의 의도는 그 시들이 기반하고 있는 최초의 의도일 뿐이다. 우리는 이건청의 시에서 의도를 넘어서 자연과 문명을 넘나드는, 상징과 현실이 갈마드는 새로운 풍경을 만나게 된다.

2

시집 『석탄형성에 관한 관찰기록』의 1부를 이루는 탄광 시편들은 이러한 시도를 좀더 정교하게 보여준다. 이전에 시인은 석탄에 대해서, "왜 네가 깜장일 수밖에 없는지 나는 모른다./ 땅속에서 왜 몇만 년을 견디는 것인지/ [……] / 이곳 저곳에 검은 더미를 이루는 것인지/ 끝내는 한줌 재로 남는 것인지/ 알 수 없다"(「석탄」)라고 노래한 바 있다. 물론 "알 수 없다"는 그의 말은 반어이지만, 그것이 부정어법을 통해 나타날 수밖에 없었음도 사실이다. 시인은 석탄의 오랜 인내와 희생, 익명성, 무의미 따위를 왜소한 현대인의 자의식에 빗대어 이야기했던 것이다. "조금씩 무너져내리는 석탄더미가/ 복구될 수 없을만큼씩 무너져내리는/ 나를 닮았는지". 신작시들은 이 시의 구문을 지탱하는 "왜"라는 의문사에 대한 해답인 셈이다. 「12. 010」를 읽으면, 탄광시편들에서 시인이 택한 방법론을 분명하게 짐작할 수 있다.

나는 1998년 3월
거기에 갔다.
[……] 3200m 지하
3억년 전 숲과 짐승들이
현생 인류와 다시 만나는 현장에 닿았다.
거기가 막장이었다.
飛散 탄가루가 시야를 가리는 거기,
더운 지열이 들끓는 거기서
방진 마스크를 쓴 채,
캡 램프를 단 안전모를 쓴 채,
무릎을 꿇었다. 그리고 석탄덩이를
집어올렸다.
최초의 숲이 밀리고 있었다.
짐승들이 포효하고 있었다.
탄소의 기호는
방대한 은유이며 상징이었다.

　　　　　　　　　　　　　　　—「12. 010」2연에서

석탄이 은유인 이유는, 그것이 자연이면서 현실이기 때문이다. 그곳은 "3억년 전 숲과 짐승들이" 사는 곳이자 삶이 죽음과 만나는 "막장"이다. 석탄이 상징인 이유는, 그 자체가 지금은 없는, "최초의 숲"을 지시하고 있기 때문이다. 시인은 무릎을 꿇은 것을 짐짓 석탄덩이를 집어 올리기 위해서인 듯 말했지만, 실상 그 행동은 이 신성함(이것은 자연의 성결함이자 삶의 비의이기도 하다)에 대한 경외의 표현이었음에 틀림없다. 그곳에서 은유가 그러하듯 자연과 현실이 만나고, 상징이 그러하듯 보이지 않던 태초의 자연이 모습을 드러낸다.

> 막장 밖에 나와 하늘을 보았다.
> 사람들은 식당에 밥 먹으러 가고 있었다.
> 세상은 그냥 세상이었다.
> 그러나, 나는 살아 숨쉬는 석탄들을
> 추운 거리에 쌓아둔 채
> 그냥 내 자리로 돌아올 수 없었다.
> 석탄이 탄소의 목소리로 말하고 있었다.
> 바람 부는 탄광 마을에 소리들이 쌓여 있었다.
> 그때 나는
> 요즘도 지층에 묻히는 사람들이 있고,
> 묻힌 사람들이 탄소로
> 변해가고 있음을 알았다.
> 석탄이 되었거나
> 석탄이 되어가고 있는 사람들은
> 너무 많다.
> 기록 속에 갇힌 이름들이 있고
> 그들은 거기서 검게 변해가고 있다.
> 석탄은 끝이 아니라 현재이고
> 시작이다.
>
> ─「12. 010」 3연

이 태초의 지층 위에 우리의 보통 삶이 영위되는 세상이 자리하고 있다. "세상은 그냥 세상이었다"라고 시인이 말할 때 그것은 태초의 지층이 삶의 지층과는 다르게 엇놓여 있다는 말이 아니다. 차라리 그것은 이 세상 역시 그러한 긴 역사의 과정에서 지층이 되었거나 지층이 되어가고 있다는 것을 뜻한다. "석탄이 되었거나 석탄이 되어가고 있는 사람들은 너무 많다". 세상은 태초의 기억을 놓치고, (마치 "식당에 밥 먹으러 가"는 일처럼) 범상하게 흘러가지만, 지금 이 순간에도 인간의 역사는 자연의 역사에 제 켜를 더해간다. 그래서 "석탄은 끝이 아니라 현재이고 시작이다." 그곳은 삶의 막장이지만, 그만큼 삶이 죽음과 혹은 죽음 너머의 긴 시간과 맞닥뜨리는 곳이다. 많은 이들이 사고로 그 지층에 묻혀 자연으로 돌아갔다. 그러니 그들의 석탄으로서의 삶은 현재이고 시작인 셈이다(시인이 "현재"라는 말을 삽입해 넣은 것은 물론 그 일이 현재진행형이기 때문이다). 이 세상에 남은 것은 그들의 삶과 죽음을 지시하는 때묻은 "기록"뿐이다. 탄광 시편들에서 보이는 합의서, 부상(재해) 경위서, 진단서, 선거 벽보 등은 바로 그 기록의 일부이다.

지층은 태초의 기억이며, 현재화된 시간의 집적이며, 치열한 삶의 현장이다. 시인은 무너져가는 모든 삶이, 이 지층을 이루어가고 있음을 말한다.

> 산 하나가 무너졌다. 먼지가 뽀오얗게 일었다. 흰 치마를 입은 어린 여자 하나 바스러졌다. 열 아홉 살 여자가 서 있던 자리가 검게 멍들어 있었다. 벼랑에 나무 하나 거꾸로 매달려 있었다. 뿌리가 앙상하였다. 며칠 후 죽을 나무였다. 힘든 벼랑 하나 서 있었다.
>
> ─「벼랑」일부

산이 하나 무너졌다. 열 아홉 여자에게 남편의 죽음은 그와 같은 관용어로밖에는 표현되기 어려울 만큼 몹시 고통스러운 일이다. "흰 치마" 역시 소복이거나 "바스러지기" 쉬운 여자의 순결함을 드러내주는 표식이겠다. 그 다음 이 풍경의 의미가 진술된다. "여자가 서 있던 자리가 검게 멍들어 있었다". 이 시를 무채색의 건조한 풍경으로 만드는 이 뛰어난 비유는, 여자의 그림자를, 오래 지워지지 않는 여자의 상처를, 견디기 어렵지만 그럼에도 견디지 않을 수 없는 여자의 삶을, 결국 무너질 수밖에 없는 여자의 몸을 함축적으로 보여준다. 산은 무너지고 여자는 무너진 산의 벼랑에서 마지막 삶을 힘겹게, 버틴다. 여자 역시 며칠 후에는 쓰러질 것이다. 나무의 죽음은 무너진 산의 죽음이기도 하다. 나무가 쓰러지면, 그 마지막 벼랑마저 제 몸을 헐고 무너져 내리리라. 그것은 삶의 벼랑이기도 하니까.

이 풍경 뒤에 사고로 죽은 한 사내의 뒷처리를 위한 합의서 내용이 지루할 만큼 세밀하게 인용된다. 이건청이 메마른 기록을 이 풍경과 병행 배치한 것은 이 풍경의 현재성과 사실성을 보증하기 위해서이다. 이 풍경 역시 은유적이고 상징적이다. "어린 여자"와 "나무"를 연결짓는 연상의 끈도 그렇지만 합의서 내용이 이 풍경의 매개관념으로 작용하고 있기 때문이다. 이러한 매개는 은유적이다. 그러나 이 풍경 안에는 그 현재성과 사실성을 짐작할만한 표식이 없다. 따라서 풍경 자체는 상징적이다. 이 두 현실은 하나가 스러져가는 자연의 풍경을, 다른 하나가 사고처리기록 이라는 문서의 형식을 하고 있지만, 실은 하나가 다른 하나의 세밀한 주석이다.

> 재해자는 79.10.19. 15:40분경 2중단 암석승구에서 슈트–내에 탄을 유탄하고저 고개를 디밀고 작업중 상부 중단 디푸라에서 탄을 봇자 피하고저 고개를 돌려 인도 쪽으로 돌아서는데 당황하여 몸의 중심을 잃고 실족하여 연중 밑으로 떨어져 광차에 머리를 부딪치면서 부상당함
>
> 　　　　　담당 계원　　　이인철　　　인
>
> 재해자 및 목격자의 진술
>
> 상기 내용과 동일 함

말하지 않는다. 언어 중추가 무너진 사내.
두개골이 함몰된 그는
타들어 갈 뿐

—「無烟炭」부분

부상(재해) 경위서의 진술은 결코 객관적인 정보 전달을 목적으로 하지 않는다. "고개를 디밀고" "당황하여" "실족하여"와 같은 표현은 이 사고의 책임이 다친 사람에게 있음을 은연중에 지시하는 음험한 의도를 숨기고 있다. 세상의 비정함은 그런 문서화된 진술 속에 자주 드러난다.

> 2. 被害者側은 金員을 受領하므로써 爾後 鑛山側에 대하여 刑事上 責任을 묻지아니함은 물론이고 民事上의 慰藉料나 其他 名目 如何의 被害賠償 請求도 하지아니하기로 한다.
> 3. 위 2項의 請求權 抛棄는 合意 以後 비록 被害者側에 어떤 事情의 變動이 生한 境遇에도 결코 再論하지아니하기로 함

—「벼랑」 부분

> 위와 같이 요양을 하기로 결정하여 통지함.
>   하지 않기로

—「塵肺 환자 박영환 씨의 하늘」 부분

다친 사람은 말하지 못한다. 그러니 다친 사람이 "말하지 않는다"는 서술은 부상 경위서의 메마르고 비정한 서술만큼이나 오염된 말이다. 그러나 한편 생각하면, 세상의 모든 비정함이 그를 버릴 때, 그 역시 세상을 버린 것이 아닌가. 언어중추가 무너진 후에, 그에게 세속의 시간은 사라진 셈이다. 그가 말하지 않는다고 말한 것은 아마도, 제 몸을 지층에, 그 석탄의 숲에 밀어넣고 다만 타들어 가는 그의 고집스러운 침묵을 신성화하기 위해서였을 것이다. 그 숲은 태초의 기억을 간직한 신성한 숲이기 때문이다.

> 석탄이 왜 산소 속에서
> 불이 되고 싶어하는지
> 나는 안다
>
> —「석탄의 마음」 전문

고 말할 때, 시인은 아마도 이 점을 의도한 것으로 보인다. 오랜 동안 문

명에 파괴되고 억압된 신성한 숲은 새롭게 타오르고 싶어한다. 이 불은 석탄의 그 순연한 불이며, 파괴적인 인간의 손길에 대한 무언의 저항이며, 그럼에도 불구하고 인간을 따뜻하게 감싸주고 싶어하는 자연의 사랑이다.

> 눈발이 흩날리고 있었다.
> 부산발 강릉행 열차가
> 몇 사람을 내려 놓고
> 떠나고, 택시들이 내린 사람들을 싣고
> 외지로 달려갔다.
> 그리고 철암은 석탄만 남았다.
> 검은 벼랑들만 남아 오후 5시 쪽으로
> 흐르는 것 같았다.
> 硅肺를 앓는 것 같았다.
> 기침을 하면서
> 파싹 마른 사내가 사라지고 있었다.
> 뢴트겐 필름처럼
> 왼쪽이 하이얗게 번져 있었다.
> 눈발 속에 血痕이 섞이고 있었다.
> 검은 새 한 마리 울고 가고
> 다시 검은 한 마리 울러 오고 있었다.
>
> — 「철암에서」 전문

철암(鐵岩)은 강원도 삼척군 상장면 철암리의 탄광촌이다. 그곳에서 영암선이 끝나고 철암선이 시작된다. "검은 새"는 선로의 기차이거나 눈발이거나 인생의 막장을 맛본 사람들이거나 아니면 그 모두의 상징이다. 이 무채색의 풍경은 아주 쓸쓸하다. 많은 이들이 삶의 팍팍함을 견디지 못하고 잠시 머물다 눈발처럼 흩어져 갔다. 이곳에 남은 사내가 없는 것은 아니었으나 그마저도 규폐를 앓다가 스러져 갔다. 이제 그 탄광촌의 주민은 석탄이다. 석탄은 "검은 벼랑"을 이루어 "오후 5시 쪽으로", 소멸의 저녁 풍경 속으로 흘러간다. 그 풍경 위로 기침을 하듯, "눈발이 흩날리고 있었다". 따라서 "흩날리다"라는 동사는 자동사인 동시에 타동사이다. 한 탄광촌의 쓸쓸한 저녁에 흩날리는 눈발은 어느 누구도 대상화하지 않고 저 혼자 흩날린다. 그러니 그것은 자동사이다. 그러나 눈발은 한편으로 막장에 이르른 사람들을, "뢴트겐 필름" 속의 하얗게 뭉개진 폐처럼 저녁 풍경 속에 흩어버린다. 그러니 그것은 타동사이기도 하다.

3

이건청은 탄광시편에서 생태학적인 강력한 전언을 상징의 숲에서 읽어내었고, 삶의 아픔을 은유적인 풍경에서 찾아내었다. 한편으로 그는 인간이 만든 질서의 비정함을 딱딱한 객관 서술을 통하여 암시하기도 했다. 이러한 다기한 서술이 이 시들을 얽어내는 씨줄이자 날줄이다. 이것이 단지 방법적인 기술의 필요에서 비롯된 것이 아니라는 것을 다음의 짧은 시가 말해준다.

> 세상의 저문 굴뚝이
> 새를 부르누나
> 눈발 스치는 날
> 산들은 흐려지면서
> 멀어가
> 고
> 지난해의 까마중들이
> 빛 바랜 채 매달려 있다.
>
> ─「硅肺 센터가 보이는」 전문

저녁은 나는 새도 제 집으로 불러들인다. 시인도 그처럼, 평화로운 안식을 소망하는 것이 분명하다. 그러나 시인은 규폐를 앓는 그 풍경을 떠나올 수밖에 없었다. 여전히 기침을 하듯 눈발이 날리고, 시인을 태운 기차는 그곳의 산들을 먼 풍경 너머로 보낸다(산들이 흐려지는 것이 다만 멀어져서일까? 혹시 시인의 눈물이 흐릿한 풍경을 만드는 게 아닐까? 자신의 시적 방법론에 명철한 시인의, 그 지적인 통제를 무릅쓰고, 얼핏 어떤 슬픔이 거기에서 묻어난 것이 아닐까?). 아마도 그곳의 사람들은 "지난해의 까마중들처럼" 말라붙은 채, 어렵고 힘든 삶을 간신히 살아갈 것이다.

탄광촌을 시화하고 있는 이건청의 시도를 그 삶에 무관한 한 방외인의, 스쳐 지나가는 관찰로 읽는 것은 잘못이다. 물론 그는 그곳을 떠나왔지만, 그곳을 떠날 수밖에 없었던 자신의 안타까움까지 떠나온 것은 아니다. 앞으로도 그는 여전히 소외되고 무너져 석탄의 시간 속에 잠겨드는 삶을, 그 삶을 잊은 채 거짓 풍요와 번영을 누리는 환각같은 세상을, 그 세상의 아래에서 숨쉬고 있는 태초의 기억을 시화하는 일에 전력을 기울일 것이다. 설혹 그것이 다른 방법론에 기댄 것이라 할지라도 말이다.(1998)

시와 음악

— 서정춘의 시

서정춘 시인은 과작으로 유명하다. 등단 28년만에 첫 시집 『죽편(竹篇)』(1996)을 냈다. 두 번째 시집 『봄, 파르티잔』(2001) 역시 많은 시를 덜어내고 겨우 33편만을 실었다. 『죽편』에 실린 시들도 길다고는 할 수 없는데, 두 번째 시집에 실린 시들은 더욱 짧아져서 한 면을 넘어서는 작품이 없다. 다작과 다변을 미덕으로 삼는 시대에, 서정춘 시인은 고집스럽게 소품종 소량 생산의 방식을 고집하고 있다. 이 얇은 시집(하드커버여서, 표지가 본문보다도 두껍다)은, 말하자면 시집 코너에 서서도 30분이면 다 읽어낼 수 있어서, 과연 시집이 팔릴까 하는 속된 생각을 하게 만들 정도이다. 그런데 그렇게 깎고 벼려 이루어낸 작품 가운데 절창이 적지 않아서 독자를 놀라게 만든다.

이 시집의 시들은 매우 짧다. 간결 직절한 시행으로 이루어진 시들에 우리는 대개 생략과 여백의 시학이라는 이름을 붙여왔다. 지용의 나중 시가 그렇고, 목월의 처음 시가 그렇고, 대여(김춘수 시인)의 어떤 시가 그렇다. 그 시들은 〈사이〉의 미학이라 부를 만한 공통 특성을 가지고 있다. 혹은 언어와 언어를 건너뛰고, 혹은 풍경과 풍경을 축약하고, 혹은 진술과 진술을 말줄임표로 이으면서 그런 시들은 시행과 시행의 사이(행간을 건너가는 발), 풍경과 풍경의 사이(풍경을 잇댄 보이지 않는 손), 진술과 진술의 사이(묵언으로 말하는 입)를 도드라지게 하곤 했다. 그것은 발화되지 않은 말로 발화된 말들을 둥글게 감싸안는 방법이다. 그래서 우리는 그런 시를 천천히 읽으며, 우리의 상상으로 빈 공간을 채워야 한다. 그런데 서정춘 시인의 시는, 그런 생략과 여백에 눈길을 많이 주지 않는다. 그의 시는 오히려 발화된 말들로 발화되지 않은 말들을 포섭하는 방법으로 쓰여졌다. 그래서 우리는 그의 시를 천천히 읽으며, 우리의 상상을 공간을 채운 시행들에 집중해야 한다. 게다가 서정춘의 시에는 우리가 오래 전에 잃어버렸던 음악에 대한 향수가 숨어 있다. 이 음악이 짧은 시행들을 악보처럼 만든다. 시행들에서 흘러나오는 이 노랫소리는 무척 놀라운 것이다.

> 길고 긴 두 줄의 강철 詩를 남겼으랴
> 기차는 고향역을 떠났습니다
> 하모니카 소리로 떠났습니다
>
> —「전설」 전문

첫 행은 독자를 뒤의 두 행("두 줄의 강철 시")으로 안내하는 들머리이다. "길고 긴 두 줄"은 물론 시행이자 철로이다. 기차나 철로가 쇠붙이로 만들어졌으니 그것을 쓴 시 역시 "강철 시"일 것이며, "고향역"을 단호하게 떠났으니 그 매정함으로서도 "강철 시"일 것이다. "두 줄" "강철" "전설"과 같은 시어들의 교차된 음소의 배열에 주목하라. 그것들은 모두 〈철로〉에서 끄집어낸 음운상의 파생어들이다. 그 철로를 따라 기차는 하모니카 소리를 내며 떠나간다. 칙칙폭폭, 칙칙폭폭…이라는 관용적인 의성어를 이처럼 요령 있게 표현하기란 쉽지 않은 일이다. 뒤의 두 행은 그 모양으로서도, 기차의 반듯하고 긴 모양을 형상화한다. 나란히 가는 철로의 모습이 두 행에 반영되어 있기도 하다. 시의 제목이 된 "전설"은 기차 소리의 멀어짐이 "고향"을 떠난 아득한 옛 일과 연관됨을 지시해준다.

이 이야기 밖에서 우리는 다른 전언을 별로 읽어낼 수 없다. 빈 공간은 기적 소리, 혹은 하모니카 소리의 여운일 따름이다. "…습니다"와 같이 개방된 모음으로 사라져 가는 소리의 여운, 그것은 시행에 이미 포함되어 있는 것이어서 생략이나 여백과는 다른 것이다. 물론 첫 행의 불완전 문장에서 어떤 생략을 짐작할 수 없는 것은 아니지만, 그 생략은 의미상의 여운(어떤 아쉬움)과 결합해 있지 않고, 고향을 떠난 단호함과 결합되어 있다.

이런 시행들을 꾸미기 위해서는 극도의 긴장과 집중이 필요할 것이다. 길지만 한 행에 불과한 문장으로 「저수지에서 생긴 일」을 시화하고 있는 작품을 읽어보자.

> 갑자기, 큰 물고기 한 마리가 저수지 전체를 한 번 들어올렸다가 도로 내립다 칠 때는 결코 숨가쁜 잠행 끝에 한 번쯤 자기 힘을 수면 위로 뿜어 내보인 것인데 그것도 한 순간에 큰 맘 먹고 벌이는 결행 같은 일이기도 하다

— 「저수지에서 생긴 일」 전문

이 긴 시행은 물론 몇 문장으로 분해된다. ① 큰 물고기가 저수지를 들어올렸다가 내려친다; ② 그 물고기는 숨가쁜 잠행 끝에 자기 힘을 수면 위로 뿜어 내보인 것이다; ③ 그것은 큰 맘 먹고 벌인 결행 같은 것이다. 개별 문장으로서도 결코 짧지 않은 이 말들을 시인은 한 행으로 이어 붙이면서, 양태나 동작을 제한하는 약간의 어절들을 덧붙였다. 왜 시인은 이 문장들을 이어 붙였을까? 아마도 물고기에서 비롯된 파문의 일렁임 때문이었을 것이다. 개별 문장들이 이처럼 접속되면서, 문장은 다음 문장으로 쉬지 않고 번져나간다, 마치 물무늬가 한 중심에서 주변으로 퍼져나가듯이. 그런 접속은 문장의 연쇄를 따라 물이랑을 이룬다. 개별 문장들이 이어지는 곳에서 시행은 두둑처럼 솟아오르고("들어올렸다가 도로 내립다 칠 때"[／＼] "수면 위로 뿜어 내보인 것인데"[／＼]), 개별 문장들이 진행되는 곳에서 시행은 고랑처럼 평탄해진다("물고기 한 마리가 저수지 전체를" "숨가쁜 잠행 끝에 한 번쯤 자기 힘을" "한 순간에 큰 맘 먹고 벌이는 결행 같은 일"). 이 시에서 가장 중요한 술어들은 "들어올렸다"와 "뿜어 내보인"이다. 이 두 말은 개별 문장을 접속하는 부분, 두둑처럼 솟아난 바로 그 부분에 위치해 있다. 다시 말해 어떤 절정의 순간에 놓여 있다. 들어올린다는 말은 물고기의 솟아남이 호수 전체의 수면을 높인다는 것으로 이 시의 첫 번째 시안(詩眼)에 해당한다. 이 말의 반대 짝은 바로 다음의 "내립다 친다"지만, 비슷한 짝은 "뿜어 내보이다"이다. 물고기가 호수 전체를 패대기치는 이 힘, 그것을 "수면 위로 뿜어 내보인 것"이기 때문이다.

게다가 이 접속에는 불편한 시어들이 끼어 있다. 맨 처음, "갑자기,"라는 말. 이 말은 이 전의 빈 공간(시가 시작되기 전의 여백)이 보여주었던 고요한 수면을 뚫고 솟아났다. 쉼표(,)가 도약의 한 순간을 지시해준다. 말하자면 이 쉼표는 "큰 물고기"가 수면을 박차는 디딤판 같은 것이다. 그 다음 "내립다"라는 말. 이 말은 사전에 없다. 아마도 이 말은 "들입다"(마구 무리해서)란 말의 세심한 변용일 것이다. 시인은 "들입다"에서 원래의 뜻과 "들다"[入]라는 어감을 읽어내고는, 이를 "내립다"로 바꾸어 "내리다"[下]라는 뜻과 원래의 뜻(마구 무리해서)을 겹쳐 놓았다. 그 다음 "결코"라는 말. "결코"는 부정어와 함께 쓰는데, 뒤의 시행에서 부정어가 눈에 뜨이지 않으니, 통사의 규칙을 어기면서 들어온 말이다. 우리는 "결코"라는 말을 읽으면, 부정의 술어를 기대하여 긴 시행을 읽으면서도 문장이 완성되었다고 보지 않는다. 독자의 기대지평을 계속적으로 배반하면서 시행은 계속 이어지는데, 이로써 개별 단락들의 연쇄가 더 단단해진다. "결코"라는 말은 (수면을 치는 물고기의 단호한 힘을 의미하는 데 더하여) 개별 문장을 꼼꼼하게 얽어매기 위한 트릭인 셈이다. 마지막으로 "그것도"라는 말. 이 말은 이 시에서만큼은 지시어가 아니라 강조어이다. 무엇에 더하여 무엇이다, 라는 말. 시에 의하면 앞의 무엇은 "잠행"이고 뒤의 무엇은 "결행"이다. 이 상반된 의미소는 물고기의 오랜 기다림과 도약이 서로 맞먹을 만한 것임을 일러준다. 수면 아래를 오래 헤엄치던 물고기는 단 한 번의 도약으로 "저수지 전체를" 들어 올렸다가 내려놓는다. 그러니 이 도약이 오랜 "잠행"이 맺은 결실("결행")이 될 수밖에 없을 것이다.

이런 집중은 우리말에 대한 감각이 결코 논리로는 완성되지 않는다는 것을 여실히 보여준다. 시행들은 통사적 규약을 교묘하게, 혹은 엇비슷하게 위반하면서 짜여 있다. 그런데 이 위반은 사실은 좀더 분명한 의미를 담기 위한 위반이며, 음운의 배열을 통한 음악적 요소를 배려하기 위한 위반이다. 서정춘의 시집은 이런 음악적 요소를 배려한 시들로 촘촘하다. 시에 담긴 음악적 요소가 음운의 교차를 통해 드러나는 예를 몇 편 더 들겠다.

놓친 기차는 억울하다 헉, 헉,
놓친 월척 붕어가 억울하듯이, 라고
억울하게 짖어대는 그는 매우 아름답다

—「관계」 전문

나는 "기차"에서 "월척 붕어"를 연상하게 한 이 "관계"가 말소리에서
비롯되었다고 생각한다. "놓친" "기차" "억울" 등의 단어에 들어 있는 음
소들이 "월척"과 근친 관계에 있기 때문이다. 억울함은 기차를 놓치고 거
칠게 숨쉬는 "헉, 헉," 속에도 숨어 있고, 나아가 그를 보며 빙그레 미소
짓는 내 반응, "아름(답다)" 속에도 숨어 있다. 그러니 이 시의 "관계"는
첫 두 행의 비교에서만 파생된 것이 아니다.

　　어느 물 한 방울 없는 파도의 유령들이 4각의 수평선에 유리빨래를 걸
　어놓고 다시금 먼 바다로 빠져나간 흔적들도 보인다

—「유리창」 전문

"4각의 수평선"에서 "4"를 특별히 아라비아 숫자로 쓴 것은 방위를 지
칭하기 위한 것이다. 이 방위 덕택에 이 시는 수직의 평면(유리창)과 수평
의 평면(수평선)으로 입체화된다. 유리창에 묻은 얼룩이 "유령" 빠져나간
자리로 이미지화 되었는데, 이는 "얼룩" "유령" "유리"가 갖는 음운상의
상동성에서 비롯된 것이다. "물 한 방울" 없는데도 이 유리창이 유령들과
흔적들로 복수화(複數化)된 것은 "물" "울" "들"의 유사성 덕택이며, "파
도" "수평선" "바다"와 같은 물 이미지는 "방울" "빨래" "빠져나간" "보인
다" 등의 시어와 공유하고 있는 입술소리들(/ㅂ, ㅃ, ㅍ/) 덕택이다.

대숲에 이슬 내린 소리 받아 들으니
밤중도 자궁 속 같습니다
아, 전생 같은 오늘밤

—「깊은 밤」

이 시의 집중은 그 전언만으로도 매우 놀랍다. "대숲에 이슬 내린 소리"

를 듣는 경지는 사실 초속(超俗)의 경지여서, 시화되기엔 쉽지 않은 경지이다. 시인은 그 소리를 "받아듣는다". 이슬의 둥근 모양에서 연상한 "자궁", "자궁"의 시간성에서 연상한 "전생"은 그 연상의 경로가 비교적 분명한 편이다. 이 시를 얽어매는 힘은 음운의 유사성에서도 관찰된다. 세 가지 음운의 계열이 있다. 그 계열을 간추려 문장을 완성해 보자. ① "이슬"이 내리고, 시인이 그 소리를 듣고("들으니"), "오늘밤"의 의미를 생각한다; ② 이 "깊은" 밤의 검고 푸른 기운이 "대숲에" 이슬 내린 소리를 듣게 한다; ③ 이슬의 둥근 모양은 "자궁"과 "전생"(두 시어에서의 구개음 / ㅇ/에 주의하라, 시인은 「ㅇ(이응)」이라는 시를 쓰기도 했다)을 떠올리게 한다.

서정춘 시인의 시가 음악적 요소에만 주의를 기울인 것은 물론 아니다. 처음 얘기했듯이, 시인의 짧은 시행들은 매우 정교하게 짜여 있어서, 시 바깥의 여백마저 그 안에 포괄한 것으로 보인다. 시행의 전개에 따라 정교하게 변주되는 호흡과 감정의 높낮이, 그리고 음소들의 배치. 나는 여기서, 그의 시들이 짧지만 결코 짧지 않음을 보여주는 독법 가운데 하나가 음악성에도 있음을 지적하고 있을 뿐이다—곧 이 시행들을 악보로 읽을 수 있다는 것. 확실히 이것은 서정춘 시의 놀라운 매력이다.(2001)

사랑의 境界
— 손진은과 정윤천의 시

1

시인은 세상을 끌어안는 사람이다. 비판을 앞세울 때에도 시인은 비판 너머에 있는 어떤 동일성의 시학을 꿈꾸고, 거리를 둘 때에도 시인은 그 거리를 단숨에 뛰어넘는 비약의 논리를 내장한다. 그런 합일의 꿈을 사랑이라 불러도 크게 잘못은 아닐 것이다. 대저 사랑이 없이 시를 쓰는 시인이 있을까. 자신이 소망하는 대상과 한 몸이 되기를 바라지 않는 시인이 있을까. 하지만 그 사랑은 만만한 것이 아니다. 세상을 사랑한다고 느끼는 순간, 세상은 사랑의 밖에서 그 현실성의 모습을 가지고 무연히 서 있을 따름이다. 말하자면 세상에 대한 사랑은 보듬어 내 것으로 만들 수도, 내쳐 남의 것으로 버릴 수도 없는 사랑이다. 시인은 사랑 안에만 거주할 수 없다. 세상을 사랑하는 것이지 사랑을 사랑하는 것이 아니기 때문이다. 그는 사랑 밖에서 자리를 잡을 수도 없다. 사랑 없이 시를 쓸 방도가 없기 때문이다.

사랑의 안에 있을 때 시인의 말은 영탄에 불과할 뿐이어서, 동의할 수 없는 감격과 과장된 수사가 시를 지배하게 된다. 사랑의 밖에 있을 때 시인의 말은 소외의 기록일 뿐이어서, 냉혹한 세계의 기율과 지리멸렬의 감정이 시를 채우게 된다. 속화된 사랑을 전자라 한다면, 잊혀진 사랑을 후자라 할 것이다. 세상에 아첨하거나 세상에서 버려지는 일, 둘 다 세속의 방식이어서 온전한 사랑이라 말하기 어렵다. 세상의 애인 되기가 그렇게 어렵다. 그럼에도 그 세상을 버릴 수 없는 이들이 시인일 터인데, 그래서 좋은 시란 그런 세상과 밀고 당기는 조바심과 기쁨과 고통과 망설임의 과정을 기록한 것일지도 모른다. 그렇다면 좋은 시인은 그 불안정과 불편함을 제 파토스로 삼는 사람일 것이다. 사랑의 〈경계〉에 있는 시인—지금 말하려는 두 시인이 내게는 그런 경계에 있는 시인으로 보인다.

2

손진은의 시는 대상의 바깥을 부유하는 작은 서사까지 잡아내려는 집요함으로 가득하다. 그 집요함은 대상의 모든 것을 되살려내고자 하는 욕망과 그 욕망의 내적 의미까지를 진술하려는 욕망에서 비롯된 것이어서, 섬세함의 다른 이름이라 할 만하다. 그의 시가 문장으로서도, 언술로서도 길어지는 것은 이 때문인 것 같다. 「오늘 우리 집에 두 아이가 태어났다」라는 시는 이렇게 시작된다.

> 오늘 우리 집에 두 아이가 태어났다.
> 한 아이는 화분 속에서, 한 아이는
> 구석 먼지 속에서

"호박순"과 "결혼반지"를 "아이"라 명명하는 것은, 이 발견에 신생(新生)이 주는 신성함이 내재되어 있기 때문이다. 그 다음 두 "아이"에 대한 시인의 상념이 이어진다. 먼저, 반지: "더께를 뒤집어쓴 반지를 집어들자,/ 세월의 집중포화 속에서/ 살아남은 것이 나밖에 더 있는가, 뭐 이런 말들을/ 이제는 끼울 수 없이 작아져버린 반지가/ 그의 어금니를 반짝이며 내뱉는 것 같았다". 반지는 오랜 세월 먼지 속에 숨어 있다가 문득 모습을 드러내어, 결혼 당시의 약속을 상기시킨다. 그 동안 시인도 그의 가족도 변했다. 시인은 어느 날 문득 "식구들의 끓는 애와 무관심,/ 이제는 적요마저 태연히 둘러끼고/ 먼지와 숨쉬며 웅크리고 있던 동그란 볼"을 발견했다. 변하지 말아야 할 약속이 있는 법이다. 무관심 속에 아이는 버려졌지만, 이제 그 아이는 버려진 채로 버리지 말았어야 할 굳은 약속의 대표가 되었다. 시인은 이 아이에게 "역사"라는 이름을 붙여준다. 반지가 "역사의 형식으로 결국 남는 것은 자신"이라고 말했던 것이다. 아이는 "반지"의 은유이지만, 이 반지는 "역사"의 환유였던 셈이다.

다음 "호박순": "우아한 위엄과 표정, 형식을 갖춘/ 연두에서 파랑으로, 다시 노랑과 주황으로 자신의 빛깔을 옮겨가는/ 퍼질러앉은 엉덩짝 같은, 애기 주먹 같은, 길다란 팔 같은 것 속에 맺히는/ 해마다 새끼치는 운동권의 시간을,// 메뚜기처럼 뛴다, 연어처럼 돌아온다,고 나는/ 옹송거리는 어린 눈길을 대신해 속삭여주고 싶었"다. 반지는 오랜 세월이 지났어도 제 모습을 바꾸지 않는데 비해, 호박순은 계속 빛깔과 모양을 바꾸며 시인을 찾아온다. 반지가 불변의 상징이라면, 호박순은 변화의 상징이다. 아이는 생동감으로 삶의 변화하는 이력을 제 몸으로 보여준다. 그래서 시인은 이 아이에게 "생명"이라는 이름을 붙여준다. 아이는 "호박순"의 은유지만, 이 호박순은 "생명"의 제유였던 셈이다.

그러나 시인은 섣불리 감탄이나 감개를 드러내지 않는다. 영탄을 터뜨리는 순간, 두 아이는 느낌표가 만들어내는 공간 속에 흩어져 버릴지도 모른다. 시인은 다만 "역사와 생물 사이에 놓인 시간의 꼬릴/ 쉽게 잡을 수 있을 것 같지 않았다"고 말할 뿐이다. 여전히 그는 두 아이의 바깥에서, 두 아이가 건네는 말에 귀기울이고 있다. 그래서 마지막 연의 풍경은 시 전체를 아우르는 풍경이면서도 영탄의 풍경은 아니다. "나무 하나가 걸어들어와 가슴속 헝클어진 덤불에서 타고/ 물방울 하나가 강물을 다 끌고 간다". 시인은 그 뒤에 남아, 속절없이 변해버린 삶 혹은 생생하지 못한 삶에 대해 반성적 성찰을 하고 있을 것이다. 이런 반성이 제자리를 수락해버리는, 체념의 방식인 것은 아니다. 벗어나기 어렵지만, 벗어나고자 하는 꿈이 그 반성에 함축되어 있기 때문이다. 그의 시에는 이처럼 늘 어떤 깨달음이 있고, 그 깨달음은 요란스럽지 않다.

손진은은 압축과 비약의 방식을 좋아하지 않는다. 하나의 문장에 여러 전언을 새겨 넣는 방법은 확실히 효과적인 방법이지만, 자칫 잘못하면 의미의 균열을 감수해야 한다. 압축과 비약은 대상에 직접 육박해 들어가는 방식이기 때문이다. 대상의 핵심에 곧장 가 닿는다 하더라도, 그 방식은 자주 대상의 외연을 깨뜨리고 내포를 흐트러뜨린다. 차라리 시인은 느릿느릿 대상의 바깥에서 안으로, 말하자면 나선형으로 탐색해 들어간다. 시집 『눈먼 새를 다른 세상으로 풀어놓다』(1996)에 실린 시들은 이런 느릿느릿한, 하지만 분명한 발걸음을 보여준다. 이런 느린 발걸음만이 주마간산(走馬看山)하지 않는다. 나는 이런 느릿느릿함이 대상의 表面과 이면을 두루 시화하려는 의도에서 나온 것이라고 말하고 싶다. 이 시인의 조심스러움이 겸손함의 다른 표현이라는 것을 「섭섭한 집」이라는 시가 보여준다.

> 아팠지만 표시를 낼 수 없었다
> 죄인처럼 머리를 조아리고 있어야 했다
> 허나 쉽게 들켜버린다
> 어디 닿기만 해도
> 저들 몸의 뿌리 뽑는다고
> 쏘아대는 세포들 눈짓 사이에서
> 애써 무안을 태연으로 가장하면서
> 날아가는 무덤이라도 되고 싶은 내 몸 꾹꾹 눌렀다
> 그때마다 내 마음 구석구석 퍼져나가는 어둠을 봐
> 들려 이 고름의 종소리
> 너희들 위에 거북등처럼 얹힌 줄 알겠지만
> 말해줄까, 핏빛 숨긴 이 살이 내 몸의 향기임을
> 내 삭아가는 살집에 주둥일 대고
> 깨고 나올 너희들,
> 밀어내는 만큼만 밀려날 테니까
> 이야기하진 않겠다
> 길 위의 이슬과 먼지, 해와 별 당기고
> 그만큼의 적막과 고요 다져넣으며 건너왔던 누런 각질의 내 삶
> 공화국이 몇 번 바뀌도록
> 가계를 꾸려온,
> 이제사 겨우 동물 같은 세월을 털어버리고
> 한숨 돌리려는 이 애비의 그늘을
> 하여 나 즐겨 시들어가리니
> 그러면 복병처럼 돋아날 너희들
> 하얗게 바랜잠에서 덜 깬 내 오장육부를 뚫고 올라오렴,
> 꺼먼 그림자 몇 남긴 채
> 푸석한 서까래로 떨어질 테니, 새끼들아

어눌하다고 할만큼 시인은, 천천히, 조심스럽게 말한다. 이 느릿느릿한 행보(行步)는 아픈 발톱 때문에 천천히 움직여야 하는 걸음걸이와, 발톱을 건드릴까봐 날이 선 신경과, 그 아픔까지 자기 자식이라는 깨달음을 겹쳐 읽게 만든다. 나는 이 시행을 읽으며 웃음이 나오는 것을 참기 힘들었는데, 발톱 끝(그 하찮은, 몸의 가장 변방에!)에 몸의 모든 감각을 모으고 있는 시인의 모습이 생각났기 때문이다. 다음과 같은 문장을 보자.

① 어디 닿기만 해도
② 저들 몸의 뿌리 뽑는다고
③ 쏘아대는 세포들 눈짓 사이에서
④ 애써 무안을 태연으로 가장하면서
⑤ 날아가는 무덤이라도 되고 싶은 내 몸 꾹꾹 눌렀다

하나의 문장 속에 엇갈리는 시선과 느낌이 섞여 있다. 이것은 시인이 아픈 몸과 아픔을 느끼는 몸, 그것을 생각하는 마음으로 제 자신을 나누고, 그들 사이의 대화로 이 시를 구성했기 때문에 가능해진 일이다. ①은 나의 말이면서, 발톱(세포)들의 말이기도 하다. "어디 닿기만 해도 이렇게 아프담". 혹은 "어디, 닿기만 해봐라. 내가 본때를 보여줄테니". ② 역시 그렇다. "뿌리를 뽑다니!" 하는 발톱의 비명과, "(그냥 떨어져나가지는 않겠다) 나도 네 몸의 뿌리를 뽑겠다"라는 발톱의 앙칼짐이 자유간접화법 속에 녹아 있다. ③ 세포들의 "눈짓"은 그들 각각을 주체로 느끼는 시인의 꼼꼼한 시선과 그들이 쏘아본다고 생각할 만큼 아픔을 느끼는 시인의 감각이 결합하여 만들어진 시어이다. ④ 그래서 시인은 무안하고, 그걸 남 앞에서 들킬까봐 전전긍긍한다. ⑤ "날아가는" 곧 "펄쩍 뛸 만큼 아픈". "무덤" 곧 "아파 죽겠네!"라는 한 무더기의 비명. 위 문장은 이 많은 것들을 하나로 녹여 붙인 문장이다.

손진은의 시가 가진 문체의 특성이 여기에 있다. 이질적인 주체와 느낌들의 동거 혹은 만남. 그것은 세상의 안팎을 시 안에 함께 세워놓고자 하는 계획에서 나온 것이다. 그런 이질성들이 불편하게, 혹은 행복하게 동거하면서 시의 세계가 성립한다. 이 세계에서는 그러므로 독단과 독선이 용납되지 않는다. 아플 때마다 시인은 "내 마음 구석구석 퍼져가는 어둠을" 보지만, 한편으로는 "피빛 숨긴 이 살이 내 몸의 향기"임을 잊지 않는다. 빠지는 발톱을 내 "새끼들"로 생각하는 것, 발톱이 빠지는 일을 "밀어내는 만큼만 밀려"난다고 상상하는 것은 아픔의 근원을 끌어안는 자만이 가질 수 있는 시선이다. 나는 여기서 세상의 아픔을 자기화하는 사랑의 시선을 발견한다. 불편한 세상을 끌어안되 그 불편함마저 끌어안는 포용력이 이 시선에 있다. 그러므로 몸의 변방에 있던 발톱마저 예사로운 군더더기가 아니다.

사랑 앞에서 온전하지 않은 것은 없다. 세상의 빈틈으로 흘러드는 사랑은, 그 빈틈을 채우고 넘쳐 세상을 살만한 것으로 바꾸어낸다. 물론 그 후에도 세상은 저 단단한 사물성의 세계로 우리 앞에 서 있다. 그 불편함을 회피하지 않되, 그것마저 감싸안아야 하는 지난함이 여전히 시인에게는 놓여 있다. 손진은은 이를 정시하고 있는 듯 보인다. 그래서 그의 시들에서 보이는 지나친 산문성이 세상의 모습을 닮아가지 않을까 하는 내 우려는 아주 사소한 것이다.

3

정윤천에게 안팎의 경계는 아주 뚜렷한 것처럼 보인다. 사랑의 공동체와 그 바깥의 수렁들. 물론 시인의 시선은 사랑의 안쪽을 향해 있는데, 그럼에도 불구하고 시인이 자주 사랑의 바깥을 언급하는 것은 사랑에 틈입해 들어와서 그것을 훼손하고 흩어버리는 바깥의 힘에 대한 분노 때문이다. 손진은의 시가 세속의 바깥을 쓰다듬고 포용함으로써 사랑을 완성하고자 한다면, 정윤천의 시는 사랑의 바깥을 걷어내고 닦아냄으로써 사랑을 지키고자 한다. 시집 『흰 길이 떠올랐다』(1999)에서 시인은 그 사랑의 공동체를 공들여 복원해낸 바 있다. 당신과 나, 그와 그녀를 "우리"로 묶어 부를 수 있었던 시절이 이 시집에 살아 숨쉬고 있다. "어머니는 손바닥만씩한 헝겊을 덧대어, 상보라거나 책보 같은 걸 기워놓곤 하였다. 언젠가 당신은 내게 힘들게 들려준 적이 있었다.(얘야, 나는 내 안팎의 상처를 깁곤 했구나.)"

바깥을 깁는 일이 어느새 안쪽을 깁는 일이 되었던 "이 집착과 망아의 시간"이 바로 치유의 시간이다. 우리는, 「슬픈 일 앞에서는」, 늘 그렇게 된다.

> 우리 나라 늙은 여자들
> 아고~머니
> 아이고~어머니
> 제 호칭들을 불러세워
>
> 하필이면 한사코
> 제 자신들을 불러세워

　어머니는 그렇게, 늘 어머니이다. 자신의 현존성이 오래 전 시원과 닿아 있는 존재, 삶의 신산과 고초를 겪을 때에도 늘 자기 자신을 내세워야 하는 존재. 이 분이 우리 사랑의 근원이다. 시인에게는 이 단단한 사랑에 대한 믿음이 있다. 특이하게도 이 사랑이 시인을 자주 부정의 상상력으로 이끈다. 이 역시 바깥의 시선이 사랑의 중심을, 어떤 긍정의 자리를 찾게 만들었던 손진은의 경우와는 다르다. 정윤천의 시에서 이런 안팎의 경계는 매우 뚜렷해서, 자주 시의 문체마저 둘로 나뉠 정도이다.

> 개발순위 따위가 어쩌고 저쩌고 또 그래서
> 원탁회의-중간보고서, 끙끙거리는 일 상관없이도
> 볕 속의 씨알들은 제 몸 스스로 추스려
> 알곡으로 긴히 여물 줄 알고
> 버려두어도 강물은
> 가야할 먼 길을 사무치게 흐릅니다
> 공사가, 다·망·한 우리네 삶 하는 일도곤
> 기실은 저와 같아서
> 휘황한 포장지로 덮씌워 은실 은고리를 묶지 않고도
> 이를 곳 올곧게 닿는
> 정연한 순리의 시간에 대고
> 자연스럽게 짜짜로니로 바라보기도 할 일이었습니다.

　「자연스럽게 혹은 자연이게」라는 시 전문이다. 안팎의 구별은 아주 분명한 것이어서, 바깥을 말할 때 시인의 목소리에는 풍자와 반어, 말장난이 섞인다. "어쩌고 저쩌고"에 깃든 생략, "꿍꿍거리는"에 깃든 비판, "공사다망"에 깃든 언어유희, "휘황한"이나 "금실 은고리"에 깃든 반어는 시인이 "자연스러움" 혹은 "자연"에 대해 보이는 신뢰와는 분명한 대척을 이루는 것이다. 1-2행이 온 문장을 이루지 못하고 끊어져 있는 것과 3-6행이 유려한 흐름을 이루고 있는 것도 같은 측면에서 살필 수 있겠다. 자연은 그토록 부드럽고 유려한데, 그것을 망치고 다시 복구하려 드는 인간의 행동에는 작위와 어설픔만이 있을 뿐이다. 사실이 그렇다. 자연(自然)이라는 말 속에 이미 "이를 곳 올곧게 닿는/ 정연한 순리"라는 개념이, 짜짜로니처럼, 녹아들어 있지 않던가.

정윤천의 시에서 사랑의 경계가 분명해 보인다는 것은, 그가 선택한 세계와 배제한 세계가 분명히 갈라져 있다는 뜻이다. 그의 문체가 하나의 시에서 이질적인 것은 이런 사정을 반영하기 때문인 것 같다. 그것은 이질성을 제 집의 동거인으로 인정한 손진은의 경우와는 다르다. 차라리 그것을 동일성의 시학이라고 말하는 것이 옳겠다. 하나의 완결된, 저 사랑의 세계와 그 너머에 온갖 부정성의 계기를 함축하고 있는 저 불모의 세계를 우리가 갈라서 말할 수 있다는 것이 그 증거이다. 그것이 어떤 단순성의 결과일 뿐이라면 우려할 만한 일이겠지만, 시인은 그것을 넘어선 어떤 핵심을 바라보고 있는 듯 하다. 「경주에서」 겪은 바깥의 경험을 읽어보자.

> 번듯한 누각과 늘비한 기와 지붕 아래
> 그날의 낙락장송, 그늘길을 가다보면
> 무엇보다도 웬지 원통함이 가슴에 온다
> 터무니없이 호사한 제왕의 무덤 앞에 이르러도
> 지난 날들은 이제 말이 없고
> 서라벌, 박제된 영화의 침묵을 깨며
> 최신식 관광호텔 지하 나이트 전속 취주대가
> 불빛 휘황한 눈요기의 한 저녁을 열면
> 그래 여기가 바로 그날의 중앙통 네거리
> 그 오욕의 진원지이고 말았던가
> 아아, 가 아니라 으으, 신라의 달밤……

무서운 바깥이 겹으로 있다. "박제된 영화"를 내세우는 옛날의 유적들이나 그 위에서 흥청망청 번성하는 세상이나 사랑의 바깥이기는 매일반이다. 맥수지탄(麥秀之歎)의 자리에 옛날과 오늘을 겹으로 비판하는 시인의 탄식이 놓인다. "오욕의 진원지"를 바라보는 이의 시선에 용서와 연민이 끼여들기는 어렵다. 이뿐이라면 이 시가 단순성의 혐의를 벗기는 어려울 것이다. 거기에 덧붙이는 시인의 나지막한 노래가 이 시를 읽는 우리의 시선을 역전시킨다. "아야"와 "으으"의 말바꿈. 철지난 유행가의 청승스러움과 시인의 신음이 만나는 말장난. 슬쩍 덧붙인 이 구절을 위해 시인의 경주행이 예비 되었다고 보면 어떨까.

그의 시에서 자주 보이는 의태어, 말장난, 방언은 이런 역전의 장치이다. 물론 이런 역전이 세계 전체에 대한 역전이 될 수는 없다. 세계는 여전히 그 부정성을 가진 채 저 건너편에 있는 것이다. 비판과 연민, 분노와 사랑이 경계의 안팎에서 갈려 나간다. 바깥의 세상을 그릴 때에 시인의 전언이 급속히 속화되는 것만 경계한다면, 이런 이분된 세계도 두드러진 성취를 이룩할 것이라 생각한다.

4

다시 사랑의 경계에 관해 생각한다. 경계는 사랑하는 이로 하여금 매너리즘과 자기애에, 도취와 소외에 빠지지 않게 지켜준다. 나는 지금 두 시인의 싯구 하나씩을 번갈아 읽으면서 이 경계의 아름다움과 위태로움에 관해 생각하고 있다. 부디 저들의 경계가 사랑의 외연을 넓히고, 내포를 충만하게 하기를.

> 그녀는 뒷모습만 보고 돌아갔다 한다
> 보고 싶다와 안 된다가 격렬하게 밀어내며 쏟아졌던
> 그녀 마음 줄기를
> 둥근 등이며 어깨만은 들썩이며 받았을 것인가(손진은, 「검은 눈」)

> 길게 끌려온 물길 하나가

염전, 소금이 되기 위하여 흘러들어 오던 동안
지지직 뜨거운 제 길 위에서
스스로 깊어지던 염기(정윤천, 「섬, 임자에서」) (2000)

문자로 이루어진 세상

— 정끝별의 시

    두 번째 시집 『흰 책』(2000)에서, 뜻밖에도 정끝별은 아주 짧은 말로 자서(自序)를 구성하였다. 짧지만 이 말에는 시인이 생각했던 세상의 실체와 방법론이 다 녹아 있다: "세상 모든, 농과 되풀이를 위하여". 농은 농(膿)이면서 농(弄)이다. 농(膿)은 시인의 시선이 세상의 상처에, 그것도 채 아물지 않은 환부에 가 있음을 이르는 말이며, 농(弄)과 되풀이는 그 현재형인 상처를 견디는 방법을 이르는 말이다. 가볍게, 반복해서, 시인의 표현을 따르면 "뜨랄봐라! 뜨랄루야!"(「부기우기 뜨랄라」) 노래하면서. 그건 아픈 세상을 짐짓 아프지 않은 듯 견뎌내는 방법이다. 농담과 되풀이는 이 무의미한 세계를 웃음과 상처와 허무주의로 관통해가고자 만들어낸 전략이다. 하늘 아래 새 것은 없는 법이다. 그 무의미를, 아픈 세상을 웃음으로 버무려낼 때 농담은 진언(眞言)을 드러내는 효과적인 방식이다.

    정끝별은 이를 위해 세계를 거대한 책으로 바꾸었다. 세계를 구성하는 것이 문자들이라면, 세계의 풍광은 실체가 아니라 문자들의 배열일 따름이다. 문자의 연쇄로 세계를 축조하는 일. 이 보르헤스적 공간에서 세계의 사물성은 언어의 기호성으로 전환된다. 하지만 보르헤스의 세계가 문자들의 연쇄 속에서 끝없이 증식해 가는 데 비해, 정끝별의 세계는 문자들의 연쇄로 제 안의 현실성을 끊임없이 붙들어맨다. 전자가 현실을 환상으로 번안한다면, 후자는 환상을 현실로 환원한다. 보르헤스는 이 세상이 어떤 다른 세상의 그림자라고 생각했다. 정끝별은 다른 세상을 보여주는 그림자들이 사실은 이 세상을 실체로 하고 있다고 생각한다. 첫 시집 『자작나무 내 인생』(1996)에서 이미 기호에 대한 시인의 집요한 관심이 두드러진다. 예컨대,

거리에 들어선 비문은 더러워지게 마련
능숙한 떠돌이는 더러움을 두려워 않는다
뜨거운 태양아래 지팡이도 없이
온몸을 더듬이 삼아 눈먼 비문이 지나네
채팅의 비문들 롤러스케이트를 타고 달리네
주술이 몸 섞인 지하철 안의 비문들
띄어쓰기도 무시한 채 우루루 쏟아지네
발길로 다져진 목책을 떠나지 못한 채
망설임에 헛짚는 동사들의 덧나는 생채기
버스 손잡이를 잡고 비틀대는 취한 비문의
문장화되지 못하는 부랑의 노래(……)

—「비문을 만나다」

와 같은 시에서, 주체는 사람이 아니고 언어이다. 눈먼 거지("눈먼 비문")
와 학생들("채팅의 비문"), 쏟아져내리는 지하철 승객("지하철 안의 비문
들"), 농부들("동사들"), 취객들("취한 비문")은 행복한 삶의 길에서 일탈
하여, 비문법적인 삶을 살아간다. 『흰 책』의 세계에서도 이 기호들은 세상
을 표상하는 인자(因子)들이 아니라, 그 자체로서 세상을 구성하는 인자
들이다. 고름은 고름이고 농담은 농담이다. 역설적으로 그 불가역성이 둘
을 바꿔 읽게 만든다. 시인은 내가 아프다는 사실을 농담처럼, 거듭해서
말한다. 고름투성이 "농"이 유희로서의 "농"으로 바뀌는 지점이 여기다.
예컨대 눈이 내린 세상은 흰 책이다.

　　흰 자모음을 두서없이 휘갈겨대는군요 바람이 가끔 문법을 일러주기도
합니다 아하 千軍萬馬라 써 있군요 누군가 백말떼 갈기를 마구 흔들어대
는군요 희디흰 말털들이 부지런히 글자를 지우네요 아이구야 복숭아꽃 살
구꽃 아기진달래 떼떼로 몰려오는군요 흰 몸이 흰 몸을 붙들고 자면 사랑
을 낳듯 흰 자음 옆에 흰 모음이 가만히 눕기만 해도 때때로 詩가 됩니다
까만 머리를 빡빡 밀어버린 수천의 중들이 휘파람을 불면서 써제끼는 날
라리 게송들도 있군요
　　가갸거겨 강을 라랴러려 짐을 하햐허혀 나무를 들었다 놓았다 한밤내
석봉이도 저렇게 글줄깨나 읽었을 겝니다 그 밤내 불무 불무 불무야 이 땅

에서 제일 따뜻한 아랫목을 위해 확— 열어놓은 불구멍 같은 저 달을 세상
어마들이 가래떡처럼 썰어대는군요 그러니 저리 펄펄 내리는 거겠죠 한밤
내 호호백발 두 母子가 꿈꾸었을 해피엔딩을 훔쳐 읽다 문득 자고 있는 아
이놈 고추를 만져보는 기가 막힌 밤인 겝니다

—「흰 책」 전문

시의 전반부에서. 시인은 세상에 날리는 눈발을, 휘갈겨 쓴 "흰 자모음"
으로 바꾸었다. 눈의 움직임은 가획(加劃)의 운동성이 되고, 눈을 날리는
바람은 문자의 운용법칙인 "문법"이 된다. 눈발은 "천군만마" "백말떼 갈
기" "말털들" "복숭아꽃 살구꽃 아기진달래" "수천의 중들이 써제끼는 날
라리 게송들"을 가로지르는 질료이다. 눈발의 이미지들이 사슬처럼 이어
지면서, 각각의 문자가 가진 지시체들을 시 안에 끌어들이는 것이다. 눈
의 색깔(흰빛이라는 것)과 양태(다수라는 것), 동작(날린다는 것)을 나누
어 가진 이 부유하는 대상들의 천변만화는 놀랍다. 더구나 "흰 몸이 흰 몸
을 붙들고 자면 사랑을 낳듯 흰 자음 옆에 흰 모음이 눕기만 하면 때때로
詩가" 된다. 흰빛에 이렇게나 많은 의미소가 숨어 있다는 사실도 놀랍다.
"흰" = 〈벌거벗은〉("흰 몸"은 아무것도 걸치지 않은 몸이다), 〈사랑하는〉
혹은 〈순결한〉("흰 몸이 흰 몸을 붙들고" 자는 일은 서로의 몸을 사랑하는
일이다, 순수하게), 〈단독의〉("흰 자음"은 모음이 결락된 자음이며, "흰
모음"은 자음이 부가되지 않은 모음이다), 〈詩的인〉(시를 이루는 모음과
자음은 흰빛이다) 따위의 부가 의미소들.

시의 후반부에서도 문자는 세상을 이루는 질료이다. 우리는 한석봉의
이야기를 읽으며 글쓰는 일과 떡 써는 일 사이에서 어떤 등가성을 발견한
다. 석봉이도 글자들로 강과 집과 나무를 지었다. 세상이 글자로 지어졌
으므로 세상을 잘 사는 건 "글줄깨나 읽"는 일이다. 글을 쓰고 읽는 일이
곧 세상을 짓고 사는 일이었던 셈이다. 어머니 역시 마찬가지다. 달은 세
상에서 "제일 따뜻한 아랫목"을 위해 지펴졌던 불무 곧 어머니의 사랑이
었고, 어머니가 썰었던 가래떡이었고, 그 결과 내리는 흰 눈이었다. "그러
니 저리 펄펄 내리는 거겠죠". 흰 눈 내리는 세상은 두 모자(母子)의 이야
기를 적은 책이자, 그렇게 "해피엔딩"으로 끝맺는 사랑의 책이다. 시인은

그 모자에 자신과 아이를 포개놓는다. "자고 있는 아이놈 고추를 만져보는 기가 막힌 밤", 이 교감의 밤은 아름답다.

정끝별은 자주 말놀이를 시에서 활용하곤 한다. 문자의 배열로 세계를 축조해가기 때문에, 서로 닮은꼴인 문자들로 세상의 사물들을 연쇄하는 방법은 자연스러운 일에 속한다. 시집의 어느 부분을 펼쳐봐도 서로 비슷한 문자들이 모여 있다. 그로써 드러나는 세계의 모습을 살펴보자.

> 물고기는 물 속에 두더지는 땅 속에
> 거미는 허공에 집을 세우건만
> 저 달팽이는 유독 제 살 속에 집을 세운다지
> 둥그렇게 병든 제 몸뚱이를 아我집이라 부르며
> 죽을 때까지 제 집을 지고 다닌다지
> 수십만 번 같은 밥을 먹고
> 수만 번 같은 똥을 만들어내며
> 폐가임에 틀림없는 제 살집 속에서 나와
> 망집임에 틀림없는 제 살집 속으로 들어간다지
> 줄도 없고 빽도 없는 길을
> 희망이라 여기며 가랑잎에 알을 깐다지
> 그러니 아집인 게지
> 수만 개의 혀가 빠지며
> 수십만 개의 똥집을 쏟아내며 번번이
> 없는 길을 온몸으로 밀어붙인다지
> 그래봐야 저 길에 묶여
> 저 길에 의지할밖에 없을 텐데
> 저 길을 벗어나는 길은
> 층층이 쌓인 제 살집을 관棺통하여 쏘옥
> 빠져나가는 길뿐인데
> 저 길고 슬픈 혀
> 저리 처진 괄약근 하나로 말이지
>
> ——「아我집을 관棺통하다」 전문

우리는 달팽이의 살과 집을 합하여 달팽이라 부르지만, 달팽이 역시 그렇게 생각하진 않을 것이다. 달팽이에게 껍질은 그냥 껍질이다. "달팽이는 유독 제 살 속에 집을 세운다". 달팽이는 제 안에 들어와 있는 이 불편한 껍질 속에서 나고 살고 죽는다. 집이 관이 되는 이 구각을 평생토록 이고 다니므로 달팽이의 집은 아집(我執)이며, 거기에 아무것도 없으므로 그 집은 폐가이며, 그럼에도 불구하고 거기에 헛되이 집착하므로 그 집은 망집(妄執)이다. 그러나 한편 달팽이의 살집은 그 껍질에 붙어 있는 혀이거나 똥집이다. "수만 개의 혀"와 "수십만 개의 똥집"을 내고 거두며 달팽이는 제 길을 가야 한다. 껍질 속에 달팽이는 "저리 슬픈 혀/ 저리 처진 괄약근 하나"일 뿐이다. 이 충격적인 전언은 달팽이의 삶이 슬프거나 처진 속살과 자기를 가두거나 숨기는 어떤 위장의 합이라는 것을 보여준다. 또한 이로써 악착스레 삶을 부여잡는 일(아집)이 제 안의 죽음에 복무하는 일(관통)에 불과하다는 것이 드러난다. 시인은 묻는다. 생각해 보면 우리 삶도 그런 것이 아닌가? 우리 안에 들고 나는 수많은 것들을 먹고 싸는 일이 아닌가? 우리 몸이라는 것이 한 때는 밥이었다가 마침내 똥이 되는 것들이 여러 번 들고나는, 긴 순환의 통로에 불과한 것이 아닌가? 그러니 "수십만 번 밥을 먹고 수만 번 같은 똥을 만들어내며" 살아온 우리는 "수만 개의 혀"와 "수십만 개의 똥집"이 아닌가? 그런 되작임의 긴 흔적이 우리가 걸어왔다고 믿는 길이 아닌가?

이 깨달음은 불편하지만, 아집과 관통 속에 들어 편안한 것보다는 차라리 그 밖에서 불편한 것이 낫다. 시인은 우리를 아집이거나 망집인 어떤 편안함에서 떼어 저 불편한 현실성의 세계로 던져 버렸다. 이 소격을 지탱하는 것이 문자들의 유사성인 셈이다. 이런 이유로 나는 정끝별 시인의 말놀이가 어떤 슬픔과 결합되어 있다고 생각한다. 그런 쓸쓸함을 가장 감동적으로 보여주는 시가 두 번째 시집의 서시에 해당하는 「밀물」이다.

가까스로 저녁에서야

두 척의 배가
미끄러지듯 항구에 닻을 내린다
벗은 두 배가
나란히 누워

서로의 상처에 손을 대며

무사하구나 다행이야
응, 바다가 잠잠해서

―「밀물」 전문

　저녁이 되어 두 척의 배가 겨우 항구에 닿았다. "겨우"를 대신한 "가까스로"란 네 음절과 그 다음에 "저녁에서야"란 다섯 음절을 우리는 천천히, 가까스로 읽어야 한다. 그 두 척의 배, 혹은 연인은 신산한 바다를 어렵게, 상처 입으며 헤쳐 나왔다. 첫 연을 모두 차지한 이 두 마디 말은 이들의 어려움을 단번에 요약한다. 말못할 고생을 겪은 이들은 그 고생에 대해 정말로 그렇게 말을 못하는 것이다(그러니 "바다가 잠잠해서"라는 마지막 말은 상대방을 배려하는 데서 나온, 거짓말이다). 지난 일에 목이 멘 자들이 할 수 있는 말이란 게 그렇게 단음절들일 뿐이다. 그런데 의외로 그 둘은 "미끄러지듯 항구에 닻을 내린다". "가까스로"와 "미끄러지듯"의 이 먼 거리를 우리는 모르지 않는다. 고해(苦海)를 겪은 자들일수록 서로가 서로에게 얼마만한 위안이 되는지를 안다. 배를 맞대고, 한 몸이 다른 한 몸에 미끄러지듯 스며드는 이 삼투! 내어주는 자와 받아들이는 자가 그렇게 한 몸이 된다. "두 척의 배"라는 은유는 이 정박을 통해 "벗은 두 배"라는 제유가 된다. 이 시행의 병행성 덕택에 둘은 나란히 눕는다. 포개어짐(항구에 닻을 내리다)이 나란히 있음(나란히 눕다)으로 변하는 과정은 두 몸이 사랑하는 과정이기도 하다. "서로의 상처에 손을 대"는 일 혹은 서로의 배를 쓸어주는 두 연인, 몇 마디 말을 건네는 일 혹은 그런 짧은 말로도 서로를 단번에 이해하는 두 연인. 제목을 이루는 "밀물"에서 우리는 두 사람에게 가득 차 오른 어떤 정감의 크기를 읽는다. 고백하자면, 나는 이 시집을 읽다가 밀물 드는 때에 여러 번 첫 장으로 돌아가곤 했다.

　세계의 모습을 문자의 배열과 조합으로 기표하려는 시인의 시도는 매력적이지만, 그렇게 만들어진 "흰 책"은 확실히 문자표(文字表)보다는 사실화(事實畵)에 가까운 것 같다. 이때 문자들의 연쇄를 가능하게 하는 말놀이는 그 속에 품은 슬픔과 그 밖으로 드러내는 웃음 사이에서 이중적으로 기능한다. 이 때문에 정끝별의 시에서는 제 자신을 향한 풍자와 제 진심에서 솟아난 반어가 수다하다. 우리는 웃으며 시를 읽고 쓸쓸하게 시를 접는다. 그녀의 시를 이루는 문자는 저 눈의 흰빛이었지만, 우리가 그것을 검은 문자로 읽을 수밖에 없듯이. 여전히 시인은 웃으며 나는 아파, 라고 말하고 있다. 이제 우리가 웃으며 아파해야 할 차례다.(2000)

적멸 혹은 격렬
— 문태준의 시

1

문태준이 자신의 첫 시집을 『수런거리는 뒤란』이라 부른 것은 매우 시사적이다. 산업화, 도시화된 삶의 질서가 안마당을 차지했으나, 여전히 뒷마당에서 지속되는 그늘진 농경적 삶의 질서에 시인이 관심을 두고 있기 때문이며, 버려진 그곳을 지배하는 적멸과 그 적멸 속에 숨은 천변만화(千變萬化)의 풍경을 시인이 그려내고 있기 때문이다. 그곳에서 적멸(寂滅)과 격렬(激烈)은 한 몸이어서 죽어가는 것들과 새로 나는 것들이, 퇴락한 것들과 움트는 것들이 한 데 모여 있다. 그것들이 모여 시의 이슬을 만들어낸다. 어떤 이는 그에게서 에로스를 읽고 가고 어떤 이는 그에게서 타나토스를 읽고 갈 테지만, 그는 아무것도 뉘우치진 않을 것이다.

2

그곳에 격렬과 적멸이, 혹은 삶과 죽음이 동거하고 있음을 보여주는 첫 번째 증거가 바로 샤먼이다. "무당의 공수에 기대어 어머니들이 생존하여 갔다"(「비겁한 상속」). 그곳에서 생명을 낳고 길러 삶을 이어온 어머니들은 죽은 사람의 말을 들으며 살았다. 산 자들을 지배하는 죽은 자들의 이 격렬한 힘은, 죽은 자들에 지배된 산 자들의 적멸의 힘과 다른 것이 아니다. 나는 그 어머니들의 자식이어서, "무당의 공수에 기대어 나도 생존하여갔다". 말하자면 죽음의 질서에 따라 살았다. "나는 가장 작은 무덤을 다른 곳으로 옮기고 가끔 마당에 소금을 뿌렸으며 북쪽으로 머리를 두어

늪지 않았다/ 그후 그 무당을 보지 못했으나, 나는 달에 절을 하고 생솔가지에 불을 놓았다". 무당마저 적멸의 땅에 들었으나, 여전히 내 삶을 지배하는 것은 죽은 자들의 가르침이었다.

> 제비집인데 제비 아닌 뭔 날것 돌아온다
> 찬물 위 기름 돌 듯 매번 처마 아래 그 집 허물 생각
> 그을린 방구들 구름들 서쪽으로 갈아 내놓는 인부들
> 집터 귀퉁이에 엉켜 살던 푸른 풀배암이
> 가시덤불 우거진 산속으로 소낙비처럼 내쳐간다
> 병 깊어져 오늘 산속으로 간 사람의 무정함
> 묻힌다는 것은 무엇인가, 초저녁녘 중얼거리는
> 날벌레떼거리, 저 살아 있는 무덤들!
> 나는 피우려던 쑥불 그만둔다
> 뜸부기는 별 하나씩 골짜기에 따 담아
> 하늘의 벌판에서 꽃들 별똥으로 지는데
> 하현달에 올라 낫을 갈며 나는 끊어지는 인연을 본다
>
> ─「하짓날」 전문

　사람이 살지 않으니 제비집에 제비 아닌 날것들만 돌아오던, 빈집이 마침내 허물어졌다. 집은 해체되어 제 몸을 자연에 내놓았다. 구들을 구름으로 잇대어 놓는 언어유희는, 이 집의 허물어짐이 자연으로 돌아가는 어떤 즐거움의 결과라는 것을 암시해준다. 서쪽으로, 말하자면 죽음 뒤의 생(生)으로 무심히 흘러가는 구름처럼, 병 깊어진 사람도 북망산(北邙山)으로 갔다. 집터에 살던 뱀이 산 속으로 간 것은, 그 집의 주인이 산 속 무덤으로 거처를 옮겼기 때문이다. 망자는 집을 떠났고 그 후에 집은 무너졌으나, 그 대신 그의 몸을 둥글게 감싸안은 새 집이 생겨났다. "묻힌다는 것은 무엇인가", 내 중얼거림을 대신해서 날벌레들이 웅웅거린다. 가만 보니, 그 날벌레 떼가 둥글게 엉켜 있는 것도 무덤이다. 그래서 나는 쑥불 피우려던 행동을 그만 둔다. 그는 죽어 묻힌 것이 아니다. 천지에 널린 것이 모두 그의 집인 까닭이다. 들판에서 꽃이 지듯 하늘에서 별똥이 지고, 그렇게 그는 죽었을 뿐이다. 하현달의 그 날카로움이 지상의 인연을 끊었

으나, 우리는 그렇게 삶과 죽음의 자리를 바꾸었을 뿐 여전히 이곳에 있다.

삶과 죽음의 자리가 겹쳐 있으니, 둘을 잇는 소통의 방식을 온곳에서 찾을 수 있다. 죽은 포도나무와 폐경한 여인들이 나누어 가진 경도(經度)(「포도나무들」), 죽은 자의 분신이 되어 찾아오는 뱀(「사라진 뱀 이야기」, 「꽃뱀을 찾아서」), 서낭당처럼 무성한 토란잎(「비 지나가는 저수지」), 증조부의 지방(紙榜)을 태우는 나방(「皮影」), 할머니의 사십구재 향을 사르는 한 마리 흰나비(「흰나비재」), "문둥이처럼 살이 문드러지고 광대뼈가 불거진 한 주검"을 대신하는 "깡마른 겨울풀"(「겨울 꽃봉」), "마른 쑥부쟁이처럼 떠"돌 죽은 여자(「상여가 지나가는 마을의 하루」), 묏자리를 찾아다니는 "저승꽃이 더 많이 핀 큰아버지"(「국화 꽃잎이 마르는 사이」), "잡풀에 묻힌 무덤에서나 발굴될 뼈를" 가진 가시나무 혹은 노인(「유혹」)……. 뒤란의 삶이 계속될수록 이 목록도 무한히 증가할 것이다.

3

그곳에 격렬과 적멸이, 혹은 부재와 충만이 함께 있음을 보여주는 두 번째 증거가 사물들의 현실태(現實態)다. 사물들은 풍화와 소멸의 과정에 있으나, 여전히 실재하는 것들을 대신한다. 문태준의 시에 가득한 적막감은 이농을 반영하는 현실의 황폐함에서 비롯된 것이기도 하지만, 한편으로는 풍경을 제 식구로 데리고 사는 자의 내면에서 비롯된 것이기도 하다. 사랑하는 이는 없으나, 그곳은 그 모든 퇴락을 끌어안은 이의 기다림으로 여전히 웅성거린다. 말하자면 그곳에서는 없는 것들이 없는 이의 삶을 대신해서 산다. 다음과 같은 아름다운 시가 그 폐허에서 사는 방식을, 부재(不在) 가운데서 견디며 사는 방법을 보여준다.

흙더버기 빗길 떠나간 당신의 자리 같았습니다 둘 데 없는 내 마음이 헌 신발들처럼 남아 바람도 들이고 비도 맞았습니다 다시 지필 수 없을까 아궁이 앞에 쪼그려 앉으면 방고래 무너져내려 피지 못하는 불씨들

종이로 바른 창 위로 바람이 손가락을 세워 구멍을 냅니다 우리가 한때

부리로 지푸라기를 물어다 지은 그 기억의 집 장대바람에 허물어집니다
하지만 오랜 후에 당신이 돌아와서 나란히 앉아 있는 장독들을 보신다면,
그 안에 고여 곰팡이 슨 내 기다림을 보신다면 그래, 그래 닳고 닳은 싸리
비를 들고 험한 마당 후련하게 쓸어줄 일입니다

—「빈집 1」 전문

　빈집에는 퇴락한 것들만이 바람과 비에 섞이고 젖어들 뿐이다. 그런데
놀랍게도 시인이 그 빈집을 이루는 낡아가는 것들에게 기다림을 부여하
자, 그것들이 일관된 사랑의 기표(記標)가 된다. "흙더버기 빗길"은 당신
과 이별했을 때의 격정을 여전히 기억하고 있으며(진흙이 튀어올라 붙은
그 물방울 자리에 함께 말라붙은 눈물), "헌 신발들"은 당신이 떠난 후에
비바람에 노출된 내 마음을 대신하여 거기에 있으며(당신과 함께 나란히
놓이고 싶은, 그러나 주인에게 버려진 채 그냥 벗어져 있는 마음), 무너져
내린 "방고래"는 피지 못하는, 그러나 다시 피우고 싶은 불씨를 간직하고
있다(당신과의 따스했던 한 때가 지나간 후 식어버린 가슴). 종이로 바른
창에는 바람이 구멍을 내고, 새둥지처럼 작고 아늑했던 집은 장대바람이
허물고 있지만, "나란히 앉아 있는 장독들"은 당신을 기다리는 내 단정한
자세와 같다(한 자리에 앉아, 조금도 미동하지 않는 내 기다림). "그래 그
래"라고 끄덕일 당신의 고갯짓은 이미 이 풍경 안에 마련되어 있는 셈이
다. 거기서 내 사랑의 처음이 시작되었고, 그 사랑이 간 후에도 내 기다림
이 계속되고 있다.

　　뒤란으로 돌아앉은 장독대처럼
　　내 사랑 쓸쓸한 빈 독에서 우네

—「첫사랑」에서

　뒤란은 이처럼 없는 것들로 수런거린다. 문태준의 좋은 시들은 이런 쓸
쓸하고 다감한 풍광을 배면에 거느리고 있다.

4

그곳에 격렬과 적멸이, 혹은 숨탄것들의 기운과 숨 잃은 것들의 기운이 함께 있음을 보여주는 세 번째 증거가 바로 에로스이다. 문태준의 시가 보여주는 관능은 모든 숨탄것들이 가진 생명력 자체에서 뿜어 나오는 관능이어서, 놀랍고 신기하다. 마치 이 시인이 오래 전 살았던 삶을 다시 살고 있는 것만 같다.

처음에는 까만 개미가 기어가다 골똘한 생각에 멈춰 있는 줄 알았을 것이다

등멱을 하러 엎드린 봉산댁
젖꼭지가 가을 끝물 서리 맞은 고욤처럼 말랐다
댓돌에 보리이삭을 치며 보리타작을 하며 겉보리처럼 입이 걸던 여자
해 다 진 술판에서 한잔 걸치고 숯처럼 까매져 돌아가던 여자
담장 너머로 나를 키워온 여자
잔뜩 허리를 구부린 봉산댁이 아슬하다

—「개미」전문

우리 시에서 개미와 고욤으로 비유되는, 이처럼 아름다운 젖꼭지를 대한 적이 거의 없지 싶다. 골똘하게 멈춰 있는 것은 사실 담장 너머에 있는 어린 시인의 눈이었을 것이다. 우리는 그 오랜 세월을 단숨에 건너와, 봉산댁이 지금 눈앞에서 등멱을 하고 있는 모습을 본다. "겉보리처럼 입이 걸던" "숯처럼 까매져 돌아가던" "나를 키워온" 여자로서의 봉산댁은 시인을 만들어온 어떤 설렘과 부드러움, 강인함으로서의 여자일 터인데, "잔뜩 허리를 구부린" 채 아슬한 봉산댁은 지금의 시인을 어린 시절의 설렘과 부드러움, 강인함으로 돌아가게 만드는 여자이다. 이 여자는 오랜 신산의 이력을 가진 삶, 질긴 생명력을 가진 삶이 곧 에로스의 본질임을 보여준다.

소 뜨물 켜듯이 볕을 들이켜는 옥수수…… 그러나, 그 혀를 우리가 볼수 있나

늙은 소 꼬리처럼 노릇노릇한 해…… 그러나, 우리가 해의 노릇노릇한
꼬리를 잡을 수 있나
　옥수수 수염 속으로 빨려들어가는 태양…… 그러나, 두 사람의 그림자
를 밟아 보았나
　음력 칠월의 옥수수 밭에서 찍어온 활동사진을 본 적이 있는가
　　　　　　　　　　　　　　　　　　　　—「염문이라는 것」 1연

　시인은 음력 칠월의 옥수수 밭으로 우리를 이끈다. 소가 뜨물을 켜듯,
옥수수는 볕을 빨아들인다. 그 뜨겁게 엉기는 혀를 본 적이 있는가? 햇빛
이 옥수수 앞에서 교태를 부리듯 꼬리치는 것을 본 적이 있는가? 그렇게
해와 옥수수가 서로를 유혹하여 벌어지는 대낮 옥수수 밭의 정사를 본 적
이 있는가? 그런 자연의 염정(艶情)을 느꼈다면, "왜 나는 너를 사랑하면
안 되나/ 아니본들 그게 왜 염문이 되겠냐"(2연). 옥수수가 볕을 빨아들이
듯 네가 내 혀를 받아들이면 안 되나? "음력 칠월의 옥수수 밭"에서 자리
펴고 누운 주인공들이 우리면 안 되나? 이 풍경은 자연의, 그 자연스러운
운행이 곧 에로스의 본질임을 알려준다.

　　　못자리 무논에 산그림자를 데리고 들어가는 물처럼
　　　한 사람이 그리운 날 있으니

　　　게눈처럼, 봄나무에 새순이 올라오는 것 같은 오후
　　　자목련을 넋 놓고 바라본다

　　　우리가 믿었던 중심은 사실 중심이 아니었을지도
　　　저 수많은 작고 여린 순들이 봄나무에게 중심이듯
　　　환약처럼 뭉친 것만이 중심은 아니라는 생각이 들었다

　　　나의 그리움이 누구 하나를 그리워하는 그리움이 아닌지 모른다
　　　물빛처럼 평등한 옛날 얼굴들이
　　　꽃나무를 보는 오후에
　　　나를 눈물나게 하는지도 모른다

그믐밤 흙길을 혼자 걸어갈 때 어둠의 중심은 모두 평등하듯
어느 하나의 물이 산그림자를 무논으로 끌고 갈 수 없듯이
　　　　　　　　　　　　　　—「중심이라고 믿었던 게 어느 날」 전문

　못자리 무논에 얼비친 산 그림자가 있고 자목련에서 올라오는 새순이
있다. 하나는 그림자이고 하나는 실체인데, 그림자이든 실체이든 제 존재
의 근거를 다른 무엇인가에 의탁하고 있다는 점에서는 같은 것이다. 무논
에 비친 산 그림자는 제 밖에 있는 어떤 것의 반영이며, 자목련에서 올라
오는 새순은 제 밖에 있는 어떤 것을 향한 지향이다. 시인은 이를 그리움
이라 불렀다. 실제로 그리움은 주체의 어떤 상태를 이르지만, 반드시 객
체에 의해 촉발되고 유지되는 것이다. 그리움의 무게 중심이 여전히 주체
에 있는 것은 사실이지만, 객체에 묶여 있으니 그 상태는 반영이고 객체
를 향해 있으니 그 상태는 지향이다. 그래서 내 그리움은 내 것이면서 내
것이 아니다. 나는 겨우 그림자이며 새순이다.
　"못자리 무논에 산 그림자"는 한 사람의 마음에 들어앉은 그리움의 크
기를 말해준다. 마음이란 사실 이상한 것이어서 접시물에서도, 이 시에
의하면 무논에서도 허우적거린다. 얕다란 마음이 산을 담을 수도 있는 법
이다. 무논의 축축함은 그리움의 정서를 보여준다. 이 시행은 마지막에
와서 부정되는데, 그로써 그 그리움은 확산되고 보존된다. "어느 하나의
물이 산 그림자를 무논으로 끌고 갈 수 없"다. 정말 그렇다. 감정이 말라
붙어도, 무논이 그림자를 더 이상 담지 못한다 해도, 산은 산이요 물은 물
이다. 산은 무논을 벗어나서도, 늘 거기에 있을 것이다.
　한편 "봄나무에 새순"은 게눈처럼 올라온다. "저 수많은 작고 여린 순
들이 봄나무에게 중심이듯/ 환약처럼 뭉친 것만이 중심은 아니라는 생각
이 들었다"라고 시인은 썼다. 그것은 사실 어느 때에나 돋아나는 그리움
의 방식을 일러준다. 마음의 빈틈을 뚫고, 새순은 그리운 이를 향해 슬그
머니 돋아난다. 이 시행 역시 특정한 방식으로 부정된다. 자목련은 이런
저런 그리움을 동시다발로 틔워내는데, 시인은 그 그리움의 중심이 자목
련에 있지 않고 여린 순들에 있다고 말한다. 자목련은 자목련이어서 새

꽃잎을 틔우는 게 아니라, 새 꽃잎이 움터 올라서 자목련이다. 정말 그렇다. 우리가 자목련이나 부르는 나무는 자목련을 피워내기 때문에 그 이름을 갖게 되었다. 주체는 그 자리에 있으나, 그 주체의 성격을 결정짓는 것은 주체도 그 자리도 아니다. 다시 말하자. 나는 중심이 아니다. 차라리 당신을 향한 내 마음의 움직임이 나의 중심이다.

그래서 "나의 그리움이 누구 하나를 그리워하는 그리움이 아닌지 모른다". 새순들이 앞뒤를 이어 이곳저곳에서 돋아나듯, 나는 예전에도 지금도, 저곳에서도 이곳에서도 그리워했다. 그리움이 지금, 이곳에서의 특정한 상태가 아니라 시간과 공간을 잇달아 살아온 나무와 나의 현존이라는 뜻이다. 그래서 "꽃나무를 보는 오후에" 흘리는 눈물은, 그 이전의 모든 눈물을 대신하는 눈물이다. 그리움에 사로잡혀 있을 때에, 우리는 이전 몫의 그리움까지 다 합쳐 그리워한다. "물빛처럼 평등한 옛날 얼굴들"을 떠올리는 이는 그리움 앞에서 똑같은 방식으로 출렁인다. 그 출렁임은 여전히 그 사람의 것이 아니라 나의 것이다. 물론 온전히 내 것이 된다고 말할 수는 없다. 이 시의 유일한 약점은 산문적 서술이 시에 녹아들지 않은 채 노출되어 있다는 점인데, 이는 이 그리움이 온전히 내 것이 되지 못했음을 암시하는 것이다(그러니 이것은 이 시의 약점이 아니라, 그리움 자체의 약점이다).

이제 그리움은 내 것이 아니면서 내 것이다. 나는 겨우 그림자이며 새순이지만, 산이 없어도 그림자이며 햇빛이 없어도 새순이다. "어느 하나의 물이 산그림자를 무논으로 끌고 갈 수 없듯이" 나는 산을 다 담아내지 못해도 물이며, "그믐밤 흙길을 혼자 걸어갈 때 어둠의 중심은 모두 평등하듯" 나는 햇빛이 없는 곳에서도 무작위로 돋아나는 새순이다. 그것이 그림자의 사랑이며, 새순의 사랑이다. 주체와 대상을 왕복하면서, 그리움은 주체에게서 "중심이라고 믿었던" 어떤 것을 빼앗았고, 대상에게서 "누구 하나를 그리워하는" 어떤 것을 빼앗았다. 그러면서도 그리움은 여전히 주체의 것이며, 대상의 것이다. 그리움은 그 둘을 묶어 하나를 다른 하나의 그림자로 만든다. 이로써 주체와 대상이, 시선과 풍경이 그리움의 자리에서 하나가 된다. 그것은 아름답다.

5

　문태준의 시를 적멸의 쓸쓸함 속에 숨은 생명의 격렬함이라 요약하는 것은 물론 일면적인 독법이다. 마찬가지로 그의 시를 농촌시, 혹은 민중시의 계보에 넣어 읽는 것도 일면적인 독법이다. 그의 시는 재래의 이야기시들이 가진 서사적 요소를 거의 돌보지 않는다. 「태화리에서」란 제목을 가진 두 편의 시와 「사라진 뱀 이야기」와 같은 비교적 긴 시를 제외한다면, 이번 시집에서 서사적 골격을 간추릴 수 있는 시편들은 거의 없다. 그가 펼쳐 보인 내면풍경 속에는 좋은 서정시의 요건들이 모두 갖추어져 있다. 제재에만 주목하여 그의 시를 특정한 경향의 시라고 부르는 것에 그는 반대할 것 같다. 물론 이런 내 견해에도 그는 마찬가지로 반발하겠지만.(2000)

反世界에 대한 기록

— 김참의 시

1

　김참의 시는 시 읽기에 어지간히 익숙한 독자마저 난처하게 만든다. 선명하지 않은 환상이 선명한 실상과 섞이는가 하면, 단순한 풍경처럼 제시된 목록이 지루하게 나열되기도 하고, 동화적인 상상력이 곳곳에 돌출하여 진지한 시 읽기를 방해하기도 한다. 게다가 시인 자신에 대한 진술이나 시인의 감정은 시 전편에서 거의 삭제되어 있어서, 이 시인에 대한 정보를 시편에서 얻어낼 방도도 없어 보인다. 사정이 이렇게 된 것은 김참의 시가 새로운 어법을 아주 고집스럽게 밀고 나갔기 때문이다.

　김참의 시는 전통적인 은유의 방식에서 자주 일탈한다. 하지만 여전히 그의 시는 은유적인 맥락을 보존하고 있다. 예컨대, "거실 피아노의 하얀 건반이 저절로 움직였다. …시계탑에서 열한 시의 검은 종소리가 울려 퍼졌다"(「지난 여름」)와 같은 구절은 그 구절의 독립성으로 인해 서술적인 풍경으로 보이지만 실은 은유적인 풍경에 해당한다. 이 시는 "천둥치는 날들이었다. 하루종일 비가 내렸고…"로 시작되었다. 천둥소리를 묵중한 "종소리"에, 빗방울 듣는 소리를 "피아노 소리"에 비유한 셈이다. 김참은 이 상식적인 은유에서 연상의 고리를 끊고, 매개 이미지를 독립시켰다. 그래서 독자는 서술과 서술 사이에 숨은 연관을 자주 놓치게 된다. 이 자리에서 현실과의 경계를 잃은 환상이, 서술적인 풍경이, 우의적인 화법이 탄생한다. 그 길을 따라가 보기로 하자.

2

시집의 처음에 놓인, 그리고 그 첫 구절로 시집의 제목을 삼게 만든 시는 다음과 같이 시작된다.

> 시간이 멈추자 나는 날았다. 건물들은 허물어지고 길들이 지워졌다. 시간이 멈추자 공중에 비탈길이 생겼다. 나는 그 길을 따라 시간의 반대편으로 걸어갔다. 시간의 반대편에는 달이 있었고 별이 있었고 둥근 기둥이 있었다. 두 마리 새가 기둥 위에 앉아 있었다. 기둥 밑에는 장작이 타고 있었다. 검은 치마를 입은 처녀들이 기둥을 향해 걸어왔다. 그녀들의 얼굴에는 눈이 없었다. 코도 없고 입도 없었다.
>
> ― 「시간이 멈추자」 부분

시간의 속박에서 벗어나 시인은 공중을 날아간다. 시간의 지배를 벗어났으므로 그곳은 당연히 "시간의 반대편"이다. 현실의 시간이 낮이라면 그곳은 밤이고("시간의 반대편에는 달이 있었고 별이 있었고"), 현실이 지상의 공간이라면 그곳은 천상의 공간이다("공중에 비탈길이 생겼다"). "기둥"은 시간의 반대편에서 위와 아래를 이어주는 신성성의 지표인 이른바 세계의 나무일 것이다(세계수는 「강철구름」에서, 야곱이 꿈에서 보았던 "푸른 사다리"로 변용된다). 시인이 관심을 가진 것은 세계수를 축으로 삼아 성립하는 신성(神聖)의 수평적이고 일원론적인 공간이 아니라, 세계수가 이어주는 성속(聖俗)의 수직적이고 이분화된 공간이다. "기둥 위에 앉아 있"는 "두 마리 새"와, 기둥 아래서 달려오는 "두 마리 개"의 대비가 그것을 보여준다. 게다가 기둥 아래를 지나가는 처녀들은 눈도 코도 입도 없다. 불이 타면서 비추는 부분과 비추지 않는 부분을 대비한 이 묘사는 속화된 세계의 절망감을 어둠에 기대어 인상적으로 묘사한다(시집에서 산견되는 검은 빛, 곧 어둠은 죽음의 색조이다).

시간이 그 지시성과 유동성을 잃어버릴 때 가장 먼저 파괴되는 것이 인과율이다. "다섯 장의 퀸과 에이스를 들고" 하는 이상한 카드놀이가 진행될 때, "7월 7일 일곱 시 칠 분은 계속된다"(「카드놀이」). 시간이 멈추자 비현실의 세계가 개시(開示)되는 것이다. 시인은 "내가 꿈을 꾸면 벽시계는 거꾸로 돌아간다"고 말했다. 그 꿈속에서, "거리의 버스들은 하늘을 날아다니고 도시 한가운데로 바닷물이 밀려온다"(「1988년 여름」). 인과판단은 시간의 순행과 공간의 연접이 전제되었을 때에만 가능한 것이다. 시간이 멈추고 그 정지태를 드러낼 때 혹은 공간이 갈라지고 그 빈틈을 내보일 때, 세계의 순차적인 원리는 비현실의 어떤 것, 이를테면 꿈의 원리로 대치된다. 시인이 "날아다니는 꿈은 얼마나 즐거운가 공중을 흘러 다니며 마음껏 날아다니는 꿈"(「날아 다니는 꿈」)이라고 얘기할 때 그 꿈의 내용이 그렇고, "나는 아무 생각 없이 계단에 앉아 있었다"(「계단」)라고 말할 때 그 판단정지 상태에서 펼쳐지는 환상이 그렇다.

3

하지만 김참의 세계가 환상과 꿈의 세계라고 말하는 것만으로는 부족하다. 서두에서 얘기했듯이, 그 꿈은 은유적인 연관을 독특한 방식으로 내장하고 있는 꿈이다. 꿈은 현실이 아니지만 꿈 나름의 독자적인 문법과 원리로 이루어져 있어서, 탐구할만한 가치가 있다(김참의 시가 자주 성적인 상징을 표나지 않게 내세우는 것도 그 때문이다).

> 밖에서는 이상한 일들이 계속되어 너는 벽과 바닥과 천장이 모두 거울로 된 방에 숨고 말았다. 처음에 거울 밖의 너는 거울 속의 네가 여섯 명뿐인 줄 알았다. 그러나 너는 열두 명에서 스물 네 명으로 계속해서 불어났다. 너는 입을 다물고 있었지만 거울 속 그들은 이야기를 하기도 했다. 네가 잠을 자기 위해 거울로 된 방바닥에 드러누우면 거울 안 깊고 깊은 곳에 있는 그들은 노래를 부르기도 했다. …한편 바깥에서는 하얀 밤이 계속되었다. …사람들은 좀처럼 잠들 수 없었고 아무것도 먹을 수 없었다. 너는 거울 속에 있는 그들을 하나씩 잡아먹었다. 나는 이빨을 딱딱거렸다. 너에게 잡아먹히는 것이 두려웠다. 마침내 너는 거울의 방에서 걸어나왔다. 그러나 나는 어두운 골방에 틀어박혀 흑백영화를 보며 시간을 죽였다. 그건 길고도 지루한 일이었다. 나는 더 이상 볼 영화가 없어진 것을 알게 되었다. 하얀 밤에 자막이 내려왔다. 사람들과 동물들, 나무들과 물고기들의 길고 긴 이름이 천천히 내려왔다.
> ─「거울 속으로 들어가다」 부분

이 시의 선행 텍스트는 이상의 거울이면서 보르헤스의 거울이다. 전반부의 거울은 이상의 문법을 충실히 되살려내고 있다. 길고 긴 내성(內省)의 방에 스스로 유폐된 현실의 "나", 그 안에서 대자적인 존재로 살아가는 "나"의 반사체들은 "박제가 되어버린 천재"의 모습을 보존하고 있다. 그러나 "바깥에서는 하얀 밤이 계속되었다". 결국 그의 방이나 바깥이나 꿈의 장소이기는 마찬가지였던 셈이다. 안팎이 꿈이었으므로 사람들은 아무것도 먹을 수 없었는데, 아마 먹을 수 있었어도 배부를 수는 없었을 것이다. 꿈 아닌 것이 없었으므로 시인은 이상처럼 탈출을 시도할 수가 없다. 이상의 화자는 거울 속의 나를 그대로 둔 채 세상으로 가출을 결행했지만, 김참의 화자는 거울 속에 유폐된 채 세상에 자신의 대자적인 존재를 내보낸다. 시의 후반부는 보르헤스의 어법을 따르고 있다. 보르헤스는 한 소설에서 "거울과 아버지는 끔찍한 것이다"라고 썼다. 거울은 물상을 비추어서, 아버지는 자식을 낳아서 증식하기 때문이다. 거울 바깥의 "너"——아버지로서 거울 안의 "나"들을 낳은 너——는 이제 크로노스가 제 자식을 잡아먹듯이, "거울 속의 존재를 잡아먹고" 거울 밖으로 나온다(시인은 「마술사의 죽음」에서도 "나는 어떤 마술사가 만들어낸 비둘기가 아닐까"라고 중얼거리는데, 그 겹으로 된 환상 역시 보르헤스의 소설, 「원형의 폐허」의 모티프를 차용한 것이다). 이제 거울 속에 유폐된 나만이 오히려 현실의 내가 된다. 말하자면 나는 비디오나 보면서 시간을 죽인다. "더 이상 볼 영화가 없어"졌을 때, 다시 말해 더 이상 환상이 불가능해졌을 때, "하얀 밤에 자막이 내려왔다". 유대교 전설에 의하면, 신이 천지를 창조하기 전에 문자를 창조했다고 말한다. 말씀으로 세상을 창조했으므로 그 말씀을 이루는 문자들의 "길고 긴 이름"이 세상에 "내려와"야 했던 것이다. 실질을 구성하는 문자가, 현실을 복제하는 영화가, 실상을 대신하는 거울 속의 허상이 이 시를 가득 채우고 있다. 친절하게도 김참은 이 기이한 세계로 가는 안내문을 제시해 놓는다. 다음은 안내문이 첫 구절에 자리하고 있는 예이다.

시간이 멈추자 나는 날았다(「시간이 멈추자」)
이상한 나라에는 이상한 사람들만 살지요(「이상한 나라」)

미로별장으로 가는 길에는 사람을 잡아먹는 나무들이 산다(「미로별장
의 모험」)

어두운 방에 누워 있던 수염이 지저분한 그 사람,(「지워지다」)

그는 이상한 건물 안으로 들어간다(「미로」)

자전거를 탄 소년이 미로 안으로 들어간다(「미로 · 자전거 · 굴뚝」)

잠수함 문을 열고 바닷속으로 들어갔다(「재미있나요」)

닫힌 문을 열고 꿈속으로 들어간다(「수많은 문들의 도시」)

4

우리는 질문해야 한다. 왜 시인은 인과의 원리를, 일반적인 시공간의 기
호를 포기했을까? 아니, 그는 왜 비현실을 수용하여 현실의 풍경과 병행
배치했을까? 「지상에서의 나날들」이라는 긴 시가 이 질문에 대답해준다.

사람들은 탯줄로 이어져 있는 식물이었다… 그때 그들은 서로가 무슨
생각을 하는지 모두 알고 있었다

— 「지상에서의 나날들」1 부분

사람이 식물이던 시절이 있다. 어머니에게 이어져 모든 것을 의탁하던
태아의 시절이 그렇다. "서로가 무슨 생각을 하는지 모두 알고 있었"던 그
때는 이타성과 동일성이 한 자리에 있던 때였다. 어머니와 내가 둘이면서
하나이던 그때를 우리는 낙원이라 불렀다. 그러나 곧 낙원추방의 역사가
시작된다.

사람들이 말을 하기 시작한다 그들은 새들의 말을 알아들을 수 없게 된
다 그들의 귀에는 고막이 생기고 눈에는 눈동자가 생긴다 그리고 아주 많
은 시간이 흐른다 그들에게 손과 발이 생긴다 그들은 칼을 만들어 탯줄을
끊고 흩어진다 암수로 나뉘어지게 된다 칼로 다른 사람을 찌르기 시작한
다 전쟁이 시작된다… 그리고 그들은 자신이 무슨 말을 하는지 알 수 없게
된다

— 「지상에서의 나날들」2 부분

입과 귀가 생기면서 사람들은 말하고 들을 수 있게 되었지만, 대신에 동일성의 신화를 잃어버렸다. 둘이면서 하나인 시절에는 의사소통의 형식이 필요하지 않았다. 그때에 사람들은 그저 "모두 알고 있었다". 사람들에게 의사소통의 도구가 생기자, 통합 대신에 분열이, 조화 대신에 투쟁이, 이타성 대신에 이기성이 전면에 떠올라왔다. 사람들은 점차 정교하게 자신의 주변을 둘러쌌는데, 그 결과 "우리"라 부를만한 것들이 사라지고 다만 "나"의 복수형만이 있는 세상이 도래했다. 시인은 개체발생에 기대어 계통발생의 역사를 이야기한다. 모든 개인에게 잠재한 어머니 품에 대한 기억은, 인류 역사의 처음 기억을 되풀이한다. 인간은 "도시를 만들고 기계를" 만들었으나, 다른 이와는 그만큼 두텁게 단절의 벽을 쌓았다. 여기까지가 시인의 진술이 성립하기 위한 무대이다.

> 내 오른쪽 귀로 날아 들어온 새는 나방이 되어 내 왼쪽 귓구멍으로 빠져 나간다… 지네는 오른쪽 귓구멍으로 들어가 내 몸 속을 휘젓고 다니며 수억 개의 개미 알을 뿌린다 마침내 나는 커다란 개미굴이 된다 개미굴에서 흰 여왕개미가 태어난다 그녀는 흰 날개를 펄럭이며 내 두개골을 뚫고 대기 중으로 날아오른다 오랜 시간이 지난 후 그녀는 하얀 새가 되어 내 왼쪽 귀로 다시 날아 들어온다
>
> — 「지상에서의 나날들」3 부분

드디어 "나"가 등장한다. 나는 세상과 격절되어 있지만, 세상과 소통하고 싶어한다. 그래서 나는 스스로를 물상(物象)이 들고 나는 자리로 만든다. 이 방식은 의사소통의 형식을 만들고, 그 통로로만 세상과 대처하는 방식과는 사뭇 다르다. 의사소통의 형식이 고정될 때, 나와 세계는 상투화되고 정형화된다. 그러나 내 자신이 세계의 형식이 아니라, 내용을 이루고 있다면 사정은 다르다. 내 자신의 모든 기술(記述)이 세계에 대한 기술이 되기 때문이다. "내 오른쪽 귀로 들어온 새"가 오랜 변신을 거쳐 "내 왼쪽 귀로 다시 날아 들어오"는 순환의 과정은 결국, 시인이 세상을 제 안에 수용하는 과정인 셈이다.

김참이 시에서 그려 보이는 풍경은 그러므로, 다만 환상에 불과한 풍경이 아니다. 그는 현실의 이면에 아니, 현실의 현실성 안에 숨은 타자(他者)의 자리를 어떤 개방성의 원리에 따라 시화하고자 하는 것이다.

5

모든 물질은 반물질과 짝을 이루어 존재한다고 한다. 세계 역시 그럴 것이다. 우리가 보고 듣고 만지는 세계는 반세계와 맞짝(counterpart)을 이루고 있는 것이어서, 우리는 한쪽으로는 세계와 접하고 다른 한쪽으로는 반세계와 접한다. 김참은 그 반세계가 현실 세계의 드러나지 않은 본질임을 (반드시 그 역도 가능하겠지만) 말한다. 그래서 그의 시를 세계에 대한 알레고리로 읽을 수 있다. 알레고리는 드러난 구조로 드러나지 않은 구조를 지시하는 전언의 방식이다. 다만 그의 알레고리가 흔히 그 지시성을 암호화해 두고 있어서 실상을 파악하는 게 쉽지 않을 뿐이다. 몇 가지 예를 들어보자. 「항아리」에서 "항아리", "꽃", "새장과 새", "빵"과 같은 사물은 서로 어떤 연관도 없어 보이지만, 이 시를 자본의 유통에 대한 알레고리로 읽으면 시인이 그 모든 실체보다 그것들의 교환과정에 주목하고 있음을 알게 된다. 「검은 깃발」은 방주 이야기를 모티프로 하고 있는데, 방주가 생명의 배였던 것과는 달리 "검은 깃발"을 꽂은 그 배는 죽음의 배이다(해적선의 깃발을 생각하면 될 것이다). 지상에서의 삶을 폭력적으로 부수고 망가뜨리는 것이 죽음이다. 그러니 이 시는 삶에 내재한 죽음에 대한 알레고리라 할 수 있다. 「아파트」에서 시인은 아파트 전체를 거대한 생물로 은유한다. 아파트는 "자신을 위해 쉬지 않고 일하는 동물들을 키운다 그 동물의 이름은 사람이다". 전체성을 하나의 단위로 간주했을 때, 그것을 이루는 부분은 기능이 된다. 우리는 이 시가 물화된, 부속적인 존재로서의 인간에 대한 알레고리임을 눈치챈다. 「철봉에 거꾸로 매달려도…」로 시작되는 긴 제목을 가진 시는, 고여있는 빗물에 비친 세상에 대해 이야기한다. 거꾸로 비친 세상에서는 시간도 역전되어 있어서, "공장 굴뚝은 뱉어낸 매연을 다시 삼켰고… 아이들은 이 세계의 달력에서 추방되었다… 나뭇잎은 나무에 붙고 고기밥이 되었던 사람들이 고기 뱃속에서 나와 고기를 잡기 시작했다". 이 길고 흥미로운 역행의 끝에서 "한 남자가 부르는 슬픈 옛사랑의 노래" 소리가 들려온다. 시간이 역전된다면, 그래서 한 남자가 옛사랑을 회복할 수만 있다면…. 이 조그마한 사랑을 이루기 위해서 세계가 역전되고 반세계가 들어서는 것이다.

6

　글을 마치기 전에 간단히 첨언하고자 한다. 먼저 산문시형. 시인은 시집에 실린 모든 시를, 들여쓰기까지 무시한 채, 산문체로 서술했는데, 그 네모반듯한 틀은 아마도 반세계의 단단함을 보여주기 위해 고안된 듯 하다. 시행이 줄글의 연속으로 이루어질 때 개별적인 문장은 긴 연쇄의 일부가 된다. 이것은 결국 그의 시를 어떤 흐름 속에서 읽게 만든다. 내가 보기에 그 흐름은 자연스럽지만, 어느 정도는 부분의 독자성을 희생한 결과로 얻어진 것이다. "까마귀"나 "비둘기"와 같은 관습적인 상징의 빈번한 출몰, "미로"나 "꿈"을 모티프로 삼는 유사한 발상법이 그렇다. 그것들은 시편과 시편을 이어주는 고리와 같은 것이지만, 그 고리 때문에 개별시의 성과가 평준화된다. 결국 이런 예기치 않은 부작용은 시행의 독자성을 의도적으로 배제했을 때 생겨나는 부작용일지도 모른다.

　김참의 시는 그 이미지의 들끓음에도 불구하고 이상하게 조용하다. 그것은 매우 건조한, 동일한 문형의 술어들이 야기하는 효과 때문일 것이다. 시인은 우리말이 가진 술어의 다채로움을 선택하지 않았다. 대신에 그는 관찰자가 갖는 객관화된 시선을 선택했는데, 이 때문에 수많은 물상과 풍경이 동일성의 문법 아래 정돈된다. 그가 열어 보인 세계가 정태적인 이유는 이 때문이다. 그가 제시한 시의 세계에서는 기실 화자 자신만이 도드라져 보이는데, 그것은 시인이 끝까지 제자신의 자리를 유지하고 있기 때문이기도 하지만, 타자성이 그 화자의 자리에 틈입하기 어렵기 때문이기도 하다. 실제로 그의 시에서는 동작태들마저 어떤 정태적인 범주로 읽힌다. 동작들은 대개 느릿느릿하거나 요약될 수 있거나 온전히 관찰될 수 있다. 예를 들어보자. 「공원 옆 아파트」의 마지막 부분은 다음과 같다. "아파트 창문들 열리거나 닫히며 머리통들이 나타나거나 사라졌고 피아노 소리 높아지거나 낮아졌다". 이 부분에서 하나의 동작이나 상태는 곧이어 따라오는 다음 동작이나 상태에 의해 취소된다. 연속적으로 드러남과 숨음이 반복되면서, 이 시가 말하고자 하는 반세계(시의 첫 구절은 "공원을 지나 오솔길로 접어들었다"이다. "오솔길"을 지나 만나는 세계가 바로 일상의 공간에서 이탈한 반세계의 공간이다)의 흐릿한, 변화하는, 뒤섞이는 속성이 드러나는데, 그 속성의 뒤에는 그것들을 아우르는 집요하고도 강력한 화자의 의지가 있다. 이를 다음과 같이 정리할 수 있겠다. 화자는 반세계의 기록자이지, 그 세계의 경험자는 아니다. 기록과 경험 사이의 거리는 관찰과 기투(企投) 사이의 거리에 상응한다. 그 거리를 좁혀나가는 일이 시인에게 놓여있다고 생각한다. (1999)

4부

돼지와 함께 춤을!

— 영화 「돼지가 우물에 빠진 날」과 소설 「낯선 여름」

1. 돼지, 우물에 빠지다

돼지가 우물에 빠졌다? 우물은 자기 안에 숨은 고요와 명상의 공간이다. 윤동주의 「자화상」이래, 자기반성의 공간으로서 우물이 우리의 상징체계에 추가되었다. 그곳은 내면의 공간이므로 대개는 폐쇄적이고, 아주 조금이나마 하늘을 보여준다는 점에서 조금은 개방적이다. 그런데 비추어보아야 할 그곳에 돼지가 빠져버렸다. 자기를 비추지 못하고 자기에 함몰되어 버린 일상적 인물들의 비극이 거기에 있다. 일상의 둔중한 무게에 가라앉는 인물들이 바로 우물 안 돼지들이다. 제 존재의 무게를 견디지 못하고 제 안으로만 침잠하는 돼지. 나르시스의 자리를 차고앉은 이 돼지들은 대개는 자기 안의 진실만을 바라본다. 그렇게 해서 드러난 그들은 늘 명상적이고 순수하다. 그러나 그들은 가끔, 아주 조금 열린 외부로 눈을 돌린다. 바깥 세상에서 그들은 서로가 서로에게 천리만리 격절되어 있다. 우물은 모여 있지 않은 법이다. 우리는 멀리서 그들을 보아야 한다. 그렇게 해서 드러난 그들의 모습은 늘 어리석고 멍청하다. 우물은 그들에게 피난처이면서 함정이고 보금자리이면서 늪이다. 그곳에 빠져 허우적대는 이들이, 일상의 권태와 비극, 우연과 콤플렉스, 부조리의 삶을 사는 이들이 바로 돼지가 아닌가? 조금은 낯선 이 영화의 제목에는 이런 풍자와 반성이 뒤섞여 있다. 이제는 우리가 돼지와 함께 춤을 출 차례다.

설명 : 명경지수(明鏡止水)로서의 물은 거기에 없다. 흙탕물처럼 일렁이는 내면의 요동이 있을 뿐이다. 돼지가 있는 곳이 진창이다. 돼지는 이미 잠겨들어 꼬리만 남았는데, 꼬리가 몸을 들어올릴 수는 없는 법이다. 곧 돼지는 꼬리까지 잠겨들 것이다. 영화는 이렇게 파멸과 수몰(水沒)의 위기에 처한 인물들에서 시작된다.

2. 낯선, 그러나 낯설지 않은 여름

어느 여름, 문득 사랑이 찾아왔다. 생각 없이 들른, 어느 패스트푸드점에, 그는 있었다. 그녀는 그를 보는 순간, 그를 사랑하게 되리라는 것을 알았다. 몇 번의 우연이 그녀와 그를 결속했다. 그녀는 운명이 그녀의 문을 두드렸을 때, 몸과 마음의 문을 활짝 열었다. 구효서의 「낯선 여름」은 그런 개방성에 관한 얘기다. 나(김효섭)의 바깥에 있는, 그리고 내게 열려 있는 여자들에 관한 얘기. 이 소설의 서술자는 보경과 나 둘이지만, 실상 그들을 둘로 나누어 말할 수 없다. 소설 속의 소설로 삽입된 보경의 말과 보경의 말을 소설로 재진술하는 효섭의 말은 동일한 시선을 둘로 나눈 것이다. 분열된 일인칭 시점의 말들. 예컨대, 다음과 같은 보경의 말이 그렇다.

> 아마 그때 읽었던 그의 소설이, 이 글을 쓰고 있는 저의 손 끝에 아직 어떤 형태로든 남아 있을 거라는 생각을 하게 됩니다. 그리움처럼. 어쩌면 이 글이 그의 문체를 닮았을지도 모를 일입니다. (139면)[1]

문체만이 아니다. 그들은 아무것도 설명하지 않지만 모든 것을 알고, 우연히 만나듯 우연히 헤어지지만 그것을 필연이라 생각한다. 만남에 이유가 없듯, 헤어짐에도 이유가 없다. 먼저 효섭의 말: "그녀의 생각이 어떠했는지 나로선 알 수 없었다. 다만 내 쪽에서 이제 그녀를 그만 만나야겠다고 생각했고, 그대로 했다. 말하자면 일방적인 것이었다. 남편과 자식이 있는 여자와의 만남은 더 이상 불가능하다는 통속적인 결론에서였냐면 아니다. 불륜이고 비도덕적이어서였냐면 그도 아니다."(258면) 아니라고 강변하는 효섭의 말은, 마치 그것을 의식하고 있지만, 그것 때문이라고 말하고 싶지는 않다는 소리로 들린다. 사실 보경은 아내의 분신이었다. 세상에서 다른 모습으로 나타난 여자. 그는 과거를 회상하듯 그녀를 만나고, 어떤 합일(合一)의 환상 후에 그녀를 떠난다. 다음 보경의 말: "이제 다시 원래의 상태로 되돌아가는 게 아니냐는 성급하고도 반가운 기대를 가질 수도 있었지요. 그것을 성급하고도 반가운 기대라고 말하는 것은

---

1) 본문에 나오는 면은 소설집 〈낯선 여름〉(중앙일보사, 1994)의 면수이다.

제 내면에 어떻게든 이전의 나, 즉 관습적이며 개인적이며 이성적이며 역사적인 관계의 나로 돌아가고 싶다는 의지의 표현인 것입니다."(268면) 연락을 끊은 것은 그였으나 그것을 합리화하는 것은 그녀이며, 이별했으면서도 그 이유를 모르는 것은 그였으나 그것에 이유를 대는 것은 그녀이다. 그녀는 관습과 개인, 이성과 역사를 들먹이는데, 어쩐지 그의 목소리인 것만 같다. 더욱이 그렇게 불타올랐던 자신을 "비이성적이고 원시적이고 어쩌면 신화적이며 상징적인 관계의 세계"(269면)에 있었다고 말하는 그녀를 그녀라 말하긴 어렵다. 이 이상한 규정은 이 소설을 어떤 일탈과 회귀의 순진한 기록으로 읽게 만든다.

이 소설이 일인칭 자아의 환상임을 보여주는 증거는 무수하다. 예를 들어보자. "너무 간단하다. 그녀가 죽다니. (……) 어떻게 죽었는가. 어떻게 그런 일이 일어날 수 있는가. 난 모른다. 나도 믿을 수 없었으니까. 칠팔년이 지난 지금까지도 모르기론 마찬가지다. 그녀는 잠자듯 숨을 거두었던 것이다. 아침에 일어나니 그녀는 싸늘하게 식어 있었다."(214-215면) 그가 진정으로 사랑했던 첫 여자는 여행의 첫날밤이 지난 후, 그렇게 사라졌다. 이 말을 하는 화자에게는 공포도 의혹도 없다. 그녀는 다만 지상에서 사라진 것일 뿐이다. 그가 그녀에게 청혼했을 때, 그녀가 했던 선녀와 나무꾼 얘기는 둘의 사이를 우의적으로 말해준다. 선녀가 어느 날 문득 하늘나라로 가버리듯, 그녀는 그와 행복을 버려 두고 지상에서 제 모습을 거두어간 것이다. 환상과도 같은 이 이야기는 칠팔 년 후, 다시 반복된다. 보경의 남편이 효섭에게 전해준 말이다. "아내는 너무도 갑작스럽고 허무하게 세상을 떠났소. 침대에 누운 채, 잠을 자듯 말이오. 아무도 그 이유를 모르오"(287면) 그가 어느 날 보경과의 만남을 그만두기로 결심하고 그녀에게서 시선을 거두자, 그녀는 잠을 자듯 지상을 떠났을.[2] 이런 환상, 곧 비현실은 보경과의 만남이 실제적인 것이 아니었음을, 아니

---

2) 희한한 일이다. 여기에는 이광수 소설의 주인공들이 보인다. 애욕을 멀리하고 진정한 구도행을 원했던 〈애욕의 피안〉의 주인공 강선생은, 숨을 쉬지 않음으로써 죽는다. 그는 정결한 이상의 소유자여서, 세상에서 용납될 수 없었다. 이 비근대적인 인물을 사실적인 풍경 속에 배치하기는 어렵다. 그녀가 효섭의 환상이라는 점이 여기서 입증된다. 그녀의 사인(死因) 역시 질식사였다.

실제로 있음직한 일이 아니었음을 보여준다. 소설의 마지막에 가서, 죽은 그녀가 다시 나타난다. "나는 그에게 목례를 보낸 뒤 인파 속에 묻혀버렸다. (……) 내가 다시 본 건 그녀였다. 강보경. 분명 그녀였다. 그녀는 동숭동 샘터 파랑새 극장에서 혜화동 로터리 쪽으로 걷고 있었던 것이다. 그녀를 못 만나게 된 지 석 달인가 넉 달이 지난 뒤였다."(298면) 이 마지막 광경에서, 그녀와 남편에게서 일어났던 실제적인 일을 추측하는 것은 부질없는 짓이다. 그녀의 환영을 보았다고 말하고 말 일도 아니다. 그녀는 정말로 죽었고, 그리고 다시 거기에, 나타났던 것이다. 그에게 새로운 환상이 개시(開示)되었기 때문이다. "나는 그녀에게 다가가 말을 걸지 않았다. 왜 말을 건단 말인가. 말을 걸어서, 뭘, 어쩌자는 것인가."(299면) 이 마지막 구절은 일인칭 자아가 만든 세계의 모습이 어떤 성격을 갖고 있는지 분명히 보여준다. 만일 그가 말을 걸었다면 그녀는 그를 처음 본 듯, 다시 수줍어하고 그리워하고 그리고는 그를 사랑할 것이다.

민재 역시 그렇다. 그녀가 어느 날 그에게 출생의 비밀을 고백했다. 그녀의 외할아버지는 프랑스인이고 외할머니는 베트남인이고, 그녀의 아버지는 한국인이었다. 이 다국적(多國籍)의 내력은 그녀에게서 현실의 자리를 앗아가 버렸다. 그녀는 한국에 살고 있었으나, 늘 방외인이었다. 그녀는 그를 사랑했으나 그에게서 아무것도 요구하지 않았으며, 그와 있었던 단 한 번의 잠자리를 그리워했으나 다시 그것을 요구하지 않았다. 그가 원하지 않았던 까닭이다. 다음 대목 역시 그녀가 효섭의 그림자임을 짐작하게 해준다.

"당신이 내 안에 처음 들어오는 사람이에요."
그녀는 남자라고 하지 않고 사람이라고 했다. 남녀노소를 통틀어 하여튼 내가 처음이라는 얘기였다.
그건 그녀가 말한 '내 안에'라는 말과 잘 어울리는 것 같았다. 자신의 몸둘레에 들씌워져 있는 이십센티 가량의 투명막을 나를 위해 처음 걷어냈다는 뜻이기도 했으니까.
나는 그녀의 영역에 처음 접근하는 사람이었다. 그녀의 무인도, 작고 위태로운 영토의 첫 착륙자가 되는 셈이었다. 나는 앙증맞게 생긴 그녀의 알몸을 앞에 놓고 하염없이 경건해졌다.

(……)

"왜 눈을 감고 있지?"

나는 그녀의 귀에다 입술을 대고 물었다.

"눈이 부실 것 같아서……." 그녀가 대답했다. "눈이 멀어버릴 것 같아서……."(123면)

이 장면은 처녀지(處女地)에 대한 은유이다. "작고 위태로운 영토"라는 말이 그것을 분명히 보여준다. 아마도 그가 그녀에게 첫 사람인 이유는, 그녀의 존재 근거가 바로 그였기 때문일 것이다. "그녀의 몸둘레에는 눈에 보이지 않는, 두께 이십 센티 가량의 투명막이 씌워져 있다. 여자든 남자든, 누군가가 가까이 오면 그녀는 자동적으로 그만큼 뒤로 밀려나게 된다." (122면) 실제적이지 않되, 그의 시선에 의해서만 비로소 제 모습을 드러내는 여자. 제 자신의 눈으로는, 한사코 그와 세상을 바라보지 않으려는 여자. 민재는 너무 눈이 부셔서, 눈이 멀어버릴 만큼 강렬한 아름다움을 잊지 않기 위해 눈을 감았다. 이런 감정은 효섭의 아름다움과 관련이 있다. 그녀는 효섭의 눈에 의해 아름다워지고, 그는 민재의 눈감음에 의해 아름다워진다. 아내의 부정에도 분노할 줄 모르는 보경의 남편 역시 그렇다. 아내와 불륜을 저지른 자 앞에서, 모든 것을 이해하고 용납하는 인물을 상상하기란 쉽지 않다. 효섭과 함께 있던 민재에게 다가와 무릎을 꿇고 청혼한 낯선 청년(29면) 역시 그림자이다. 그 청년은 민재가 얼마나 아름다운 여자인지를 돋보이게 하고는 곧 퇴장한다. "하나의 예이긴 하지만, 그녀는 그 정도였던 것이다."(30면) 모두가 일인칭 자아가 소망하는 모습의 변체들이다.

환상처럼 문득 다가왔다가 불타오르고는 사라져버린 한 시절이라는 점에서 그 여름은 낯선 여름이었고, 언제고 다시 시작될 환상이라는 점에서 그 여름은 낯설지 않은 여름이다. 소설의 마지막에 부활하는 보경의 모습이 그 환상의 재생가능성을 일러준다.

3. 순수와 통속의 파편화된 서사

『낯선 여름』이 순수한 환상을 꿈꾸는 일인칭 자아의 서사라면, 「돼지가 우물에 빠진 날」은 그 순수가 낯선 세상에 던져질 때 어떻게 통속화되는 가를 보여주는 삼인칭 자아들의 서사이다. 영화는 네 개의 에피소드로 구성되어 있는데, 각각의 에피소드들이 보여주는 순수는 다른 순수와 만나면서 변질되고 왜곡된다. 아니, 입체화된다. 여전히 순수는 인물의 내면을 규정하는 강력한 지시어이지만, 순수한 인물들이 모여 이루어내는 세상은 복마전이다. 왜 그럴까? 순수는 다른 순수를 용납하지 않기 때문이다. 혹은 순수를 지켜내기 위해서 온갖 거짓의 벽을 둘러쳐야 하기 때문이다. 민재(조은숙 분)를 벽에 밀어붙이고 씩씩대는 양민수(손민석 분)의 말이 그것을 보여준다. "순수가 더 이상 통하지 않을 때에는 어떻게 하지?" 자기 순수를 끝까지 밀어붙였던 민수는 결국, 순수하지 않은 자들을 파멸시킨다, 순수를 지키기 위해서.

영화는 순수가 통속과 다른 것이 아님을, 하나가 다른 하나의 표면이거나 이면임을 파편화된 에피소드의 집적을 통해 보여준다. 영화의 줄거리는 비교적 간단하다. 속물적이면서도 순정을 가진 인기 없는 소설가와 그를 사랑하는 유부녀, 극장 매표원의 통속적인 삼각 관계가 기본 도식을 이룬다. 여기에 그녀를 의심하는 유부녀의 남편과 매표원을 사랑하는 청년의 이야기가 겹쳐진다. 이들이 새로운 삼각의 도식을 덧붙이는데, 아마도 이 도식은 끝없이 증식할 것이다. 중간중간에 수다하게 등장하는 인물들이 부각되는 것은 이런 사정을 반영한 것이다. 갈비집 일꾼, 출판사 직원, 매표원의 후배, 다방 레지, 소매치기…들의 그 무심한 표정! 더구나 영화는 주인공들의 얼굴을 제대로 클로즈업하는 일이 없다. 표정에 관해서라면, 아마 그들의 표정이 다른 모든 영화보다 극단적일 것이다. 신파(新派)보다 천변만화하는 굴곡은 없기 때문이다. 그래서 이 영화를 불륜이나 치정에 얽힌 죽음과 죽임의 이야기로 간추릴 수는 없다. 영화는 인물과 인물의 사이를 스쳐 가는 의미와 무의미를 때로는 섬세하게, 때로는 무심하게 담아낸다. 어떤 인물이거나 혼자 있을 때에는, 불협화음으로 이루어진 주제음악이 관객의 귀를 거슬러 흐른다. 마치 이 이야기에 몰입해선 안 된다는 듯이.

각각의 인물들이 겪는 에피소드가 모여 전체 서사를 구성하는 것은 사실이지만, 영화는 그 서사의 이전이나 이후에도 계속되는 일상에 더 초점을 두고 있는 것 같다. 카메라는 극사실적인 관찰의 눈으로 인물들의 표면을 따라간다. 그 표면적인 일상의 움직임 하나하나가 전체 서사를 만들어낸다. 그것은 이상한 일이 아니다. 그것은 적어도 순수와 순수가 만나서 치정과 통속이 된다는 이 영화의 전언을 보여주는 효과적인 장치이다. 가령 효섭(김의성 분)은 화랑 앞에 쭈그리고 앉아서, 화분 안에 든 벌레가 화분 바깥을 빠져나가지 못하도록 장난을 친다. 화분 안에서 어디로도 갈 수 없는 벌레는 기실 효섭의 처지를 보여주는 상징이다. 그 또한 우연과 무의미의 손에서 벗어나지 못한 채 일상을 반복할 뿐이다. 효섭은 무료한 한 때를 보내고 있으나, 기실 제 생명을 걸고 일상을 살아나가는 것이다. 그날 저녁, 술자리에서 그는 망나니짓을 해서는 경찰서에 끌려간다. 흥분해서는 말도 안 되는 소리로 판사에게 변명을 늘어놓는 효섭과, 그에게 구류를 선고하는—보이지 않는—판사의 목소리. 거기에서 벌레와 손가락이 무엇을 은유하고 있는지가 드러난다

사소한 삶도 진지해질 때가 있다. 동일한 이유로 진지한 삶도 사소해질 때가 있다. 언제 그럴까? 삶의 매 순간마다 그렇다. 효섭과 보경이 섹스를 나누는 장면은 얼마나 아름다운가? 둘은 다음과 같이 속삭인다. "내게 말해 줘. 넌 내 거야. 맞지?" "그래요. 난 당신 거예요." 그러나 이 속삭임은 또 얼마나 음탕한가? 둘의 만남은 정사일 뿐이고, 둘이 사랑이 이루어지는 곳은 여관일 뿐이다. 이 장면을 일인칭 서술로 옮기면 이렇다.

> "지금 당신 입으로 말해줄 수 있겠소. 그 말이 듣고 싶어. 당신이 온전히 내 사람이라는 것."
> 그는 문득 동작을 멈추고 그가 말했습니다. 그의 눈에선 금방이라도 눈물이 떨어져 내릴 것만 같았습니다.
> "염려 말아요." 제가 말했습니다. "머리끝부터 발톱 끝까지 당신 것이에요. 이제 날 함부로 다뤄도 돼요. 아주아주 지저분하게 다뤄도 상관없어

요. 그래도 당신이 기껍다면……."

"당신은 분명 하늘에서 떨어진 신성한 존재요. (중략) 당신을 사랑하
오……." (246-247면)

영화에서 효섭은 말했다. "여기는 만 원밖에 더 안 비싼데, 참 좋다. 우
리한테도 이런 데가 있었음 참 좋겠다." 이 애교스런 말투는 사랑하는 이
들만이 가진 어떤 내면성을 보여준다. 효섭은 같은 말투로 민재에게도 속
삭였을 것이다. 그러나 보경을 놓치고서는 뒤쫓아오는 민재를 두들겨팬
후에 효섭은 소리지른다. "날 가만 놔둬. 넌 벌레고 똥이야!" 삶의 매순간
마다, 내 사랑이었던 그녀가 벌레나 똥이 된다.

보경은 이처럼 효섭에게 여러 차례 사랑을 고백한다. 그러나 그와 약속
했던 여행은, 다른 여자와 섹스를 나누던 효섭이 살해당함으로써 이루어
지지 못한다. 문틈에 끼워놓은 편지는 이웃집 여자가 읽고, 전화에 대고
한 녹음은 그를 죽인 살인자가 듣는다. 믿었던(?) 남편은 비뇨기과를 출입
하고(이 멍청한 배려! "어디가 아픈 거예요?" "남편에게 물어보세요" "난
그이의 아내예요. 알 권리가 있다구요." "남자가 비뇨기과에 무엇하러 오
겠어요?" "글세 무슨 병인지 말해달라니까요.") 사랑했던 남자는 죽임을
당했다.

설명 : 그늘 속에 절망한 표정을 한 민수가 앉아 있고 숨진 효
섭과 민재가 있다. 셋은 모두 피투성이다. 이 밀폐된 방
안은 민수의 고통과 절망과 분노가 만들어놓은 폐쇄성
의 공간이다. 보경의 서사가 하루종일 밖에서 서성대는
지리멸렬로 엮어지는 동안, 정작 기다림과 그리움의 대
상인 효섭은 몸과 마음이 더불어, 싸늘하다.

민재는 처음에 순수함의 상징처럼 보인다. 그녀는 효섭의 소설을 읽고
서, 감동을 억누르느라 입술을 실룩인다. 물론 그녀가 소설의 미학적 아
름다움을 알고 있는 것은 아니다. "마지막 부분에서 여자가 죽지 않았으
면 좋겠어요." 그녀는 다만 소설의 통속성에 자기를 투영한 것뿐이다. 그
녀는 아르바이트 삼아 일하러 갔다가, 포르노 영화의 목소리를 녹음하라

는 주문을 받아들이지 못한다. "사장님, 못하겠어요." 그러나 그날 밤에 그녀는 사랑하지 않는 남자와 섹스를 나누며 다음과 같이 묻는다. "날 가지니까 좋니?"(민재가 물었으나, 민수는 "사랑해"라고 엉뚱하게 대답한다. 그 대답이 엉뚱한 것은, 물론 민재의 사랑이 딴 곳에 있었기 때문이다. 그녀는 다만 몸만 주었을 뿐인데, 그는 몸과 마음을 더불어 가졌다고 믿어버린다. "내 눈을 보고 해." 민재가 다시 요구했으나, 민수는 제 몸동작에만 열중할 뿐이다. 어쨌든 민재의 말은 네 밖에 있는 나를 보라는 요청이다. 그러나 민수는 제 안의 열정에만 충실하다. 합일이 아닌 교접(交接). 서로 다른, 타인들 사이의 접촉. 그들은 혼자서, 각각, 같이 있다.)

4. 거짓과 진실은 한몸이다

사소하고 의도하지 않은 거짓말들이 무수하게 솟아나는데, 이것들은 전체 서사를 위해 기능하는 게 아니라 그 자체로 의미화된다. 민재의 경우를 들어보자. 그녀는 아르바이트로 7만원을 받고 와서는 5만원을 받았다고 거짓말을 한다. 말은 거짓이나, 그녀의 얼굴은 자랑으로 가득 차 있다. 그녀는 왜 거짓말을 한 것일까? 그냥. 그녀는 구둣가게에서도 "전에 한 번 오신 적 있지요?"라는 점원의 질문에 "아뇨"라고 대답하고는, "구두 놓여 있던 자리를 옮기셨나봐요"라고 말한다. 그녀의 등뒤에서 쥐어박는 시늉을 하는 점원. 그녀는 왜 거짓말을 한 것일까? 그냥. 그녀에게는 순수함이 일상의 거짓과 결합되어 있을 뿐이다. 그냥 그런 것이다.

이들 각각을 특정한 코드로 설명할 수 없다. 또한 이들이 어떤 전형을 보여주지도 않으므로, 이들 각각을 의미화하기도 어렵다. 이들 모두가 무의미, 일상성, 권태, 진지함, 속물성, 부조리함, 거짓, 진실성을 조금씩 나누어 가졌다. 이들은 무겁거나 가벼운 삶(어떻게든 지고 가야할 짐이므로 삶은 무겁지만, 어떤 의미화가 불가능하다는 점에서 삶은 가볍다)을 나누어 사는 일란성 쌍둥이들이다. 이들은 조각난 서사들을 구성하는 모자이크 조각들이다. 이들을 선악으로 도식화하기는 더욱 어렵다. 모두가 모두에게 선인이자 악인이다. 효섭은 보경에게 섬세하고 다정한 애인이지만,

곧 선후배 사이에서 사람 대접을 못 받는 망나니임이 드러난다. 유부녀인 보경은 사랑하는 남자에게 시종 헌신적이지만, 그 사랑은 통속적이고 무의미하다. 그녀는 다만 자기 내면의 원칙에 따라 그를 사랑할 뿐이다. 그녀의 남편 동우(박진성 분)는 여관에서 다방 레지를 부른 후에, 정말 외로움에 빠져 얘기만 하고 싶다고 말한다. 그러자 여자는 "전 알아요, 아저씨 같은 사람이 더 내숭이야."라고 말한다. 과연 여자가 씻으러 간 사이에 동우는 아내와 아이 사진을 보고는, 눈물을 흘리고는, 여자를 덮친다. 그의 진지한 표정은 여자에 대한 배려로 가득하다. 또 다른 반전. 갑자기 그는 콘돔이 찢어졌다고 소리를 지르고, 성병에 걸렸을까봐 겁을 집어먹는다…….

효섭은 민재를 속이고("지갑을 깜박 두고 왔거든. 돈 좀 있으면 줄래?"), 보경은 효섭과 남편을 속이고("남편과는 같이 자지 않아요."), 민재는 구두 가게 점원과 같이 일하는 아가씨와 극장 주인을 속이고, 동우는 아내를 속인다. 이런 소소한 에피소드들의 집적은 그 자체로 우리에게 어떤 전언—우리 삶이 에피소드일 뿐이라는 것—을 극명하게 보여준다. 유일하게 거짓을 모르는 인물이 양민수이다. 거짓과 무의미의 세계에서 진지한 것은 위험하다. 양민수는 민재가 자기를 사랑한다고 믿어버린다. 효섭과 민재가 죽임을 당하는 것은, 순진하지 않은 세계에서의 순진함이 폭력을 수반한다는 것을 충격적으로 보여준다. 깨달음의 순간이 단 한 번, 있다. 영화의 마지막 장면이 그렇다. 효섭을 기다리느라 하루종일 쏘다닌 보경은 집에 돌아온, 새벽에 신문기사를 읽는다. 아마도 거기에는 효섭이 어떤 모습으로 살해당했는지가 씌어있었을 것이다. 그녀는 신문을, 마치 다리[橋脚]를 만들 듯 거실 바닥에 늘어놓고는 거실 문을 열고 베란다로 나간다. 신문이라는, 그 차가운 객관성의 세계를 지나 깨우치는 것이다. 서서히 밝아오는 새벽이 그녀의 혼몽(昏夢)과 순진을 일깨운다. 그리고는 암전.

『낯선 여름』에서, 이 거짓의 두께는 세상 저편에 속해 있다. 그가 바라보기를 멈추자, 그가 처음 만난 여자는 "마그네틱 인형"(159면)처럼 멍청한 여자로 변하고, 두 번째 만난 여자는 "거짓말처럼, 감쪽같이 내 곁에서 사라지"고, 아내와 보경은 그림자가 사라지듯 죽고, 민재는 프랑스로 떠난다. 그가 보경과 섹스하기를 원하자 그녀는 남편이 잠시 자리를 비운 사이에 다리를 벌리고(265면), 그가 그녀와의 섹스에 가책을 느끼자(소설에서는 말하지 않았으나 없었다고 할 수는 없을 것이다) 그녀는 그를 만나기 전에 벨트로 제 몸을 여러 차례 후려친다(230면). 그 여름이 진실의 계절이었다면, 돼지가 우물에 빠진 그 날은 거짓의 나날이었던 셈이다.

5. 우연을 필연이라 부르는 일

이 영화가 에피소드들의 집적으로 이루어졌다는 것은, 곧 우연의 연쇄들로 이루어져 있다는 것을 의미한다. 우연이 삶을 끌어가는 동인(動因)일 때, 삶은 사소하고 누추해진다. 영화는 우연이 필연의 자리까지 밀고 들어왔음을 보여주지만, 우연마저 서사적 줄거리는 아니다. 우리는 영화를 보며, 우연의 스침과 그 스쳐감의 무의미함과 그 무의미함의 중요함을 조근조근 깨우쳐 나간다. 효섭과 동우는 엘리베이터 안에서 만나고, 효섭과 민수는 즉결 재판장에서 만난다. 이 만남은 그저 만남일 뿐, 영화에서 어떤 기능도 하지 않는다. 삶의 우연함들이 우리 삶의 인과성을 구성하는 것이다. 그렇다면 인과 역시, 우연의 개별적 요소들이 그저 잇닿아 있는 사슬이 아닌가? 필연은 우연히 그렇게 주어져 있는 것의 이름이 아닌가? 거리에서 어깨를 스치고 지나간 남자가 내 아내의 정부(情夫)이거나 나를 죽일 자일지도 모른다.

우연은 비극을 조장한다. 효섭과 민재의 사랑에 개입한 민수는 그 관계를 파괴해 놓는다. 민재와 효섭에게서, 민수는 우연히 찾아온 불청객이다. 그는 삼각관계의 한 꼭지를 차지한 적이 없다. 그래서 그는 (자기를 포함한) 그 관계의 단절에 개의치 않는다. 역시 단 한 번 그들 모두가 한자리에서, 화해하는 장면이 있다. 바로 보경의 장례식 장면이다. 보경은 효섭을 찾아다니다가 지쳐, 친구 집에서 잠을 잔다. 그녀는 꿈속에서 동우와 효섭, 민재, 친구들을 모두 한자리에 불러모은다. "이렇게 만나게 되는군요"라는 효섭의 말과 동우의 멀뚱한 표정. 그녀가 죽어야 그들은 화해할 수 있을 것이다. 반대로 그들 가운데 누군가(현실에서 효섭이) 죽어야 관계는 우연의 낱알로 흩어질 것이다. 실제로 그런 일이 일어났다. 꿈속에서 보경을 더듬는 이는 효섭인데 현실에서 그녀를 덮치는 이는 남편이며, 꿈속에서 죽고 잠이 깨듯 일어난 이는 보경인데 현실에서 섹스의 쾌락 가운데 죽은 이는 효섭이다.

우연은 〈낯선 여름〉에서도 필연의 자리에 들어앉는다. 효섭과 보경은 우연히, 두 번 마주친다. 첫 번째 마주침이야 모든 일상이 허용하는 우연이었으나, 두 번째 마주침은 그야말로 특별한 만남만이 허용하는 우연이다. 이 우연이 보경과 효섭의 사랑을 확증한다. 이를 사실성의 거세로 보는 것은 옳지 않다. 처음부터 사실은 환상에 자리를 내준 상태였기 때문이다. 환상은 불가능을 가능으로 바꾸어낸다. 환상이 불가능한 것만을 꿈꾸는 까닭이다. 이 꿈을 움직이는 것은 욕망이지만, 이 꿈의 결과로 나타난 것은 마치 실제인 듯이 보인다. 효섭은 민재를 떠나보낸 후에 격정에 사로잡혀 보경을 찾아가고 그 집 앞, 골목길에서 격렬한 섹스를 나눈다. 그녀를 만나러 가기 전과, 만난 후의 대화를 옮겨 적는다.

> 그녀「민재」를 한 곳에 붙잡아맬 어떤 끈도 이 땅엔 존재하지 않았던 것이다. 나라는 인간도 그럴 만한 존재가 못 됐던 것이다. (……) 그러다가 나는 불현듯 공중전화로 달려갔다. 수화기를 뽑아들고 일곱 개의 버튼을 마구 눌렀다.
> "나요, 지금 당신을 만나야겠소."(252-253면)

> "맙소사."
> 그녀가 입을 벌리며 소리쳤다.
> "하지만 내가 여기로 달려온 건 그런 것과 아무런 상관이 없소. 다만 갑자기 당신을 참을 수 없이 갖고 싶었던 것뿐이오. 그뿐이오."
> "알아요, 알고 말구요."(257면)

우리는 "불현듯" "갑자기"와 같은 어사들이 왜 그의 마음에 떠올랐는지를 쉽게 짐작한다. 그것은 욕망의 영역에 있는 말이어서, 민재를 잃은 마음의 결여태(缺如態)가 보경을 욕망하는 충족태(充足態)로 이행해 가는 과정을 불현듯, 갑자기 보여준다. 우연이 필연을 낳듯, 욕망이 환상을, 환상이 실제를 낳았던 것이다. 마치 꿈꾸는 것처럼.

6. 그해 여름의 돼지

『낯선 여름』이 「돼지가 우물에 빠진 날」의 원작이지만, 둘은 매우 다르다. 물론 다르다고 해서 둘이 별종의 이야기인 것 같지는 않다. 하나는 환상이 만들어지는 이야기이고, 하나는 그 환상이 소멸하는 이야기이다. 소설이 일인칭 인물의 환상을 드러냈다면, 영화는 삼인칭 인물들의 환멸을 드러냈다. 일인칭의 내면에서 그토록 아름답던 서정은, 삼인칭의 외면에서 온갖 부조리와 격변을 겪는다. 『낯선 여름』에서는 두 개의 글이 하나의 서사를 지속적으로 엮어가지만, 「돼지가 우물에 빠진 날」에서는 인물과 행위와 의미 사이에 무수한 분할이 일어난다. 각각의 인물을 통합하는 것은 그렇게 파편화된 채 모여든 개별 서사들의 집적이다.

고백하거니와, 영화를 보았을 때 나는 환상과 환멸의 어떤 경험을 동시에 내 몸에 새겨 넣고 있었다. 나는 영화를 보고 나서, 내 환상의 저열(低劣)함과 내 환멸의 부유(浮游)에 대해 생각했고, 위안을 받았다. 물론 돼지는 지금도 내 안에서 꿀꿀거린다. 홍상수는 내 안의 돼지를 무심하게 보여주고는 강원도로 이사갔다. 어쨌든 그해 여름, 우물에 빠진 돼지는 좁고, 자그마하게 뚫린 하늘을 보았다. 그 하늘 역시 푸르고 맑았을 테지만, 이미 흙탕물을 뒤집어쓴 돼지가 그걸 알리는 없었을 것이다. (2000)

정신분석과 추리소설

— 포우, 도일 그리고 프로이트

정신분석 기록을 문학 텍스트로 간주하고 읽을 수 있을까. 정신분석의 서술은 추리소설에 있어서의 서술과 많은 부분에서 유사하다. 무의식이라는 알려지지 않은 영역을 의식의 영역에서 파악하려는 시도는, 문제 혹은 사건을 불러일으킨, 은폐된 비밀을 밝혀내려는 추리의 과정을 밟아간다. 프로이트의 『늑대인간』(열린책들, 1996)을 에드가 앨런 포우의 『모르그가의 살인』(다락원, 1980), 코난 도일의 『마지막 인사』(중원문화, 1987)에 실린 단편인 「악마의 발부리」와 비교, 검토하여 이 점을 밝혀 보자.

추리소설의 효시는 포우의 『모르그가의 살인』(1841)으로 알려져 있다. 이 소설은 범죄소설의 일종으로 취급되던 탐정소설에 "합리적 추론"의 형식을 도입하여 추리소설의 원형을 확립한 것으로 평가된다. 그후 코난 도일의 셜록 홈즈 시리즈가 대중적 인기를 끌면서 추리소설의 골격이 마련되었다. 『마지막 인사』(1917)는 홈즈를 주인공으로 한 연작의 마지막 작품집이다. 따라서 프로이트가 「쥐인간」(1909), 「늑대인간」(1914), 「편집증 환자 쉬레버」(1910)를 집필할 당시, 추리소설의 구성적 유형은 이미 확립되어 있었던 셈이다.[1] 먼저 두 추리소설의 줄거리를 간추려둔다:

---

1) 이 두 소설은 엄밀히는 추리소설 가운데 탐정소설에 해당한다. 따라서 이 두 편이 추리소설의 일반형을 대표하는 것은 아니다. 이 글에서 이 두 편을 추리소설적 구성으로 일반화한 데에는 두 소설이 추리소설의 초기작이라는 점, 대중적 인기를 누렸으므로 널리 알려졌을 것이라는 점, 탐정의 역할이 분석가의 역할과 유사하다는 점 등이 고려되었다. 본문의 숫자는 해당 책의 면수이다.

가) 『모르그가의 살인』 : 18××년 나는 파리에서 오귀스뜨 뒤팽과 친해
졌는데, 그는 놀랄만한 추리력을 지닌 인물이었다. 어느 날 모르그
가의 레스빠네 부인 집에서 무서운 살인사건이 벌어졌다. 부인과 딸
까미유가 잔인하고 흉칙하게 살해된 것이다. 목격자들은 문 밖에서
프랑스 인의 목소리와 어떤 외국인의 목소리를 들었다고 증언하였
다. 사건은 미궁에 빠지고, 경찰은 돈 4천 프랑이 살인의 동기라고
판단하여 은행원 아돌프 르 봉을 체포한다. 뒤팽은 사건 현장을 조
사한 후, 추리를 통해 사건이 한 프랑스 선원이 몰래 밀수한 난폭한
오랑우탄의 소행임을 밝혀내었다.

나) 「악마의 발부리」 : 1897년 봄, 나(왓슨 의사)와 홈즈는 교구 목사인
라운드헤이와 친해졌는데, 그에게는 모티머 트리제니스라는 호감
이 가지 않는 지인이 있었다. 어느날, 나와 홈즈는 기이하고 무서운
사건을 접하였다. 트리제니스의 집에서 여동생인 브렌다 양이 죽
고, 형제인 오웬과 조오지가 미쳐버린 것이다. 살인 방법도 밝혀지
지 않은 이 끔찍한 사건은 그야말로 악마의 소행인 것 같았다. 다음
날 탐험가인 레온 스턴데일 박사가 홈즈를 방문하여 수사의 진척을
물어보고는 돌아갔다. 그 다음 날 트리제니스가 같은 방법으로 살해
되었다. 홈즈는 현장을 조사한 후, 램프에서 독가루를 채취하고 범
인이 그것을 태워 살인을 저질렀음을 알아내었으며, 추론을 통해 스
턴데일 박사가 트리제니스를 죽인 범인임을 밝혀내었다. 박사는 트
리제니스의 여동생인 브렌다 양과 연인사이였는데, 돈을 노린 모티
머 트리제니스가 자기에게서 훔쳐간 "악마의 발부리"란 독가루로
형제들을 죽이자 같은 방법으로 그에게 복수를 했던 것이다.

『늑대인간』에서 프로이트는 환자의 병례를 먼저 들고, 그것에서 추론되
는 분석가의 분석의 결과를 제시한다. 이 두 서술(Narration) 중간에 다
른 두 가지 서술이 끼어든다. 『늑대인간』의 기록은 다음과 같은 서술의 층
위를 가지고 있다.

N1 : 자유연상에 따라 이야기되는 환자의 이야기
N2 : N1을 설명하려는 환자의 이야기 혹은 완성되지 않은 분석가의 추론
N3 : N1에 대한 분석가의 이야기
N4 : 분석가가 환자와 관련을 맺어 행위자로서 기능하는 이야기

N2는 N1에, N4는 N3에 각각 종속된 하위 서술로 간주할 수 있다. 따라서 N2와 N4는 부가적인 언급에 그치며, 구성을 이루는 주요서술은 N1과 N3이다. 추리소설 역시 이와 같은 서술의 층위를 가지고 있다.

N1 : 사건과 관련되어 수집되는 정보 이야기
N2 : N1을 설명하려는 보조자의 이야기 혹은 완성되지 않은 탐정의 추론
N3 : N1에 대한 탐정의 이야기
N4 : 탐정이 사건과 관련되어 행위자로서 사건 해결에 기능하는 이야기[2]

1. 정신분석과 추리소설의 구조

정신분석과 추리소설은, 겉으로 드러난 이야기에서 은폐된(억압된) 이야기를 재구성한다는 점에서 공통된 구조 원리를 가지고 있는 것으로 보인다. 먼저 두 과정을 모델화하면 다음과 같다.

모델1(추리소설의 경우)
원인(돈·질투·돌발적 사건등) 살인현장   (탐정의 행위자 역할 : N4) 해결
←·················O(사건)··············· ⊶←ᅳ   ——————————————————→
과거   N1(N2가 종속)   현재   N3   미래
           탐정의 시행착오(N2)

모델2(정신분석의 경우)
원인(유아기의 외상 등)   병적상태 (분석가의 행위자 역할 : N4) 해결
←·················O(사건)··············· ⊶←ᅳ   ——————————————————→
과거   N1(N2가 종속)   현재   N3   미래
           분석가의 시행착오(N2)

모델1의 경우, 사건과 범행 동기간에 인과적 고리가 감추어지고(은폐), 사실만이 남은 반면, 모델2의 경우 증상과 원인간에 인과적 고리가 끊어

---

2) 이 글에서는 각각의 서술을 다음과 같은 약호로 표기하고자 한다.
RN : 쥐인간, WN : 늑대인간, SN : 편집증 환자 쉬레버, MN : 모르그가의 살인, DN : 악마의 발부리

지고(억압), 감정(혹은 망각)이 남았다.[3] 두 경우 모두 원인을 밝히는 것을 목적으로 한다는 점에서는 같다.[4] 모델1에서 수사는 과거에 벌어졌던 일을 재구성하는 것이며(N1) 재구성의 과정에서 탐정이나 보조자의 시행착오가 일어난다.(N2) 수사는 사건을 해결하는 과정인데(N3), 이때 탐정이 적극적으로 행위자로서 기능하기도 한다.(N4) 모델2에서도 분석은 과거에 벌어졌던 일을 다시 구성하는 일이며(N1) 이 구성의 과정에서 환자 자신의 설명이나 분석가의 불완전한 추론이 부가된다.(N2) 분석은 환자의 신경증 치료의 과정인데(N3), 이때 분석가가 대화에 개입하여, 방향을 제시하거나 환자의 감정이 분석가에게 전이되기도 한다.(N4) 두 모델링 체계를 통해 도출될 수 있는 구조의 특성은 다음과 같다.

1) 시간의 역전과 진전

추리소설은 사건의 현장에서 출발하여, 주변 자료를 수집하여 사건이 일어난 상황을 재구성하고, 범인과 범죄의 동기를 밝혀낸다.(시간의 역전) 이 과정은 특정인이 범인이라는 증거를 확보하는 일이며 사건의 해결 과정이기도 하다.(시간의 진전) 정신분석은 환자의 현재 상태에서 출발하여, 환자의 이야기를 통해 병적 상태를 유발한 유년기의 상황을 재구성하고, 신경증의 원인을 밝혀낸다.(시간의 역전) 이 과정은 환자의 병례를 설명하는 일이며 정신병의 치료과정이기도 하다.(시간의 진전)

> WN1-1 : "꿈에 나는 침대에 누워있었다. 눈을 뜨니 창문이 열렸고, 나무 위에 늑대들이 예닐곱 마리 앉아있는 것이 보였다. 늑대는 하얬으며, 큰 꼬리에 바짝 귀를 세운 채 나를 보고 있었다. 나는 무서워서 잠에서 깨어났다."(167-168)

---

3) "(강박증에서는) 억압이 망각에 의해 일어나는 것이 아니고, 감정이 없어짐으로써 인과 관계의 고리가 끊어져 억압이 일어난다."(프로이트, 『늑대인간』, 121쪽. 이하 인용은 이 책의 면수임) "히스테리에서 병의 직접적인 원인은 망각되는 것이 원칙이다. 망각된 유아기의 경험이 있기 때문에, 병의 원인이 된 사건은 감정의 힘을 히스테리 증상으로 변하게 할 수 있는 것이다."(86)
4) "아무리 터무니없어 보이고 괴상한 강박증적 관념이라도, 충분히 면밀하게 조사하면 그 의미를 알아낼 수 있다."(77)

WN2-1 : 늑대를 무서워한 것은 동화책에서 늑대 그림을 보고 무서워하던 기억이 났던 탓이다. 늑대가 하얀 것은 양에 대한 기억에, 나무에 올라앉아 있던 것은 양복쟁이 이야기에, 예닐곱 마리 있었던 것은 「늑대와 일곱 마리 작은 염소」 이야기에 관련된다. 늑대에 대한 동물 공포증은 늑대가 아버지-대리였기 때문일 것이다. (169-171)

WN2-2 : "갑자기 창문이 열린 것은 〈나의 눈이 떠졌다〉는 뜻이다. 그 나무는 크리스마스트리였다. 선물 대신 나무 위에 늑대가 있었던 것이다"(174-175)

WN1-2 : 아이가 한 살 반쯤 되었을 때, 부모의 성교 장면을 목격했다. 오후 다섯 시쯤 되어 잠이 깼을 때, 아기는 '뒤'에서 하는 성교'를 목격했다. 아기는 똥을 싸서 그 일을 방해했다. (176-178)

WN3 : 최초 성교 장면이 그에게 늑대 꿈을 꾸게 했을 것이다. 높은 나무는 관음증의 상징이며, 여러 마리 늑대는 최초 성교 장면의 숫자(둘)가 저항에 의해 왜곡된 것이다. 늑대가 주의깊게 보고 있었다는 사실은 성교 장면을 아기가 바라보았던 사실의 역전이며, 늑대의 하얀 색은 침대보와 부모의 속옷색이었을 것이다. 꼼짝도 하지 않고 앉아있던 늑대의 모습 역시 흥분된 움직임의 무의식적 역전이며, 여우 같은 꼬리는 양복쟁이 이야기에 따르면 거세의 상징이 된다. 늑대의 서있는 자세는 아버지의 성교시 자세의 반영이다. (182-186)

WN1-1은 환자가 네 살 때 꾼 꿈이다. 이 꿈 이후로 환자에게 공포증이 시작되었으며, 네 살 반 이후로 강박증을 보였다. WN2는 그 꿈에 대한 프로이트의 불완전한 해석과 환자 자신의 설명이며, WN1-2는 환자의 한 살 때 경험이다. 시간을 거꾸로 추적하면서, 환자의 꿈이 숨기고 있던 충격적인 다른 사건(강박증의 최초 원인이 된 사건)이 드러난다. WN3은 그에 대한 프로이트의 해석이다. 이 해석이 완료되면서(환자가 납득하면서) 치료가 끝이 났다. 그러므로 이 과정은 원인을 추적한다는 점에서는 시간의 역전이자, 분석이 진행된다는 점에서는 시간의 진전이다.

MN1 : 뒤팡은 사건 현장을 탐구한 결과 범인이 뒤쪽으로 난 창문을 열고 달아났음을 알아냈다. 범인이 한 명은 프랑스말을 했다는 점,

한 명은 아무도 알아듣지 못할 소리를 냈으며, 인간의 힘이 아닌 괴력을 소유했다는 점, 현장에서 회색 털뭉치가 발견되었다는 점 등이 주목되었다.

MN2-1 : 나는 범인이 미치광이라 생각했다.

MN2-2 : 경찰은 은행원을 범인으로 체포했다.

MN3 : 뒤팡은 범인이 프랑스 선원이 데려온 오랑우탄이라고 추론하였다.

MN1은 사건 현장에 대한 탐구와 증언을 수집한 것이다. MN2-1은 뒤팡의 추론을 들은 나의 결론이며, MN2-2는 경찰의 추론이다. 이 두 추론은 불완전했다. MN3은 뒤팡의 추론이다. 이 추론이 완성되면서(실제 범인이 밝혀지면서) 수사가 끝이 났다. 그러므로 이 과정 역시 원인을 추적한다는 점에서는 시간의 역전이자, 수사가 진행된다는 점에서는 시간의 진전이다.

2) 얽힘과 풀림의 구조

정신분석과 추리소설 모두 얽힘과 풀림의 이중 구조를 지닌다. 얽힘의 경우, 정신분석에서는 증례가 쌓이면서 해명되지 못한 환자의 병적 상태가 극단적으로 드러나며, 추리소설에서는 증거들이 무작위로 수집되면서 감추어진 사건에 대한 의혹이 극단적으로 증폭된다. 풀림의 경우, 정신분석에서는 환자의 과거 사실이 추론을 통해 밝혀지면서 환자의 신경증적 행동이 해명되며, 추리소설에서는 관련된 인물들의 관계가 추론을 통해 밝혀지면서 사건의 일단이 해명된다. 전체의 구성에서 대체적으로 얽힘의 구조는 전반부에, 풀림의 구조는 후반부에 드러난다. 『늑대인간』은 전반부에 병례를 제시하고, 후반부에 그것을 설명하는 방식을 취하였다. 이는 추리소설이 전반부에는 사건의 발생과 해결을 위한 노력을 보여주고, 후반부에 그 사건을 설명한다는 점과 유사하다. 다음의 예와 같이, 개별 부분에서도 부분적인 얽힘과 풀림이 무수히 일어난다.

RN1-1 : 그는 여름 휴가 중 뚱뚱하니dick, 살을 빼야겠다는 생각을 하게 되었다.(78)

RN3-1 : 환자는 사랑하는 여자의 사촌에게서 화가 나 있었다. 사촌의 이
　　　 름은 리챠드Richard였는데, 영국의 관습대로 딕Dick이라 불렸
　　　 던 것이다.(79)

3) 병렬의 원칙과 인과의 사슬

정신분석에서 병례들은 개별적으로 해명되지 않은 채 병렬적으로 제시
된다. 병례들이 의미를 갖는 것은 그것들에서 인과적 사실을 추론하는 분
석가의 작업이 있은 다음이다. 추리소설에서도 사건 현장이나 주변에서
수집된 정보들은 탐정의 서류철에 단순히 쌓일 뿐이다. 개별적인 정보들
이 의미를 갖는 것은 그것들을 인과적으로 파악하는 탐정의 작업이 있은
다음이 된다.

RN1-1 : 여자가 떠나기로 되어있던 날, 길에서 돌이 발에 채였다. 그는 돌
　　　 을 길 밖으로 치웠다가 다시 가져다 놓았다.(80)
RN2-1 : 그의 표현에 의하면 그가 돌을 치운 것은 여자가 채일까봐서였
　　　 다. 그러나 어처구니없다는 생각이 들어 돌을 다시 가져다 놓았
　　　 다는 것이다.(80)
RN1-2 : 그가 〈그녀를 보호하소서〉라고 기도하면, 〈하지 마소서〉하는 말
　　　 이 강박적으로 나타났다.(83)
RN1-3 : 그 여자가 많이 아파서 누워 있었다. 그는 매우 걱정을 했는데,
　　　 그 여자가 언제까지나 아파서 누워있었으면 하는 생각이 스쳐갔
　　　 다.(84)
RN2-3 : 그는 단지 여자가 반복해서 심한 병에 걸릴 것을 두려워하는 마
　　　 음에서 벗어나기 위해 그런 생각이 났다고 말했다.(84)
RN3 　: 그는 그녀에 대해 사랑과 미움을 동시에 느끼고 있었다. 이것이
　　　 강박증적인 행동으로 나타났던 것이다.(81) 강박증에서는 두 가
　　　 지 반대되는 표현이 연속적으로 나타나는데[RN1-1,2,3], 그 반
　　　 대되는 표현을 논리적으로 설명하려 한다.[RN2-1,3]

환자가 사랑하는 여자를 대하는 행동은 비논리적이며 양면적이다. 분
석가는 이 병례들에서 공통적인 것을 추론해낸다. 환자의 행동이 양면적
이라는 사실 자체와 그것이 여자에 대한 양가적인 감정의 소산이라는 점

을 밝혀내는 것이다. 추리소설에서도 증거를 수집하는 과정은 이와 다르지 않다. 다음은 『모르그가의 살인』에서 방안에 누가 있었는가에 관한 증인들의 말이다.

> MN1-1 : (경관 이지도르 뮤제의 증언) 스페인어로 말하는 목소리가 들렸다.
> MN1-2 : (은세공사 앙리 듀발의 증언) 기묘한 목소리는 이탈리아 인의 것이었던 듯하다.
> MN1-3 : (홀란드인 식당주인 오덴하이머의 증언) 기묘한 목소리는 프랑스인 남자의 것이었다.
> MN1-4 : (양복점 윌리엄 버드의 증언) 기묘하고 날카로운 목소리는 독일인 여자 목소리였다.
> MN1-5 : (장의사 알폰소 가르시아의 증언) 나중의 목소리는 영국인이 틀림없다.
> MN1-6 : (과자점 알베르토 몽따니의 증언) 그 목소리는 러시아 사람의 목소리였다.
> MN3   : 뒤팡은 이 목소리가 사람의 소리가 아니라고 결론지었다.

탐정은 이 증언들에서 공통적인 것을 추론해내었다. 모든 이가 다른 나라 사람의 말이라고 주장했는데, 어느 누구도 자기가 짐작한 나라 말을 알고 있지 못했다. 결국 그것은 알아들을 수 없는 목소리였다는 결론이다.

2. 정신분석과 추리소설의 하위구조

1) 어설픈 보조자

추리소설에서는 어설픈 설명으로 사건의 인과성을 맺으려는 시도가 선행된다. 이 시도는 참된 추론이 이루어질 경우 소멸된다. 정신분석에서도 환자 자신이 궤변이나 비합리적인 설명으로 자신이 행한 일의 이유를 대려 하거나, 분석가가 완전하지 않은 자료를 가지고 불완전한 추론을 하려는 시도가 선행된다. 이 시도 역시 참된 추론이 이루어질 경우 소멸된다.

어설픈 추론은 참된 추론에 이르기 위한 시행착오의 과정이면서, 참된 추론에 이르는 길을 가로막는 방해요소이기도 하다. 물론 이 추론이 부분적으로 맞는 경우도 있다.

MN1-1 : (담배가게 삐에르 모로의 증언) 운송점 사람과 의사가 그 집에 드나드는 걸 본 적이 있다.

MN1-2 : (은행장 주르 미뇨의 증언) 사건 당일 부인이 4천 프랑을 찾아 갔다.

MN1-3 : (은행 간부 아돌프 르 봉의 증언) 당일 4천 프랑을 건네주었다.

MN2 : 경찰은 은행원 아돌프 르 봉을 체포하였다.

MN1-4 : 범인은 놀랄만한 신속성, 초인적인 힘, 잔혹성, 목적없는 살인을 저지른 자였으며, 이상한 언어로 말했다.

MN2-2 : 나는 정신병원에서 뛰쳐나온 미치광이 소행이라 생각했다.

DN1-1 : 현장에서 동생은 의자에 몸을 기댄 채 죽어 있고, 두 형제는 미쳐서 웃고 소리치고 노래 부르고 있었다.

DN1-2 : 다음 날 모터머 트리제니스가 같은 방법으로 살해되었다.

DN2 : 나는 정말 악마의 소행인 것처럼 놀랐다.[5]

WN1-1 : 환자는 처음 울고 불고 야단법석을 떤 것이 크리스마스 때라 기억했다. (151)

WN2-1 : 크리스마스가 자기 생일이기도 했으므로 선물을 두 배로 받아야 했는데, 그렇지 못했기 때문이다.

「WN3-1 : 그는 나쁜 행실을 드러내어 아버지에게서 벌과 매질을 끌어내고자 한 것이었다. 그렇게 해서 아버지에게서 성적 만족을 얻으려 했던 것이다. (166)

WN1-2 : 그는 늑대가 바로 서서 걸어가는 그림만 보면 무섭다고 악을 썼다. 누나는 그 상황을 만들어서 나를 놀리곤 했다. (152)

WN2-2 : 그는 늑대의 자세가 최초 성교 장면에서 아버지의 자세를 연상케 한다고 말했다. (179)

WN1-3 : 그는 그리스도도 엉덩이가 있는지, 똥을 누는지 궁금했다. (209)

---

5) 「쥐인간」의 병례는 2-3)항의 예(RN2)에서 제시된 바 있으므로 생략함.

WN2-3 : 그는 엉덩이는 단지 다리가 계속되는 부분일 뿐이며, 그리스도
가 아무것도 아닌데서 음식을 만들 수 있었을 테니까, 그 반대도
가능하다, 그러니 똥을 눌 필요가 없었을 것이라 생각했다. (209)
「WN3-3: 이것은 자신이 아버지에게 여자처럼——성교 장면의 어머니처
럼—— 사용될 수 있는가 하는 의문이었다. (211)」

2) 사소한 단서

추리소설에서는 사소한 단서가 사건 해결의 결정적 열쇠가 되는 수가
많다. 정신분석 역시 환자가 중요치 않은 듯 다루는 바로 그것이, 근원적
인 병의 핵심적인 모습을 보여주곤 한다.

RN3 : "하루는 환자가 지나가는 말투로 한 가지 사건을 얘기했는데, 내 생
각에는 그것이 병의 직접적인 원인이었던 것 같다. …그 자신은 그
가 중요한 이야기를 꺼냈다는 것에 대해 전혀 감도 못 잡고 있었다.
그뿐 아니라 사건을 한 번도 중요하게 생각해 본 적이 없었다. 그러
나 그 사건을 잊은 적은 없었다. "(85)
MN3 : (뒤팽) "진정한 진실은 언제나 눈에 보이는 곳에 있지, 결코 깊이
가라앉아 있는 일은 없다고 나는 믿네."

3) 행위자로서의 분석가/ 탐정

추리소설에서 탐정은 행위자로서 사건의 해결에 직접적으로 참여하기
도 한다. 그는 상황을 조작하여 범인을 밝혀 내거나 범행의 증거를 확보
하기도 하고, 범인에게 자수나 자백을 강요하기도 하며, 사건 해결에 직
접 뛰어들기도 한다. 추론가로서의 탐정이 플롯의 밖에서 과거적 사실을
재구성하는 소극적 역할에 머문다면, 행위자로서의 탐정은 플롯에 직접
개입하여 사건을 매듭짓는다. 정신분석에서도 분석가는 행위자로서 분석
에 직접 참여하는 경우가 있다. 그는 자신의 분석 방법이나 분석의 결과
를 환자에게 설명하여 환자의 이야기의 방향을 잡아주기도 하고, 환자의
전이된 감정의 대상이 되기도 한다.

RN4-1 : "나는 이 기회에 그에게 정신분석 치료의 기본 원칙을 처음으로 보여주기로 했다."(66)

RN4-2 : "그는 꿈속에서 내 딸을 보았는데, 내 딸의 눈이 있을 곳에 똥 두 덩어리가 있었다고 했다." [RN3: 이 꿈은 그가 내 딸과 결혼하는 것은 그녀의 아름다운 눈 때문이 아니라, 그녀의 돈 때문이라고 말하고 있다.(90-91)]

WN4 : "환자는 나에게 등을 돌리고 소파에 누웠는데, 환자의 건너편에는 큰 괘종시계가 있었다. 나는 때때로 그가 다정하게 나를 돌아보고는 시선을 돌려 시계를 보는 사실을 알아차렸다." [WN3: 이 행동의 의미는 다음과 같은 것이었다. 〈나에게 친절하세요! 당신을 무서워해야 하나요? 나를 잡아먹을 건가요? 당신을 피해 막내염소처럼 시계 상자에 숨을까요?〉]

SN4 : 처음 박해를 시작한 사람은 플렉지히[쉬레버를 처음 치료했던 의사]였고, 그가 병을 앓는 동안 내내 플렉지히는 박해를 하는 사람으로 남아 있었다.(317)

MN4 : 뒤팽은 프랑스 선원이 데려온 오랑우탄이 범인일 거라 짐작하고, 신문에 오랑우탄을 찾아가라는 광고를 내어 그 프랑스 선원을 오게 한다.

DN4 : 홈즈는 스턴데일 대령이 범인이라는 걸 알고도, 그를 체포하거나 고발하지 않고 아프리카로 떠나게 한다. 애인에 대한 복수에 숭고한 점이 있음을 인정한 것이다.

3. 정신분석과 추리소설의 차이

마지막으로 두 모델의 차이점을 이야기해보자. 추리소설의 경우, 단서들은 모여 하나의 원인으로 수렴된다. 개별 단서에서 사건 해결에 이르는 길은 명료성의 길이다. 이 역추적은 다른 가능성들을 제거함으로써 가능해진다. 반면 정신분석에서는 병례들이 모여 하나의 원인으로만 수렴되지 않는다. 증례들에서 치료에 이르는 길은 다의적 상징의 길이다. 이 역추적은 모든 가능성들을 고려함으로써 가능해진다.

추리소설에서는 하나하나의 단서들을 수합하여 모은다. 그 단서들은 하나의 사실만을 지칭한다. 추리소설의 기호표현들은 하나의 기호내용을 갖는 셈이다. 정신분석의 경우, 하나하나의 증례들을 포개놓고 읽는다. 하나의 증례가 여러 개의 사실들을 지칭하는 경우도 있다. 정신분석의 기호표현들은 여러 개의 기호내용을 가질 수 있다.

> DN3 : (홈즈) "내 수사의 출발점은 저 창문턱에 있던 조약돌이었네. 그건 뜰에 있던 돌과는 다른 돌이었거든. 스턴데일 박사와 그의 집에 주의를 기울이자 거기서 마침내 똑같은 것을 찾아낸 것이라네. 그리고 이미 날이 밝았는데도 등잔이 밝혀져 있었던 일, 등잔 덮개에 남아있던 타다만 분말 등이 추리의 사슬을 연결하는 중요한 고리였지."
>
> RN3 : 쥐는 환자에게 돈, 항문성애, 매독, 남자의 성기, 아이들 등을 의미했다. (103-106)
>
> WN3 : 아이들에게 똥은 선물, 아기, 돈, 거세 등을 의미했다. (230-234)4

추리소설은 과거에 일어났던 사건을 탐구한다. 추론의 결과 밝혀지는 것은 원형(原形)이 되는 사건이다. 추리소설은 따라서 물질성을 질료로 삼는다. 추리소설이 근대 소설의 장르가 된 것은 이 때문일 것이다. 반면 정신분석은 과거의 기억을 탐구한다. 추론의 결과 밝혀지는 것은 원형이 되는 기억이다. 즉 정신분석의 목적은 과거의 사건 자체에 있다기보다는, 그것이 환자에게 어떤 정신적 충격을 미쳤는가를 알아보는 데 있다. 정신분석은 그러므로 언어 자체를 질료로 삼는다. 프로이트가 개체발생의 층위가 밝혀진 후에는 계통발생의 유전적인 층위가 해명될 수 있음을 인정한 것도 이 때문일 것이다. (275-277) 개체의 원형적 기억의 집적이 인류 문화를 이루어왔을 것이다. 따라서 추리소설이 소설의 하위 분야를 이룬다면, 정신분석은 신화의 하위 분야를 이룬다고 할 수 있을 것 같다. 정신분석은 개체의 차원에서 반복되는 신화의 기술이다. (1997)

이광수 소설에 숨은 친일의 논리

서론을 대신하여

춘원 이광수만큼 한국 근대문학의 명암을 잘 드러내는 작가는 흔하지 않다. 이광수가 시대의 전면에 나서서 떠맡아야 하는 짐은 가벼운 것이 아니었다. 이광수는 무거운 책임의식과 함께 홀로 선각자의 길을 걷는다는 고독감마저 가졌던 것 같다. 그는 혼자 감당해야 하는 외로운 선택의 길이 자신 앞에 주어졌다고 느꼈으며, 그 선택의 책임에서 자유롭지 못했다. 민족의 지도자로 자처하면서 이광수는 변절의 길을 걸었고, 그 길을 걷는 내내 민족을 위한다는 명분을 버리지 않았다.

이광수의 친일에는 그 나름의 논리와 믿음이 부가되었다. 그의 작품에 친일의 의도가 노골적으로 드러난 것은 아니라 해도, 적어도 친일에 이르는 내재적인 자기 합리화의 논거는 마련되어 있는 듯 하다. 이 글은 친일에 이르게 되는 이광수 소설의 내적 논리를 짚어보는 것을 목적으로 한다. 이광수의 소설에서 도출된 인물형과 작가의식을 검토하여, 친일에 이르게 되는 길이 그의 작품에 논리적으로 내재해 있었음을 밝히려 한다.

이광수는 『무정』(1917) 이래 1950년 납북될 때까지 지속적으로 작품을 발표했다. 그러나 30년이 넘는 동안 산출된 그의 작품이 뚜렷한 변모를 보이는 것은 아닌 듯 하다. 그의 작품에서, 역사소설을 논외로 한다면, 동일한 인물형, 동일한 모티프가 반복되는 것을 확인할 수 있다. 불륜을 저지르는 신여성, 여성만 쫓아다니는 엘리트 남성, 선각자로서 순교자적 태도를 보이는 주인공, 선한 심성을 가진 기생 등의 인물형은 이광수의 소설에서 반복적으로 등장하는 인물형이다. 사건이나 모티프의 반복도 혹심한 편이다. 예를 들어보자. 온천에서 몸을 버리는 순영의 이야기(『재생」)는 정선의 불륜(『흙』)에서 반복되고, 『유정』에서 최석을 비웃는 학생들의 태도는 『무정』에서 형식이 이미 겪은 바다. 『흙』에서 허숭이 신문기사로 인해 명예를 잃는 이야기는 『재생』에서 순영의 소문이 기사화된 데서 이미 등장한 바 있으며, 허숭이 무고한 혐의로 재판을 받으면서도, 항고를 포기하는 점은 『재생』에서 봉구의 행동과 같다. 정선이 허숭과의 결혼을 탐탁치 않게 여기면서도, 부모의 명을 따라 그와의 결혼을 결정한 후에 그에게서 좋은 점을 찾으려 노력하는 것(『흙』)은 이미 『무정』에서 선형이 형식에 대해 애쓴 노력과 조금도 다르지 않다. 그의 소설에서 시간의 흐름에 따른 변화를 확인하는 일이 쉽지 않은 것이다. 오히려 그의 소설에 지속적으로 등장하는 인물의 유형을 검토하거나, 작가의 생각을 재구성하는 것이 적절한 방법이라 판단된다.

친일을 향한 이광수 소설의 내적 논리

1. 운명론의 승인과 자학적 태도

1) 선악의 도식성

이광수 소설의 인물은 흔히 선인, 악인으로 도식적으로 양분된다. 작가의 이상을 실천하는 남자 주인공이나 그를 흠모하고 존경하여 따르는 여주인공이 선인의 편에, 주인공을 중상하거나 위험에 빠뜨리는 인물이 악인의 편에 선다. 쾌락과 돈의 유혹에 빠져 몸을 망치는 일군의 여자들을 그 중간항이라 간주할 수도 있겠으나, 이 경우에도 선과 악의 분명한 경계가 있다는 점에서 이분법적인 논리를 벗어나는 것은 아니다. 이런 유형의 여자는 타락의 고통 속에서 자신의 악행을 뉘우친 나머지 자살하거나 불법에 귀의한다. 따라서 이들은 선악의 분명한 경계를 왕복했을 뿐, 선악의 이중성을 체현한 것이라 할 수 없다. 인물들이 이처럼 도식성을 띠는 것은 주인공을 중심으로, 인물들이 이분법적인 선택의 항으로 배열되었기 때문이다. 이광수 소설의 인물들은 주인공을 정점으로 하여, 상관적인 선택지(選擇肢)로 분기해 나간다. 『재생』의 예를 든다.

① 김순영/ 신봉구/ 백윤희
② 신봉구/ 김경주/ 김순영
③ 김순영/ 김순흥/ 김순기
④ 김순영/ 강인순/ 명선주

이 구도는 주인물을 중심으로 배타적인 선택의 항을 이루고 있어서, 중심인물이 하나를 선택하면 다른 하나를 배척해야만 한다. 이광수의 소설에서, 이 선택의 항에서 독자가 고민할 영역은 전혀 없어 보인다. 긍정적인 인물과 부정적인 인물로, 선택의 가지가 뚜렷이 나뉘기 때문이다. ①에서 봉구는 순영에게 진정한 사랑의 표상이며, 인희는 돈과 욕정의 표상이다. ②에서 봉구는 경주에게서 지순한 사랑을 받는 데 반해, 순영에게서는 사랑의 배신을 맛본다. ③에서 순흥과 순기는 형제이지만, 완전히 다른 인물이다. 순흥이 독립단에 헌신하는 지사적인 인물이라면, 순기는 돈 때문에 누이동생을 첩으로 팔아버리는 악당이다. ④에서 순영은 인순에게서 자신의 이상적 모습을 발견하고 선한 감화를 받으나, 선주에게서는 자신이 탐닉하고 싶어하는 욕망에 휘둘린 인간의 모습을 발견하고 악한 영향을 받는다.

이런 도식성은 사람의 됨됨이가 처음부터 이미 결정되어 있음을 보여준다. 선악의 구도에 포함된 유형적인 인물이 애초에 변화할 여지란 많지 않다. 따라서 이런 인물의 행동, 성격이 작가의 판단에 과도하게 의존하리라는 것은 충분히 예견할 만한 일이다. 다음과 같은 상투적인 어구나 전단적인 인물묘사는 이 점에서 파생된 것으로 판단된다.

> 이러한 경우에는 삼봉이가 관우와 장비와 조자룡을 한몸에 겸해 가지고, 참나무 몽둥이를 창 삼아 검 삼아 철퇴 삼아 가장 용감하게 가장 날쌔게 개의 무리를 막아내어 벌벌 떠는 가족을 동네 밖으로 인도해 내었다.[1]
> 그 검은 얼굴, 찌그러진 머리, 교양 없는 얼굴에도 교활한 빛을 띤 것, 게다가 눈초리 가늘게 처진 것이 색욕이 많고 도덕심이 적은 것이 보였다.[2]

1) 이광수, 『삼봉이네 집』, 이광수 전집2, 삼중당, 1962.
2) 이광수, 『흙』, 동아출판사, 1995, p.163

한 목사는 나보다도 세상 풍파에 경험이 많을뿐더러 또 천품이 간교하
고 가식이 능하여서 능히 인심을 끄는 힘이 있었다.[3]

변화의 여지가 전혀 없는 선악에 대한 관념이 환멸의 경험과 연결될
때, 친일의 근거가 마련된다. 이광수는 주인공이나 그에 동조하는 극소수
의 인물을 제외한 거의 모든 인물들에 경멸의 시선을 던진다. 『무정』의 이
형식이 믿었던 학생들에게 비웃음을 당하는 일이나, 『유정』의 최석이 순
결한 마음을 갖고서도 조선 사회 전체에게서 지탄을 받게 된 일, 『흙』의
허숭이 신문기사 하나에 모든 이의 비난을 받고 명예와 존경을 잃는 일,
유정근의 모함에 농촌의 인심이 허숭을 배척하는 것으로 표변해버린 일
등을 그 예로 들 수 있다. 극소수의 (선각자적인) 선인 대 주인공을 모함
하거나 대적하는 악인, 그리고 그에 동조하는 다수의 무지한 대중이라는 극
단적인 도식이 낳은 결과인 셈이다. 이형식이나 허숭은 자신을 얽어매는 중
상모략에 전혀 대꾸할 생각을 하지 않는다. 이는 믿었던 다수(교육이나 계
몽의 대상이 되는 학생, 농민 나아가 조선 민족)에 대한 실망의 표현이면서,
내심 그들에 대한 경멸의 표현인 것이다.[4] 허숭이 살여울 농민에게 배신감
을 맛본 후, 토로하는 다음과 같은 얘기는 작가의식의 일단을 보여준다.

살여울 사람들은 아직도 배가 불러. 배가 부르니까 아직 덜 깨달았단
말이오. [···] 이 살여울은 너무도 경치가 좋고 토지가 비옥하고 배들이 불
러. 좀더 부자들한테 빨려서 배가 고파야 정신들을 차릴 모양이오.[5]

---

3) 이광수, 「나」, 이광수 전집6, 삼중당, 1971, p. 511
4) 이광수의 대표적 논설인 『민족개조론』(1922)에서도 조선인에 대한 경멸적인 어사가 발견된
다. 다음 부분은 이광수가 조선인의 현실을 진단한 부분이다. "조선인끼리 서로 신용이 없
습니다. [···] 국체(國體)로 보더라도 허위(虛僞)를 숭상하는 책망을 면치 못합니다. 조선 민
족은 적어도 과거 오백년간은 공상(空想)과 공론(空論)의 민족이었습니다. 그 증거는 오백
년 민족생활에 아무것도 남겨 놓은 것이 없음을 보아 알 것입니다. 과학을 남겼나, 부를 남
겼나, 철학, 문학, 예술을 남겼나, 무슨 자랑될 만한 건축을 남겼나, 또 무슨 영토를 남겼나,
그네의 생활의 결과에는 남은 것이 하나도 없습니다. [···] 진실로 근대 조선사는 허위(虛僞)
와 나태(懶怠)의 기록이와다. 과거에만 그러한 것이 아니라, 현재의 조선인도 그러합니다."
(『민족개조론』, 이광수 전집10, 삼중당, 1971, pp. 138~140)
5) 『흙』, p. 509

허숭의 이 생각은 극단적으로 말해서 〈맞아야 정신 차릴 것〉이라는 논리에 불과하다. 이런 고압적인 자세는 허숭과 농민 사이를 분리시키는 기능을 한다. 이 말의 논리대로라면 허숭이 힘써 일해온 소득 증대 사업 역시, 농민들로 하여금 정신을 차리지 못하게 하는 소이가 되고 말 것이다. 선인, 악인에 대한 바뀌지 않는 관념이 자신을 제외한 다수에 대한 불신을 낳았으며, 거꾸로 환멸의 경험이 선악에 대한 고정관념을 고착시키는 것이다. 이 순환논법은 선/악, 개인/다수, 선각자/몽매한 민중이라는 화해할 수 없는 경계를 왕복한다.[6]

2) 혈연의 중시와 인연설

혈연을 행동의 근거로 간주하는 태도 역시 운명론을 낳는다. 운명론은 인물에게서 자발적인 행동의 의지를 박탈해 버린다.

> 그것은 이십 만원이라는 돈에 탐이 나는 아버지의 피의 유전 때문인가.[7]
> 금봉의 마음은 사랑의 불길에 대해서는 너무도 저항이 약하였다. […]
> 그 아버지의 음란한 성격을 받음인가[8]

혈연을 부정(不貞)의 근거로 제시하고 있는 구절이다. 혈통이 귀하고 천한 인물됨을 결정한다는 생각 역시 운명론을 조장하는 구실을 한다. 작가가 보기에, 농민 가운데 유일하게 선한 심성을 가진 유순은 본래 양반의 가문이었으며[9] 정선이 부정을 저지른 까닭은 돈만 밝히는 상인 출신인 "아버지의 호색하는 피를 이어받았기" 때문이다.[10]

---

6) 김윤식은 『흙』이 동우회운동의 성과와 한계를 겨냥한 작품이라는 견해를 보였다. "생활의 차원, 현실적 차원에서는 친일적이고 오염된 가치관에 속하면서, 이상적 상상적 세계에서는 도덕개조, 조합운동, 농촌운동, 민족운동 등을 하고자 하는 그런 의식구조야말로 『흙』의 작품구조이자 동우회의 의식구조이다."(김윤식, 『이광수와 그의 시대』(3권), 한길사, 1986, p.867) 결국 『흙』에서 "주인공들의 행위는 자기의 개인적 운명을 타개하는방식이지 조직운동과는 거의 관련이 없다."(같은 책, 같은 쪽) 이광수는 후에 동우회 운동이 일제의 탄압을 받게 되자, 동우회 회원의 목숨을 살린다는 명분으로 일제에 전향하게 된다.
7) 이광수, 『그 여자의 一生』, 이광수 전집7, 삼중당, 1962, p.166
8) 같은 책, p.191
9) 『흙』, p.170
10) 같은 책, p.212

『사랑』에는 이러한 생각이 극단화되어 있다. 의사 안빈은 사람의 피를 연구하면서, 사랑에 빠진 이의 피에서 향기로운 물질이, 육욕에 사로잡힌 이에게서 냄새 고약한 물질이 검출된다는 사실을 밝혀 낸다. 사람의 혈액에서, 그 사람의 인간됨을 보여주는 물질이 검출된다는 가정은 비과학적이다. 자연적 질서에까지 인륜을 요구하는 것은 지나친 비약일 것이다. 문제는 그것이 비과학적인 데서 끝나는 것이 아니라, 소설의 주제를 제시하는 중요한 계기가 된다는 데 있다. 이것은 사람의 천품이 처음부터 결정되어 있다는 생각을 강력하게 증거하는 허구적 장치이다. (순옥과 안빈은 성인, 천사, 고결한 빛 등과 같은 말로 수식되며, 허영이나 박씨는 수많은 선행과 구제의 대상이 되고서도 제 품성을 못 버리고 악한으로 일생을 마친다) 다음 예문은 이러한 가정이 소설의 전체 주제를 어떻게 제시하며, 동시에 소설의 사실성을 어떻게 훼손하는지를 보여준다.

> "그런데 선생님은 여간 코가 예민하지 않으셔. 시험관에 피를 뽑아 넣지 않우? 그걸 시험약을 넣어 보기두 전에 슬쩍 냄새만 맡으시면 벌써 무엇인지 알아내셔요. 안피노톡신 일호인지 이호인지, 아모로겐인지 단박에 알아내셔요."
>
> "피루야만 아시나?"
>
> "왜? 그냥 겉으루 사람을 대하셔두 벌써 그 사람의 속을 알아보신단 말요. 환자가 오지 않우, 입원하는 사람이? 그러면 말야. 그 환자가 의심이 많은 사람이니, 이렇게 이렇게 하라는 둥 마음에 번민이 있는 사람이니 어떻게 하라는 둥, 글쎄 이렇게 간호부들한테 이르시는 걸 보면 슬쩍 겉으루 냄새를 맡구두 아시나 보아요. 병두 병마다 냄새가 다르다시는 걸."[10]

피에서 검출되는 물질은 그 사람이 어떤 마음을 품었는지를 알게 해준다. 안빈은 보기만 해도 냄새로 그 사람이 어떤 사람인지를 알아챈다. 이런 묘사를 통해 그려지는 안빈의 모습은 의사라기보다는 점장이에 가깝다. 결국 이 또한 운명론에 대한 순응이 되는 셈이다.[12]

---

11) 이광수, 『사랑』, 문학사상사, 1992, p. 224
12) 또한 이것은 고대소설의 모티프를 재연한 것이기도 하다. "순옥의 숨은 찼다. '나는 안 선생께 또 한 번 피를 드릴 테야. 전연히 유황과 암모니아가 없는 금이온과 그윽한 향기만을

불교적인 인연설도 혈연의 지배를 강화하기 위한 논리로 차용된다. 인물들은 설명하기 어려운 고난을 겪을 때마다, 이것이 전생의 업보에서 비롯된 것이라는 견해를 피력한다.

> 너는 네 필경 네 흉악한 운명, 불교에서 말하는 네 전생 이생의 업보로
> 결정된 길을 끝끝내 걸어가고야 말 모양이로고나.[13]
> 내가 병을 많이 앓는 것을 보고 어떤 중이 그것은 전생에 살생을 많이
> 한 업보라고 했거니와 아마 그런지 모른다."[14]

인연설은 현실적인 인과판단에 기초를 둔 것이 아니다. 인연설이 소설에 차용될 때, 그것은 현실의 모습을 설명하기 위한 결과론이 되고 만다. 문제의 원인을 현실(이생)에서 찾을 수 없기 때문에, 원인은 전생의 자리 어딘가에로 감추어지고 업(業)의 결과만이 부각된다. 이는 원인이 있어 결과가 있다는 말이 아니라, 결과가 있으니 원인이 있다는 말이다.

혈연과 인연설에 대한 관념이 자기 비하와 연결될 때, 친일의 길이 열린다. 이런 시각이 확대되면 조선 민족이 타민족의 지배를 받는 것도 조선 민족의 업보가 될 것이다. 내가 겪는 환난이 다 내 전생의 잘못 때문일 것이라는 생각이 확장되어 민족의 문제에 적용될 때 다음과 같은 자기 비하의 논리가 도출된다.

> 나는 이러한 지식을 얻을 때에 환멸의 비애를 느꼈다. […] 나는 이 사람
> 들을 다 저주하고 싶었다. 내가 조선 사람이 된 것까지도 저주하고 싶었
> 다. 그러나 그 후에도 근 삼십년이나 지난 오늘까지 아직도 이 구석 저 구
> 석에서 그런 어리석은 싸움을 하는 것을 보면 조선 사람은 아마도 매를 더
> 맞아야 되겠다는 울분까지도 일어난다.[15]

드릴 테야. 그것이 언젤까. 언제든지 내 일생에 한 번은 꼭 그러한날이 올 것이다. 그 때에
비로소 안 선생이 나를 참으로 사랑할 것이다.' "(같은 책, p.59) 선한 자의 피는 금물이며
향기롭고, 악한 자의 피는 유황과 암모니아 냄새로 가득차 있다는 것이다.

13) 『그 여자의 일생』, p.518
14) 이광수, 『그의 자서전』, 이광수 전집6, 1971, p.308
15) 앞의 책, p.357

이러한 논리에 의하면 조선인의 환란은 자신의 못남에서 비롯된 것이지, 타민족의 침입에서 야기된 것이 아니다. 이광수가 소설에서 제시하는 문제의 해결책은 이같은 잘못된 원인 파악 때문에 크게 왜곡된다. 『사랑』에서, 순옥이 헌신적으로 노력했음에도 남편과 시어머니에게서 배신을 당하고 안빈에게 울며 호소하자, 안빈은 다음과 같이 말한다. "그런 일이 순옥이만이 당하는 줄 아오?" "아직 순옥의 정성이 시어머니나 남편에게 통하지 아니한 게지." "순옥이가 이런 일을 당해도 분한 마음이 아니 생기는 때에 비로소 순옥의 마음이 두 분에게 통하겠지."[16] 안빈은 피해자에게 불의한 일을 참으라고 권유한다. 피해자의 정성이 지극하면 가해자가 개과천선하거나, 그렇지는 못하더라도 조금은 덜 괴롭히게 될 것이다, 그러니 자신의 정성이 얼마나 부족한가만을 생각해보라는 것이다. 갈등과 고통의 원인이 자신에게 없을 때에는 상대방과 환경을 고려하는 것은 당연한 일이다. 그런데 작가는 오직 자신의 정성으로 상대방을 감복시킬 수 있다고 말한다(결국 순옥의 헌신은 아무 성과를 거두지 못하고, 남편과 시어머니는 악인으로 일생을 마치고 말았다). 일제에 적극적으로 협력하여 우리 민족 전체의 처지가 나아질 거라고 믿는 것은 자기 기만에 지나지 않는다.[17]

운명론에 대한 인정은 일종의 결과론이다. 운명론적 삶의 태도를 받아들일 때, 〈우리가 이런 처지에 놓인 것은 그만한 이유가 있었기 때문〉이

---

16) 『사랑』, pp.461~462
17) "동우회사건이 전원 무죄로 판결된 1941년 11월 이후에도 계속 춘원은 적극적이고도 노골적인 친일행위를 계속하였다. 자기 말대로 하면 '민족보존'을 위함이었다. 그가 계속 친일하도록 결심하게 된 것은 다음 일곱 가지 이유 때문이었다. ① 물자징발·징용·징병을 막론하고 우리 협력과 관계없이 그들은 강제로 할 것이다. ② 어차피 당할 일이라면 자진해서 하는 게 낫다. ③ 징용·징병도 자진해서 가면 대우가 나을 것이다. ④ 징용·징병에서 기술을 배워 우리 민족의 실력을 키울 수 있다. ⑤ 징병·징용의 인원이 많아지면 내선차별도 제거될 것이다. ⑥ 이 전쟁에서 일본이 이기면 우리 민족은 일본과 평등권을 얻을 것이다. ⑦ 설사 일본이 져서 독립의 기회가 오더라도 우리가 일본에 협력한 것이 장애는 안될 것이다. 이상 일곱 가지 항목이 억지임은 누구나 알아차릴 것이다. 요컨대 피할 수 없을 바에야 자진해서 친일하는 것이 편하다는 한마디를 다만 늘어놓았을 따름이다."(김윤식, 『이광수와 그의 시대』(3권), pp.1002~1003)

라는 논리가 성립한다. 그것을 타인의 책임으로 전가할 때 환멸의 감정이 일어나고, 자신의 책임으로 인정할 때 자기 비하의 감정이 일어난다. 이것이 이상한 논리임은 말할 것도 없다. 이광수의 이 논법에서는, 타인도 조선인이며 자신도 조선인이다. 환멸을 느끼는 주인공은 자신과 일반 민중을 분리시키는 반면, 자기 비하에 빠지는 주인공은 자신을 조선 전체와 동일시한다. 결국 어떤 경우이든 이런 고통은 조선인의 어리석음 때문이란 논리가 성립한다. 비판의 화살이 가해자를 겨누는 적은 없다. 이광수 소설에 우연성이 흔히 개입하는 것도 운명론을 받아들인 때문일 것이다. 사건의 인과성이 파괴되면서, 등장인물의 운명은 인물의 손을 떠나, 운명 그 자체의 장난에 맡겨진다. 『재생』의 주인공 봉구가 자신을 배신한 순영을 우연히 만났을 때 하는 혼잣말은 이를 분명하게 보여준다. "봉구는 손에 들었던 영수증을 떨어뜨릴이만큼 놀랐다. '장난이다—과연 조물의 장난이다!'"[18]

2. 추상적인 인류애와 가해자에 대한 사랑

1) 구원자로서의 의식

이광수 소설의 주인공은 순교자적인 결의로 헌신적이고 자기 희생적인 삶을 살아간다. 『애욕의 피안』의 강선생은 사랑하는 이를 위해 자살을 결행하는데, 그 방법은 숨을 쉬지 않는 것이었다. 『사랑』의 안빈과 석순옥 역시 모든 애욕을 끊고, 이타적인 사랑의 실천에 일생을 바친다. 이들의 헌신은 지고지순한 것이어서, 거의 종교적인 경지를 보인다. 실제로 『재생』의 주인공 봉구는 예수 그리스도의 숭고한 사명을 생각하면서 자신이 할 일을 깨닫는다.

> "보라, 예수께서는 어찌하였는가? 십자가에 달려서도 자기를 십자가에 다는 자들을 사랑하고 그들의 복을 빌지 아니하였나—이것이 진실로 사랑이다." […] 봉구는 마침내 이렇게 빌었다. "하나님이시어. 당신의 뜻대로 하옵소서. 나는 이 몸을 당신께 드리오니 죽이든지 살리든지 당신 뜻대로 하시옵소서."[19]

---

18) 이광수, 『재생』, 이광수 전집2, 삼중당, 1962, p. 153
19) 앞의 책, pp. 209~211

이런 생각을 거쳐서 봉구는 보편적인 인류애라는 결론에 이른다. 그러나 이 결론은 추상적이고 무차별적이어서, 논리적인 맥락이 닿지 않는다. 봉구가 자신의 개인적인 이해관계를 초월하여 자기희생 정신으로 고통을 감수한다고 해서, 그의 행동이 이타적인 결과를 낳는 것은 아니다. 살인자 경훈 대신에 자신이 죽고자 하는 것은 봉구에게 숭고한 희생정신으로 생각되었지만, 결국 그 행동이 살인자의 구원에 이르는 것도 되지 못했다. 봉구의 행동이 예수의 행동을 모방한 것이라는 점은 여러 곳에서 발견된다. 봉구는 자신을 찾아와 용서를 비는 순영에게, 다음과 같은 말을 건넨다. "내가 용서해 드리기를 바라신다면 암만이라도 용서해 드리지요. 일흔 번씩 일곱 번이라도 용서해 드리지요."[20]그는 사형선고가 내려진 후 만족해하는 검사를 보고 그 악한 본성에 슬픈 생각이 나자 껴안고 울고 싶어하며[21], 자신의 마음속에 이기적인 욕심이 있었으므로 주인(김 의관)을 살해한 자와 자신이 다를 바 없이 악한 자라고 단정한다.[22] 다음과 같은 구절은 재판정에서 핍박받는 예수의 모습을 직접적으로 암시하고 있다.

> 봉구는 간수들이 자기를 마치 한 번 놓치기만 하면 큰 변이 나가나 할 무슨 짐승 모양으로 좌우에서 끼고 뒤에서 밀어서 자동차에 올려 싣고 나오던 것을 생각한다. 그 사람들도 봉구 자기와는 일찍 통성명한 적도 없고 따라서 아무 원수도 없는 사람들인 것을 생각하였다. 그렇건마는 그들은 자기가 재판소 문 앞에서 자동차 소리에 섞여 겨우 들리는 여자의 울음 소리를 듣고 창살 틈으로 좀 밖을 내답려 할 때에 자기를 뺨을 때리고 팔을 내어 밀어서 파란 문장을 펄렁거리지 않도록 꼭 가리우기까지 하였다. [...] 재판소 문밖에서 바람결같이 들리던 여자의 울음소리, ──그 소리의 빛과 그 소리의 뜻을 생각하며 고개를 숙인 대로 눈을 뜰 때에 마주 앉은 아까 자기의 뺨을 때리던 간수의 두 발이 보인다. [...] 봉구는 이 회화를 듣고 생각하였다. 〈저들에게도 사람들이 다 가지는 사랑의 따뜻한 정이 있기는 있구나!〉[23]

---

20) 같은 책, p.327
21) 같은 책, p.214
22) 같은 책, p.219
23) 같은 책, pp.214~216. 『재생』에서, 순영의 삶은 탕자의 삶과, 봉구의 삶은 예수의 삶과 유사하다.

이런 결론에 이르게 된 전후의 논리에는 적지 않은 비약과 궤변이 숨어 있는데, 이런 비약과 궤변을 가능하게 한 것이 결국 자신과 예수의 동일시인 것이다.

추상적인 인류애는 두 가지 의식을 낳는다. 하나는 악한 자들에게도 선한 심성이 없지는 않다는 의식이요, 다른 하나는 자신 역시 완전히 선하지는 못하다는 의식이다. 이 두 가지 의식은 모두 친일을 정당화하는 논거로 오용될 수 있다. 먼저 전자의 예를 든다.

> 노참사는 전에도 말한 바와 같이, 악독한 사람은 아니다. 그렇게 모질지도 못한 사람이다. 차라리 착하다고 할만한 사람이다.[25]
> 은희는 혼자 갑판에 나와 멀리 미 대륙을 바라보고 "용서하셔요"하고 눈물을 떨우는 일도 있었다. 그는 악한 여자는 아니다. 약한 여자다.[26]

작가는 노참사가 악인은 아니라고 강변하는데, 노참사의 행동이나 생각, 작가의 묘사를 검토해 보면 노참사는 분명한 악인이다. 행동은 악하지만 인물이 본래 그런 것이 아니라는 생각은(인간이 본래 선하나 환경 때문에 악해질 뿐이라는 작가의 관념이 낳은 것일 터인데) 인물의 본성에 대한 논의가 매우 공소해지는 결과를 낳는다. 인물의 됨됨이와 행동을 분리하면, 어떤 악행을 저지른 자에게서도 선한 심성이 있음을 가정할 수 밖에 없다. 노참사의 악행이 삼봉 일가의 모든 불행의 시작이자 원인이 된다는 점을 고려해보면, 이런 괴리는 분명한 논리의 도착이다. 이 점은 은희의 배신에서도 확인된다. 그녀의 행동은 악했지만 그것은 그녀의 약함에서 비롯된 것이지, 천성적인 악함에서 비롯된 것은 아니라는 논리이다. 이는 결국 작가의 추상적인 인류애가 만들어낸 논리의 파괴에 지나지 않는다. 이런 논리는, 일제가 우리 민족에 끼친 해악에 대해 눈을 감고 그들의 선함을 강조하여 민족의 존속을 꾀한다는 생각과 그리 먼 거리에 있지 않다.

후자의 경우에서도 논리의 도착이 확인된다.

---

25) 「삼봉이네 집」, p.458
26) 이광수, 「사랑의 다각형」, 이광수 전집7, 삼중당, 1962, p.414

"나는 그동안 여러 번 안 선생을 의심두 해보구 순옥에게 대해서 강한 질투두 가져 보구 갖추갖추 평범한 여자가 가지는 열등감정이란 다 가져 보았어. […] 겉으루만은 번드르하게 나는 남편을 믿노라, 또 순옥이가 그럴 사람이 아니라, 그런 말을 하구. 안 선생께 대해서는 순옥에게 관한 감정을 터럭끝만큼두 뺑긋한 일이 없었지. 물론 낯색에도 낸 일이 없었구. 이를테면, 내가 의식하는 위선자 노릇을 해 온 것이지. 그러니깐 아마 안 선생은 나를 마음이 깨끗한 아내로 아실 게야. 순옥이, 내가 이렇게 남편을 속였다면 속였다구두 할 수 있지마는 원체 벤벤치 못한 나로서야 이밖에는 더 할 길이 없었어. […] 안 선생두 이 말씀을 들으시면 놀라실 거야. 그렇게 겉으루는 요조숙녀 같이 얌전을 빼던 년이 질투의 불길을 못 눌러서 원산으로 달아났다면 안 선생이 얼마나 놀라실 거야?"[27]

옥남은 이전에 한 번도 순옥에 대한 비난을 입에 담은 적이 없다. 그러던 중 원산에 요양와서 순옥의 헌신적인 간호를 받고, 마음속에서 질투심이 일었음을 고백한다. 그러나 이런 자기비하가 보여주는 것은 질투를 칠거지악으로 여기는 전통적인 여인의 관념이 아니면, 도달할 수 없는 정신적 경지를 이상으로 삼고 거기에 이르지 못해 괴로워하는 심리적 결벽증세 외엔 아무것도 아니다. 작가가 제기하는 이상적인 인물형은 타인에 대한 무조건적인 헌신과 정신적인 고결성으로 충만한 인물이다. 문제는 이러한 경지가 인간으로서 가능한 경지가 아니라는 데 있다. 사람으로서 마땅히 느끼는 육신의 감각과 인지상정(人之常情)을 거부하고 죄악시하는 곳에서 근대적인 인물이 태어날 수는 없다.[28] 다음은 더욱 혹심한 논리의 도착을 보여준다.

---

27) 『사랑』, pp.163~165
28) 순옥은 옥남의 자기 고백을 듣고, 옥남을 성스러운 인물로 우러러 본다. "순옥의 혼란되었던 마음은 하늘에서 비추어 오는 듯한 일종 거룩한 빛으로 안정이 됨을 깨달았다. 그 거룩한 빛은 옥남에게서 오는 것이었다. 사실 옥남의 얼굴은 더욱더욱 빛이 났다."(『사랑』, 169쪽) 이 빛은 성인의 얼굴에서 발하여지는 빛이다. 인물 묘사에 원광(圓光)까지 그려보이고 있는 것이다. 이런 묘사는 순옥에 대한 옥남의 고백에서도 여실하다. "그때 순옥이는 천사와 같이 환히 빛이 났다. 순옥이 몸에서는 사람의 몸에서는 맡을 수 없는 향기가 나구, 그리구 그 손의 보드라움, 따뜻함! 나는 순옥의 참 모양을 보았어. 순옥이는 화식 먹는 사람이 아니라구, 천사라구, 관세음보살님이시라구."(같은 책, p.171) 실제로 순옥의 일생은 자비행의 실천과정이어서, 옥남의 말이 과장이 아님을 보여준다. 순옥의 삶은 천사 혹은 관세음보살의 삶과 다르지 않다. 순옥과 옥남, 안빈 역시 구원자로서의 작가적 이상을 제시해 보이고 있는 것이다.

이 말은 칼로 내 가슴을 어이는 듯 하였다. 대개 이 말은 내 성격의 정통을 찌른 까닭이었다. 속에는 갖은 물욕과 명예욕과 애욕을 품으면서 겉으로 그것이 없는 척하는 나──이것이 위선자가 아니고 무엇이냐.[29)]

나는 Y가 변심한 애인과 자신의 사이를 의심하고 비난하자, "고개를 끄덕끄덕"하여 죄를 인정한다. 그러나 Y가 맡기고 간 애인 C에게 실상 나는 아무 잘못도 저지르지 않았다. 다만 그녀가 나에 대한 사랑을 못 이겨, C와의 결별을 선언하고 내게 와서 사랑을 고백했을 뿐이다. 나는 의리를 들어 매몰차게 그녀를 박대하고는 Y에게 동경에 오라고 기별한다. Y의 의심은 내가 C와 애인이라는 소문 때문에 생긴 것이었다. 따라서 나는 Y의 공격을 부인하고 힘써 자신과 C와는 아무 일도 없었음을 변호했어야 한다. 그것이 Y와 C 모두를 위한 길이기 때문이다. 그러나 나는 마음속으로 애욕을 품은 것은 사실이니, 그의 비난이 틀린 것은 아니라고 믿어 버린다. 이런 잘못이 많은 오해와 고통을 낳는다. 나는 그 고통을 묵묵히 견딤으로써 지레 숭고한 자기 희생의 의식을 치르는 것이다. 이런 나의 태도에서, 독자는 남을 배려하려는 생각보다는 자신의 믿음만 지키면 된다는, 이기적인 발상을 본다. 인지상정을 무시하고 자신의 고결함만을 내세우는 것은 일종의 결벽증이다.

자신이 온전히 깨끗한 인물이 못 된다는 생각은 자기 의식의 방기를 낳을 위험이 있다. 세속에 오염된 자나 티끌 한 점을 묻힌 자나 더럽기는 매한가지라면, 구태여 정결한 삶을 고집할 필요가 없기 때문이다. 어차피 순결하지 못할 바에야, 세속과 적당히 타협하는 일도 나쁘지는 않을 것이다. 실행하기 어려운 도덕적인 이상을 목표로 삼고 거기에 이르지 못해 절망하는 인물에게서, 타락의 모습을 발견하는 일이 그리 어려운 일은 아니다. 이광수의 많은 소설이 처녀성을 잃은 여주인공이 쉽게 방탕에 젖는 모습을 그리는 것은, 시대상황의 소산이기도 하겠지만 이와 같은 결벽증의 결과이기도 하다.

---

29) 『그의 자서전』, p.434

2) 정치의식의 배제와 진화론

이광수에게 역사의식이 없었고, 이로 인해 그의 개혁의 대상이 풍속이나 문화의 차원으로 제한되었음은 이미 지적된 바 있다.[30] 이광수의 역사의식 결여는 그를 친체제적인 사고방식으로 몰고 갔으며, 그는 역사의식의 결여를 은폐하기 위해, 사회적 윤리와 개인적 윤리를 혼동시켰다.[31] 이광수의 미숙한 사회의식은 작품의 곳곳에서 확인되는데, 실상 이 미숙함의 근저에는 혈통에 대한 잘못된 선입견이 있다. 자전적 소설에 의하면, 어린 시절 그는 양반 가정에서 자라나서, 집안을 일으킬 인물이라 하여 영웅시되었음을 알 수 있다.[32] 이런 의식이 사회를 왜곡하여 파악하게 만들고 있는 것이다.

> 아령 오십 만 조선인은 다 이 KM 한 단체로 통일이 되었으나 차차 각처에 영웅들이 일어나서 갈래갈래 분열이 되었다가 지금은 치타를 중심으로 하는 KM과, 해삼위를 중심으로 하는 KU와 두 단체로 갈리고 말았다. […] 그러나 영웅들이 각 지역에서 세력을 펴려고 하기 때문에 KM의 세력은 점점 미약하게 되는 중에 있었다.[33]

독립운동 단체를 그 역사적 배경과 목적으로 파악하지 않고, 영웅 중심의 단체로 파악하는 것은 왜곡된 시각이다. 위 인용문에서 말하는 〈영웅〉은, 실은 각 지역을 무력으로 장악한 〈군벌〉 다시 말해 〈불한당〉에 지나

---

30) 김붕구, 「신문학초기의 계몽사상과 근대적 자아」, 『한국인과 문학사상』, 일조각, 1964. 그에게 역사의식이 빈약하거나 결여되었음을 지적한 논의로는 김용직, 「통념과 작품의 진실」, 『문학사상』 1972.1; 이선영, 「이광수론」, 『문학과 지성』22 등이 있다.

31) 김현·김윤식, 『한국문학사』, 민음사, 1973, pp. 115~124

32) "그의 아버지는 학행이 있다는 선비로 효자 정려를 받은 이요, 그의 숙부는 문과로 사간을 지내고 그의 당숙은 문과로 승지를 지내고 그의 조부는 문과로 장령, 이러므로 그도 통덕랑으로 정오품이어서 남행으로 가더라도 원 한 자리쯤 할 수 있는 문지였다."(「그의 자서전」, p.209) "내 아버지가 어느 여름 초저녁에 평상에 누워 잠이 들었을 때에 어떤 노승이 와서 학술 안경 하나를 주고 가는 꿈을 꾸고 나를 보았다 하여 내 애명을 수경이라고 지었다."(같은 책, 300쪽) "나는 순임금 모양으로 눈동자가 둘이라는 둥, 무엇이나 한 번 들으면 잊지 아니한다는 둥 무척 과장된 칭찬을 받게 되었다."(「나」, p.441)

33) 「그의 자서전」, p.362

지 않는다. 무장 항일 투쟁이 조선 민중을 괴롭히는 일일 뿐이라는 이광수의 인식은 이런 왜곡된 생각에서 파생된 것으로 보인다.

> 또 나라 일이란 신성한 일인데 신성한 일을 신성한 수단으로 할 것이요 결코 정당치 못한 수단으로 할 것이 아니라 믿소. 당신네와 같이 도적의 수단을 쓰는 것은 ○○ 운동의 이름을 더럽히는 것이라고 믿소 […] 신성치 못한 행동으로 신성한 일을 더럽히지 말고, 죄 없는 사람을 죽인 죄를 하루라도 빨리 깨달아 뉘우치기를 바라오. 죄의 값은 죄뿐이니 저 명명하신 하늘이 내려다보시오."[34]

독립단이 강도 행각을 벌이고 다닌다고 비난하는 말이다. 여기에 사실의 왜곡이 없다고 해도, 독립단의 활동 전체를 강도행각으로 보는 것은 정당하지 못한 처사이다. 그의 연설은 독립단의 활동 전체를 극단적으로 매도하는 데에 이른다.

> 다들 어서 가서 농사를 지으시오, 동포들에게 해를 끼치는 일을 마시오. 하와이에 있는 동포들을 못 보시오? 그네들은 거기 간 지 삼십 여 년에 무엇을 합네 무엇을 합네 하여 이른바 지도자들에게 돈을 다 빼앗기고, 그 돈은 모두 쓸데없는 일에 소모되고 지금은 하나 이천원 재산을 지닌 사람도 없다고 아니하오? 만일 그들에게 근검 저축의 길을 장려하였더면, 지금은 수십만 수 만원의 재산을 가져서 하와이에서 상당한 기초를 얻었을 것이오. 여러분도 지금 쓸데없는 일, 되지 아니할 일로 재만 백만 동포의 생활의 근저를 파젖히는 공작을 하고 있으니 즉시로 이것을 중지하시오.[35]

그는 우리 민족의 고통이 우리 자신이 각성하지 못했기 때문이라고 말하고 있는데, 이 역시 자기 부정의 논리에 지나지 않는다. 이광수가 당대의 정치적·사회적 조건에 대한 고려가 전혀 없다는 기존의 비판은 그래서 정당한 것으로 보인다. 그는 여전히 자신을 영웅으로 그려 보이고 있을 뿐이다.[36]

---

34) 앞의 책, pp.378~379
35) 앞의 책, p.382
36) 「민족개조론」에서도 이광수는 그와 같은 영웅적 인물에 의한 사회 개조를 꿈꾸고 있다. "그 개조의 경로는 이러할 것이외다. 1, 민족 중에서 어떤 일개인(一個人)이 개조의 필요를

이광수의 소설에서는 사회적인 격변이 단지 인물의 현재를 구성하는 계기적 사건으로만 취급된다. 예를 들어, 『삼봉이네 집』에서는, 일제에 의해 농토를 잃게 된 것이 삼봉이 일가의 직접적인 불행의 원인이었으나, 작가는 이 문제를 개인의 차원으로 환원한다.

> 그러나 [⋯] 박진사 손자가 만주 좁쌀 장사를 한답시고 서울로, 봉천으로 덤벙이고 돌아다니다가 동척(東拓)과 식은(殖銀)에 저당하였던 토지는 그만 경매되어 동척에게로 넘어가고, 그 토지는 동척 농장이라는 것이 되어서, 일본 이민 십여 호가 지난 가을부터 박 진사네 땅을 맡아서 갈게 되었다.[37]

사회적인 차원의 문제를 개인적인 차원의 문제로 환원할 때, 사회적인 사실이 왜곡되기 쉽다. 사회적인 격변이 문제가 아니라 그것에 온당하게 대처하지 못했음이 문제된다는 작가의 시각은, 문제를 직시하는 바른 시각이 되기 어렵다. 이러한 범주의 혼란은 개인이 사회 전체를 개혁할 수 있으리라는 작가의 의식에서 비롯된 것이다.

『흙』에서도, 허숭은 의식적으로 정치적인 목적을 개혁의 목적에서 제외한다. "마르크스주의자들의 계급투쟁이론의 가부는 차치하고 어디 건설적으로 현 사회조직을 그대로 두고, 얼마나 나아지나 해보자."[38] 여기에서 친체제적인 작가의 태도를 인식하는 일은 그리 어렵지 않다. 체제 자체의 모순을 그대로 두고 체제에서 파생된 결과만을 고치려는 그의 태도가 결국, 체제의 공고함에 기여하는 것인 까닭이다. 허숭은 농민운동이 독립운동 혐의로 인식되어 피검된 후, 자신에 걸린 죄목에 대해 어처구니없어 한다.

잘못된 체제를 변혁하고자 하는 의지가 배제된 곳에서, 민족의 구원자로서 나설 인물이 내세울 수 있는 것은 그의 숭고한 의도뿐이다. 여기에

자각하는 것 2, 그 사람이 그 자각에 의하여 신계획을 세우는 것, 3, 그 제일인(第一人)이 제이인(第二人)의 동지를 득(得)하는 것 이와 같이 하여 단체를 결성하고, 전 민중을 교화하여 나간다는 것이다.(『민족개조론』, 앞의 책, pp. 133~134) 결국 가장 중요한 것은 바른 사상을 가진 한 사람의 깨우침이다.

37) 『삼봉이네 집』, p.407
38) 『흙』, p.150

합당한 목적의식이 있을 리 없다.[39] 나아가 그의 숭고함 역시 일상적 차원의 이해관계를 초월한 곳에서 성립하는 것이어서, 설득력을 잃고 있다. 개인의 행복을 희생한 자리에 남는 것은 착종된 인간 관계뿐이다. 「흙」의 경우를 예로 들어보자. 간통한 아내를 용서하는 허숭의 인격적인 대범함은 심리적으로 볼 때 그의 소심함의 다른 이름이 되어 버렸다. 허숭은 고민 끝에 아내와 부정을 저지른 김갑진에게 용서의 편지를 써보낸다.[40] 그러나 숭이 김갑진을 용서하기 위해서는, 갑진이 자신의 잘못을 진정으로 뉘우치는 일이 선행되어야 했다. 뉘우침이 있어야 용서가 있기 때문이다. 허숭의 이 편지는 갑진의 비웃음을 받고 만다.[41] 만일 허숭의 편지가 갑진을 용서하는, 대범하거나 숭고한 어떤 것이 되기 위해서는 먼저 김갑진의 사과와 뉘우침을 받았어야 했다. 뒤에 숭은 갑진을 만나 두 가지를 약속하라고 요구한다. 요구사항은 첫째 이후로는 아내와의 교제를 끊을 것, 둘째 아내가 갑진의 아이를 낳더라도 자신의 호적에 넣을 것 등이다. 갑진은 허숭에게 그 조건으로 자신이 보낸 편지를 없앨 것을 요구한다. 이 대화는 잘못을 사과 받아야 한다는 기본적인 대화의 전제조차 없이 성립된 것이어서, 일종의 희극적인 효과마저 자아낸다. 마치 허숭이 간청하

---

39) "이러한 윤리에의 편향은 논리상의 문제가 아님을 염두에 둘 일이다. 그것은 형식논리학(일반논리학)에서 말하는 상위개념의 범주에서 언제나 맴도는 것이어서 현실과 연결되지 않는다. 마치 〈사람은 생물이다〉라든가 〈사람은 동물이다〉의 수준에 속하는 명제와도 같아서 결코 틀린 말은 아니나, 아무것도 설명해주지 않는 헛소리 혹은 하나마나한 말의 범주에 속한다. 이 하나마나한 말, 그럼에도 틀리지않은 말이 힘있어 보이는 것은 순전히 수사학의 힘이다. 연설에서의 연사의 목소리와 같은 분위기 때문이다. 춘원은 계속 "사람은 동물이다"의 차원에서 내려오지 않았기에 그의 말은 틀린 적은 없지만 동시에 맞아본 적도 없는 헛구호였다."(김윤식, 「이광수와 그의 시대」(1권), 한길사, 1986, 278쪽) 「민족개조론」이 제시하고 있는 목적에서도 내실 없음을 확인할 수 있다. 그가 제시한 민족개조의 내용은 ① 거짓말과 속임이 없는 자가 되는 것; ② 공상과 공론을 버리고 옳다고 생각되는 바를 실행하는 것; ③ 의리와 허락한 바를 지키는 신의있는 자가 되는 것; ④ 겁유(怯懦)를 버리고 옳은 일을 힘있게 실행하는 것; ⑤ 개인보다 단체를, 사(私)보다 공(公)을 중히 여기는 자가 되는 것; ⑥ 일종(一種) 이상의 직업을 갖는 것; ⑦ 근면저축을 하는 것; ⑧ 위생 생활을 하는 것과 건강한 체격을 소유하는 것(「민족개조론」, 137쪽) 등인데, 여기에서 실질적으로 지켜야할 목적의식으로 제시된 것은 추상적인 덕목일 뿐이다.

40) 「흙」, p.331-332

41) "글쎄 그런 못난이가 어디 있어 꼭 오쟁이지기 안성맞춤이라."(같은 책, p.346)

고, 갑진이 들어주는 형국이 된 것이다. 이런 태도는 사실성의 훼손이면 서, 유희성의 강화이다. 이 유희 속에서 작가가 부각하고자 하는 것은 우 직하리만큼 세상물정에 어둡되, 순교자적인 사명감으로 자신의 일에 전 념하는 모습일 테지만, 독자가 발견하는 것은 망가진 현실 논리 위에서도 성립하는 작가적 이상의 극단화된 모습일 뿐이다.

가해자로서의 김갑진의 태도가 일반화되면 일제의 지배 논리가 된다. 허숭의 태도는 갑진, 유정근을 비롯한 모든 가해자들에게 지극히 순응적 이다. 한편으로 허숭은 농민들에게 매우 시혜적이고 고압적인 태도를 취 한다. 농민이 비주체적이고 비자각적인 무지렁이일 뿐이라는 생각은 단 순히 소설 외적인 전제를 구성하는 것이 아니다. 그것은 소설의 전체 구 조를 일그러뜨린다. 『흙』에서 농민 출신 가운데 유일하게 주체적인 태도 를 보이는 한갑이는, 악인의 꾀임에 빠져 부인 순이를 구타하여 죽음에 몰아넣는다. 유순의 헌신적인 노력은 다만 숭에 대한 사랑의 결과일 뿐이 다. 농민은 무지하고 어리석은 데다가 소문에 쉽게 휘둘리는 구제불능의 인물들이다. 개심한 인물들도 인텔리 계층인 정선, 선희, 갑진, 정근 등이 지 농민 자신이 아닌 것이다. 한갑 어머니와 같은 무지하지만, 선한 인물 들은 자살로 비극적인 생을 마감한다. 작가의 시혜적인 태도가 농민 계층 을 실감 있게 그리지 못하게 하는 원인이 되고 있음을 여기서 보게 된다. 한은 선생이 딸들을 시골 사람들에게 시집보낸 이유를 설명하고 있는 다 음과 같은 구절에서, 민중을 골격만 좋은 무식층으로 간주하고 있는 작가 의식의 일단을 접할 수 있다.

> 한은 선생은 계급 타파, 지방감정 타파를 위하여서도 이러한 혼인정책
> 을 쓰지마는, 또 한 가지는 강건한 혈통을 끌어들이려는 것도 한 까닭이
> 었다.[42]

생물학적 차원에서 농민을 다루는 태도 역시 정치의식의 배제와 연관이 있다. 공동체로서의 인간 개념이 부정된 곳에, 생물학적 차원의 인간이 들어선다고 볼 수 있다. 『사랑』에서, 자연과학적 사실에 윤리의식을 삽입

---

42) 같은 책, p.75

한 것도 같은 맥락에서 이해된다. 진화론의 수용 역시 사회 현상을 생물학적 차원에서 이해한 결과이다.

『그의 자서전』에서 주인공은 다윈의 진화론을 믿는데, 이 또한 친일의 논리가 된다. 그는 진화론에서 "살려는 싸움"을 보고 "강한 자는 산다"는 교훈을 얻는다.

> "제군, 강자는 강자이매 우리가 겨루고 싸울 적이요, 약자는 약자이매 우리가 부려먹을 노예가 아닌가. 옛날 일본에서 무사가 새 칼날을 시험하려고 약자를 베인 「다메시기리」란 실로 장쾌하고도 당연한 일일세. 약자는 강자의 노예가 됨이 당연한 일이 아닌가."
> 이런 소리를 하고 뽐내었다.
> 인도인, 애란인, 파란인, 나는 모든 약소 민족을 비웃고 저주하였다. 그 비웃음과 저주 속에는 무론 나 자신도 들어 있었다. 약자가 강자에게 지배를 받는 것은 코가 눈 밑에 붙는 것과 같이 당연한 일이라고 믿은 까닭이다.[43]

강한 자의 지배를, 정당성을 옹호하는 그의 태도에서 현실 인정의 논리를 발견하는 것은 어려운 일이 아니다. 그에게 있어 진화론은 일제의 지배를 용인하는 논리인 것이다.

이광수의 추상적인 인류애는 현실부정의 논리를 만들어 간다. 이광수는 소설에서 악인과 선인이라는 이분법적 도식을 승인했으면서도, 완전한 악인이나 완전한 선인이 없다는 생각을 덧붙였다. 이 때문에 인물들은 가해자를 욕할 수도, 피해자를 동정할 수도 없는 함정에 빠지고 말았다. 나아가 작가는 극단적인 추상화를 통해 논리의 착종에 이르렀다. 『사랑』에서와 같이, 선인으로 그려진 인물들은 악인의 행동을 자비와 인욕(忍辱)으로 감당해낸다. 이광수 소설에서 악인으로 그려진 인물들이 몰락하거나 진정한 회심에 이르는 경우는 거의 찾아보기 어렵다(『흙』의 김갑진이나 유정근의 개심은 전혀 이해할 수 없는 사건이다. 묘사에서 속내 이

---

43) 『그의 자서전』, p.423

야기에 이르기까지 전형적인 악인으로 그려졌던 이들이, 한 마디 변화도 없이 전혀 다른 인물로 전신하는 데에 조금의 암시도 주어지지 않았던 것이다. 이것은 작가의 계몽적 의도나 희망에 의해 유도된, 플롯의 왜곡이다). 정치의식의 배제 역시 같은 결과를 낳았다. 이광수 소설의 인물들은 숭고한 의식을 가지고 교육이나 농촌계몽 사업 등에 뛰어든다. 그러나 친체제적인 변혁운동이란 처음부터 존재할 수 없었다. 그들에게는 숭고한 의식이 있었으나 목적의식이 없었다. 열정은 있었으나 그 열정을 가지고 무엇을 해야 할지를 몰랐던 셈이다.[44]

3. 극단적인 애정관과 현실논리의 파탄

1) 육체의 부정

이광수의 많은 소설은 통속적인 구도를 기본으로 하고 있다. 박복한 미인의 일대기라 할 만한 기본 도식이 『재생』, 『그 여자의 일생』, 『사랑의 다각형』, 『애욕의 피안』 등 많은 소설에서 반복된다. 이 소설들에서 갈등의 핵심은 타락한 여주인공의 육체에 있다. 애욕과 물욕 때문에 몸을 버린 여자들은 절망한 나머지 더욱 심한 타락에 빠져들고, 마침내 극단적인 파멸을 맞는다.

『사랑』에는 육체적인 사랑을 부정하는 작가의 시각이 과도하게 노출되어 있다. 이런 이분법은 매우 극심하여, 작가가 육체의 사랑을 혐오하고 있는 것이 아닌가 하는 혐의를 불러 일으킨다. "역시 애욕에서 오는 번민

---

44) 이광수의 친일은 매우 열정적인 것이었다. 그는 황군위문작가단(1939. 4)을 결성하는 일에 주도적 역할을 했으며, 조선문인협회(1939.10)의 회장직을 맡았고, 대동아문학자대회(1942~1944)에 참가하였다. 1940년에는 솔선해서 창씨개명을 하여 이름을 향산광랑(香山光郞)으로 고쳤는데, 이 이름에 대해 그는 천황에 대한 흠모의 정을 나타낸 것이라 밝혔다. 1940년 10월 이후에는 일본글로 적극적인 친일활동에 나섰다. 그의 창작활동은 일본 전통 시가인 단가를 써서 천황에 대한 충성과 외경, 열애를 토로하는 데까지 나아갔다. 친일을 주제로 쓴 소설에는 장편 『그들의 사랑』(1941), 『봄의 노래』(1941~1942), 『40년』(1943), 단편 「가천 교장」(1943), 「원술의 출정」(1944), 「파리」(1944) 등이 있다. 이광수는 1943년 이후 노골적으로 학도병에 지원할 것을 권유하기도 했다. 여전히 그는 열정적인 문필활동과 대사회적인 활동을 했는데 과거 동우회 활동과 이 활동을 비교해보면 그 활동의 목적은 크게 변질된 셈이다.

이라는 건 더러운 게야. 냄새 고약한 거구."[45] 안빈만이 아니라, 허영을 제외한 모든 인물들이 이런 정신적인 사랑을 실천하는 인물들이다. 순옥 같은 인물은 안빈에 대한 정신적인 사랑으로 충만한 인물로, 그녀에게서 "성인의 피에서나 발견되리라 생각하였던 아우라몬"[46]이 검출된다. 이 구절에서 성인은 육욕을 없앤 인물이라는 작가의 생각이 보인다.

육욕을 부정할 때, 인간의 자연스러운 모든 감정을 부정할 위험에 빠진다. 이 때, 육체의 부정은 일종의 현실부정 논리가 된다. 육체의 모든 소욕을 떠난 정신의 깊이를 강조하는 것은 비현실적 이상론에 가깝다. 사람살이의 모든 부면을 인정해야 현실적인 모색이 가능해지기 때문이다. 옳고 그름의 판단이 현실적인 것이 아닐 때, 독자가 판단할 영역은 부정되고 작가가 제시한 답안만이 가능해진다. 이광수가 자신의 친일행위가 애족적(愛族的)인 동기에서 비롯된 것이라 강변했던 것도 따지고 보면, 이와 같은 전단적 논리가 소설을 지배했기 때문일 것이다. 작가의 육체성에 대한 부정이 비현실적임을 보여주는 증거는 소설에서 무수하게 발견된다.

> 이것이 실단이와 나와의 마지막 작별이었다. 그로부터 사오년 후에 나는 그가 자살하였다는 소식을 들었다. […] 그러나 실단이와의 깨끗한 작별로 내 청년 시대의 허두를 삼은 것을 다행으로 여길까.[47]

우연하게 나는 첫사랑이자, 자신의 잘못으로 혼인하지 못하고 과부가 된 실단이를 깊은 산 속 절에서 만난다. 새벽에 일어나 가려고 하자 실단이가 내 품에 안긴다. 과언일 터이나, 그녀를 품에 안아주는 것이 인지상정이요 선행이었을 것이다. 그녀의 자살에는 나의 매몰참이 한 원인이었을 것임을 어렵지 않게 추측할 수 있다. 더욱 놀라운 것은 주인공이 그녀와 잠자리를 같이 하지 않은 것을 다행스럽고 소중한 것으로 생각하고 있다는 사실이다. 내가 그녀를 안지 않은 까닭은 아내에 대한 의리나 정조 관념이라기보다는 그녀가 이미 다른 남자에게 몸을 허락했던, 그래서 더

---

45) 「사랑」, p.83
46) 앞의 책, p.84
47) 이광수, 「나」, p.586

럽혀진 여자라는 생각 때문이었다.[48] 나는 이미 엇갈린 인연이라고 그것을 합리화하였지만, 자신의 정결함을 지키는 것이 그녀를 멸시하는 행동이 된다는 생각은 조금도 하지 못한다.

『흙』에서, 허숭과 정선과의 결혼이 파탄에 이른 것은 정선의 육욕 때문인 것으로 제시되었는데, 부부 사이의 육체적 맺어짐에 금욕의 기준을 적용하기는 어려울 것이다. 이는 작위적으로 육체적 사랑을 부정하고 정신을 강조한 결과 생겨난 것이다. 허숭은 금욕을 통해, "인격의 존엄"을 지키려고 하고, 정선의 육체적인 욕망을 경멸한다. "허숭은 마침내 자기의 정성을 가지고 정선의 정신 상태를, 도덕 표준을, 인생관을 보다 높은 곳으로 끌어올리려고도 결심을 해보았다. 그러나 숭의 정성된 도덕적 탄원은 정선의 비웃음거리만 되고 말았다" 허숭은 정선에 관한 생각을 일반화하여 다음과 같은 결론을 얻는다. "여자는 마치 육욕과 질투, 원망과 분노를 뭉쳐 놓은 보다 싫은 고깃덩어리로 보였다. 그렇게 아담스럽고 얌전하고 정숙하게 보이던 정선이 이 추태를 폭로하는 것을 볼 때에 숭은 여자의 허위, 가식이라는 것을 아프게 깨달았다."[49] 그러나 숭 역시 정선의 부정 앞에서 참을 수 없는 질투를 느끼며, 결혼한 몸으로 유순에게 자신의 사랑을 직접 고백하기도 한다.[50] 정선이 술에 취하여 갑진에게 몸을 허

---

48) "그러나 때는 이미 늦었다. [⋯] 엎질러진 물이다. 그야 그와 나와 몸으로 한데 모여서 살수는 있다. 이미 동정을 잃어버린 그와 나와는 하나로 합하여질 수는 없는 것이다. 그의 곁에는 다른 남자의 그림자가 따르고 내 옆에는 다른 여자의 그림자가 쫓는 것이다. 더구나 여자는 한 번 남자를 접하면 그 혈액에까지 그 남자의 피엣 것이 들어가 온몸의 조직에 변화를 일으킨다고 한다. 옛날 사람들이 꾀꼬리 피를 처녀의 피부 밑에 넣어 붉은 점이 남게하였다 말이 인생의 이 미묘한 심리 때문이다. 혼인 첫밤을 지나면 이 앵혈이 스러진다는 것이다. 다른 동물은 몰라도 사람은, 그중에도 여자는 평생에 한 번만 이성을 사랑하게 마련된 것 같다. 진정한 사랑은 오직 처녀와 총각의 사이에만 있을 것이다. 두 번, 세 번째 사랑은 암만해도 김이 빠진, 어딘지 모르나 꺼림칙한 구석이 있는 사랑이다. 〈사랑은 한 번만 할 것이다〉 이것이 진리인 것 같다. 내가 실단을 그리워하는 생각이 여전히 간절하기는 하면서도 이제 와서는 그와 몸으로 합할 생각은 없었다."(『나』〈p. 585~586〉)

49) 『흙』, p.125

50) "〈네, 동네 사람들을 위해서 왔다면 왔단 수도 있습니다. 그렇지마는 순씨가 없으면 나는 여기 오지 아니하였을 것입니다. 저 짐을 지면 무얼 합니까.〉하고 숭은 있는 속을 다 떨어놓았다." "아내에 대한 뉘우침, 유순에게 대한 새 사랑의 괴로움"(같은 책, pp.171~173)

락하는 것처럼, 숭도 술에 취하여 산월(선희)의 집에서 하루밤을 보낸다. 결국 숭의 논리대로 한다고 해도 숭과 정선의 차이는 별로 없었던 셈이다. 정선을 따르는 많은 남자들(이 박사, 김갑진)이 악인이었고, 숭을 따르는 많은 여자들(김선희, 정선, 유순)이 선인이었다는 사실이 중요한 것은 아니다. 왜냐하면 그들이 정선이나 숭을 따르게 된 기본적인 동기는 똑같이 이성에 대한 사랑(혹은 욕망)이었기 때문이다. 작가의 서술에 의하면, 허숭이 유순에 대해 느끼는 감정이나, 『유정』에서 최석이 정임에게서 느끼는 감정은 사랑이었던 반면, 정선이 배우자가 아닌 이에게 느끼는 감정은 욕망이었다. 그러나 인물들을 검토해 볼 때, 이 둘을 구별할 수 있는 방도는 전혀 없어 보인다. 전자가 정신적인 것이고, 후자가 육체적인 것이라는 식의 구별도 불가능하다. 허숭과 최석은 수없이 이 사이의 경계에서 방황하고 고민한다. 이 구별은 인물의 배치에 관한 작가의 편향이 낳은 결과일 뿐이다.

『사랑』에서, 순옥의 지순한 사랑에도 모호한 구석이 있다. 순옥은 안빈에 대한 사랑 때문에 허영과의 결혼을 결심하는데, 이는 정신적인 사랑과 육체적인 사랑을 구별하여 전자를 이상화하고 후자를 죄악시한 데서 나온 결과이다. 문제는 작가의 시각에서 볼 때에도, 이런 태도가 윤리적으로도 정당하지 않을뿐더러 궁극적으로는 파탄을 불러오는 죄악이라는 점이다. 작가는 옥남의 입을 통해 진정한 사랑이 양심에 거리낌이 없는 것이라고 토로한 바 있다. 그러나 순옥은 허영을 사랑하지 않았으며 다른 남자인 안빈을 여전히 사모하고 있다. 순옥이 허영과 결혼한 이유가 안빈을 계속 사랑하기 위해서였다고 해도 지나친 말은 아니다. 이런 시각에서 보자면, 허영의 질투와 의처증은 오히려 정당한 것이다. 순옥에게 이런 이중적인 태도에서 오는 갈등이 없다는 점은 놀라운 일이다. 이 문제는 후에 허영의 잘못으로 그와 이혼한 후에서야 비로소 순옥의 마음에서 떠올라 온다: "순옥은 허영과 이혼한 것이 기뻤다. 다시 처녀로 돌아온 듯한 자유로운 가쁜한 기쁨이었다. 남편이라는 허영과 이혼을 하여버리고 나니 마음껏 안 빈을 가슴에 품을 수가 있는 것 같았다. 이제부터는 도무지 꺼릴 것 없이 마음속에다가 안 빈을 사모하는 생각을 꽉 채울 수가 있는 것 같았다."[51] 이 역시 태도의 희극에 지나지 않는다. 허영이 죽고 나서도, 순옥은 "언제나 마음이 기뻤다."[52]

육체성의 부정은 이처럼 현실적인 판단을 불가능하게 한다. 내가 하면 사랑이고, 남이 하면 욕정이라는 식의 통속적인 상투형이 이광수 소설에도 적용된다는 것은 안타까운 일이다. 옳고 그름이 대한 판단이 이처럼 사회적인 기준에서 이탈하고 나자, 남는 것은 자신의 선한 동기뿐이었다. 이제 민족을 위해 친일을 하겠노라는 이광수의 독선을 아무도 막을 수 없게 된 셈이다.

2) 감정의 과잉

이광수 소설의 인물들은 늘 운다. 그들은 갈등의 상황에서, 혹은 그 갈등이 해소되는 순간에, 슬픔에 젖거나 기쁨에 못 이겨서 운다. 인물은 심경의 변화를 보이는 곳이면 어김없이 눈물을 흘린다. 인물들의 울음은 감정의 해방을 통한 근대적 자아의 모습을 보여주는 것이 아니다. 그것은 감상의 넘침 같은 것이어서, 인물의 판단을 흐리게 하는 역할을 한다.

> 금봉은 커다란 남자가 눈물을 흘리는 것을 처음 보았다. 상태의 눈물은 금봉을 슬프게 하였다. 금봉의 눈에도 눈물이 어리었다. 「…」 금봉은 몸을 돌이켜서 벽을 향하고 소매로 눈물을 씻었다. 「…」 이렇게 눈물을 흘리도록 저를 사랑한다면 그런 끔찍한 일이 있는가 하고 가슴이 뻑뻑함을 깨달았다.[53]

이 장면을 독립시켜 생각하면, 자신을 생각하며 눈물을 흘리는 남자에게 감동하는 것은 자연스러운 일일 것이다. 그러나 상황은 전혀 다르다. 상태는 자신을 겁탈하려고 덤벼들었으며, 금봉은 그것을 뿌리치고 도망하였던 것이다. 상태에게서 눈물을 본 금봉이, 함께 감동하여 눈물을 흘린다는 설정은 이해하기 어렵다. 금봉의 눈물은 당장의 상황에 대한 즉각적이고 말초적인 반응 이상의 것은 아니다.

---

51) 『사랑』, p.490
52) 같은 책, p.562
53) 『그 여자의 일생』, p.126

감정적인 반응은 현실에 대한 판단을 흐리게 한다. 어쩌면 이성적인 판단의 부재가 감정의 남발을 가져왔는지도 모른다. 울고 있되 왜 우는지를 모르는 인물, 열광하지만 무엇에 열광하는지를 모르는 인물에게서는 희극적인 모습마저 보인다. 이런 태도의 희극이 친일의 모습과 연관되어 있음은 분명하다.

> 송영하는 군중이나 송영 받는 장졸이나 다 피가 끓는 듯 하였다. 이 긴장한 애국심의 극적 광경에 숭은 남모르게 눈물을 흘렸다. 고향과 사랑하는 사람들을 두고 나라를 위하여 죽음의 싸움터로 가는 젊은이들, 그들을 맞고 보내며 열광하는 이들, 거기는 평시에 보지 못할 애국, 희생, 용감, 통쾌, 눈물겨움이 있었다. 감격이 있었다. 숭은 모든 조선 사람에게 이러한 감격의 기회를 못가진 제 신세가 지극히 힘없고 영광 없는 것같이도 생각하였다."[54]

『흙』에서, 숭은 만주로 떠나는 일본군대를 환송하는 행렬에 섞여 눈물을 흘린다. 이런 열광의 안쪽에는 조선에 대한 지독한 모멸감과 자기비하가 숨어 있다. 조선 양반에 대한 격렬한 증오와 정체성에 대한 부정이 드러난 부분[55]과 이 부분을 겹쳐 읽으면, 이광수가 어째서 친일을 그처럼 쉽게 받아들였지에 대해 해명할 수 있을 듯 하다. 역사적인 인식이 결여된 채 군중에게서 감정의 격동만을 느끼는 허숭에게, 조선이 못나고 약한 민족이고 일본이 강하고 힘있는 민족으로 보였을 것은 당연한 이치이다. 이광수에게는 무엇에 대한 열정인가보다는 얼마만한 열정인가가 중요했고, 왜 열광하는가보다는 어떻게 열광하는가가 중요했던 것이다.

『사랑』의 안빈에게서도, 이런 태도의 희극이 보인다.

> 둘째로 우리가 시시각각으로 고마운 절을 드릴 분은 우리 조국님이시고, 조국님이 아니시면 어떻게 우리가 질서있는 사회에서 살기는 하며 옳은 일은 하겠나? 그런데 우리가 조국님의 은혜를 느끼는 감정이 부족해.[56]

---

54) 『흙』, pp.333~334
55) 같은 책, pp.206~207
56) 『사랑』, p.575

위 인용문은 세월이 흐른 후, 육십 후 넘은 안빈이 다른 인물들을 모아 놓고 마지막 설교를 하는 장면에서 뽑은 것이다(1938년에 『사랑』의 집필이 시작되었을 때, 안빈의 나이는 사십 세로 설정되어 있었다. 작가는 일제의 힘이 강해서, 오랜 세월 식민 지배가 계속될 것이라 예측하고 있다). 여기서 일제가 아니면 우리 사회에 질서가 없었을 것이니, 일본의 식민 지배를 은혜로 알아야 한다는 분명한 전언을 보게 된다. 더욱이 그것을 "감정"으로 느껴야 한다는 말에서 논리의 결여가 자기 합리화에 이르고 마는 모습을 분명히 볼 수 있다.

육체를 부정하는 극단적인 사랑에서 작가의 비현실적인 의식을 읽을 수 있다. 현실적인 사람살이의 측면을 무시하면 남는 것은, 작가의 전단적 (專斷的)인 판단뿐이다. 친일은 이러한 독선이 낳은 논리적 파탄이라 하겠다. 한편 감정을 앞세우는 태도에서 합리적인 선악, 호오, 진위의 판단이 무시되고 있음을 알 수 있다. 열정과 감격의 강도로 그것의 정당성을 대체할 때, 무엇에 감격하는지도 모르면서 감격하고 어떤 열정인지를 생각해보지도 않은 채 열정을 갖는 태도의 희극이 연출된다.

이광수와 친일

이광수의 친일이 한편으로는 상황의 외압에 굴복한 것이면서, 다른 한편으로는 그 나름의 민족애에서 비롯된 것이라는 견해가 틀린 것은 아니다. 그러나 엄밀히 말해 이광수의 문학 속에도 친일에의 길이 예비되어 있었음을 알 수 있다.

이광수 소설의 인물들이 보이는 도식성, 혈연이나 인연설을 중시하는 태도에서 운명론적인 삶의 태도를 읽을 수 있다. 선악의 극단적인 대조를 보이는 인물들은 변화의 여지가 없는 삶을 수락하는 인물들이다. 악한 인물에 대한 경멸이나 공동체에 대한 자기 비하가 극단적인 것이 될 때, 현실의 변혁을 체념하고 가해자의 억압에 동조하는 논리의 도착이 일어난다. 혈연을 중시하는 태도 역시 인물의 천품이 날 때부터 결정되어 있다는 가정을 수락하는 일이다. 작가는 또한 불교의 인연설을 수용하면서 조선의 운명이 제 자신의 업보로 인한 것이라고 은연중에 결론짓는다. 운명론을 승인할 때, 스스로의 운명을 개척하려는 주체적인 삶의 태도는 실종되고, 운명의 장난에 따라 이리저리 휩쓸리는 수동적인 삶의 모습만이 떠올라온다.

보편적인 인류애라는 작가의 이상은 지극히 추상적이다. 이런 생각은 가해자의 입장을 합리화하고 피해자의 책임을 과장하는 착종된 논리를 낳는다. 닿을 수 없는 지고의 목표를 설정하는 일은 절망을 준비하는 일과 다름이 없다. 쉬운 좌절과 예정된 타락의 길을 좇을 때, 친일은 최선은 아니지만 차선이 될 수 있다는 자기 합리화의 논거가 마련된다. 이광수는 정치적, 사회적인 차원을 배제하고 개인적인 차원에서 재활의 길을 모색했다. 이는 그의 미숙하고 빈약한 사회의식의 결과이다. 체제 변혁의 목표가 배제된 곳에서, 구원자를 자처하는 인물이 내세울 수 있는 변혁의 덕목은 알맹이가 빠진 것이 될 수밖에 없었다. 이광수는 숭고하고 도덕적인 이상에 가득 찬 인물, 헌신적이고 이타적인 삶을 살아가는 인물을 제시해 보였지만, 그 인물에게서 독자가 읽을 수 있는 것은 타인과 공동체에 대한 고려를 배제한 채, 자신의 목표를 이룬 데에만 만족하는 독선적이고 고압적인 태도뿐이다.

사회의식이 배제된 곳에서 인간성의 심저(深底)를 드러내는 데 애정의 문제 만한 것은 없었을 것이다. 그러나 육체적인 사랑을 부정하는 작가의식에서도 비현실성에 기반을 둔 태도의 희극이 드러나는 점을 부인할 수 없다. 소설에서 제시된 상황의 옳고 그름을 판단하는 일은 독자의 몫이 아니라, 작가의 몫이다. 그 판단의 현실성이 문제가 아니기 때문이다. 작가는 미리 설정한 경계(육체적인 애욕과 정신적인 사랑)의 양편에 인물들을 배치하는데, 이 배치는 지극히 작위적이고 비논리적이다. 이광수 소설의 인물들은 사랑과 애욕의 경계를 위태하게 넘나들면서 수없이 방황하고 있는 것이다. 이런 인물들은 매우 주정적(主情的)인 인물들로 보인다. 그들에게 지고한 이상과 헌신적인 삶의 목표가 없는 것은 아니나, 그것은 실체적인 것이 아니었다. 엄밀히 말하자면 그들이 내세우는 것은 삶의 이상과 목표가 아니라, 삶의 태도이자 열정이었다. 삶의 목표(무엇에 대한?) 와 이유(왜?)가 있어야 할 곳에 열정의 정도(얼마나?)와 방법(어떻게?)이 있는 것이다. 이 점이 친일을 하면서도 거리낌없이 민족애를 들먹일 수 있는, 태도의 희극을 낳았다고 하겠다.(1998)

시적 언어의 기하학

인쇄일 초판 1쇄 2001년 10월 15일
발행일 초판 1쇄 2001년 10월 25일

저 자 권혁웅
발행인 정찬용
발행처 **국학자료원**
등록일 1987.12.21, 제17-270호

총 무 김태범, 박아름
영 업 한창남, 조정환, 김상진
편 집 김유리, 황충기
인 쇄 박유복, 안준철, 이정환
물 류 정근용
제 본 문성제책사

서울시 강동구 암사 4동 452-20
Tel : 442-4623~6, Fax : 442-4625
www.kookhak.co.kr.
E-mail : kookhak@kookhak.net
kookhak@orgio.net

ISBN 89-8206-636-5, 93800
가 격 13,000원
• 저자와의 협의하에 인지 생략함